JELLA BENKS

THE story BETWEEN US

LEAF

Ausführliche Informationen über unsere
Autorinnen und Autoren und ihre Bücher
www.leaf-verlag.de

MIX
Papier | Fördert gute Waldnutzung
FSC® C083411

Klimaschutz-Beitrag
CO2-Zertifikate
First Climate.com 2024

1. Auflage 2024
Originalausgabe:

Textredaktion: Janina Roesberg, Yvonne Lübben
Umschlagillustration und -gestaltung: > FAVORITBUERO, München
unter Verwendung von Motiven von © black moon; © loveshiba;
© -strizh-; © Olena Vyshynska / Shutterstock
Innengestaltung: LEAF Verlag unter Verwendung von Motiven von stock.adobe.com
(fuwari, Keiko Takamatsu) und Illustrationen von Victoria Cavalieri @weirdowithluv
Gesetzt aus der der Adobe Caslon
Satz: LEAF Verlag
Druck und Bindung: CPI books GmbH
Birkstraße 10, D - 25917 Leck
Printed in Germany • ISBN 978-3-911244-00-8

Für all diejenigen,
denen es manchmal schwerfällt,
Licht in der Dunkelheit zu finden

Liebe Leser:innen,
dieses Buch enthält potenziell triggernde Inhalte, deshalb befindet sich auf der letzten Seite eine Triggerwarnung.

Achtung: Diese enthält Spoiler für das gesamte Buch.

PLAYLIST

2002 – Anne-Marie

Consequences – Camila Cabello

Fingers Crossed – Lauren Spencer Smith

Rescue Me – OneRepublic

It Ain't Me – Kygo

Little Bit of Love – Tom Grennan

Rockabye – The Mayries

Clouds – Zach Sobiech

Black Horse And The Cherry Tree – KT Tunstall

In My Blood – Shawn Mendes

1950 – King Princess

Ruin My Life – Dan Berk

Iris – Goo Goo Dolls

No Promises (feat. Demi Lovato) – Cheat Codes

Your Song – Rita Ora

The Middle – Zedd

Big Girls Don't Cry (Personal) – Fergie

Anywhere – Rita Ora

We loved with a love
that was more than love …

Edgar Allan Poe

Juni

1

Ella

Es gab diesen Spruch, der behauptete, das Leben sei wie eine Pralinenschachtel. *Süß, zartschmelzend, aromatisch* – für mich galt nichts davon.

Mein Leben war wie der Griff in diesen Spalt zwischen den Sofapolstern. Dorthin, wo sich all das sammelte, was niemand vermisste. Kleingeld, Haarbänder, Schnipsel und Ohrringe, die sich im Staub wälzten. Jeder Griff war eine Überraschung, doch die wenigsten davon waren gut.

Und manche widerlich.

Wie das benutzte Kondom in meiner behandschuhten Hand.

Dort, wo vor einem Jahr noch Ekel gesessen hatte, machte sich längst Resignation in mir breit, durchmischt mit dieser feinen Prise Selbsthass.

Ich suchte nach einem Mülleimer und fand keinen.

Natürlich.

Hier im Kaminzimmer hatte es nie einen gegeben. Wahrscheinlich, damit niemand auf die abstruse Idee kam, dass die Bewohner in diesem Prachtbau etwas Unanständiges taten – wie leben.

Der weinrote BH schwankte weit über meinem Kopf am Kristallleuchter und rief mir in Erinnerung, dass hier zumindest letzte Nacht jemand gelebt hatte.

Keine Ahnung, wie ich ihn vom Kristall bekommen soll.

Damit würde ich mich später beschäftigen. Erst musste ich das Problem in meiner Hand loswerden.

Und sie im Anschluss waschen – *bis übermorgen.*

Darce' Zimmer ist nebenan.

Eine verbotene Idee.

Der Raum war für mich tabu.

Aber Bentley hatte mir gestern geschworen, dass Darce nicht nach Juniper Falls zurückkehren würde, sondern den ganzen Sommer über auf seinem Protz-Campus in Chicago blieb – seine Worte, nicht meine.

Er wird es also nie merken.

Sonnenstrahlen brachen sich im Kristall und zauberten Farben und Muster auf die dunklen Eichendielen, während ich mit mir rang. Ich fand die Macke, die Bentley vor Ewigkeiten hineingeschlagen hatte, als er hier heimlich Inliner gefahren war, und dieser bittersüße Schmerz schlich sich so verlässlich an wie immer.

Ich hätte nicht zurückkommen sollen.

Und ich hätte Bentley fragen sollen, was er unter ein wenig After-Party-Chaosbeseitigung verstand. So wie die Villa aussah, würde ich den ganzen Tag putzen. Das Kaminzimmer war noch harmlos verglichen mit den Räumen unten. Allein aus den Flaschen, die dort standen, könnte ich mir ein eigenes Gebirge bauen.

Reizvoll.

Überall wäre ich lieber als hier.

Ich starrte erneut auf das Kondom in meiner Hand.

Wohin damit?

Ins Gästebad?

Dafür musste ich die Treppe hinunter, auf der ein Komiker Dutzende gefüllte Wasserbecher aufgestellt hatte. *Nein.* Ich wollte es loswerden. Jetzt. Ohne zuvor einen Parcours zu absolvieren.

Also zu Darce.

In der Villa roch es genauso wie früher, nach Holzpolitur und Lavendel. Überall fanden sich die eleganten, geschwungenen Holzmöbel, die schon damals gewirkt hatten, als wären sie aus einer längst vergangenen Epoche gefallen. Der Konsolentisch, den wir beim Fangen umgeworfen hatten, die goldene Kommode mit den aufgesetzten Rosenranken, die ich früher regelmäßig mit dem Finger nachgezeichnet hatte – alles war so vertraut, als wäre ich nie fort gewesen. Hier drinnen schien die Zeit stehengeblieben zu sein.

Langsam öffnete ich die Tür zu Darce' Zimmer. Früher hatte ich nie darüber nachgedacht, warum ich diesen Raum nicht betreten durfte, weil es immer so gewesen war. Und dann hatte es plötzlich keinen Grund mehr gegeben, darüber nachzudenken.

Wie können schon vier Jahre vergangen sein?

Wie erst vier Jahre?

Warum rast die Zeit dahin und scheint gleichzeitig stillzustehen?

Vom Flur aus hatte ich oft hineingeschaut. Damals fühlte es sich so an, als wartete jenseits dieser Schwelle etwas auf mich.

Der Zugang zu einer fantastischen Welt.

Mindestens Narnia.

Jahre später trat ich nun ein, doch statt Narnia bekam ich ein Zimmer, das dringend gesaugt werden musste.

Von hier aus fühlte es sich kleiner an. Das lag wohl nicht allein an der veränderten Perspektive, sondern auch an den ausladenden, massiven Holzmöbeln. Sie wirkten so majestätisch, als stünden sie schon immer hier und würden dies noch die nächsten Jahrhunderte tun. Dabei hätten sie sich gut in einem Museum gemacht – oder in einem Königshaus.

Ich setzte einen weiteren Schritt hinein, bemüht, keinen Ton zu machen, obwohl Bentley und James im Erdgeschoss sicher noch tief und fest schliefen. Doch das hier fühlte sich so verboten an, dass ich nicht anders konnte. Wie sehr sich diese Erinnerungen aus der Kindheit in uns festkrallten, dass sie noch Schatten auf die Gegenwart warfen, obwohl wir längst erwachsen waren.

Das ganze Anwesen war ein einziger Schatten und dieses Zimmer gehörte dem größten und tiefsten von allen.

Zeit, sie zu verscheuchen.

Gerade wollte ich den nächsten Schritt machen, da sah ich aus den Augenwinkeln, wie sich die Bettdecke bewegte.

Jemand lag dort!

Eine schreckliche Sekunde fürchtete ich, *er* wäre es.

Aber schon fand ich lange blonde Haarsträhnen und etwas tiefer ein schwarzes Glitzertop, das knapp genug geschnitten war, um mir deutlich zu machen, dass nicht Darce dort lag.

Eine von Bentleys Freundinnen hatte sich offenbar den ungünstigsten Schlafplatz überhaupt gesucht.

Darce würde durchdrehen.

Ich musste sie hier rausholen.

Oder nicht?

Sollte ich Bentley wecken?

Sie schlafen lassen – in Darce' Bett?

Unter all den Möglichkeiten suchte ich diejenige, die sich am wenigsten mies anfühlte.

»Was machst du hier?«, ertönte es hinter mir.

Drohend.

Dunkel.

Shit!

Unzählige Male hatte ich darüber nachgedacht, was mir mehr Angst machte: Darce wiederzusehen oder ihn niemals wiederzusehen? Jetzt fand ich die Antwort. *Ich würde alles dafür geben, wenn dort hinter mir jemand anderes stünde.*

Irgendjemand.

Nur nicht *er*.

»Hey! Ich rede mit dir.«

Flucht war unmöglich. Die nächsten Jahre stehen bleiben und vorspielen, ich wäre eine verblüffend realitätsnahe Statue, ebenfalls. *Oder?* Jetzt wäre die perfekte Gelegenheit, dass dieser antike Holzboden unter mir aufbrach und mich mit einem Happs verschlang. Aber obwohl die Welt zu schwanken schien, blieb dieses verfluchte Holz unerschütterlich – im Gegensatz zu mir.

»Hey?«

Was hat mich geritten, diesen Job anzunehmen?

Schlechteste.

Idee.

Aller.

Zeiten!

Seine Hand legte sich an meine Schulter und rüttelte daran. Nicht rabiat genug, um unangenehm zu sein, aber zu energisch, um als sanft durchzugehen. Der Boden hielt und so blieb ich hier – *in seinem Schlafzimmer.*

Keine Ahnung, wie er reagieren würde.

Mich anschreien?

Mich umarmen?

Beides war gleich wahrscheinlich.

Beides gleich erschreckend.

Ich war nicht bereit.

Der Druck seiner Finger fühlte sich an wie früher, war so vertraut, dass es schmerzte.

»Was soll das?«, fragte er, nachdem ich keine Anstalten unternahm, mich zu rühren. *Oder zu atmen.*

Das hier war der peinlichste Moment meines Lebens und mit jeder Sekunde, die verging, wurde er schlimmer. Ein tiefer Atemzug, ein letztes Mal Mut sammeln, dann drehte ich mich um. Kastanienbraune Augen weiteten sich überrascht.

Die Zeit war doch nicht überall stehengeblieben.

Seine Schultern waren breiter geworden und er trug nun einen dieser Dreitagebärte, die anscheinend niemals aus der

Mode kamen. Dieser hier war so akkurat geschnitten, dass Grandpa daran Freude gehabt hätte. Nichts hatte ihn mehr begeistert als ein perfekt gestutzter Rasen. An Grandpa hatte ich zu lange nicht gedacht. Nur ein Blick in Darce' helles Gesicht und die Erinnerungen an ihn kehrten zurück. Brachten weitere mit sich.

Von tiefblauen Sommerhimmeln.

Kinderlachen.

Unbeschwertheit.

Dem Geschmack von Kirschen.

Sie hüllten mich ein wie eine vertraute Decke …

»Eklig.« Mit nur einem Wort zerrte Darce die Decke fort und scheuchte die Erinnerungen davon.

Wahrscheinlich sah ich ähnlich fassungslos drein, wie ich mich fühlte, denn sein Kinn zuckte erklärend in Richtung meiner linken Hand. Irritiert folgte ich seinem Blick und fand das Kondom.

Ich hatte mich geirrt.

Das gerade war nicht der peinlichste Augenblick meines Lebens gewesen.

Dieser hier war es.

»Ich wollte es in deinen Mülleimer werfen.«

Wow.

Was für poetische Worte nach vier Jahren Funkstille.

Vier verfluchte Jahre.

Wieder erwischte ich mich dabei, dass ich ihn anstarrte. Noch schlimmer war, dass er mich ebenfalls erwischte. Seine honigblonden Augenbrauen zogen sich irritiert zusammen.

»Geh.« Immerhin war seine Erwiderung auch nicht poetischer.

Dafür verwirrend.

Wohin? Bad oder Flur?

Seinem Blick nach sollte ich das wissen.

Flur?

Offenbar die richtige Entscheidung, denn er ließ mich schweigend passieren.

Ganz ohne Umarmung.

Und ohne Wut.

Seltsam.

Ich atmete durch, kratzte das zusammen, was sich wie die kümmerlichen Überreste meines Muts anfühlte.

»Du bist zurück.« *Großartiger Gesprächseinstieg, Ella. Offenbar ist er das.*

»Offenbar bin ich das«, kam es wie ein Echo meiner Gedanken von ihm.

Gut, versuchen wir es anders. »Wie lange bleibst du?«

»Das Zimmer kann heute Nachmittag gemacht werden.« Er wandte sich ab. »Sorg für neue Bettwäsche und saug hier durch.« Mit diesen Abschiedsworten schloss er die Tür hinter sich.

Darce.

Den ich mein Leben lang kannte.

Mein bester Freund.

Der Junge, der meinen ersten Kuss bekommen hatte.

Meine erste Liebe.

Er hat mich nicht einmal erkannt.

2

»Du hättest dabei sein müssen, Ella-Bella«, stellte Bentley zum hundertsten Mal fest, während ich versuchte, die hartnäckigen Wasserflecken von der gigantischen Marmorkücheninsel zu reiben. Der Rest des Anwesens wirkte zwar wie aus der Zeit gefallen, doch die offen geschnittene Küche bildete eine Art moderne Insel. Die weißen Hochglanzfronten und der helle Marmortresen brachen die antike Eleganz auf. Früher hatten wir oft hier gesessen und Limo getrunken, bis uns ein Erwachsener erwischt und wieder nach draußen geschickt hatte.

»Ella?«, setzte Bentley erneut an und erinnerte mich daran, dass ich ihm eine Antwort schuldig geblieben war. Er mochte älter geworden sein, aber sein hellbraunes Haar bildete das gleiche wirre Chaos wie zu Kinderzeiten und sein Gesicht besaß noch denselben zarten Rosaton. Doch am meisten verband ich mit Bentley dieses strahlende Lächeln, das er mir gerade zuwarf und das sich jedes Mal anfühlte wie ein warmer Sonnenaufgang.

»Aus Partys mache ich mir nichts.«

»Sie macht sich nichts aus Partys«, erwiderte er so entrüstet in Richtung seines Freundes, dass ich lachen musste.

»Du weißt, was das heißt?«, fragte James und schob sich eine seiner schwarzen Locken aus der Stirn. Das einfallende Sonnenlicht verstärkte den goldenen Hauch seiner braunen

Haut und in seinen dunklen Augen glitzerte es verdächtig. »Wir müssen sie überzeugen.«

»Das schaffen wir.« Bentley hauchte ihm einen Kuss auf die Wange, bevor er sich an ihn lehnte. »Warte ab, die Partys werden legendär. Noch in Jahrzehnten wird ganz Juniper Falls über unseren Partysommer reden.«

»Wenn ihr wieder vorhabt, ein Labyrinth aus Wasserbechern auf der Treppe aufzubauen – bestimmt. Denn dann wird sich jemand das Genick brechen«, gab ich zurück und erkannte die Überlegenheit des Marmors an. Diese Wasserflecken bekam nichts und niemand weg. Egal, die fielen eh nicht auf.

»Das war ein Sicherheitssystem, damit keiner nach oben geht«, protestierte Bentley. »Stell dir vor, jemand hätte in Darce' Zimmer gekotzt. Der würde es fertigbringen, uns alle zu verklagen.« Er schwankte beim Lachen so heftig, dass ich kurzzeitig fürchtete, er würde vom Barhocker fallen.

James dachte wohl Ähnliches, denn er krallte sich vorsorglich am Küchentresen fest, um sie beide zu halten.

»Was das angeht … Er ist zurück?«

»Ja.« Bentleys Lachen verklang abrupt und damit auch die Gefahr, dass er im nächsten Augenblick vom Hocker fiel. »Er stand gestern Nacht einfach vor mir. Schwer zu sagen, wer von uns beiden begeisterter war.«

»Darce.« James kicherte. »Er sah aus, als wäre er eine überreife Tomate kurz vorm Platzen. Boom.« Seine Faust sprang demonstrativ auf. »Aber er scheint sich doch amüsiert zu haben. Ich habe Annie heute Morgen aus seinem Zimmer kommen sehen.«

Großartig.

Vier Jahre und trotzdem nagte es bei dem Gedanken hinter meiner Brust.

»Setz dich endlich zu uns, Ella-Bella«, Bentley nickte in Richtung des leeren Hockers neben sich, »und iss. Ich bekomme schon Hunger davon, dir bei der Arbeit zuzusehen. Das ist nicht gesund.« Er deutete auf die übergroße Pizzaschachtel mit den Reststücken, die vor ihm auf der Arbeitsplatte stand.

»Ich habe keinen Hunger.« *Hätte ich für diese Lüge jedes Mal einen Dollar bekommen, müsste ich jetzt nicht benutzte Kondome wegräumen.*

»Aber sie ist mit Extrakäse.« So schnell gab Bentley nicht auf. Er hob den Karton an, hielt ihn in meine Richtung und ließ den Deckel auf- und zuschnappen, als wollte er den Geruch zu mir herüberschicken. Konnte er nicht mehr, denn der hing bereits überall. Vor einer Stunde war es härter gewesen abzulehnen, als der Duft nach geschmolzenem Käse sogar den des blumigen Reinigungsmittels überlagert hatte.

Sie meinen es nur gut. Das meinten alle. Aber die wenigsten hatten eine Ahnung, was es bedeutete, arm zu sein. Richtig arm. Wie es sich anfühlte, etwas anzunehmen, obwohl man wusste, dass man nie in der Lage wäre, es auszugleichen.

Mit jedem Gefallen, jedem Pizzastück, jedem spendierten Getränk blieb ein Stück Schuld auf der einen Seite zurück.

Meiner Seite.

Dort fühlte es sich mies an. Keine Ahnung, wie es auf der anderen aussah, dahin hatte ich es nie geschafft. Ich war diejenige, deren Taschen mit Supermarktcoupons gefüllt waren, nicht die, die Pizza für alle bestellen konnte.

Arm zu sein, war scheiße, aber zumindest Stolz konnte ich mir leisten. Deshalb hatte ich zwei Regeln aufgestellt. Die erste lautete: *nur das annehmen, was mir zusteht.*

»Ich habe keinen Hunger«, sagte ich daher, stoppte Bentley und schloss die Packung. »Kannst du mir den Lohn für heute geben? Ich seh gleich noch kurz bei George vorbei, wenn seine Pflegerin fort ist, anschließend muss ich los.«

»Klar.« Er hob sich gerade so weit vom Stuhl, dass er seine Geldbörse aus der Hosentasche ziehen konnte. Dann legte er sie vor sich auf die Arbeitsplatte und öffnete sie. Das Bündel Scheine darin hätte locker ausgereicht, um unsere Miete für den nächsten Monat zu sichern. Zwei davon zog er heraus, warf sie auf die Arbeitsfläche und legte einen dritten dazu, gerade als das Geräusch von Schritten erklang.

Verdammt.

Hätte ich mich heute nicht bereits komplett lächerlich gemacht, hätte ich mich hinter die Kücheninsel geworfen und gebetet, dass mich Darce dort nicht fand. Leider war mein tägliches Maß an Peinlichkeiten übervoll.

»Du«, sagte er, kaum dass er mich erblickte, und deutete auf mich.

Also doch.

Wahrscheinlich war er heute Morgen noch halb betrunken und schläfrig gewesen. Deshalb hatte er mich nicht erkannt. Es war schlicht unmöglich, dass er mich aus seinem Kopf gelöscht hatte.

»Du hast meine Bettwäsche nicht gewechselt!«

Oder doch nicht.

…

Wie hat er mich vergessen können?

Bentley brach in Gelächter aus und erinnerte mich daran, dass wir nun zu allem Überfluss Zuschauer hatten. Hitze kroch meine Wangen entlang. Nicht mehr lange und sie würden spielend mit dem Rot der Tomatensoße auf der Pizza konkurrieren.

»Stimmt«, gab ich zurück, weil Darce mich ansah, als erwartete er eine Antwort. »Mach es selbst!«

Nun klang Bentley, als bekäme er vor lauter Lachen keine Luft mehr. Darce starrte kurz verwirrt zu ihm, dann zu mir und wieder schoben sich seine Augenbrauen zusammen. »Ist das nicht dein Job?« Zumindest schien ihm zu dämmern, dass ich vielleicht nicht zum regulären Putzteam gehörte, aber damit machte er es nur noch schlimmer.

»Gott«, stieß Bentley aus und japste. »Das ist Ella.«

Ella.

Darce' Lippen formten meinen Namen.

Wenn er jetzt sagt, er weiß nicht, von wem Bentley spricht, schnappe ich mir das Geld und gehe.

Und komme nie wieder.

Vielleicht.

Zumindest nicht bis morgen.

Shit, ich hasste es, wie dringend ich den Job brauchte.

Doch kastanienbraune Augen weiteten sich bereits entgeistert. Mein Name kam anscheinend in Darce' Gedächtnis an und öffnete einige der verstaubten Schubladen darin. Für einen langen Augenblick fühlte es sich an, als dachten wir an das Gleiche.

An Küsse, die nach Kirschen schmecken.

»Ella.« Verspätet wich er nach hinten aus, stieß gegen die Marmorplatte. »Warum sagst du das nicht?«

»Warum schaust du nicht hin?«

»Du siehst anders aus!« Sein Finger wies vorwurfsvoll an mir hoch und runter und nichts daran fühlte sich an, als fände er, dass es eine Verbesserung wäre.

»Dafür haben deine Manieren gelitten.«

»Haben sie das?« Es klang nicht wie eine Frage, dennoch bekam er ein energisches Nicken. »Was soll das?« Darce wandte sich an seinen Bruder. »Warum lässt du ausgerechnet sie hierherkommen?«

»Kannst du weniger schreien? Kopfschmerzen.« Bentley streckte sich, strich durch sein Haar, das die gleiche Farbe wie das von Darce besaß. »Der Putzdienst konnte nicht auf heute wechseln und Ella war sowieso hier, also …«

»Warum war sie hier?« Eine unheilvoll herausgepresste Frage.

»Sie kocht für George.«

»Nein!« Darce stieß einen Ton aus, der wie ein Fahrradreifen klang, in den ein Nagel gerammt wurde. »Es gab diese eine Sache, um die du dich kümmern solltest und du schleppst ausgerechnet *sie* an?«

Ich hasste es, wenn andere über mich statt mit mir sprachen. Aber dass ausgerechnet Darce dieser Jemand war, ließ die Wut in meinem Magen köcheln.

»Was ist dein Problem?«, brach es aus mir heraus. Die Frage war der Ersatz für all die anderen, die seit Jahren mal lauter, mal leiser in mir tobten.

Warum hast du dich nie gemeldet?

Wieso hast du auf keinen meiner Briefe geantwortet?

Weshalb hast du mich aus deinem Leben gesperrt?

»Ich habe kein Problem.« Er sah wieder zu mir. »Aber gerne ein professionelles Verhältnis zu den Angestellten. Keine Freundschaften.«

Ob er noch so gelassen aussah, wenn ich den Schwamm über ihm auspresste?

»Zum Glück sind wir keine Freunde mehr. Darf ich eurem Großvater jetzt sein Abendessen machen?« Ich trat an ihm vorbei, nahm die Milch aus dem Kühlschrank.

»Du willst doch nicht jeden Tag hier herumhängen und für den alten Griesgram kochen?«, setzte er erneut an. Offenbar war die Diskussion für ihn noch lange nicht erledigt.

Großartig.

Nicht.

Ich öffnete die Milch, drehte mich um und knallte gegen Darce, der mir ungerührt hinterhergekommen war.

»Kannst du nicht aufpassen!«, fuhren wir uns gleichzeitig an und von der anderen Seite des Tresens drang erneut Gekicher zu uns.

»Wolltet ihr nicht ins Kino?« Darce schnappte sich ein Küchentuch und rieb über die nassen Flecken auf seinem Hemd.

Von mir würde er nicht erfahren, dass er es so noch schlimmer machte.

»Das hier ist besser.« Bentley grinste wie früher, wenn er Darce mit seinen Wasserbomben abgeworfen hatte. Und der wirkte ähnlich wütend wie damals.

Ich wollte lieber nicht darüber nachdenken, dass ich für Darce offenbar eine Wasserbombe geworden war.

»Aber wir brauchen unbedingt Popcorn«, mischte sich James begeistert ein. »Machst du uns welches, Ella?«

»Nein!«, rief Darce. »Wollt ihr mich alle verarschen?« Er deutete auf mich. »Du machst niemandem Popcorn!« Sein Finger fand die anderen beiden, schwenkte zwischen ihnen hin und her. »Und ihr verschwindet von hier!«

»Und lassen euch allein?« Bentleys Grinsen veränderte sich und bekam einen verschwörerischen Anstrich. Er sah aus, als wüsste er, was wir damals im Kirschbaum getan hatten.

»Nein!«, riefen Darce und ich – erneut zeitgleich.

Wenn das ein Running Gag werden sollte, war es eindeutig ein mieser und er fühlte sich an, als ginge er auf meine Kosten.

»Nehmt sie mit«, forderte Darce. Gerade noch war ich eine Wasserbombe gewesen, nun wohl ein Sack Wäsche, den er nicht schnell genug loswerden konnte.

Vielleicht hätte ich ihn längst wiedersehen sollen. Dann hätte die Erinnerung von damals der Realität Platz gemacht. *Könnte ich bitte all die Tränen zurückbekommen, die ich um ihn geweint habe?*

»Klar mache ich Popcorn.« Ich versuchte, wie die überglücklichen Hausfrauen in den 60er-Jahre-Werbejingles zu klingen. Es klappte wohl nicht, denn Darce starrte mich an, als fürchtete er, ich hätte jetzt auch noch irgendeine Art von Anfall. *Also weniger gruselige Stepford-Wife? Kann er haben.* »Dir mache ich keins und das ist ein Jammer, weil mein Popcorn das Beste ist.«

»Tss«, erwiderte Darce. »Ich mag das Zeug eh nicht. Werde erwachsen, Ella.«

»Früher hast du es geliebt.« Mein Triumph währte nur kurz, Darce' Blick verhieß wenig Gutes.

»Mein Geschmack hat sich verändert«, gab er grausam kühl zurück und es brauchte keine weiteren Worte, um deutlich zu machen, dass er damit nicht das Popcorn meinte. Er gab seine Versuche, das Hemd zu trocknen, auf und warf das zerknüllte Tuch zu dem Geld auf dem Küchentresen. »Da sind übrigens noch Wasserflecken auf dem Marmor.«

Wow.

Darce, der mich regelmäßig beim Kirschkernweitspucken hatte gewinnen lassen, war der König aller Arschlöcher geworden.

Das kam schmerzhaft unerwartet.

Er schien nicht mit einer Antwort zu rechnen, war längst an mir vorbei und begutachtete den Inhalt des Kühlschranks. »Hör auf, meinen Joghurt zu essen, Bings!«

Bings. Ein Stich mitten in mein Herz. So hatte er Bentley früher auch genannt, wenn er wütend auf ihn gewesen war. Der war daraufhin regelmäßig zur Sirene geworden, hatte Darce dafür um die Ohren geschleudert, was wir damals für die wildesten Flüche hielten. Heute lag sein Kopf auf James' Schulter und er zuckte nicht einmal mehr zusammen.

»Ich habe keine Ahnung, was du von mir willst«, erwiderte er. »Was soll ich mit Joghurt? Ich hab Pizza.«

Darce' Blick blieb an James hängen, aber der schüttelte den Kopf. »Vergiss es, ich vergreife mich nicht an deinem heiligen Joghurt.« Sein glaubwürdiger Protest führte dazu, dass Darce nun seinen Bruder wieder mit finsteren Blicken aufspießte.

Ich wandte mich ab und meine Aufmerksamkeit den Töpfen zu. Das war sie, die zweite Regel: *niemals zugeben, wenn man sich doch heimlich etwas nimmt, was einem nicht zusteht*. Heute fühlte es sich an, als benötigte diese Regel noch eine Erweiterung: *Besonders nicht, wenn es der Lieblingsjoghurt deiner ersten Liebe ist, die zum arroganten Widerling mutiert ist.*

»Ich weiß, dass du es warst, Bings!«, fuhr dieser Widerling gerade seinen Bruder an.

»Wo habt ihr den Mais?«, rief ich dazwischen und stellte einen der größeren Töpfe lautstark auf den Herd.

»Geh nach Hause, Ella!«

Darce hatte keine Vorstellung davon, wie gern ich das würde. Dieser Tag besaß das Potenzial, mein neuer ultimativer Hass-Tag zu werden. Dennoch setzte ich etwas auf, was sich wie ein Lächeln anfühlte, griff nach einem dieser Minifläschchen Öl, die wahrscheinlich mehr kosteten als mein Wocheneinkauf, und goss es provokant in den Topf.

»Zeig es ihm, Ella-Bella«, rief Bentley und kurz war es wie früher.

»Das ist albern.« Darce beendete den Moment, schüttelte den Kopf und sein Blick blieb an meinem Gesicht hängen. »Wieso hast du dein Haar abgeschnitten?«

War er noch in der Lage, Sätze herauszubringen, die nicht wie ein Vorwurf klangen? Und warum stellte er erst jetzt fest, dass meine damals hüftlangen Haare mir nur noch bis zu den Schultern reichten?

Wie kann er mich so aus seinem Gedächtnis gelöscht haben?

»Auch mein Geschmack hat sich verändert«, gab ich zurück und marschierte an ihm vorbei in Richtung Speisekammer.

3

»Wie läuft es bei *denen*?«

Denen – das war von jeher die Familie von Bentley und Darce. Es war kompliziert mit Mom und *denen*. Ihr Reichtum faszinierte sie ähnlich, wie er sie abstieß. Seit ich dort arbeitete, saugte sie jede Winzigkeit aus mir heraus, verlangte alle Details, um sich im Anschluss darüber auszulassen, wie armselig *deren* Leben doch war. Genau wie früher.

Ich legte Bentleys Pizzakarton mit den Resten auf unseren zerkratzten Tisch. Beim Abschied hatte ich gefragt, ob ich ihn entsorgen sollte, und dafür von Bentley einen Luftkuss zugeworfen bekommen. Jetzt standen die Reste hier und waren unser Abendessen. *Wer ist hier erbärmlich?*

»Pizza!« Ein hoher Schrei drohte, mir das Trommelfell zu zerfetzen. Kitty machte ihrem Spitznamen alle Ehre, war mit einem Satz auf der Bank und angelte sich den Karton wie ein Kätzchen, das einen Fisch fing.

»Hast du dir die Hände gewaschen, Kitty-Cat?«

Sie blies die blassen Wangen auf und wirkte nun wie ein niedlicher Kugelfisch. Seit sie ihre Haare auf der gleichen Länge trug wie ich, waren die Ähnlichkeiten zwischen uns nicht mehr zu übersehen. Manchmal sah ich mich selbst in ihr. Damals, als die Welt ein Abenteuer gewesen war und meine

Träume so groß, dass sie nicht in diesen Trailer gepasst hatten. In diesen Momenten wünschte ich mir, mich noch einmal so zu fühlen. *So unerschrocken und frei.*

»Los, Hände waschen!«

Sie verdrehte die Augen, stand aber auf und verschwand.

»Du bist zu streng mit ihr!«

»Eine von uns beiden muss das sein«, gab ich zurück, nahm drei Teller aus dem Schrank und stellte sie zu der Pizza. *Das solltest du sein, Mom.* Ich behielt den Gedanken für mich. Heute war ich zu müde für die Diskussionen und Vorwürfe, die er mit sich bringen würde.

»Hast du mit Bentley gesprochen?« Sie lehnte sich an die Spüle und sah mir dabei zu, wie ich Pizza auf die Teller legte. Ein Stück für mich, eines für Mom, zwei für Kitty.

»Natürlich.«

»Und lädt er dich auf ein Date ein?« In ihren Augen glitzerte es voller Begeisterung und einmal mehr fragte ich mich, wer von uns beiden hier die Tochter war.

»Er steht auf Männer.«

Sie zuckte mit den Schultern. »Bist du dir sicher?«

Ich drückte Mom ihren Teller in die Hand. Mit einem Mund voller Pizza ließ sich weniger Unsinn reden.

»Er hat einen Freund!«

»Das ist kein Hindernis.« Offenbar dachte sie nicht daran, ihre Pizza zu essen, bevor sie mich verkuppelt hatte. »Dann nimm Darce«, erklärte sie mit ihrer eigenen Logik. »Der hat schon seinen ersten Anteil vom Erbe. Er ist reich und Abigail aus dem Diner sagt, er wäre für den Sommer zurückgekommen.«

Den ganzen Sommer?

Ich wollte schlafen.

Jetzt.

Und einfach im Herbst wieder aufstehen.

»Perfekt«, sagte ich grimmig. »Dann heirate ich Darce, gut, dass wir das besprochen haben.« Ich legte Kitty mein Pizzastück ebenfalls auf den Teller. Mir war der Hunger vergangen.

»Wie wäre es mit weniger Sarkasmus?«

Wie wäre es mit mehr Stolz? Noch einer dieser Gedanken, den ich lieber in mir einschloss. Kitty freute sich zu sehr auf die Pizza. Wir sollten den Abend nicht mit Streit ruinieren.

»Darce ist vermögend, also braucht er eine Frau«, setzte Mom nach. »Das ist ein Fakt.«

Ich griff mein Handy und hielt es ans Ohr. »Das letzte Jahrhundert ruft an, Mom«, flötete ich. »Sie wollen ihre Rollenklischees zurück.«

Sie verdrehte die Augen. »Du kannst dir deinen Stolz nicht erlauben, dafür bist du zu arm.«

»Mein Stolz ist alles, was ich besitze«, erwiderte ich kühl und warf das Handy auf die Arbeitsplatte. »Den lass ich mir nicht nehmen.«

»Du bist alt!«

Jetzt war ich diejenige, die schnaubte. »Ich werde neunzehn!«

»Ganz genau. Du hast nur noch ein paar Jahre, um dir einen reichen Mann zu suchen. Deine Tante Tessa war zwanzig, als sie sich diesen Immobilientypen geangelt hat.«

»Und was hat es ihr gebracht? Eine unschöne Scheidung und eine öffentliche Schlammschlacht.«

»Eine viertel Million und ein Haus«, erwiderte Mom, ohne eine Miene zu verziehen. »Wann hast du sie das letzte Mal gesehen?« Nun zuckte ich mit den Schultern. »Genau«, fuhr sie fort. »Weil sie hier raus ist. Sie hat es geschafft, uns hinter sich zu lassen. Deshalb gibt sie sich nicht mehr mit uns ab. Darce ist unsere Fahrkarte. Dafür musst du deine Reize richtig ausspielen.« Mit der freien Hand griff sie mir in die Haare und knetete darin herum.

»Mom!« Ich machte einen Satz zurück und wich ihr aus. »Das kannst du dir schenken. Er hasst meine Frisur.«

»Kein Wunder bei diesem Gestrüpp. Ich habe bei Dorie noch einen Gefallen gut, sie kann da ein wenig Schwung reinbringen. Wie wäre es mit Strähnchen? Oder du lässt sie wieder wachsen, wenn ihm das besser gefällt.«

»Will ich aber nicht!« Ich wehrte ihre Hände ab, die erneut in meine Richtung griffen. »Keine neue Frisur, keinen Darce. Ich komme hier allein raus.«

»Wie?« Ihre Augenbrauen hoben sich und Teile des pinken Lidschattens wanderten mit. »Deine hochtrabenden Unipläne? Wie willst du die bezahlen? Du hast nicht einmal ein Stipendium.«

Worte wie Schläge. Es war schwer, ein Stipendium zu bekommen, wenn man nach dem Unterricht ständig im Diner aushelfen musste, weil Mom nicht zu ihrer Schicht auftauchte. Danach hatte ich mich um Kitty gekümmert, meine Schulsachen gemacht, während sie schlief, und an den Wochenenden hatte ich, statt zu lernen, Häuser geputzt, nachdem uns ohne Grandpas Zuschuss zu wenig zum Leben blieb. Ein Stipendium war ein unerreichbarer Wunschtraum geblieben, aber immerhin hatte ich einen Abschluss und eine Zusage.

»Ich weiß, dass du Geld abzweigst.«

Verflucht.

Ich spannte mich an, wartete auf die Wutwelle, die über mich hereinbrechen würde, aber alles blieb still. Stattdessen beugte sie sich zu mir und strich mir sanft eine Strähne hinters Ohr. »Weißt du, was ich mir für dich wünsche?«

»Einen vermögenden Mann?«

»Auch«, sagte sie, »aber noch mehr wünschte ich mir, dass du mir nicht so verdammt ähnlich wärst.«

Was?

Wir sind unterschiedlicher als Tag und Nacht.

Als Feuer und Eis.

Sie lächelte, schien zu ahnen, was ich dachte. »Ich war auch mal wie du.« Tränen glitzerten in ihren Augen – so weit, so normal. Mom weinte oft.

Ein angebranntes Abendessen: Tränen.

Ein zu vorwurfsvoller Kommentar: Tränen.

Ein süßer Hundewelpe: Tränen.

Ihr Weinen ertrug ich mit stoischer Gelassenheit, aber ihre Worte brannten in mir.

Nein.

Wir sind grundverschieden.

»Pizza!« Unbemerkt von uns hatte Kitty wieder Platz genommen. Sie biss so verzückt ins erste Stück, dass ich den Gedanken, woher es stammte, zur Seite schob. »Ich habe Nachtisch für dich, Kitty-Cat.«

Darce' Joghurt, den ich aus meiner Tasche zog, brachte mir einen weiteren Freudenschrei ein.

4

»Es gibt einen Weg, wie wir beide den Sommer überstehen.« Ich bemühte mich, ruhig zu bleiben und durchzuatmen. »Aber das schaffe ich nicht ohne deine Hilfe. Lass uns Frieden schließen.«

Keine Reaktion.

»Überheblichkeit ist hier nicht angebracht!«

Erneut erntete ich Schweigen.

»Ich hasse dich.«

Tiefes Schweigen.

Ein frustriertes Stöhnen brach sich seinen Weg aus mir heraus. Ich war von einer anstrengenden Schicht im Diner hierhergeeilt, weil George Wert auf seine Essenszeiten legte. Alles, worum ich bat, war diese winzig kleine Sache.

»Erwartest du, dass ich flehe? Soll ich vor dir auf die Knie gehen? Ernsthaft, was willst du?« Ich pustete mir eine Haarsträhne aus der Stirn, die sich aus meinem Zopf gelöst hatte. »Gibt es für dich irgendwo eine Gebrauchsanleitung?«

»Reib mehr an den Knöpfen, dann verwandelt sich die Kaffeemaschine in eine Wunderlampe und du hast drei Wünsche frei.«

Darce.

Hinter mir.

Schon wieder!

Ich fuhr herum.

Fand ihn und diese Gewitterwolken in seinem Blick.

Gottverdammt.

»Wie lange stehst du schon da?«

»Lange genug.« Er verzog keine Miene, nur in seinen Augen blitzte es. »Flehst du immer die Küchengeräte an?«

»Ja. Du hast das Gebet zum Toaster verpasst.«

»Spannend. Was wolltest du von dem?«

»Bessere Manieren für dich, aber er nimmt keine hoffnungslosen Fälle an.«

Gedanklich schickte ich der Hightech-Kaffeemaschine in meinem Rücken einen weiteren – diesmal stillen – Fluch. In den letzten Tagen war ich an allen der gefühlt zweihundert Funktionen verzweifelt.

Ich wollte doch nur Kaffee!

»Willst du Kaffee?«

»Nein.«

Nicht von *ihm.*

Darce starrte mich an und ich starrte zurück.

Nur nicht blinzeln, das könnte er als Erfolg werten.

»Ich wollte sie nur entkalken.«

Nicht.

Blinzeln.

»Klar«, erwiderte Darce mit diesem Ton, der deutlich machte, dass er mir kein Wort glaubte. »Ertränkst du deinen Kaffee immer noch in Milchschaum?«

Ernsthaft?

Er konnte sich nicht mehr an mich erinnern, aber daran, wie ich meinen Kaffee trank?

»Und? Du trinkst ihn wahrscheinlich pechschwarz wie die Nacht? Passend zu deinem Humor?« Ich ergriff mein Handy, begann Mom zu schreiben, dass sie die Schicht im Diner heute nicht vergessen durfte, und stoppte mittendrin, als ich die

Uhrzeit sah. Mit einem Fluch landete das Handy wieder neben der Kaffeemaschine. Offenbar hatte ich eine Viertelstunde lang versucht, an Koffein zu kommen. Ich musste mit dem Kochen anfangen. Jetzt.

In Rekordgeschwindigkeit setzte ich Wasser auf.

»Pasta?« Darce schien sich nur mit Mühe ein Lachen verkneifen zu können. »George wird begeistert sein.«

»Hast du nichts Besseres zu tun, als hier herumzustehen?« Ohne die Antwort abzuwarten, machte ich mich auf den Weg zur Speisekammer und hoffte, er würde verschwinden. Doch als ich zurück in die Küche kam, stand Darce mit dem Rücken zu mir gewandt noch immer dort. Zumindest kommentierte er so die Zutaten in meinem Arm nicht.

Gerade als ich die Zwiebeln ablegte, tauchte er bei mir auf und knallte ein Glas neben mich. So heftig und unerwartet, dass ich zusammenfuhr.

»Glaub bloß nicht, dass das etwas ändert.« Die Härte in seiner Stimme hätte jeden Felsen zertrümmern können. Er wandte sich ab und verließ mit schnellen Schritten die Küche.

Ich sah auf das Glas, das er neben mir abgestellt hatte – fand Espresso ertränkt in Milchschaum.

Er hat mir einen Kaffee gemacht.

Und mich anschließend angeschrien.

Ist das jetzt gut?

Schlecht?

Beides?

Ich starrte auf das Glas.

Trinken oder nicht?

Mein Stolz und meine Erschöpfung kämpften gegeneinander.

Während die beiden miteinander rangen, schnappte ich mir mein Handy, um die Erinnerung an Mom zu beenden. Noch bevor ich es in die Hand nahm, sprang mir ihre neu eingegangene

Nachrichtenflut entgegen. *Irgendwann werde ich Mom sagen, dass nicht jeder Satz eine neue Nachricht braucht.*

Rasch schickte ich ihr den knappen Befehl, zur Arbeit zu gehen, ohne ihre Nachrichten zu lesen. Es waren ohnehin nur Ermahnungen, am besten heute noch vermögend zu heiraten.

Wieder meldete sich meine Erschöpfung und forderte Koffein ein. Ich legte das Handy zurück und sah zum Glas, das auf der Marmorplatte ein fantastisches Stillleben abgab. *Wahrscheinlich ist nie ein Kaffee perfekter gewesen, selbst die verdammte Schaumkrone ist makellos.*

Seufzend griff ich nach dem Glas.

Und kippte den Inhalt in die Spüle.

Mein Stolz gewann gegen die Müdigkeit.

Er würde immer gewinnen.

»Wie läuft es mit meinen Enkelsöhnen? Benehmen die sich?« George schob den Teller zur Seite, auf dem sich beängstigend viele Reste fanden. Genau wie an den Tagen zuvor. Das, was ich unter Kochen verstand, war wohl nicht, was er darunter verstand. Gestern hatte ich mir ein paar Kochbücher von unserer Nachbarin geliehen. *Ob die Rezepte darin ansatzweise ausreichen, um nicht rausgeworfen zu werden?*

Ich brauchte den Job. Er war viel besser bezahlt als das Housekeeping und das Kellnern, sodass ich einiges in meine eigene Spardose packen konnte. Jeden Tag arbeitete ich von früh bis spät und dennoch fehlte mir ein vierstelliger Betrag bis zum Ende des Sommers. Aber es würde reichen. Ich hatte es genau ausgerechnet. Bis zum Herbst konnte ich die Semestergebühr aufbringen und wenn alles gut lief, sogar die Miete für die ersten drei Monate. Bis dahin sollte ich vor Ort einen Job gefunden haben. Aber damit die Rechnung aufging, musste ich diesen hier unbedingt behalten.

»Ella?«

»Ja, sie sind großartig.«

Seine weißen Augenbrauen schoben sich zusammen und kurz erinnerte mich sein Blick an Darce'. »Du redest anscheinend nicht von meinen Enkelsöhnen.« Noch eine Gemeinsamkeit von den beiden, manchmal war es schwer zu erkennen, wann sie scherzten.

Bei Darce hatte ich das zumindest früher gewusst.

»Nein, wirklich, alles in Ordnung.«

»Also grummelt Darce vor sich hin und Bentley verwüstet das Anwesen.« Das kam der Wahrheit erschreckend nah. »Ich wohne zwar im Nebengebäude, aber ich bekomme das eine oder andere mit. Wie viele Feiern kommen noch?«

»Ich habe den Überblick verloren. Die an Bentleys Geburtstag ist wohl das Finale.«

»Früher gab es das nicht.« Seine Lippen verschmälerten sich, als hätte er an einer Zitrone geknabbert. »Ein Dutzend Feiern zur Vorbereitung auf eine einzige. Der Junge hat nur Flausen im Kopf.«

»Es geht um mehr.« Zwar konnte ich Partys wenig abgewinnen, Bentley dafür viel. »Er und James wollen nach ihrem Abschluss Feiern für andere planen.«

»Unsinn. Der Junge wird erst achtzehn, das verwächst sich.« Erneut schüttelte er den Kopf, als wäre damit alles gesagt. »Was hast du jetzt nach deinem Abschluss vor?«

»Im Herbst gehe ich nach Nevada an die Uni und mache dort meinen BBA.« Immerhin bekam ich eine Art Nicken, das mit viel Fantasie so etwas wie wohlwollend wirkte.

»Dann interessierst du dich für Zahlen?«

Nein.

Nicht besonders.

»Lukratives Studium. Du strebst also eine Verbesserung an, gut für dich. Bentley sollte sich ein Beispiel an deinem Ehrgeiz nehmen.«

»Er ist großartig, so wie er ist.« Zwar brauchte ich diesen Job, aber ich konnte nicht hier stehen und mir anhören, wie jemand schlecht über Bentley sprach. Auch wenn dieser jemand sein Großvater war, der mir schon seit meiner Kindheit gehörig Respekt eingeflößt hatte.

»Ist er das?« Dunkelbraune Augen musterten mich nun prüfender. »Na los, bring das Essen weg, die Pflegerin kommt gleich«, sagte er nun unerwartet ruppig und winkte mich fort.

Trotz des harschen Abschieds war ich erleichtert.

Für heute behielt ich meinen Job.

Immerhin.

»Es wird *die* Partysaison«, schallte es mir auf dem Weg zur Küche lautstark entgegen.

Unter diesem Dach gab es nur eine Person, die so viel Begeisterung in so wenig Worte packen konnte. Ich fand Bentley am Küchentresen lehnend, die Arme in die Höhe gestreckt, als dirigierte er ein Musikstück, das nur für seine Ohren bestimmt war. So war er schon immer gewesen. Lebendiger und bunter als der Rest von uns. Wilder. Freier. *Vielleicht sollten wir alle mehr sein wie er.*

Darce, der vor ihm stand, schien das anders zu sehen. Seine Miene erinnerte mich an diese dunkelgrauen Gewitterwolken, die so dicht waren, dass sie alles verschluckten. Doch an Bentleys Euphorie scheiterten sie, die war unerschütterlich wie eh und je.

»Nach dem Sommer redet jeder von uns. Wir werden überhäuft mit Aufträgen – du wirst sehen.«

»Habt ihr einen Businessplan?« Darce verschränkte die Arme. »Wer von euch macht die Kalkulationen? Wer die Buchhaltung?«

»Das ergibt sich.«

»Tut es nicht.« Nun atmete Darce betont aus. »Das sind Themen, über die ihr vorher nachdenken müsst.«

»Du hast keine Ahnung von Kunst!«

»Partys ausrichten ist keine Kunst! Willst du echt deinen Erbanteil für diesen Unsinn verschwenden? Es ist *dein* Verlust, wenn ihr scheitert.«

»Ernsthaft. Geht es wieder darum, dass er dir zu arm ist?«

Zu arm?

James Eltern besaßen einen Laden mit Handarbeitsartikeln, ein paar Straßen entfernt. Nichts Großes, aber mich und James trennten Welten. Offenbar waren selbst die nicht genug, um in Darce' Augen zu bestehen.

»Ich sag nur, dass du nachdenken sollst, bevor du übereilte Entscheidungen triffst.«

»Es ist *mein* Leben!«

Ich war stehen geblieben, um nicht in den Streit zu geraten, aber Bentley bemerkte mich dennoch.

»Ella glaubt an uns!« Er deutete auf mich und dem vernichtenden Blick nach, mit dem mich Darce bedachte, fand ich mich nun zwischen den Fronten wieder.

Super.

Nicht.

»Du findest es also klug, Unsummen in eine lächerliche Idee zu versenken?«

»Vielleicht erscheint sie dir weniger lächerlich, wenn du dich mehr mit ihr beschäftigst.« Die diplomatischste Antwort, die mir einfiel. *Jetzt nur noch Georges Teller loswerden, dann unauffällig Richtung Tür gehen und das Kampffeld verlassen.* In einer Stunde ging die Sonne unter. Bis dahin musste ich zu Hause sein.

»Ella macht unsere Buchhaltung«, warf Bentley ein und zerrte mich überraschend zurück aufs Kampffeld. Er tauchte an meiner Seite auf und legte den Arm um mich.

Um Darce zu provozieren?

Um mich dazu zu bringen mitzuspielen?

Wir waren zu alt für so etwas.

Ich wollte mich gerade losmachen, da lachte Darce.

»Ella hat keine Ahnung von Geld.«

Wow.

Arschlochalarm.

»Sie macht ihren BBA.« Bentley klang hochzufrieden und Darce' Lachen endete abrupt.

»Du machst was?« Er musterte mich verständnislos. »Warum?«

»Ich mag Zahlen«, gab ich zurück und knallte den Teller eine Spur zu heftig auf die Küchentheke. »Und ich liebe Businesspläne, deswegen freu ich mich darauf, die beiden zu unterstützen.«

Bäm!

Zumindest für den Moment hatte ich ihn sprachlos gemacht. Er starrte mich an.

Dann Bentley.

Dann wieder mich. »Ihr werdet scheitern!«

»Familiäre Unterstützung ist so wichtig«, höhnte ich. *Das war es mit der Diplomatie.*

»Du musst es ja wissen.«

Warum habe ich nur so viel Zeit damit vergeudet, ihm hinterherzutrauern?

Er öffnete die Kühlschranktür, fluchte lautstark – wahrscheinlich vermisste er seinen Joghurt, der sich in meiner Tasche befand. Vorhin hatte ich deswegen noch ein schlechtes Gewissen gehabt, das war nun fort. Kitty verdiente ihn so viel mehr als er.

»Und weil sie uns unterstützt, kommt Ella heute Nacht natürlich auf unsere Party.«

Ich tue bitte was?

»Was soll das?«, konnte ich Bentley gerade noch zuraunen, schon knallte die Kühlschranktür zu.

»Sie tut was?«

Dafür, dass wir uns nicht mehr ausstehen können, sind unsere Gedanken oft erschreckend ähnlich.

Die Frage hatte er zwar an Bentley gerichtet, aber ich war es, die diesen Blick voller unbändiger Wut abbekam. Wut, die meine eigene weiter anfeuerte.

So verflucht viel vergeudete Zeit.

So viele Tränen.

»Mitfeiern«, hörte ich mich sagen, bevor mein Verstand mich daran hindern konnte. Jetzt lag das Wort in diesem Raum zwischen uns und füllte ihn aus.

»Gut«, sagte Darce, aber es klang nicht so, als könnte er das auch nur ansatzweise ernst meinen. »Vergiss nicht, vorher den Teller in die Spülmaschine zu stellen. Nicht dass du vor lauter *Arbeit* deine Pflichten vergisst.«

Die Türklingel gab ihr noch viel zu vertrautes Geläut ab und Bentley ließ mich los. »Kann ich euch zwei allein lassen?« Für den Moment schien er tatsächlich nicht sicher zu sein.

»Geh ruhig. Wenn er noch was sagt, presse ich den Schwamm über seinem Kopf aus«, erwiderte ich so unschuldig, wie es meine Wut zuließ.

»Das hätte er sich verdient.« Bentley hauchte mir einen Kuss auf die Wange. »Warte damit, das will ich nicht verpassen.« Er rannte förmlich in Richtung Tür.

»Was soll das Anbiedern bei ihm?« Diese eisige Kälte in Darce' Stimme könnte wohl Flammen einfrieren lassen. »Er ist *mein* Bruder.«

»Und mein Freund.«

»Ist er das? Wie lange bist du wieder hier? Eine Woche? Für wie lange – einen Sommer, wie immer?« Da schwang etwas mit, das ich nicht zu fassen bekam.

»Genau wie du.« Ich wandte mich ab, um die Reste auf dem Teller mit dem Messer in den Müll zu schieben. Zu rabiat, das Porzellan quietschte unter dem Metall.

»Kannst du nicht vorsichtiger sein?«, kam es grimmig von Darce.

»Kannst du nicht höflicher sein?« Ich übernahm seinen Ton, richtete mich auf und fand James an Bentleys Seite, der mich begeistert angrinste.

»Die beiden sind echt Zucker zusammen«, raunte er Bentley zu – nicht leise genug.

»Was?«, kam es gleichzeitig und ähnlich entgeistert von Darce und mir.

Geht das schon wieder los?

»Hör auf zu sagen, was ich denke!«, fuhr mich Darce an.

»Wenn du dafür aufhörst zu denken, was ich sage!«

»Zucker«, bestätigte Bentley die Einschätzung seines Freundes. »Gott, hoffentlich werden wir nie so.«

Irgendwann war dieser Tag falsch abgebogen.

Ich war mir nur nicht sicher, wann.

»Wir waren kein Paar!«, stellte Darce klar. Dieses drohende Vibrieren seiner Stimme hätte es nicht gebraucht, um deutlich zu machen, dass er niemals so tief sinken könnte.

Ich zog das Messer erneut über den Teller – fest und absichtlich. Das schrille Quietschen ließ ihn zusammenfahren, bevor er mich mit einem vorwurfsvollen Blick bedachte.

»Natürlich nicht.« Ich hob den Schwamm und ertränkte ihn im Spülmittel. »Außerdem steh ich auf Männer, die sich nicht aufführen, als wäre der Lotus-Effekt nach ihnen benannt.«

»Lotus-Effekt?«

»Ja, Darce, Lotus-Effekt.« Lächelnd gab ich Wasser auf den Schwamm. »Müsste dir bekannt vorkommen, Mr

Alles-perlt-an-mir-ab-und-ich-bin-zu-gut-für-die-Welt.« Ich hob den Schwamm und winkte damit demonstrativ in seine Richtung. »Versuch, mehr wie *der* zu sein. Vielleicht überraschst du uns und wir finden so etwas wie einen weichen Kern in dir. Mach uns den Schwamm, Darce.«

James und Bentley lachten, während es in Darce' Augen funkelte. Früher hätte ich gedacht, er wäre amüsiert, jetzt tippte ich auf Wut.

»Ernsthaft? Das ist kindisch.« Mit einem Schnauben stoppte er vor mir und forderte den Schwamm ein.

Mich nannte er kindisch und selbst ertrug er nicht mal diese klitzekleine Provokation? Zur Strafe ignorierte ich seine ausgestreckte Hand und ließ den Schwamm unter dem Gelächter von Bentley und James erneut tanzen. Darce versuchte, sich den Schwamm zu schnappen. Konnte er vergessen. Ich hielt ihn fest, wollte ihm sagen, er sollte sich verziehen, doch dann wurde mir bewusst, wie nah wir beieinanderstanden. So nah, dass ich all die vertrauten Winzigkeiten an ihm wiederfand.

Den Schwung seiner Lippen und seiner Nase.

Die honigfarbenen Augenbrauen, die sich überrascht hoben.

Die kastanienbraunen Augen, in denen ich mich in unserem letzten Sommer andauernd verloren hatte.

Und dann spürte ich es.

Mein Herz flatterte.

Mein dummes, verräterisches Herz flatterte noch immer wegen Darce.

Scheiße.

Darce' Zerren endete so abrupt wie meines.

Für einen Augenblick schienen wir beide unfähig, uns zu bewegen.

Zu reden.

Zu atmen.

Meine eigene Fassungslosigkeit spiegelte sich in seinem Blick. Dann endlich eine Bewegung. Darce' Hand drückte behutsam meine. Jede Faser an mir kribbelte begeistert unter seiner Berührung. Weicher Schaum presste sich sanft hindurch und intensivierte dieses verdammte Lodern.

Was geschieht hier?

Mit mir?

Mit uns?

»Früher hattest du eine bessere Meinung von mir«, raunte er mir zu. Zum ersten Mal seit dem Wiedersehen schwang keine Wut in seinen Worten mit. Diese hier waren so weich wie der Schaum, der unsere Hände einhüllte, sich schützend um sie legte.

In meinem Kopf war nur noch Morast. Bei jedem Versuch, eine Erwiderung zu finden, sank ich tiefer ein. Ich spürte die Wärme seines Armes. Es brauchte alles an Selbstbeherrschung, um mich nicht dagegenzulehnen, als ich mir einbildete, seinen Daumen auf meinem Handrücken zu spüren. Genau an der Stelle, auf die er vor Jahren ein Herz gemalt hatte. Tagelang hatte ich darauf geachtet, dass es kein Wasser abbekam, damit es für immer dortblieb.

Damals hatte ich gewartet, dass er sich meldete. Ein Anruf. Ein Brief. *Irgendwas.*

Und dann hatte ich erfahren, was geschehen war …

Schmerz flackerte hinter meiner Brust auf. Als wären unsere Gedanken wieder sonderbar verknüpft, legte sich der gleiche Schmerz wie ein Schatten über Darce' Gesicht. Er ließ meine Hand so schnell los, als hätte er sich daran verbrannt.

Bevor ich ansatzweise dazu kam, meine Entgeisterung in etwas Schnödes wie Worte zu packen, verschwand Darce.

»Was zur Hölle war das?«, hauchte James.

»Keine Ahnung, aber das war heiß.« Bentley fächelte sich Luft zu. »Wow, ich nehm es zurück, lass uns doch werden wie die zwei.« Er strich über James' Kinn. »Außerdem sollten wir Schaumpartys anbieten. Ich dachte ja, die wären nicht mehr angesagt, aber das war *davor*.« Das letzte Wort betonte er bedeutungsvoll, deutete auf mich und erst da registrierte ich, dass ich weiterhin den Schwamm umklammerte, während meine Hand im Schaum versank.

Entsetzt warf ich ihn Richtung Spüle und er landete mit einem empörten Platschen darin. Ich drehte hastig das Wasser an, um den Schaum loszuwerden. Es galt, alle Spuren zu beseitigen – von diesem Was-auch-immer-es-gewesen-war.

5

Darce

Hellbraunes Haar, in dem Ton von Haselnuss, auf das Sonnenlicht fiel.

Tiefgrüne Augen wie das schattige Moos im Wald.

Und ein Lachen, das den ganzen Raum einnahm und mich zwang mitzulachen – immer schon.

Musik, die man bis zum Anschlag aufdrehte, um von ihr mitgetragen zu werden.

Sonnenstrahlen, die jeden düsteren Winkel mit Wärme und Licht erfüllten.

Meine beste Freundin.

Meine erste Liebe.

All das war Ella gewesen.

Ich starrte auf das Foto von uns beiden. Damals konnte ich nicht älter als acht gewesen sein. Wir standen im Garten, dessen sattes Grün im Sonnenlicht leuchtete. Die Augen hielten wir geschlossen, dafür waren die Münder begeistert aufgerissen. Es war eines dieser Fotos, bei denen man förmlich das Lachen von damals im Ohr hatte. Irgendjemand – vermutlich Bentley – hatte einen Gartenschlauch auf uns gerichtet und spritzte uns nass. Aber er war nur eine Randerscheinung, Ella und ich hingegen wirkten wie diese Einheit, die wir schon immer gewesen waren.

Ich erinnerte mich nicht mehr an diesen Tag.

Oder daran, wer das Foto aufgenommen hatte.

Aber dafür erinnerte ich mich daran, wie es sich angefühlt hatte, Ellas bester Freund zu sein. Wahrscheinlich hatte ich es deshalb nicht übers Herz gebracht, es wegzuwerfen, als ich es unter den Familienbildern in Dads Schreibtisch gefunden hatte.

Wieder starrte ich auf das Bild – auf diese Zeit, in der noch alles einfach gewesen war. Bevor der Sommer begonnen hatte, in dem ich auf jedes Papier Herzen gemalt hatte, um sie sofort wieder zu überkritzeln. Damals war ich sechzehn gewesen, alt genug, um zu wissen, dass gemalte Herzen mich wochenlang um mein Taschengeld bringen würden, falls Bentley eines davon fand.

Dabei hatte der Sommer wie jeder andere begonnen: mit dem dröhnenden Rattern des alten Pick-ups, der auf den Parkplatz fuhr.

Mom hatte es schon immer gehasst, wenn er dort wie selbstverständlich zwischen den anderen teuren Autos stand. Sie fand, es ließ uns sonderbar wirken. Doch das hatte sie nur gesagt, wenn George nicht im Raum war, denn der duldete keine Kritik an Henry. Einmal hatte sie sich bei ihm darüber beschwert, dass Henry die Rosen zu knapp gekürzt hatte. Daraufhin hatte er ihr harsch gesagt, dass Henry den Garten länger kannte als sie, und damit jeden Anflug einer Diskussion vom Tisch gewischt. Es war Georges Anwesen und es waren seine Regeln. Er war nie ein geselliger Mensch gewesen, aber hatte man sich seine Loyalität verdient, gab es wohl keinen besseren Freund.

Sie waren ein komisches Paar – der Gärtner mit den geflickten, immer schmutzigen Hosen und mein Großvater in seinem tadellosen Anzug. Manchmal begutachteten sie den Garten, tranken Tee zusammen oder spielten Schach. Diese Dinge, die alte Menschen taten. Genau das waren sie damals für mich. Uralt.

Das einzige Interessante an Henry war Ella gewesen. Ich wusste nicht mehr, wann er begonnen hatte, sie mitzubringen, weil selbst meine ersten Erinnerungen mit ihr verbunden waren. Der Sommer und die Wochenenden gehörten früher allein uns, bis Mom beschloss, mich mit neun Jahren auf ein Internat wechseln zu lassen. Angeblich, weil ich schlecht darin war, Freundschaften zu schließen. Damals hatte ich nicht begriffen, was sie damit meinte, schließlich hatte ich Ella gehabt. Doch Mom zeigte sich unerbittlich und selbst Dad hatte gemeint, es könne helfen, meinen Horizont zu erweitern.

Ich weinte.

Ich schrie.

Ich schwieg beide an.

Nichts half.

Am Tag vor meinem Abschied beschlossen Ella und ich, gemeinsam zu flüchten. Heimlich schmierten wir uns Brote mit Erdnussbutter und Marmelade. Wir kamen nicht weit. Die Welt hinter dem Tor machte mir zu viel Angst. So kletterten wir in den Kirschbaum, aßen die Brote und schworen, dass uns nichts und niemand trennen konnte. Doch Dad und Henry fanden uns. Ella wurde in den alten Pick-up verfrachtet und ich einen Tag später in unseren Mercedes, um mein Leben im Internat zu beginnen.

Wochenlang weinte ich jede Nacht vor Heimweh.

Im Sommer darauf kehrte ich zurück nach Juniper Falls – für drei Monate. Am ersten Tag der Ferien stand ich noch im Dunkeln auf, um mich auf den Parkplatz zu setzen. Dort wartete ich auf das Rattern des Pick-ups. Irgendwann, nachdem die Sonne aufgegangen war, rollte das alte Auto den Weg entlang. Bevor es ganz stoppte, sprang Ella schon heraus. Ein gutes Stück größer, die Haare länger. Einen Herzschlag lang hatten wir uns angeschaut und dann waren wir einander in die Arme gefallen.

So war es seitdem jeden Sommer gegangen.

Jedes Mal bekam ich eine andere Version von Ella, älter, größer und dennoch brauchte es nur wenige Herzschläge und unsere Vertrautheit war zurück.

Bis zu diesem Sommer mit sechzehn, als Ella mir um den Hals gefallen war und es sich in mir angefühlt hatte wie ein Flug durch Dutzende von Luftlöchern. Plötzlich bekam ich diese Aussetzer, in denen ich heimlich Herzen kritzelte. Oder in Ellas Gegenwart stammelte, was Bentley zum Anlass nahm, mich regelmäßig nachzuäffen. Wenn Ella damals nach meiner Hand griff, kribbelte die Haut darunter und war sie abends fort, verbrachte ich beunruhigend viel Zeit damit, zu versuchen, mir ihr Gesicht in Erinnerung zu rufen. Das Schlimmste aber war, dass ich plötzlich ständig darüber nachdachte, wie es sich wohl anfühlte, sie zu küssen. Er war anstrengend gewesen, großartig und gleichzeitig zutiefst verwirrend – dieser Sommer, in dem ich mich in Ella verliebte.

Und dann registrierte ich, dass auch sie anders war als sonst. Bentley machte sich nun auch über sie lustig, wenn sie ihre Worte vergaß – dabei fand sie sonst immer welche. Oft liefen ihre Wangen rosa an und sie wich meinem Blick aus. Ungefähr da realisierte ich, dass auch Ella verliebt war – in mich. Die nächsten Tage waren ein einziges Schweben und ein behutsames Abstecken unserer neuen Grenzen. In der Vergangenheit hatten wir so oft nach der Hand des anderen gegriffen, ohne darüber nachzudenken. Nun sonderten wir uns ab und hielten sie heimlich.

Mom schien die Veränderungen dennoch zu bemerken, wie Eltern alles mitbekamen – zumindest die, die sich nicht unaufhörlich in ihren Arbeitszimmern verbarrikadierten wie Dad. Ständig zwang sie uns Bentley auf. An einem der Tage bestand er auf Eisshakes aus dem Einkaufszentrum. Ich stimmte zu, denn er neigte zum Übertreiben – besonders bei Shakes.

Henry fuhr uns in seiner Pause zur Mall und ich hasste es. Von Ellas Grandpa gefahren zu werden, fühlte sich an, als wären wir Kinder.

Ella stupste mich an, ein Blick reichte aus, um sie ebenfalls grinsen zu lassen. Ich war so schlecht darin, Worte zu finden, wie Ella gut darin war, in meinen Augen zu lesen. Ihre Fingerspitzen legten sich wie zufällig an meine und blieben die restliche Fahrt über dort.

Trotz Bentley wurde es ein guter Nachmittag. Wir liefen durch die Läden und ich kaufte ein paar Kleinigkeiten für die Zeit im Internat. In dem Schreibwarengeschäft malte ich Ella ein Herz unter das Muttermal auf ihrer Hand und ihr Lächeln setzte eine Horde weiterer Luftlöcher in meinem Bauch frei. Natürlich tauchte Bentley auf, forderte einen neuen Shake ein und zerriss den Moment.

Für ihn gab es einen Vanille-Jumboshake und anschließend zog Ella uns in ein Schmuckgeschäft. Sie probierte sich durch ein halbes Dutzend farbiger Metallarmreifen. Ich verstand nicht viel von Schmuck, aber mir gefiel das Geräusch, dass die Armreifen machten, wenn sie an ihrem Handgelenk aufeinanderschlugen. Doch sie kaufte keinen und streifte stattdessen weiter durch die Gänge. Sie probierte sich durch ein Dutzend Sonnenbrillen, wobei ich sie anfeuerte und uns zum Lachen brachte.

Mein Plan ging auf, kaum saßen wir im Taxi, erklärte Bentley, ihm sei schlecht – drei Jumboshakes waren zu viel. Von Ella bekam ich dafür einen strafenden Blick. Schon beim zweiten hatte sie versucht, ihn davon abzuhalten, mehr zu trinken. Sie war ein Einzelkind und hatte keine Ahnung, wie nervtötend kleine Brüder sein konnten. Besonders, wenn man endlich mit seiner Freundin allein sein wollte.

Sobald der Sommer endete, würden uns nur noch Briefe übrig bleiben, denn Ella besaß kein Handy. Eine Vorstellung, die sich noch mieser anfühlte als die Jahre zuvor.

Kaum stoppte das Taxi, rannte Bentley ins Haus. Mein schlechtes Gewissen ihm gegenüber hielt sich in Grenzen.

Ella stand auf dem weißen Kies, sah sich zu mir um und ihre Augen strahlten mit der Sonne um die Wette.

»Was machen wir jetzt?« Unsere Möglichkeiten waren begrenzt. Ella durfte nicht einmal in mein Zimmer.

»Kirschbaum?« Sie wartete die Antwort nicht ab, rannte los und ich ihr hinterher. Wir kletterten hoch in die Spitze. Es war Ende Juli und der Baum zeigte sich von seiner ganzen Pracht. Wir aßen Kirschen und der Saft der Früchte färbte unsere Finger rot und irgendwo da fanden sich erst unsere Blicke und dann unsere Lippen. Ich konnte nicht sagen, wer wen zuerst geküsst hatte. Es fühlte sich an, als hätten wir die gleiche Entscheidung zum gleichen Zeitpunkt getroffen.

Mein erster Kuss.

Damals hatte ich gedacht, alle Küsse würden sich so anfühlen. Spoiler: taten sie nicht.

Dieser eine war magisch …

Bis Mom uns fand.

Niemals hatte ich sie so wütend gesehen. Sie schrie uns an, ließ uns hinunterklettern, als wären wir Kinder. Dabei war es nur ein Kuss gewesen.

Nichts ergab Sinn.

Dann hob Mom die Hand und die bunten Metallreifen daran klirrten aneinander. Preisschilder hingen dran – die gleichen wie im Laden. Ihr Blick spießte Ella auf. »Hast du die gestohlen?«

Moms Worte zogen alles an Farbe aus Ellas Wangen, so blass wie jetzt hatte ich sie nie zuvor gesehen. Ich wollte Mom sagen, dass sie niemals etwas stehlen würde … aber da fanden sich einmal mehr keine Worte in mir.

Ella nickte langsam. »Es tut mir leid.« Ihre Erwiderung fühlte sich an wie ein Schlag in meinen Magen. Nicht nur, dass sie es getan hatte.

Auch dass sie mir nichts gesagt hatte.

Ich hätte ihr die Armreifen gekauft, wenn ich gewusst hätte, dass Ella sie wollte.

Ich hätte ihr alles gekauft.

Wusste sie das nicht?

»Du bleibst hier«, befahl mir Mom und griff ihren Arm. »Und du kommst mit. Das endet jetzt.«

So wie sie das sagte, klang es nicht, als meinte sie damit nur diesen Tag.

Ella sah zu mir, wurde aber unerbittlich weitergezerrt.

Raus aus meinem Blickfeld.

Und aus meinem Leben.

6

»Ist das nicht wunderbar?« Eine Wand aus pfefferminzgeschwängertem Atem knallte mir entgegen.

Nein.

Nichts ist hier wunderbar.

Es war ein Fehler, nach Juniper Falls zurückzukehren. Im Sommer war die Stadt voller Touristen, die im Zentrum malerische Spots suchten. Oder sich auf ausgedehnten Wandertouren vor bizarren Sandsteinfelsen und uralten Wachholderbäumen fotografierten. Ich konnte sie nicht ausstehen – vielleicht weil es sich für mich auch von Jahr zu Jahr mehr danach anfühlte, als wäre ich ebenfalls einer. Hier gehörte ich längst nicht mehr dazu. Diesen Sommer war es besonders schlimm. Kaum war ich da, schon nagte die Enge der Kleinstadt an meinen Nerven.

Und Bentley zerrte an den Überresten.

Mein Blick wanderte über die Wände, an denen Dutzende Poster von Cartoonfiguren hingen, hin zu dem Büffet, das aus Snacks und Süßigkeiten bestand. Es war, als hätte ein Dreizehnjähriger diese Party organisiert. Immerhin passte das zum Motto: Kindheitserinnerungen.

Ich hasste alles daran.

Zutiefst.

»Solltet ihr als Partyplaner nicht zusehen?«

Bentley lachte und der Wolke nach zu urteilen, die mich umnebelte, hatte er zu tief in sein Glas mit Pfefferminzbrause geschaut – *oder darin gebadet.* »Die Party *ist* geplant«, erklärte er, »jetzt haben wir frei.« Er hob das Glas und spritzte dabei etwas von der smaragdgrünen Flüssigkeit auf mein Hemd. Gottverdammt. Das war schon das zweite, das nun zur Reinigung musste. Auf dem anderen hatte Ella die Milch verteilt.

Ella.

Ich besaß eine Kiste für sie in meinem Kopf – und darin wohnten all unsere Erinnerungen. Um diese Kiste hatte ich eine neue gebaut und noch eine und das ein Dutzend Mal. Im Anschluss hatte ich sie alle genommen und sie irgendwo in die Tiefen meines Verstandes verbannt. So tief, dass ich selbst nicht mehr wusste, wo sie sich befanden. Manchmal schlichen sich die Erinnerungen dennoch an. Dann setzte ich mir Kopfhörer auf und drehte die Musik bis zum Anschlag. Ella war meine Musik gewesen. Nun übertönte ich sie mit anderer, bis ich sie wieder vergaß.

Jetzt war Ella zurück und seitdem stürmte es in mir.

»Wo ist sie?«

»Wer?«, fragte Bentley und sah dabei so provokant unschuldig drein, wie nur kleinere Brüder schauen konnten, wenn sie einen zur Weißglut treiben wollten. Meiner war darin Experte.

»Eure Buchhalterin.« Ein Gedanke so lächerlich wie gefühlt alles, was in diesem Sommer geschah. Ella hasste Zahlen.

Bentley deutete direkt vor mich, wo sie keine drei Meter entfernt saß und mit einem Typen sprach, den ich – seiner Kleidung nach zu urteilen – nicht kannte. »Merk dir endlich mal, wie sie aussieht.«

»Es ist dunkel und voll.«

»Sie sitzt quasi vor deiner Nase. Schwache Leistung, Darce, so gewinnst du sie nie zurück.«

Ich würde *was* nicht?

Wollen mich heute alle provozieren?

Erst die Nachricht von Ellas Mom auf ihrem Handy, die sich anfühlte, als würde sie meinen Magen verätzen, jedes Mal, wenn ich daran dachte.

Krall dir Darce und sein Vermögen. Aber keine Liebe!

Und jetzt Bentley?

»Was soll das mit Ella?«, fuhr ich ihn an. »Falls das ein zutiefst abstruser Versuch ist, uns zu verkuppeln, reiße ich dir den Kopf ab und vergrabe ihn unter den Rosensträuchern.«

»Lernt man das in deinen Rechtsseminaren?« Er genehmigte sich einen weiteren Schluck.

»Nein, da lernt man, wie man damit durchkommt«, gab ich zurück. »Ernsthaft, ich ertrag das nicht. Ich bin hier, weil ich Ruhe brauche.«

»Komisch. Ich finde, du siehst aus, als hättest du in letzter Zeit zu viel Ruhe gehabt. Ein wenig Leben täte dir gut. Das wäre die *Schaumkrone* auf deinen Ferien. Verstehst du? Schaum wegen dieser Schwamm-Sache zwischen euch.«

So lustig.

Nicht.

Ich wünschte mich zurück in die Zeit, in der ich ihn mit Shakes dazu gebracht hatte, zu tun, was ich wollte.

»Komm schon, Darce, wir feiern die ganze Nacht, also wirst du eh kein Auge zumachen. Nimm dir etwas zu trinken und tanz eine Runde – du wirkst so steif, als hättest du dieses Jahr noch nicht getanzt.«

Hatte ich auch nicht. Das war nur nicht der richtige Zeitpunkt, um das zuzugeben. »Warum sollte ich?«, fragte ich stattdessen. »Hier gibt es niemanden, mit dem ich tanzen will.« Nur für den Fall, dass er gleich wieder versuchte, mich mit Ella zu verkuppeln. Sie war mein rotes Tuch.

»Ella ist hier«, erwiderte der nervtötendste kleine Bruder der Welt und schwenkte das rote Tuch unbeeindruckt. »Du kannst mit ihr tanzen.«

Sicher.

Nicht!

»Nichts an Ella bringt mich ansatzweise in Versuchung, mit ihr zu tanzen.« Anscheinend musste ich noch deutlicher werden. »Alles, was ich mir von ihr wünsche, ist, dass sie von hier verschwindet.«

»Schade«, sagte eine eisige Stimme hinter mir.

Scheiße!

Ich sah von Bentley zu dem Platz, an dem Ella gerade noch gesessen hatte und der jetzt leer war. Dann fuhr ich herum und fand einen Blick, der an einen Eispfeil erinnerte, und dieser wurde geradewegs auf mich abgefeuert.

»Dabei bin ich hingerissen von dir«, flötete sie. »Ernsthaft, dein Charme, dein Einfühlungsvermögen, deine Sanftheit … Du bist der Jackpot, Darce. Entschuldigt mich, ich geh mich in den Schlaf weinen.« Sie war bereits dabei, sich abzuwenden, sah dann aber zu Bentley. »Bevor du mich weiter verkuppelst – die Sache mit dem Tanzen habe ich ohnehin eingestellt. Lass es, Bentley.« Einen Herzschlag lang schien ein Schatten über ihrem Gesicht zu liegen und schon war er fort. Ella drehte sich um, mischte sich unter die Menge und ließ uns wie die ungehobelten Volldeppen stehen, die wir waren.

»Das hast du großartig hinbekommen«, fuhr mich Bentley an. Ziemlich unfair dafür, dass er mich erst in diese Situation gebracht hatte.

»Das wäre alles nicht passiert, wenn du aufhören könntest, in dieser alten Geschichte herumzuwühlen. Glaube mir, du willst nichts davon wissen.«

»Vielleicht. Aber es ist unsere Ella und du bist fies zu ihr. Sie verdient mehr als das. Also, schaffst du es, dich anständig zu entschuldigen oder schickst du mich vor?«

Wie ich es hasste, wenn er recht hatte.

»Ich gehe.«

»Du bist sicher, dass du sie diesmal erkennst?«

Ich zeigte ihm den Mittelfinger und drehte mich in die Richtung, in die sie verschwunden war.

Suchte Haselnuss, die von Sonnenstrahlen geküsst wurde.

Schattiges Moosgrün.

»Darce!« Jemand riss an meinem Ärmel und starrte mich so begeistert an, als hätten wir uns ein Jahr nicht gesehen.

Hatten wir vielleicht auch nicht.

Ich hasste Partys aus anderen Gründen als die meisten.

»Hey!«, erwiderte ich. »Es passt gerade überhaupt nicht …«

»Wie läuft der Jurakram?«

Er wusste also vom Studium. Konnte das einer von Bentleys Freunden sein? Ich war mir bei seinem Alter nicht sicher und dass hier alle ähnliche Sachen trugen, machte es nicht einfacher, ihn einzuordnen.

»Gut«, rang ich mir ab und ließ ihn stehen. Sollte er mich doch für arrogant halten, das taten eh alle. Ich flüchtete – wieder einmal, nur diesmal hatte ich zumindest einen guten Grund.

7

Ella

Ich hätte nicht bleiben sollen.

In der nassen Scheibe vor mir spiegelte sich mein Gesicht und mischte sich in die Dunkelheit dahinter.

Ein Hauch Ella – wie passend. Der Gedanke gesellte sich zu dem Rudel anderer finsterer, die in meinem Magen an dem wenigen nagten, das sie fanden. Außer Darce' Joghurt gab es da nicht viel. Den hatte ich nicht bis morgen früh ungekühlt lassen können und bei Darce hätte es zu Fragen geführt, wenn er wieder im Kühlschrank aufgetaucht wäre.

Darce. Der lauteste, nagendste Gedanke von allen, er biss besonders tief.

Ich hatte ihn geliebt.

Nicht erst in unserem letzten Sommer.

Seit ich denken konnte, war er mein bester Freund gewesen.

Natürlich hatte ich ihn geliebt.

Er mich offenbar nicht.

Oder er hatte es vergessen, wie er alles vergessen zu haben schien.

»Ella?« Seine Stimme verlor sich beinahe unter dem Trommeln der Regentropfen.

Ich drehte mich nicht um. Vielleicht ging er weiter, wenn ich ihn nicht beachtete, und vergaß mich einmal mehr. Jetzt gerade wäre mir das recht gewesen. Ich brauchte ihn nicht, um mir das Herz zu brechen. Darin war ich die Expertin.

Schritte kamen auf mich zu, wurden gedämpft durch den bordeauxroten Fransenteppich, in dem Bentley sich einmal von uns hatte einrollen lassen, bevor sie bei mir stoppten. Offenbar hatte er nicht vor, mich ihn weiter still verfluchen zu lassen.

»Was machst du im Wintergarten?« Er setzte sich zu mir und es klang, als stellte er eine Flasche neben sich ab, aber ich starrte auf die Tropfen, die im hereinfallenden Licht silberne Schlieren zogen.

Auf den Sonnenaufgang warten.

»Nichts.«

»Beobachtest du das Gewitter?« Eine unbeholfene Frage. Darce war nie groß im Small Talk gewesen, zumindest das hatte sich nicht geändert.

»Ja«, sagte ich, weil die Antwort so gut war wie jede andere.

»Es war nicht so gemeint … du bist …« Er suchte nach Worten.

»Entzückend?«, half ich ihm auf die Sprünge. »Brillant? Erfrischend witzig?« Jetzt sah ich zu ihm und fand ein winziges Schmunzeln, das an seinen Mundwinkeln zupfte.

»Passabel wollte ich sagen.« Das Schmunzeln vergrößerte sich, als er von mir einen kleinen Stoß mit dem Ellbogen bekam.

»Richte Bentley aus, dass es mir gut geht. Er braucht sich keine Sorgen zu machen.«

»Tut es das? Wirklich?«

Er erntete Schweigen. Antworten schuldete ich ihm keine mehr, genau genommen nicht einmal dieses Gespräch. Das führte ich nur, um Bentley nicht die Party zu verderben. Schon früher hatte er es gehasst, wenn Darce und ich stritten und hatte so lange auf uns eingeredet, bis wir uns die Hände reichten. Das war für ihn die ultimative Entschuldigung gewesen. *Schade, dass die Zeiten hinter uns liegen. Sie haben sich einfacher angefühlt.*

»Ella? Alles in Ordnung mit dir?« Nun stupste er mich mit der Schulter an. »Immerhin magst du plötzlich Zahlen.« Ein Necken, wo es keines mehr brauchte.

»Geh auf die Party zurück. Du hast dein Soll erfüllt.«

»Du denkst, ich bin lieber auf der Party als hier mit dir?«

»Überrascht dich das? Du sagst mir doch andauernd, dass ich verschwinden soll.« Keine Ahnung, warum er blieb. Entweder war sein schlechtes Gewissen übermächtig oder er hatte Angst, dass Bentley uns dazu zwang, die Hände zu schütteln, als wären wir Kinder.

»Aber die Party ist erbärmlich.« Ein weiterer Versuch zu scherzen? Ein erfolgloser, von mir gab es weder ein Lächeln noch Beifall.

»Willst du was trinken?« Er hielt mir die Flasche entgegen – Zitronenlimonade.

Der süßliche Geruch und das hellbraune Etikett mit der knallgelben Zitrone darauf waren mit den Sommern hier verknüpft. Kistenweise hatte diese Limo in der Vorratskammer gestanden. Schnell schüttelte ich den Kopf.

»Ich sag ja, die Party ist mies.«

Wahrscheinlich dachte er, ich haderte mit der Getränkeauswahl. *Soll er doch.*

Ein Blitz leuchtete den Wintergarten aus, ließ Darce' Gesicht heller erscheinen. Daran hatte ich ewig nicht gedacht. »Hast du noch Angst vor Gewittern?«

»Ich hatte keine Angst davor.« Schon mischte sich wieder dieser vorwurfsvolle Unterton in seine Stimme.

Hatte er wohl.

Früher hatte er meine Hand gegriffen, sobald ein Gewitter aufkam. Dann hatte ich für ihn den Clown gespielt und für so viel Lärm und Abwechslung gesorgt, dass er nicht mehr an das Gewitter dachte. Heute blieb ich still. *Die Zeiten, in denen ich mich für ihn zum Clown machte, waren vorbei.*

»Soll ich dich nach Hause fahren?« So wie er es sagte, begeisterte ihn die Vorstellung, bei diesem Wetter hinauszugehen, wenig. Er hatte Glück, mir ging es ähnlich und er bekam ein Kopfschütteln.

Irgendwo schien sich eine Tür zu öffnen, Gelächter und Musik drangen zu uns herüber. Die Freude der Feiernden stand im krassen Gegensatz zu dem, was ich fühlte.

»Was dann?«, fragte Darce. »Du willst nicht hier sein und nicht nach Hause. Soll ich dir ein Taxi rufen? Komm schon, du hast was gut. Was kann ich tun?«

»Zugeben, dass du ein Arschloch geworden bist?«

Darce schnaubte auf. »Ganz bestimmt nicht.«

»Habe ich auch nicht erwartet.«

Er nahm einen Schluck der Limo, wahrscheinlich, um die giftige Erwiderung von der Zunge zu spülen, die dort sicher schon für mich bereitlag. Stattdessen verzog er das Gesicht und setzte die Flasche ab. »Deswegen sollte man Kindheitserinnerungen nicht wieder aufleben lassen. Sie sind nicht, was uns der Verstand vorgaukelt.«

»Damit liegst du verdammt richtig.« Jetzt wünschte ich doch, ich hätte was zu trinken, um den bitteren Geschmack in meinem Mund zu vertreiben, den seine Worte hervorriefen.

»Ich meinte nicht uns.«

Es gab also wieder ein *uns*. Interessant.

»Aber ich. Ich hatte dich anders in Erinnerung.«

Er sah von mir zur Flasche. »Vier Jahre sind viel Zeit.« *Offenbar eine Ewigkeit.* »Du hast dich auch verändert.« Sein Blick blieb einmal mehr an meinen Haaren hängen, als versuchte er, sie abzuspeichern. »Die Ella, die ich kannte, wäre die Erste gewesen, die auf der Tanzfläche gestanden hätte und die Letzte, die wir hätten hinunterziehen müssen. Sie wäre nicht hier und würde sich verkriechen, sondern würde draußen das Gewitter niederschreien.« Der Schatten eines Lächelns legte sich bei der Erinnerung auf seinen Mund.

Autsch.

Er erwischte nicht einen wunden Punkt, sondern gleich ein halbes Dutzend und trampelte darauf herum, ohne zu wissen, wie knapp diese wunden Stellen davor standen aufzureißen.

»Und sie würde niemals etwas mit *Zahlen* machen.« Bei *Zahlen* verzog er das Gesicht zu einer weiteren Grimasse.

»Das scheint dich richtig zu nerven.«

»Ja«, gab er zu und zupfte an dem Flaschenetikett. »Du wolltest immer anderen helfen. Wann sind dir Zahlen wichtiger geworden als Menschen?« Die Frage klang nicht einmal vorwurfsvoll, sondern ehrlich interessiert.

Seit ich Rechnungen bezahlen muss.

Seit ich für mehr als mein Leben verantwortlich bin.

Seit ich weiß, wie teuer Überleben ist.

»Irgendwann.«

Er sah mich mit diesem Blick an, der sagte, dass er mir kein Wort glaubte. Ein weiterer Blitz blendete uns und plötzlich lag Darce' freie Hand an meiner. Ich starrte ihn an, er mich. Seine Hand verschwand so schnell, wie sie aufgetaucht war. »Soll ich gehen?«

Ich stand kurz davor zu nicken, da drang erneuter Lärm vom Flur zu uns, brachte Erinnerungen mit sich, die ich noch weniger ertrug als die, die Darce anhafteten. Manchmal waren Entscheidungen nur die Wahl zwischen *schlimm* und *schlimmer*. »Bleib.«

Ihn schien die Antwort ähnlich zu überraschen wie mich. Ein weiterer Blitz, gefolgt von einem Donnergrollen. Das Unwetter kam näher. Ich spürte Darce' Unruhe, wahrscheinlich hatte er mich nur gefragt, um mit ruhigem Gewissen vor mir und dem Gewitter zu flüchten.

Wer ihm wohl mehr Angst machte?

»Erinnerst du dich, wie wir hier früher Höhlen gebaut haben?« Vielleicht wollte ich ihn ablenken.

Vielleicht auch mich.

»Natürlich.« Diesmal wirkte sein Lächeln echt. »Du hattest dort dein Revier.« Er deutete auf das antike Tischlein vor dem Lesesessel, dessen dunkles Grünbraun so aussah wie die Farbe, die vor einiger Zeit zur hässlichsten der Welt gewählt worden war – und so, wie der Sessel hier wirkte, nicht ganz zu Unrecht. Doch damals hatte uns das nicht gestört, da war dies hier ein märchenhafter Raum vollgestellt mit Pflanzen gewesen. Mittlerweile waren sie allesamt fort und mit ihnen schien auch der Zauber gewichen zu sein. Nun kam mir der Raum leer vor.

»Ich hockte unter dem Sekretär«, setzte er erneut an, »und Bentley war das Hündchen und musste unsere Nachrichten hin- und hertragen.« Damit rang er auch mir ein winziges Lächeln ab. Damals waren wir beide unzertrennlich gewesen und selbst die paar Meter hatten sich wie eine Schlucht zwischen uns angefühlt.

»Er war ein gutes Hündchen«, fuhr Darce fort. »Ich wünschte, er würde jetzt noch so auf mich hören.« Sein Lächeln wurde breiter und meines schloss sich ihm an. Offenbar war sein schlechtes Gewissen größer als gedacht. Das hier war nicht diese grimmige, hochmütige Version von ihm. Diese hier fühlte sich nach früher an. Er nahm einen weiteren tiefen Schluck und nickte anschließend zustimmend. »Es wird besser. Vielleicht liegt das Geheimnis darin, genug davon zu trinken.«

»Finde es heraus.«

Es blitzte in seinen Augen, genau wie damals, als er erneut ansetzte und trank. »Ich habe recht«, sagte er, nachdem er die Flasche wieder senkte. »Letzte Chance, willst du was abhaben?« Fragend hielt er sie mir hin.

Ich schwankte kurz, dann griff ich danach. Er hatte daraus getrunken und ich hatte Durst. Süßbittere Limo flutete meinen Mund, schien mir von da aus direkt in die Synapsen zu schießen, denn sowohl mein Gehirn als auch meine Zunge fühlten sich an, als entzündeten sich dort Feuerwerke.

»Wie haben wir das früher herunterbekommen?«

»Keine Ahnung. Es ist …«

»Passabel?«

Darce lachte auf und ein weiteres Feuerwerk wurde in mir entzündet, nur diesmal in meinem Bauch.

Dort durfte es keine Raketen geben!

»Deine Schlagfertigkeit ist geblieben.«

»Und du suchst immer noch die passenden Worte.«

»Touché«, erklärte er und griff nach der Flasche, gerade als ein weiterer Blitz alles erhellte und nur einen Herzschlag später schien uns ein ohrenbetäubendes Grollen zu verschlucken. Darce' Hand rutschte tiefer, fand meine und diesmal hielt er sie fest. Ich war mir nicht einmal sicher, ob er es mitbekam. Er sah nach draußen, als könnte ihm die Dunkelheit dahinter Auskunft geben, wann das Unwetter vorbei war.

Konnte sie nicht.

Finsternis konnte überhaupt nichts.

Außer lähmen.

»Hey«, raunte ich ihm zu. Ich wollte ihm sagen, dass es bald vorüber war, aber er drehte sich zu mir und erneut fanden wir uns zu nah beieinander wieder. Die Erkenntnis jagte einen Stromstoß durch meinen Körper. Es war wie vorhin am Waschbecken – die plötzliche Nähe zueinander ließ uns erstarren.

Vielleicht weil wir nicht wussten, in welche Richtung wir uns bewegen mussten. Wir waren wie zwei Schachfiguren, die darauf warteten, dass jemand für sie den Zug machte – weil wir die Spielregeln nicht mehr kannten.

Ein weiterer Blitz ging direkt im Donnergrollen unter.

Darce rutschte näher. Zu mir.

Verflucht.

Ich würde mich nicht von ihm küssen lassen, nur damit er sich vom Gewitter ablenkte.

Auch wenn mein Magen das anders sah.

Und mein dämliches Herz bei der Vorstellung einen Salto vollführte.

Oder doch?

Sein Daumen strich über die gleiche Stelle wie vorhin – dort, wo er vor Ewigkeiten das Herz gemalt hatte.

Ich wollte ihn küssen.

Trotz allem.

Shit.

8

»Ups, hier ist schon besetzt!« Eine hohe Stimme hinter uns ließ uns beide zusammenfahren. Wir huschten auseinander wie Kinder, die bei etwas Verbotenem erwischt worden waren. *Danach fühlt es sich tatsächlich an.*

Ein Lachen drang zu uns herüber. »Wir finden was anderes«, antwortete eine tiefere Stimme, woraufhin Darce sich ruckartig umdrehte.

»Wenn ihr in mein Zimmer geht, zeige ich euch an!« Noch mehr Lachen und die Tür fiel zu. »Ernsthaft«, fuhr er fort und rutschte weiter von mir weg. »Warum müssen die Partys alle hier stattfinden?«

»Vielleicht, weil ihr ein halbes Schloss habt und James' Eltern ein stinknormales Haus?« Auch ich rutschte zur Seite – schon allein, um es ihm gleichzutun. Unterdessen kämpfte mein Herz damit, wieder in seinen üblichen Rhythmus zurückzufinden.

Warum war ich hiergeblieben?

Beinahe hätte ich Darce geküsst.

Oder mich küssen lassen … wie auch immer.

In mir formte sich eine Art Stöhnen. Keines der guten, sondern eines dieser Was-zur-Hölle-tu-ich-hier-Stöhnen, aber da Darce neben mir saß, musste ich es in mir einsperren.

Irgendwo in eine dunkle Kammer stecken und einen gigantischen Riegel vorschieben.

Wer hätte gedacht, dass ich mich doch noch einmal für ihn zum Clown mache?

Zumindest fast.

Es war nur ein verschrobener Augenblick, der sich nach früher angefühlt und in meinem Hirn eine Art Kurzschluss erzeugt hatte.

Keine Zitronenlimo mehr für mich, nie wieder. Ich drückte ihm die Flasche in die Hand.

»Was bräuchte es für ein ganzes Schloss?« Er trank den Rest.

»Mehr Bedienstete.«

»Wir haben doch dich.« Ich hatte keine Ahnung, ob das einer seiner sonderbaren Scherze war, denn seine Miene blieb hart. »Du willst diesen Job echt durchziehen?«

Wollen? Nein.

Ich musste.

Er bekam ein Nicken und ich ein gereiztes Aufatmen.

»In ein paar Wochen bist du mich schon wieder los«, setzte ich kühl hinterher – er war nicht der Einzige, der hier gereizt klingen konnte. »Nach dem Sommer bin ich weg.«

»Bist du das nicht ohnehin immer?«

»Du doch ebenfalls?«

Er zuckte mit den Schultern, was so ziemlich alles bedeuten konnte, und begann erneut, an dem Etikett herumzukratzen. Das hatten wir früher auch gemacht und aus den Überresten Kugeln geformt, um den anderen unauffällig damit zu bewerfen. Unsere Kugelschlachten waren Geschichte, aber das Etikettenabziehen war geblieben.

»Du weißt, dass wir nie eine Zukunft hatten, oder?«

Wow.

»Ich meine nicht nur diesen letzten Sommer. Auch diese Freundschaftsgeschichte. Alles hat ein Ablaufdatum.«

»Und du hast unseres bestimmt?«

Ein weiteres Schulterzucken. »Wenn du vorhast, den Sommer über hierzubleiben, sollten wir das klären. Gerade habe ich keine Nerven für noch mehr Stress. Ich bin zurück, weil ich eine Auszeit brauche und hier ist alles …« Er deutete auf mich. »Anstrengend. Das meine ich ernst, geh mir aus dem Weg. Ich kann dich hier nicht gebrauchen.«

Es sah aus, als müsste ich mein Urteil revidieren.

Nicht ich war die Expertin darin, mein Herz zu brechen, Darce war darin so viel besser.

Ganz kurz hatte es sich zwischen uns wieder wie früher angefühlt und schon knallte er einen Schlaghammer mitten in meine Brust.

»Wenn du mich nicht sehen willst, verschanze dich in deinem Zimmer und sperr mich einen weiteren Sommer lang aus. Mittlerweile ist es mir scheißegal, was du möchtest.«

Sein Gesicht verwandelte sich in eine regungslose Maske. »Gut, dass wir das wie Erwachsene klären.« Er stand auf, gerade als ein Blitz aufleuchtete und ihn zusammenfahren ließ. Sein Blick glitt zu mir, er schien darauf zu warten, dass ich die Möglichkeit nutzte, um mich über ihn lustig zu machen. Doch ich schwieg.

Angst war nichts, über das man Scherze riss.

Das wusste niemand besser als ich.

Darce verschwand und ich blieb zurück.

Mit den Blitzen.

Dem Donnergrollen.

Der Finsternis.

9

Darce

»Sie muss gehen.« Ich konnte nicht glauben, dass ich das ernsthaft mit ihm diskutieren musste.

George rührte gemächlich in seinem Tee und immer, wenn der Löffel gegen das Porzellan stieß, erklang ein hohes Klirren. Das war bisher sein einziger Gesprächsbeitrag.

Zu wenig.

Dimensionen zu wenig.

»Ich verspreche, dir jemanden zu finden, der dich besser versorgt.«

»Nicht nötig, ich fühle mich gut versorgt.«

»Mac'n' Cheese? Seit wann verstehst du das unter guter Versorgung?«

Der Löffel setzte stoisch zu einer weiteren Runde an. »Vielleicht erweitere ich meinen kulinarischen Horizont?«

»Vielleicht vergiftet sie dich nächste Woche aber auch bei einem ihrer Kochexperimente?«, hielt ich dagegen. Ich kannte Georges Essensvorlieben – in keiner Welt konnte Mac 'n' Cheese darin einen Platz finden. Und Ellas sahen noch dazu trocken und angebrannt aus.

Zumindest stoppte der Löffel für einen Moment – für ganz unwahrscheinlich schien er meinen Einwand nicht zu halten.

Ein Grund mehr, Ella rauszuwerfen.

»Du hängst an ihr genauso wenig wie an ihrem Essen. Warum sollte sie hierbleiben?«

»Warum sollte sie gehen?«, wandte nun er ein. »Dir wäre es gleichgültig, wenn mir jemand anderes so ein Zeug auftischen würde. Ich weiß, was ihr Jungs von mir haltet, ich bin euer Klotz am Bein.« Selbst wenn ich gewollt hätte, kam ich nicht zum Protestieren, denn er hob die Hand.

Dass ich tatsächlich schwieg, war bezeichnend für unsere Beziehung: Es gab keine. Ich wusste nicht, was George dachte und ich ließ ihn nicht an meinen Gedanken teilhaben. Als Kind war er mir vorgekommen wie ein ständig mürrisches Gespenst, das hier alles auf dem Gelände mit Argusaugen überwachte. Seitdem waren Jahre vergangen, aber so ähnlich fühlte es sich noch immer an. Auch er hatte sich nie bemüht, daran etwas zu ändern. Welcher Grandpa verlangte schon, dass seine Enkel ihn mit Vornamen ansprachen? Andererseits musste ich zugeben, dass Grandpa so überhaupt nicht zu George gepasst hätte. Er war so wenig ein liebender Großvater wie ich eine Frohnatur. Seit er schlecht zu Fuß war, besuchte ich ihn einmal am Tag im Gästehaus, wenn ich hier war. Pflichtbesuche, die sich genau danach anfühlten.

»Also sag mir, was du wirklich gegen sie einzuwenden hast«, fuhr er fort. »Aber behaupte nicht, es sei das Essen. Das beleidigt unser beider Intellekt.«

Weil es Ella ist.

Kein Grund, den ich zugeben durfte und doch fand sich kein anderer in mir. Immer nur der gleiche.

Weil es Ella ist.

»Henry war der loyalste Mensch der Welt und ich bin sicher, etwas davon steckt auch in seiner Enkelin«, setzte er erneut an, als ich schwieg. »Sein Tod letztes Jahr hat in ihrer Familie für Probleme gesorgt. Ich bin es ihm schuldig, mich um sie zu kümmern. Wenn du darauf baust, dass ich ihr kündige, erwarte ich einen guten Grund dafür. Also …?«

Das Schweigen, das sich anschloss, war wohl Antwort genug. Buschige weiße Augenbrauen hoben sich und der Löffel setzte zu weiteren Runden an.

»Dachte ich mir.« Hohes, rhythmisches Klirren erklang. »Du bist erwachsen, ich löse nicht deine Probleme für dich.«

Ernsthaft?

Als hätte er je Probleme für mich gelöst.

»Darum geht es nicht!«

»Natürlich tut es das. Ich mag alt sein, aber glaub mir, ich bekomme genug mit. Schau mir in die Augen und sag mir, dass sich diese ganze verfluchte Geschichte nicht wiederholt!« Der Löffel knallte in die Tasse zurück und Spritzer der hellbraunen Flüssigkeit befleckten die Untertasse. »Darce!«

Küsse, die nach Kirschen schmecken – vier Jahre zuvor.

Ellas Atem, der nach Zitronenlimo riecht – letzte Nacht.

Schnell schüttelte ich die Erinnerungen ab.

Gestern war nur ein flüchtiger Moment gewesen, der sich wie früher angefühlt hatte. Nach einer Zeit, so unbeschwert, dass ich mich einen Augenblick lang daran hatte festkrallen wollen.

Aber die Zeit konnte man nicht zurückdrehen.

»Es wird sich nicht wiederholen«, sagte ich und nie in meinem ganzen Leben war mir etwas ernster gewesen.

Er atmete so tief auf, als hätte er beim Warten die Luft angehalten. »Das hoffe ich. Noch einmal mache ich das nicht mit!« Langsam hob er den Löffel auf und rührte eine weitere Runde, bevor er fortfuhr. »Dann sehe ich keinen Grund, Ella nicht hierzubehalten. Das ist das Mindeste, was ich für meinen verstorbenen Freund tun kann. Ich würde sie fest anstellen, aber sie will nach den Sommerferien nach Nevada zur Uni.« Hätte ich es nicht besser gewusst, hätte ich gedacht, dass sich da tatsächlich ein Hauch von Zufriedenheit in seinen Augen fand.

»Wenn du Ella fest einstellst, zieh ich aus.«

Nur um das klarzustellen.

Er musterte mich lange, bevor er antwortete. »Vielleicht wäre das gut für dich.«

Wow.

Echt jetzt?

Wir mochten keine wirkliche Beziehung zueinander haben, aber ich hatte immerhin gedacht, dass ich ihm näherstand als die Person, die ihm seit einer Woche das Essen brachte.

Das noch dazu *miese* Essen.

»Du kommst mir unstet vor.«

»Es war ein anstrengendes Jahr«, fuhr ich ihn an. »Ich hatte massenhaft Prüfungen, musste Benefizveranstaltungen besuchen, weil sonst niemand von uns auftaucht. Greg will, dass ich mich mehr im Unternehmen einbringe und dann muss ich noch dafür sorgen, dass Bentley das Haus nicht in einen Club verwandelt!«

Obwohl ich zu laut geworden war, blieb er merkwürdig ungerührt. »Ich meine nicht das letzte Jahr, sondern die letzten Jahre. Du hast dich verändert, Darce. Ich erkenne diese Verbitterung, die habe ich oft an deinem Vater gesehen.«

Nein.

Mein Kopf schüttelte sich warnend hin und her. Es war Jahre her – ich war darüber hinweg. Er würde jetzt nicht anfangen, seinen seelischen Ballast auf mir abzuladen. »Er ist tot. Du hast jahrelang nicht von ihm geredet und dabei belassen wir es.« Ich stand auf, ohne auch nur einen Schluck von meinem Tee getrunken zu haben. Schwarzen Tee konnte ich sowieso nicht ausstehen. Wenn eingeschlafene Füße einen Geschmack besäßen, dann sicher diesen.

»Im Alter überdenkt man einiges«, sagte er langsam. »Wir müssen nicht die gleichen Fehler machen wie unsere Eltern. Du könntest einen anderen Weg wählen.«

Ich drehte mich nicht zu ihm um, verabschiedete mich nicht einmal, als ich die Tür aufzog.

Für heute hatte ich genug von ihm.

»Denk nach, was ist der absolut perfekte Abend?« Bentleys Stimme hallte mir schon auf dem Weg zum Flur entgegen und ließ mich gereizt ein- und ausatmen. Es würde also wieder eine Diskussion über Partys geben.

Oder Musik.

Oder Deko.

Oder irgendeinen anderen Unsinn.

Vielleicht sollte ich den beiden meinen perfekten Abend vorschlagen: stundenlanges Schweigen und Ruhe. So viel davon, dass ich darin versumpfen konnte.

»Das hatten wir alles schon!«, kam es leidend von James. »Es muss mehr geben. Je vielfältiger wir uns aufstellen, desto gefragter sind wir. Keiner wird eine Party buchen, auf der er bereits war.« Die beiden hatten sich wieder an der Kücheninsel breitgemacht. Es gab hier gefühlt fünfzig Räume und sie blockierten den einzigen Platz, den ich – abgesehen von meinem Zimmer – brauchte. Schwer, darin keine Absicht zu sehen.

James winkte mir lustlos zu, als ich auf sie zukam. Der Küchentresen versank einmal mehr unter einer Unmenge Papieren. Warum konnten sie ihre Zeit nicht zur Abwechslung sinnvoll nutzen und was kochen? Oder wenigstens etwas bestellen? Gereizt peilte ich den Kühlschrank an, als Bentley erneut in seinen Quengelmodus verfiel.

»Wir brauchen mehr Input. Also … der perfekte Abend – wie würde der bei dir aussehen, Ella-Bella?«

Ella?

Ich stoppte in meiner Bewegung, suchte die Umgebung ab, aber alles war wunderbar ellafrei, sonst wäre ich nicht hier.

»*Stolz und Vorurteil* in der einzig wahren Version«, erklang es unterhalb der Kücheninsel. »Und eine sich nie leerende Popcornschüssel.« Mit einem Wischlappen in den Händen tauchte sie auf. Die Haare trug sie heute zu einem Zopf gebunden, doch vereinzelte Strähnen hatten sich daraus gelöst. Sie wirkte entspannt, grinste breit – bis ihr Blick auf mich fiel und augenblicklich erlosch das Grinsen.

Wir hatten uns nicht einmal einen Tag aus dem Weg gehen können. *Das wird ein beschissener Sommer.*

»Jane Austen ist dermaßen überschätzt«, hörte ich mich sagen, bevor ich meinen Mund zu stoppen bekam.

»Ist sie das?« Alles an Ellas Miene machte mir deutlich, dass ich mich auf sehr dünnem Eis bewegte. »Ich wusste nicht, dass du ein Experte in englischer Literatur bist. Welches ihrer Werke gefällt dir denn am wenigsten?«

Das Lächeln, das nun auf ihren Lippen lag, war kein fröhliches, es war ein Ich-ramm-dich-ungespitzt-in-den-Boden-Lächeln.

»*Stolz und Vorurteil*«, sagte ich nur, um zuzusehen, wie sie in die Luft ging. Ihre Augen blitzten wie dunkelgrüne Scherben, die mich und meine Geringschätzung bearbeiten wollten.

»Ella-Bella?«, mischte sich Bentley ein. »Lass ihn, das ist vergebene Liebesmüh. Er wird den Zauber nie fühlen.«

Und tatsächlich ließ sie von mir ab, wandte sich lieber ihm zu. Nicht zum ersten Mal kam mir der Gedanke, dass es sonderbar war, die beiden so zu sehen. Ella und Bentley hatten sich zwar gut verstanden, aber sie und ich waren ein Team gewesen.

Beste Freunde für immer.

Jetzt ließ sie mich für ihn stehen und obwohl ich gewollt hatte, dass sie mich nicht beachtete, fühlte es sich mies an. *Aber nur so kann ich diesen Sommer überstehen.*

Grimmig öffnete ich die Kühlschranktür, ich brauchte Essen. Der Lieferdienst würde nicht vor einer Stunde hier sein. Ich suchte nach dem Joghurt, den ich heute Morgen mit der täglichen Milchlieferung in den Kühlschrank gepackt hatte. Doch auch dieses Glas schien sich wie durch Zauberhand im Kühlschrank aufgelöst zu haben.

Wollte Bings mich verarschen?

»Ella-Bella?«, fragte der, bevor ich ihm meine eigene Frage um die Ohren hauen konnte. »Wir haben das geklärt, du kannst direkt morgen früh rein, dann bist du bis zum Mittag locker durch mit der Reinigung.«

»Heute findet keine Party statt!«, protestierte ich. Ich hatte mir ihren albernen Partykalender genau eingeprägt. Heute war partyfrei.

»Nicht bei uns«, gab Bentley zurück. »Wir feiern bei James' Onkel, der hat eine Scheune. Was glaubst du, wo wir den ganzen Tag waren?«

Keine Ahnung. Gefühlt saßen die beiden andauernd hier und planten.

»Was willst du da?« Ich wandte mich Ella zu. Gestern Nacht hatte es nicht ausgesehen, als würde sie die Party auch nur ansatzweise genießen.

Ihre Augenbrauen schoben sich zusammen und ihre Unterlippe zeitgleich ein Stück vor. »Warum? Bin ich nicht standesgemäß?«

Manchmal hatte ich das Gefühl, dass sie absichtlich jedes meiner Worte falsch verstand. Früher war das nicht so gewesen. *Da hat sie keine Worte gebraucht, um mich zu verstehen.*

»Sie macht sauber«, warf James ein, der wahrscheinlich den nächsten Streit verhindern wollte, aber die Antwort befeuerte meine Wut nur weiter.

»Hör auf, sie für dich putzen zu lassen!«, fuhr ich Bentley an. »Mach das gefälligst selbst!«

»Dann komme ich nicht dazu, unser Business aufzubauen. Kannst du endlich aufhören, dich in meine Angelegenheiten einzumischen?«

Konnte ich, wenn er im Gegenzug damit aufhörte, Ella für sich schuften zu lassen. Nur würde diese Forderung Fragen mit sich ziehen, von denen ich keine beantworten konnte.

»Macht doch, was ihr wollt.« Das würden sie eh, aber so hatte ich zumindest einen einigermaßen würdevollen, wenn auch joghurtlosen Abgang.

Mein Handy klingelte.

Greg.

Dieser Tag musste endlich enden.

»Wie geht es meinem liebsten Patenkind?«

»Hast du etwa noch eines außer mir?«, gab ich zurück und er lachte rau.

»Nicht, dass ich wüsste, aber in letzter Zeit gibt es so viele Termine, da rutscht mir das ein oder andere schon einmal durch. Wo wir beim Thema sind: Man hat dich auf der Sportler-Gala vermisst.« Eine nette Umschreibung für »*Wo zur Hölle hast du gesteckt?*«

»Ich hatte Termine«, sagte ich und ging schneller. Die anderen waren zwar in der Küche, doch wahrscheinlich würde gleich einer von ihnen hinter mir auftauchen, einfach so, um mich zu reizen.

»Du weißt, was von dir erwartet wird?«

»Den Namen der Familie hochzuhalten.« Wie oft hatte ich den Satz schon gesagt? Wie oft hatte ich ihn gehört?

Die Firma kam zuerst.

Danach kam lange nichts.

Dann ein paar Charity-Aktionen.

Dann wieder nichts.

Und irgendwann kamen Bentley und ich.

Es war nicht so, dass ich das Gefühl hatte, Greg nicht wichtig zu sein, nur kam die Firma zuerst. Immer.

»Wenn du eine Pause brauchst, plan die besser ein«, sagte er. »Ich weiß, das Studentenleben ist anstrengend, all die Partys …« Er lachte wieder sein raues Lachen. Dabei hatte er keine Ahnung davon, *wie* anstrengend mein Studentenleben war. Und das gewiss nicht wegen irgendwelcher Partys. Als ob mir zwischen all den Terminen für die Firma und dem Studium noch Zeit für so etwas wie Partys blieb. Ich konnte froh sein, wenn ich hin und wieder ein paar von meinen Leuten abseits der Uni treffen konnte.

Ich warf die Zimmertür hinter mir zu. Ein paar Schritte und ich sank auf den Schreibtischstuhl. Wie müde konnte man eigentlich sein? Letzte Nacht hatte ich durch die Party erst keine Ruhe bekommen und als ich schließlich resigniert die verhassten Ohrstöpsel eingesetzt hatte, war Ella in meinem Kopf herumgespukt. *Immerzu.*

»Darce?«

»Bin hier.« *Konzentration.* »Alles gut. Diese Woche bin ich wieder dabei.«

»Ich verlass mich auf dich. In ein paar Jahren wirst du mit mir zusammen die Firma leiten, wenn wir den Vorstand von dir überzeugen. Jetzt gilt es, die richtigen Kontakte zu knüpfen, Präsenz zu zeigen und die Grundsteine zu legen.«

»Ich weiß.«

»Mach es wieder gut und glänze an meiner Geburtstagsfeier, da wimmelt es von wichtigen Leuten. Du musst der personifizierte Charme sein, ernsthaft, Darce, das wird entscheidend. Ich verlasse mich darauf, dass du das dieses Mal hinbekommst.«

»Klar«, erwiderte ich, weil er ohnehin nichts anderes gelten ließ.

»Wunderbar. Ich nehme an, Bentley hat nicht vor mitzukommen?«

Da würde sich Bentley lieber die Haut abziehen lassen. Das, was er unter feiern verstand, war das komplette Gegenteil von dem, was Greg zu bieten hatte.

»Sag ihm, er soll mich mal anrufen.«

»Wird er machen ...« *Ungefähr, wenn die Hölle zufriert.*

»Bring deine Freundin mit, da können wir direkt schauen, wie sie sich schlägt. Schon irgendwelche weitergehenden Pläne? Soll ich dir ihren Ring bereitlegen?«

Moms Ring.

Schmerz flackerte hinter meiner Brust auf.

»Nope. Keine weiteren Pläne bisher.«

»Unsere Lebenszeit ist begrenzt, überleg es dir.« Jetzt klang bei ihm Trauer um seine verlorene Schwester mit. Verlust war wie ein Schatten, der sich auf einen legte und niemals wieder wich. »Denk dran, ich zähle auf dich. Das hätten sie auch.«

Ich presste einen Abschiedsgruß an dem Knoten in meinem Hals vorbei und beendete den Anruf.

Die Welt kam mir in letzter Zeit vor wie ein Ozean, auf dem ich allein auf einem Floß umhertrieb.

Ohne Kompass.

Ohne Ahnung, wohin ich musste.

Überall sah es gleich aus.

Das war nichts als Wasser um mich herum.

Seit ein paar Tagen zogen Sturmwolken auf und Steingrau mischte sich zum Meeresblau. Ich spürte die Veränderungen bereits – die kühler werdende Luft, den aufziehenden Wind.

Dieser Sturm wird mich kentern lassen.

Ich griff erneut nach dem Handy, scrollte durch den Posteingang hin zu der Mail, die schuld daran war, dass ich meine Sommerpläne kurzerhand über den Haufen geworfen hatte. *Meine Prüfungsergebnisse ...*

Zahlen.

Ich konnte Zahlen noch weniger leiden als Ella und ganz besonders mies war die, die im letzten Satz stand.

Ihre bestandenen Kurse: 0.

Allein durch das erneute Lesen schien der Sturm näher zu kommen. Rasch drückte ich auf *Löschen* und die Mail verschwand, doch der Druck auf meiner Brust blieb.

Ich hatte noch fast den ganzen Sommer, um eine Lösung zu finden.

Wenn ich nur ein wenig Ruhe bekommen würde, um nachzudenken.

Es gab so viel, über das ich nachdenken musste.

10

Abstoßen.
Einatmen.
Ausatmen.
Kopf leeren.

Jeder Zug, den ich tat, ließ die unsichtbaren Gewichte auf den Schultern weichen, nahm etwas von dem Druck auf der Brust. Wasser konnte ich beherrschen. Es passte sich meinen Bewegungen an. Stoppte ich, kam es ebenfalls fast zum Erliegen. Zumindest dieses hier im Pool. Sonnenstrahlen brachen sich auf der Wasseroberfläche und ließen sie friedlich glitzern.

Einatmen.
Ausatmen.
Und die Stille genießen.
Wunderbare Stille.

Wir waren so weit von unseren Nachbarn entfernt, dass ich nicht einmal ihre Namen kannte. Die einzigen Geräusche, die sich unter das leise Plätschern des Wassers mischten, war das träge Gezwitscher der Vögel. Die tägliche Milch- und Joghurtladung hatte ich in den Kühlschrank gepackt und es war niemand hier, um sie mir zu stehlen. Ich traute mich kaum, es zu hoffen, aber es fühlte sich an, als könnte der Tag besser werden als die letzten.

Einatmen.

Ausatmen.

Nur noch wenige Züge und ich hatte eine weitere Bahn beendet.

»Arschbombe!« Es klatschte und im nächsten Augenblick schwappte eine Welle über mich hinweg. Wasser lief mir in die Nase und der scharfe Geschmack von Chlor schaffte es bis in den hintersten Winkel meines Mundes.

»Was soll der Scheiß, Bings?«, schrie ich ihn an. Hatte ich echt geglaubt, ich könnte hier Ruhe finden?

»Ich dachte, das macht dich wach.« Grinsend schwamm er auf mich zu, sein goldgelbes Shirt durchbrach das Blau des Pools. Er hatte nicht einmal Schwimmsachen angezogen.

»Ich war wach! Nicht jeder von uns kann es sich leisten, den halben Tag im Bett zu liegen.«

Das Shirt presste sich eng an seine Schultern, als er vor mir zum Stehen kam. »Kann ja auch nicht jeder von uns so eine Spaßbremse sein wie du.«

»Dann lass uns wechseln. Du übernimmst diesen ganzen Familienkram. Such dir ein seriöses Studium, führe die Firma, geh auf die Events … bitte. Ich leg mich in der Zwischenzeit in die Sonne und tue nichts. Muss unfassbar schwer sein.«

Sein Grinsen verschwand. »Du wolltest das machen. Niemand hat dir eine Pistole an den Kopf gehalten und dich gezwungen.«

»Du zwingst mich!« Die Wut in mir war größer als seine kleine Welle von gerade und ich stieß sie ihm geradewegs entgegen. »Wenn du dich ab und zu bei einem der Termine blicken ließest, müsste ich nicht alle übernehmen. Du könntest deinen Teil der Verantwortung anerkennen und etwas Sinnvolles beitragen. Such dir eine Universität, mach was … irgendetwas anderes und ruf endlich Greg an. Er fragt andauernd nach dir und ich bin es leid, mir ständig Ausreden einfallen zu lassen!« Da hatte sich einiges in mir angestaut, befreiend, es einmal rauszulassen.

Bentley sah weniger befreit aus. Er wirkte, als hätte ich ihm einen Schlag mitten in den Magen verpasst. »Sind wir heute ehrlich zueinander?« Wut ließ seine Stimme höher klingen. »Es ist mein Leben und ich habe nur das eine. Das werde ich weder an snobistischen Elite-Unis noch an miefigen Schreibtischen über Finanzkonzepten verbringen wie Dad. Und erst recht nicht auf unsinnigen Cocktailpartys wie Mom, nur damit irgendwelche schwerreichen Kunden noch reicher werden. Ich mach mein eigenes Ding. Vielleicht weniger erfolgreich als du, doch dafür werde ich glücklich sein. Du hingegen wirst irgendwann mit einem Herzinfarkt zusammenbrechen, weil für dich nur die Firma gilt. Du bist genauso schlimm wie Dad!«

Damit verpasste auch er mir einen Schlag und dieser hier kam mir verdächtig vertraut vor. So hatte ich mich gestern beim Gespräch mit George gefühlt.

»Bin ich nicht. Ich versuche, ihr Andenken zu ehren, indem ich zusammenhalte, was ihnen wichtig war.«

»Wir waren ihnen auch wichtig!« Bentley klang nun anders – jünger und verlorener. »Glaubst du nicht, sie hätten gewollt, dass wir glücklich werden?«

»Nicht, wenn es bedeutet, ihr Lebenswerk mit Füßen zu treten.«

Er schnaubte auf, zwei Züge und er erreichte den Beckenrand, zog sich aus dem Wasser. »Dafür, dass du behauptest, nicht wie Dad zu sein, klingst du verdächtig nach ihm. Ich brauche keinen Vater mehr, aber ich hätte gern meinen Bruder zurück.« Grimmig sah er zu mir herunter. »Steckst du da noch irgendwo drinnen?«

Seine Frage war wie ein Pfeil, der sich in mich versenkte. Ich hatte mich verändert.

Das war normal.

Das taten Menschen, wenn sie erwachsen wurden. Sie ließen ihre Kindheit zurück und begannen, sich wie Erwachsene zu benehmen. Ich betrachtete Bentley, dessen goldgelbes Shirt sich wie eine zweite Haut an ihn presste, während aus der weiten, vollgesogenen Hose Wasser lief und Pfützen zu seinen Füßen bildete. Er würde nie erwachsen werden. Also musste ich erwachsen genug für uns beide sein. »Wehe, du machst das Parkett nass.«

Er lachte auf, ein trockenes, raues Geräusch ohne den Anflug von Freude. »Kürzt du mir dann das Taschengeld, Dad?«

»Halt die Klappe«, gab ich zurück. »Und lass die Finger von meinem Joghurt oder ich kralle mir deine Comics«, setzte ich hinzu, als er sich abwandte und die Terrassentür anpeilte.

»Glückwunsch!«, schrie er. »Ich dachte schon, es gäbe nichts in deinem Leben, dass dir wichtig ist, aber deinen Scheißjoghurt scheinst du echt zu lieben.«

»Er ist das einzige Essbare im Haus!«, schrie ich zurück.

»Dann geh doch einkaufen!«

»Klar, das kann ich ja auch noch übernehmen. Wäre ja ungünstig, wenn du nicht gleichmäßig gebräunt bist.«

Demonstrativ knallte er die Tür hinter sich zu.

Schade.

Jetzt war ich so in Fahrt, dass ich gern weiter herumgeschrien hätte, einfach um etwas von dem, was in mir tobte, herauszulassen.

Seit Jahren hielt ich ihm den Rücken frei.

Weil er zu jung gewesen war.

Weil er zu wild gewesen war.

Weil er zu sehr gelitten hatte.

Ich hatte seine ganzen Pflichten übernommen.

Um ihn zu schützen.

Damit wenigstens einer von uns beiden normal weitermachen konnte.

Scheiße.

Jetzt brannte es hinter meinen Augen. Wenn ich jetzt im Pool zu heulen anfing, war es das. Nicht nur mit diesem Tag, auch mit der Woche. Mein Floß schwankte spürbar und dieser verfluchte Sturm kam unaufhörlich näher.

Meine Drohung hatte geholfen, der Joghurt wartete unangetastet dort auf mich, wo ich ihn abgestellt hatte. Sonst war der Kühlschrank erschreckend leer. Irgendwann, wenn ich nicht mehr so wütend auf Bings war, musste ich herausbekommen, was genau er abseits der Highschool aß und wohin das Essensgeld verschwand, das Greg ihm jeden Monat überwies. Allmählich ahnte ich, dass dieser Haushalt gleich mehrere Essenslieferanten in der Stadt allein finanzierte. Grimmig sammelte ich Plastikverpackungen von der Kücheninsel ein. Offenbar hatte Bentleys Frühstück aus Sushi bestanden. Wo auch immer er um diese Uhrzeit schon welches herbekam. Wahrscheinlich sollte ich ihn das ebenfalls fragen, denn mein Magen knurrte bei dem Anblick.

Unter dem Gewühl aus Plastik stießen meine Finger auf etwas Unerwartetes.

Schokolade.

Eine riesige Tafel und noch dazu mit Salzkaramell.

Bingo. Meine Lieblingsschokolade.

Ich brauchte ein Stück.

Oder einen Riegel.

Vielleicht auch die ganze Tafel.

Dann sieht Bentley, wie wenig ich Dad gleiche.

»Spinnst du?« Ich sah auf und fand ihn im Durchgang stehen. »Die ist nicht für dich. Leg sie sofort wieder hin.«

Das sagte ausgerechnet er, der jeden meiner Joghurts gegessen hatte, seit ich zurückgekommen war?

»Stell dich nicht so an.«

Bentley setzte sich für seine Verhältnisse überraschend schnell in Bewegung. Er versuchte, sie mir aus der Hand zu reißen, aber ich hielt sie fest und dachte nicht daran, meine Beute kampflos aufzugeben. Ich brauchte Schokolade. Jetzt sofort. Vielleicht konnte ich damit ein paar Glückshormone herbeizaubern. Für den Moment schien sie mir der Schlüssel dazu zu sein und den verteidigte ich erbittert. Die Tafel gab vor uns nach, unter dem Gerangel knackte sie.

»Verdammt!« Bentley riss erneut daran. »Das ist Ellas! Du hast sie kaputt gemacht.«

Ella.

Sofort ließ ich los.

Das hätte er auch gleich sagen können.

Seine Finger glitten über den eingepackten Inhalt, versuchten einzuschätzen, wie schlimm es war. »Sie ist gebrochen.« Er warf mir einen bitterbösen Blick zu.

»Ella wird es nichts ausmachen«, erwiderte ich. »Warum lässt sie überhaupt ihre Schokolade hier liegen?«

»Echt jetzt?« Bentley starrte mich so entgeistert an, als hätte ich sein Haustier getreten. Immer musste er übertreiben. Ernsthaft, es war nur Schokolade. Ich würde Ella eine neue kaufen und sie es nie erfahren.

»Du hast alles vergessen, oder?«

Keine Ahnung, was er meinte.

Das Letzte, auf das ich Lust hatte, war ein Ratespiel. Wieder kam die Müdigkeit angekrochen. Wie schön wäre es, mich ins Bett zu legen und da die nächsten Tage bleiben zu können. Niemanden zu sehen kam mir extrem reizvoll vor.

»Was ist heute für ein Tag?«

»Freitag?« *Wer bin ich? Sein Terminplaner?*

»Ellas Geburtstag!«

Nein.

Unsinn.

Ich wusste, wann Ellas Geburtstag war.

Der war kurz vor Bentleys … drei Ta–

Scheiße.

Ich habe Ellas Geburtstag vergessen.

»Moment.« Das war mies und beim nächsten Gedanken wurde es noch schlimmer. »Bitte sag mir, dass du sie an ihrem Geburtstag nicht den ganzen Tag deine Partyrückstände wegräumen lässt?«

»Es ist nicht viel«, erwiderte Bentley, »und sie wollte es machen.«

Weil sie das Geld braucht.

Doppelte Scheiße.

»Sie ist nicht deine Putzfrau!« Irgendwas in mir explodierte. »Sie ist meine …« Ich stoppte mich selbst, noch bevor ich eine Antwort darauf fand.

»Sie ist was?« Jetzt blitzte es interessiert in Bentleys Augen.

Meine Ella.

Ich war klug genug, die Antwort zurück in die Kiste zu sperren und schnell die anderen darum zu bauen.

»Nichts.«

Bentleys Augenbrauen hoben sich. »Ich habe Ella gebeten, hier anzufangen, weil ich gehofft habe, dass du deine Meinung änderst und doch über die Ferien zurückkommst. Weil ich mir einen Sommer wie früher gewünscht habe. Limo trinken, reden, Zeit nachholen. Aber nichts ist hier mehr wie damals, am allerwenigsten du. Manchmal fühlt es sich an, als hättest du die Sommer aus dir ausgesperrt und uns gleich mit. Ich dachte, wenn es jemandem gelingt, deinen Panzer zu knacken, dann Ella. Aber du schubst sie genauso von dir weg, wie du es mit allen machst.« Er drückte mir die Tafel in die Hand. »Behalt sie. Ich besorg ihr etwas anderes.« Bentley drehte ab und ließ mich zurück.

Jetzt, mit der Schokolade in der Hand, öffnete sich erneut eine der Kisten in meinem Kopf.

Es ist auch Ellas Lieblingsschokolade gewesen.

Damals hatten wir uns die oft zusammen aus der Speisekammer gestohlen.

Wie habe ich das vergessen können?

Ich sah auf die gebrochene Schokolade und versuchte herauszufinden, ob es meine Lieblingssorte war, weil ein Teil von mir sie automatisch mit Ella verknüpfte.

Doch ich fand keine Antwort darauf.

11

Ella

Ich war so müde, dass nicht viel fehlte und ich den Kopf auf die Arbeitsplatte gelegt und geschlafen hätte.

Und geschlafen.

Und geschlafen.

Warum sah dieser Marmor heute so unfassbar bequem aus?

Ich würde Bentley niemals wieder glauben, wenn er behauptete, es gäbe nicht viel zu tun. Immerhin war ich fertig geworden. Später als gewollt, aber George hatte nichts zu der Verspätung gesagt, mit der ich ihm das Essen brachte. Allerdings hatte er den Auflauf so kritisch beäugt, als fürchtete er, ich wollte ihn vergiften. Ich musste dringend neue Rezepte ausprobieren. Seine letzte Köchin hatte sicher mehr als zehn Gerichte beherrscht.

Zählen Käsesandwiches überhaupt als echtes Gericht?

Erneut streifte mein Blick die Arbeitsplatte unter mir.

Eine winzige Pause.

Danach wäre ich wieder einsatzbereit. Ich legte die Arme auf den Marmor, stützte den Kopf darauf und schloss die Augen.

Ruhe und Stille.

Wundervoll.

»Was machst du da?«

Entsetzt fuhr ich hoch und verfluchte still diese offen gebaute Küche. Es gab hier zu viele Richtungen, aus der Menschen kommen konnten.

Das sollte verboten werden.

Oder Darce sollte verboten werden.

Und besonders dieser musternde Blick, mit dem er sicher herausfinden wollte, ob ich vorhatte, auf seiner Arbeitsplatte zu schlafen.

»Rückenverspannung.« Die einzige Antwort, die mich nicht komplett lächerlich wirken ließ.

»Kenn ich.« Er kam näher. »Lass mich sehen.«

Was?

Warum spricht er überhaupt mit mir?

Hatte er mir nicht klargemacht, dass er nichts mehr mit mir zu tun haben wollte?

»Dafür müsstest du dich umdrehen.« Verspätet registrierte ich, dass er vor mir stand. Eine Sekunde zögerte ich, dann gab ich nach.

Verfluchte Neugierde.

Finger legten sich auf mein Shirt, unterhalb meines Halses, zwischen die Schulterblätter.

Darce' Finger.

Vielleicht schlief ich und das hier war der merkwürdigste Traum überhaupt.

»Hier?«, fragte er und fand auf Anhieb die perfekte Stelle.

Der Druck nahm weiter zu und er zog winzige Kreise. Augenblicklich entspannte sich mein Körper unter der Berührung und diese Starre in den Schultern löste sich auf. Wahrscheinlich sollte ich ihn auffordern aufzuhören, aber ich konnte nicht. Dafür tat, was immer er dort veranstaltete, zu gut.

»Du bist verspannt«, stellte er fest.

»Echt, Sherlock?«

Warmer Atem fuhr über meinen Nacken und ganz kurz fühlte es sich an, als würde er lachen. Aber das konnte nicht sein. Nicht diese Version von Darce – wobei mir diese Version gerade diese fiese Verspannung wegmassierte. Für den Moment ergab nichts mehr Sinn.

»Ich muss in die Stadt. Wenn du hier fertig bist, nehme ich dich mit und setz dich ab.«

Nein.

Nichts ergibt Sinn.

Verspätet setzte ich einen Schritt zur Seite und beendete was auch immer das hier war. »Was soll das? Bist du letzte Nacht zum Zombie mutiert und greifst mich gleich an? Oder hat Bentley irgendwelche kompromittierende Unterlagen, mit denen er dich erpresst?«

»Kompromittierend?« Seine Mundwinkel zuckten nach oben, nicht ganz ein Lächeln, aber beunruhigend nah dran. »Was glaubst du, treibe ich in meiner Freizeit?«

»Ich denke nicht, dass du viel Freizeit hast. Dann bleiben nur die Zombies und mit denen kann ich überhaupt nicht.«

Die Mundwinkel hoben sich weiter. »Manche Dinge ändern sich nie.« Offenbar dachte auch er an diesen schrecklichen Zombiefilm, den wir in unserem letzten gemeinsamen Sommer geschaut hatten. Ich hatte Darce die ganze Zeit mit Popcorn beworfen, weil der Film so mies gewesen war. Und er hatte versucht, es mit dem Mund aufzufangen.

»Nein, keine Zombies, nicht einmal Kompromittierendes …« Es blitzte in seinen Augen und jetzt sah er verflucht aus wie der Junge, der sich damals mit meinem Herz auf und davon gemacht hatte. »Schlimmer, er hatte Argumente. Wir hängen hier eh alle den Sommer über fest, warum versuchen wir nicht, normal miteinander umzugehen?«

War das etwa Unsicherheit in seiner Stimme? »Im Gegensatz zu dem Zombiefilm finde ich deine überraschende Kehrtwende gruselig.«

Das Blitzen in seinen Augen vertiefte sich. »Bist du fertig mit deinen wahnwitzigen Theorien? Können wir los?«

»Okay«, sagte ich und es fühlte sich mehr an wie eine Frage.

Bist du okay?

Ist das für dich wirklich okay?

Keine davon bekam ich raus.

»Ich muss einen Abstecher machen, aber du hast es nicht eilig, oder?«

»Nein.« Logan hatte heute Schicht im Diner und daher wartete auf mich nur mein Bett. Das war mein Geschenk an mich selbst. Kitty hatte ich bei Maria, ihrer Tagesmutter, untergebracht und Mom kam erst morgen früh von ihrer Schicht zurück.

Wenn sie denn wirklich dort war.

Nicht daran denken.

Ich nahm meine Tasche und spürte das Gewicht des Buches darin, das Bentley mir geschenkt hatte. Ich hatte nicht erwartet, dass er an meinen Geburtstag dachte. Das tat nicht einmal meine Familie. Kitty war so jung, dass sie sich nicht mal ihren eigenen merken konnte, und Mom war Mom. Er würde ihr in ein paar Tagen einfallen und dann bekam ich ihre Entschuldigung zusammen mit einer abgelaufenen Schachtel Pralinen überreicht, die sie irgendwo im Sonderangebot gefunden hatte. So oder so ähnlich lief es jedes Jahr.

Bentleys Geschenk zog nicht nur die Riemen der Tasche nach unten, sondern auch meine Gedanken.

Jetzt musste ich ihm ebenfalls etwas schenken.

Sein Geburtstag war in drei Tagen und das Buch sah teuer aus. Alles, was ich von den Ersparnissen nahm, würde mir später fehlen.

»Ella?«, fragte Darce, den Schlüssel in der Hand. »Können wir los?«

Ich nickte. Wenn er ohnehin unterwegs war, gab es keine Schuld abzuarbeiten und es ersparte mir eine halbe Stunde im Bus. Heute hätte ich es fertiggebracht, darin einzuschlafen.

»Das ist eine Falle, oder?«, fragte ich, als Darce sein Auto auf einem Parkplatz parkte, der nicht ansatzweise in der Nähe meines Zuhauses lag.

Ich war irritiert gewesen, als er in Richtung Innenstadt gefahren war, vorbei am Diner und dem Straßenzug mit den malerischen pastellfarbenen Häusern, vor dem sich regelmäßig Touristen tummelten, um Fotos zu machen. Nachdem er im Anschluss stadtauswärts fuhr, vorbei an Wachholderbäumen, deren exzentrisch geformte Äste in alle Richtung abstanden, war meine Verwirrung mit jeder Meile gewachsen. Doch jetzt, als er einparkte, erreichte sie ihr Maximum.

»Du setzt mich hier aus und hoffst, ich finde den Weg nicht mehr zurück?«

Diesmal lachte er und klang dabei wie früher. Was auch immer seit gestern mit ihm geschehen war, ich hatte Angst davor, dass es wieder endete.

»Ich habe etwas Wichtiges zu erledigen.« Er stieg aus und ich blickte mich um. Waren wir noch in Juniper Falls? Es kam mir nicht so vor, diese Gegend hatte ich noch nie gesehen. Auf der anderen Straßenseite machten sich mehrere identische Villen breit, deren glänzenden hellen Fassaden mich an Perlen erinnerten, die auf eine Kette gezogen worden waren. Doch hier auf unserer Seite gab es nur diesen Zaun.

War dahinter ein Park?

Durch die hohen schmiedeeisernen Gitter erkannte ich eine Menge Rasen – aber was wollte Darce in einem Park?

»Kommst du?« Er sah zu mir.

»Komm ich wohin?«

»Kommst du mit? Ich kann dich nicht aussetzen, wenn du im Auto sitzen bleibst.«

Was zur Hölle geht hier vor sich?

»Sagst du mir, was du hier willst?«

»Nein«, erwiderte er knapp. »Muss ich nicht. Du bist zu neugierig, du kommst ohnehin mit.«

Verflucht sei meine Neugierde.

Und verflucht sei Darce – dafür, dass er sich ausgerechnet an die erinnert.

Bevor ich etwas erwidern konnte, gab er der Tür einen Stoß, sie flog zu und ich blieb zurück. Ich ersparte es uns beiden, so zu tun, als würde ich mich zieren und folgte ihm.

Natürlich wollte ich herausfinden, was Darce vorhatte.

Er ging geradewegs auf die geschwungene Tür im Zaun zu. Schwarzes Metall, das in sich verschlungene Ornamente bildete. Nirgends fand sich auch nur eine abgeplatzte Stelle, von Rost ganz zu schweigen.

Ich überholte Darce und drückte die Klinke hinunter, aber nichts geschah. »Verschlossen«, stellte ich unnötigerweise fest. Schade, ich hätte zu gern herausgefunden, was Darce in einem Park wollte.

»Für uns nicht.« Er griff in seine Tasche und präsentierte mir im nächsten Augenblick einen schwarzen, übergroßen Schlüssel, der ähnlich aus der Zeit gefallen schien wie der Zaun.

Das hier wurde immer sonderbarer.

Darce öffnete das Tor und ließ mich eintreten, bevor er es hinter uns schloss. Es war tatsächlich eine Art Park, nur kein öffentlicher. Trotz der sommerlichen Temperaturen war das Gras hier leuchtend grün und besaß die perfekte Länge. *Grandpa hätte es geliebt.*

»Es ist nett, oder?« Darce nickte in Richtung der Bäume, die einen schmalen Weg säumten.

»Ja, aber euer Garten ist auch … *passabel.*«

Er verstand die Andeutung, lachte leise. Schon wieder.

»Hier gibt es etwas, das unserer nicht hat.« Statt dem Weg zu folgen, trat er geradewegs auf die Rasenfläche. »Na komm, wir haben viel vor.«

Wir haben was?

Ganz sicher nicht.

»Ich finde das hier – interessant. Diesen Waffenstillstand. Aber wenn du mir nicht gleich sagst, was das soll, bin ich weg.«

»Früher hast du länger durchgehalten.«

»Früher habe ich dir vertraut.«

Kurz zuckte ein Schatten über sein Gesicht, aber es war nichts als die Wahrheit. Niemandem auf der Welt hatte ich so sehr vertraut wie ihm.

»Dann überspringen wir den Part, in dem ich dich bitte, die Augen zu schließen.«

Keine Ahnung, was er meinte, aber wenn er dachte, ich würde mich hier mit geschlossenen Augen von ihm durch den Park führen lassen, hatte er sich so was von geirrt.

»Du willst wissen, was das hier wird?« Ein winziges Grinsen legte sich auf seinen Mund, als ich demonstrativ nickte. »Dann komm.« Darce lief los. Sein hellblaues Hemd leuchtete wie eine übergroße Blüte auf der grünen Fläche und ich starrte ihm hinterher.

Immer wenn ich heute dachte, der Tag könnte nicht merkwürdiger werden, machte Darce *so was.*

»Komm schon, Ella«, rief er.

Vielleicht sollte ich Bentley anrufen, aber mein Handy lag im Auto und er wäre ohnehin begeistert gewesen.

Bentley wäre längst mitgerannt.

»Ella«, kam es erneut von ihm.

Hatte ich nicht selbst gewollt, dass wir alle mehr wie Bentley waren? Nur dass ausgerechnet Darce damit begann, kam unerwartet.

Ich gab nach. Das hier war wahrscheinlich nur halb so merkwürdig wie die Zigarren, die ich heute Morgen aus den Mäulern diverser Plüschtiere hatte ziehen dürfen.

Und so viel besser.

Frische Luft strich mir über die Wangen. Der Rasen war weich und ideal zum Rennen. In Gedanken schickte ich Grandpa eine Entschuldigung. Früher hatte er immer die Augenbrauen hochgezogen, wenn wir über seinen heiligen Rasen gerannt waren, dann hatte er sich abgewandt – aber nicht schnell genug. Wir hatten ihn oft dabei lächeln sehen.

Er fehlt mir.

Wieso wussten wir die Menschen um uns herum so oft erst zu schätzen, wenn sie fort waren? Wenn wir ihnen nicht mehr sagen konnten, was sie uns bedeuteten?

Ich rannte über das Grün und mit jedem Schritt fiel die Anspannung von meinen Schultern ab. Mein Herzschlag beschleunigte sich und ich erwachte aus dieser trägen Erschöpfung.

Erwachsensein war scheiße.

Für den Moment brauchte ich genau das hier, dieses Gefühl der Unbeschwertheit. Das bewusste Fühlen der leichten Brise auf meinen unbedeckten Armen.

Einfach fühlen.

Atmen.

Ich fand Darce mitten auf der leuchtend grünen Rasenfläche. Abgesehen von dieser gigantischen weißen Wand vor uns und einem Berg Decken hinter ihm, gab es hier nichts.

Was will er hier?

Während ich nach dem Grund dafür suchte, weshalb er sich von mir durch den Park hatte verfolgen lassen, lächelte Darce. »Geht es dir besser?«

Meint er meine Verspannung?

Oder hat er meine Erschöpfung wahrgenommen?

Ich nickte – beides fühlte sich besser an.

»Gut, dann hilf mir.« Er hob eine der cremefarbenen Decken an. »Wir sind spät dran.«

Spät für was?

»Treffen wir uns zum Teetrinken beim Hutmacher und du hast vergessen, mir Bescheid zu geben?«, fragte ich, als er mir zwei der Enden in die Hand drückte. Er selbst griff nach den übrigen.

»Fast.« Erheiterung leuchtete in seinen Augen, heller als die Sonnenstrahlen auf dem Gras. »Falsches Buch.«

Gerade als Darce seine Deckenenden auf dem Rasen ablegte, setzte Musik ein und erschreckte mich genug, um meine fallen zu lassen.

Warum zur Hölle setzt Musik ein?

Sollten wir Teil eines Flashmobs werden, würde ich Darce bis ans Ende des Parks jagen und wieder zurück.

Ich fuhr herum und fand zwar keine Musiker, dafür aber einen Film, der über die gigantische weiße Wand lief.

Es brauchte keinen Titel.

Dieses Stück Seide, in das jemand liebevoll Blumen stickte, würde ich immer und überall erkennen.

Wieso habe ich die Musik nicht sofort erkannt?

»Du hast mich hierher entführt, um *Stolz und Vorurteil* zu schauen?«

Er ließ sich auf der Decke nieder und nickte, bevor er nach einer weiteren griff, sie wegzog und den Blick auf den Picknickkorb freigab, der sich darunter verborgen hatte.

Das ist zu viel.

»Was soll das?«

Ich blieb, wo ich war, drehte mich demonstrativ von der Wand weg. *Dass ich einmal Stolz und Vorurteil den Rücken kehren könnte, hätte ich vor zwei Minuten auch nicht gedacht.*

»Ich komm nicht mehr mit. Gestern wolltest du noch, dass ich kündige und heute planst du ein Picknick? Warum?«

»Weil ich von Bentley an deinen Geburtstag erinnert werden musste«, sagte er und sah an mir vorbei. »Ich will nicht diese Art von Typ sein, der deinen Geburtstag vergisst.«

Wow.

Das war … wow.

Es fühlte sich an, als kitzelte mich eine Straußenfeder hauchzart im Bauch. Wärme strich über meine Arme, ließ die Haut dort kribbeln und ich war mir nicht sicher, ob der Grund dafür die Sonnenstrahlen oder Darce' Worte waren. »Hast du die letzten Jahre daran gedacht?«

Sein Blick kehrte zurück zu mir. Einen Herzschlag lang sahen wir uns an und dann nickte er. »Natürlich.«

Das Kitzeln in mir verstärkte sich.

Ich hätte nicht geahnt, dass mein Geburtstag ihm wichtig genug war, um daran zu denken.

Offenbar hatte ich mich geirrt.

Was immer das bedeutet.

Hinter uns hatten längst vertraute Stimmen eingesetzt, aber ich war außerstande, mich umzudrehen. Darce' Blick hielt mich gefangen.

»Willst du zurück?«, fragte er und obwohl er gelassen klang, war da etwas an ihm, das mich an früher erinnerte. Damals, als sich Berührungen zwischen uns plötzlich anders angefühlt hatten.

Ich sollte gehen.

Und kann nicht.

»Nein«, sagte ich und sank mit Abstand neben ihm auf die Decke. »Schließlich ist es *Stolz und Vorurteil*.«

»In der einzig wahren Version«, setzte er schmunzelnd hinzu und jetzt, wo ich mich entschieden hatte zu bleiben, schwand dieser Hauch von Nervosität an ihm. Darce beugte sich über den Korb und als er sich wieder zu mir drehte, hielt er eine Tüte Popcorn in den Händen. »Ich dachte, daraus machst du dir mehr als aus Geburtstagskuchen.«

Und erst da begriff ich wirklich.

Der perfekte Abend.

Das hier war Darce' Versuch, mir den perfekten Abend zu verschaffen. Das war so süß, dass diese verdammten Federn in meinem Bauch wie verrückt kitzelten.

Sie haben aus dem letzten Mal offenbar nichts gelernt.

»Danke«, sagte ich knapp und rutschte sicherheitshalber ein Stück weiter von ihm weg, was er mit einer hochgezogenen Augenbraue kommentierte.

Mir egal.

Es hatte Jahre gedauert, mein Herz zu flicken.

Weder Popcorn noch kitzelnde Federn reichten aus, um ihm das zu verzeihen.

Ich wandte mich dem Film zu, schon um Darce nicht ansehen zu müssen. Er stellte eine Glasflasche vor mir ab und ganz kurz tränkte Eiswasser meinen Körper. Aber als ich hinuntersah, fand sich keine Zitrone auf dem Etikett.

Zufall?

Nun schaute ich doch zu Darce und die Art, wie er mich ansah, machte mir wortlos klar, dass es keiner war.

Er hatte unsere Limo gemieden, weil ihr seit Bentleys Party noch mehr Erinnerungen anhingen.

Erinnerungen, die wir beide vergessen sollten.

12

»Ich versteh nicht, was du an dem Film findest«, sagte Darce. »Oder an den Filmen. Unglaublich, wie lange es dauert, eine Geschichte zu erzählen, in der es nur darum geht, dass die Figuren nicht miteinander reden.«

»Bentley hat recht, du wirst den Zauber nie spüren. Es ist viel mehr als das.«

»Es ist unrealistisch …«

»Ernsthaft? Damit kommst ausgerechnet du? Gegen dich ist Mr Darcy ein Kommunikationscoach.«

Diesmal bekam ich gleich zwei hochgezogene Augenbrauen.

»Ich brauche Popcorn.«

»Du magst kein Popcorn.« Diese Spitze konnte ich mir nicht verkneifen.

»Ich sitze seit Stunden hier, weil ich nicht wusste, dass die Geschichte kein Ende nimmt, und ich verhungere. Also gib mir etwas von deinem Popcorn oder wir legen eine Essenspause ein.«

»Nein! Auf keinen Fall eine Pause.«

»Wow«, gab er sichtlich irritiert zurück. »Du liebst diesen Film echt.«

Er hatte keine Ahnung.

Weder davon, wie oft ich ihn gesehen hatte, als er so plötzlich aus meinem Leben verschwunden war. Noch davon, dass der energische Protest nicht dem Film galt. Ich hatte es im Kopf bereits mehrfach durchgerechnet. Es war knapp, aber es passte. Doch wenn wir eine Pause einlegten, käme ich nicht rechtzeitig zurück, bevor … Rasch schob ich den Gedanken zur Seite und Darce die halb geleerte Popcorntüte zu.

»Du bist ein mieser Lügner. Jeder liebt Popcorn.«

Er grinste, stopfte sich eine Handvoll davon in den Mund und diesmal protestierte er nicht.

»Gib es zu.«

»Pscht.« Demonstrativ legte er den Finger auf seine Lippen. »Ich schaue den Film.«

»Wir sind ohnehin gleich beim Ende«, gab ich zurück. »Außerdem ist es doch nur ein unglaublich langer Film über Kommunikationsstörungen.«

»Du solltest Werbetexte schreiben.« Er warf mir ein Popcorn zu, wie früher – nur kam es zu überraschend, um es mit dem Mund aufzufangen.

»Noch mal«, forderte ich und Darce warf ein weiteres und lachte, als es tatsächlich in meinem Mund landete. Wahrscheinlich würde ich mich morgen früh für die Verrenkungen hassen, aber gerade war ich so ausgelassen wie lange nicht.

Ich wollte mehr davon.

Diesen Moment in mir aufsaugen, um von ihm zu zehren, wenn ich morgen wieder in diesen unbekannten Leben aufräumte, inmitten fremder Häuser und Gerüche.

»Los«, feuerte Darce mich an und warf weitere.

Ich gab mein Bestes, einmal brachte ich beinahe ihn und die Popcorntüte zum Umfallen. Das wäre ein herber Verlust gewesen – *wegen des Popcorns.*

»Du hast was im Haar.« Er deutete auf eine Stelle, die so ziemlich überall sein konnte. Ich griff in meine Haare, suchte, aber fand nichts. »Höher«, leitete er mich. »Nein … Nicht links. Du machst es nur schlimmer.« Darce stellte die Tüte ab, rutschte näher zu mir. »Lass mich.« Er strich mir eine Strähne zur Seite, berührte dabei meine Schulter und in mir feierten diese verdammten Federn eine Party. »Halt still«, raunte er mir zu. Bildete ich es mir ein oder klang er einen Hauch atemloser?

Atemloser fühlte auch ich mich, als ich die Wärme seines Körpers spürte. Seine Nähe war wie winzige Stromschläge und baute eine ganz neue Art von Spannung in mir auf. Er strich mir über die Schulter. Eine Berührung wie ein elektrischer Impuls, der direkt in meine Nervenbahnen schoss – in alle gleichzeitig. Ich sah auf, fand sein Gesicht unmittelbar vor mir.

Augen, in denen ich versank.

Lippen, von denen ich mir so oft ausgemalt hatte, sie irgendwann wieder zu küssen.

Dann habe ich halt nichts dazugelernt.

Ich rutschte näher.

Gab ihm Zeit auszuweichen.

Hoffte, er würde es tun.

Betete, er würde bleiben.

Alles an mir zerrte in die unterschiedlichsten Richtungen, doch dieser drängende Wunsch übertönte die Vernunft.

Meine Lippen stoppten unmittelbar vor seinen. Warteten. Darce sah mich an und in seinen Augen fand ich das gleiche Verlangen, das in mir stürmte.

Er blieb.

Ich überwand den letzten Hauch zwischen uns und küsste ihn. Nicht vorsichtig wie damals. Sondern richtig. Seine Hand legte sich an meinen Hinterkopf, hielt mich fest, als fürchtete er, ich könnte ihm entwischen. Hitze strömte mir durch den Körper, setzte Leuchtfeuer überall, wo mich seine Fingerspitzen berührten. Erst den Rücken hinunter und als das nicht mehr reichte, hoben sie mein Shirt an und strichen mir den Bauch entlang. Langsam fuhren sie höher. Ich zog Darce mit mir und sank auf die Decke, spürte den rauen Stoff am nahezu unbedeckten Rücken. Seine Lippen fanden zurück zu meinen. Ungeduldig begann ich, die Knöpfe an seinem Hemd zu öffnen. Verfluchte jeden davon. *Wer macht so winzige Knöpfe?*

Darce übernahm kurzzeitig, aber seinem Blick nach hatte er vor, seine fehlende Berührung gleich mehr als auszugleichen. Ich nutzte den Moment, um mein Shirt loszuwerden und nur Sekunden später war Darce zurück. Seine Haut auf meiner zu spüren war unglaublich. Wie ein Feuerwerk, das überall dort abgefeuert wurde, wo wir uns berührten. Die Zeit löste sich auf und meine Welt bestand nur noch aus Darce. Es gab so viel nachzuholen.

Irgendwann stieß er ein Keuchen aus, das nicht zu den anderen passte und ich ließ fragend von ihm ab. Doch er grinste nur und küsste mich im nächsten Herzschlag erneut. Meine Hände legten sich an seinen Rücken, um ihn enger an mich zu ziehen, da spürte ich es. Wassertropfen.

Es regnete.

Nie war mir Regen gleichgültiger gewesen.

Wir ließen zu, dass der warme Sommerregen unsere wenigen Kleidungsstücke durchtränkte.

Gegen dieses Feuer zwischen uns kam er nicht an.

Alles, was ich wahrnahm, war Darce, sein Stöhnen, seine Berührungen, sein Geruch, bis seine Konturen vor mir plötzlich verschwanden.

Dunkelheit hüllte uns brutal ein.

Das Licht war fort.

Ich hatte nicht auf die Zeit geachtet.

Es war zu spät.

Der Film musste längst vorbei sein.

»Wir müssen los!« Irgendwie presste ich mir die Worte ab und eine unsichtbare Faust drückte meinen Magen zusammen.

»Was ist passiert?« Irgendwann in den letzten Minuten hatten wir uns offenbar gedreht, denn jetzt war er derjenige, der unten lag, während ich hektisch versuchte, mich von ihm zu lösen.

»Nichts«, erwiderte ich hastig. »Können wir gehen?«

Shit.

Meine Stimme zitterte.

Shitshitshit!

»Was ist los, Ella?« Unsicherheit flackerte in seinen Worten. Er hatte keine Ahnung, was mit mir geschah, und ich würde es ihm nicht verraten.

»Ich muss weg.«

Wo ist nur mein Shirt?

Wo ist das Licht hin?

Wie lange blieb mir, bis die Schwärze alles verschluckte?

»Ella, du zitterst.« Erst jetzt registrierte ich seinen Arm, der sich um mich gelegt hatte. Schnell schüttelte ich ihn ab und suchte panisch auf der dunklen Wiese mein ebenso dunkles Top. Nasser Rasen kitzelte meine Handflächen, als ich darüberstrich, doch Stoff fand sich keiner.

»Ella?« Eine behutsame Nachfrage. »Was … brauchst du?«

»Licht.« Das Wort schaffte es an diesem Kloß in meinem Hals vorbei, während mich die Angst in ihrem eisigen Klammergriff gefangen hielt.

Es gibt kein Entkommen.

Plötzlich scheuchte Licht die Dunkelheit vor mir zurück und gab den Blick frei auf mein Top, das keine zwei Meter entfernt lag. Ich griff danach und zog es über. Erst dann drehte ich mich um, sah Darce' Handy, das wie eine Taschenlampe strahlte.

»Können wir gehen?« Die ankommende Finsternis fühlte sich an wie eine Betondecke, die sich auf mich gelegt hatte – mehr als diesen Hauch einer Frage ließ sie nicht aus mir heraus.

»Klar.« Er machte sich nicht die Mühe, sein Hemd anzuziehen, klemmte es sich stattdessen unter seinen Arm. Fragend reichte er mir die freie Hand, aber ich schüttelte den Kopf.

Berührungen waren gerade nichts, das ich ertrug.

13

»Also«, sagte Darce, die Hände so fest ums Lenkrad geklammert, dass das Weiß seiner Fingerknochen sichtbar wurde. »Reden wir darüber?«

Nicht, wenn ich es verhindern kann.

Jetzt im Auto klang die Panik nur noch wie ein Echo in mir nach. Eine schützende Wand hatte sich zwischen mich und diese Bestie geschoben, doch sie lauerte nur darauf, mich erneut anzuspringen.

Keine Ahnung, wie ich es schaffen soll, dieses Auto zu verlassen.

Moms Schicht dauerte noch Stunden, vorausgesetzt, sie war überhaupt gegangen. *Ich könnte sie gleich anrufen und fragen, ob sie im Trailer ist und rauskommt.*

»Ella?«, fragte Darce einmal mehr. So sanft, wie er meinen Namen aussprach, schien er Angst zu haben, dass ich vor seinen Augen auseinanderbrach, wenn er mich erschreckte.

Er kann mich nicht erschrecken.

Der wahre Schrecken wartet irgendwo da draußen.

»Seit wann hast du Angst vor der Nacht?« Er hielt den Blick nach vorn auf die Fahrbahn gerichtet, schien in Gedanken durchzugehen, wann er mich zuletzt im Dunklen gesehen hatte.

Uns beide verbanden Sommertage.

Sonnenstrahlen, die uns die Nacken verbrannten.

Blaue Wolken, die über uns hinwegzogen.

Rote Kirschen, die inmitten des Grüns leuchteten.

Knallige Farben. Leben. Lachen.

Dunkelheit hatte es mit Darce an meiner Seite nie gegeben. Dunkelheit gab es erst, nachdem er beschlossen hatte, kein Teil meines Lebens mehr zu sein.

Seine Zeigefinger setzten sich in Bewegung, tippten in schnellem Rhythmus aufs Lenkrad, der einzige greifbare Beweis für die Unruhe in ihm. Er wollte Antworten, aber von mir bekam er keine. »Du hattest recht«, begann er neu, »ich habe Angst vor Gewittern. Gib mir einen Blitz oder ein Donnergrollen und ich will mir eine Decke über den Kopf ziehen und mir die Ohren zuhalten.« Er warf mir einen kurzen Blick zu. »Jeder hat vor etwas Angst. Sieh dir Bentley an, der schreit alles zusammen, wenn er eine Spinne findet. Es ist normal, Angst zu haben.«

Ist es nicht.

Sich vor etwas zu ängstigen oder in seiner Panik zu ertrinken, sind zwei komplett unterschiedliche Dinge.

»Ich will nicht reden«, sagte ich und starrte hinaus in die Schwärze, die von den Scheinwerfern aufgebrochen wurde. Um diese Zeit war ich nicht mehr unterwegs gewesen seit damals …

Wieso muss das gerade heute passieren?

Warum habe ich nicht aufgepasst?

Darce setzte den Blinker und erst da registrierte ich, dass er auf den Parkplatz des Trailerparks einbog.

Shit.

Und wieder hatte ich nicht aufgepasst.

Mein Plan hatte vorgesehen, mich von ihm an der Bushaltestelle eine Ecke weiter absetzen zu lassen. *Allerdings hat dieser Plan Licht beinhaltet.*

Der Trailerpark lag gerade noch innerhalb der Stadtgrenze von Juniper Falls – zum Ärger der Einwohner, die deshalb immer nur vom Trailerpark *bei* Juniper Falls redeten. Es war nur ein winziges Wort, drei Buchstaben, aber sie zogen eine Linie zwischen der malerischen Kleinstadt und uns – dem unliebsamen Bodensatz. Ein Teil in mir konnte sie sogar verstehen. Das hier passte nicht in ihre Welt, die aus idyllischen viktorianischen Bauten, zuckersüßen Cafés und blühenden Gärten bestand. Wir waren der Schatten, den Juniper Falls warf.

In all den Jahren war Darce nie hier gewesen und so hätte ich es belassen wollen. Jetzt bekam er die volle traumhafte Kulisse des Trailerparks zu sehen.

Darce' Gesicht war eine schöne, starre Maske. Was immer in seinem Kopf vor sich ging, er ließ es mich nicht erkennen. Brauchte er auch nicht. Ich wusste, dass es nichts Gutes war. Mein Blick rutschte tiefer, fand seine nackten Schultern, weil er nicht dazu gekommen war, sein Hemd wieder anzuziehen. Ich musste ihm den Schreck seines Lebens eingejagt haben.

Wir rollten über den Platz, der mehr Löcher aufwies als der Scheibenkäse, den Kitty so gerne aß. Es gab gemütliche Trailerparks, die besaßen Grünflächen, gepflegte Wege und richtige Pflanzen – nicht nur Unkraut, für das sich niemand zuständig fühlte. In so einem wohnten wir leider nicht.

Die Scheinwerfer beleuchteten das Gestrüpp, das den Parkplatz umschloss. Wir brauchten keine Zäune, wir hatten Unkraut und dieses hier war bereits größer als ich und von der Sonne ausgetrocknet.

Zeit zu gehen.

Mein Magen verknotete sich.

Meine Finger zitterten, als sie in der Tasche nach dem Handy wühlten, um Mom anzurufen.

Zum ersten Mal betete ich, dass sie nicht zur Arbeit gegangen war.

Vielleicht hatte sie eine Tierdoku über aussterbende Eisbären gesehen und war zu traurig gewesen, um vom Sofa aufzustehen.

Oder einer der Nachbarn hatte eine spontane Party gefeiert und sie eingeladen. Vielleicht war es auch einer dieser Tage, an denen sie vergessen hatte, dass sie zur Arbeit musste.

Alles war möglich – es war Mom.

»Bereit?«, fragte Darce und drehte den Schlüssel um.

Der Motor erstarb.

Die Scheinwerfer erloschen.

Und die Angst kam näher.

Nur noch ein paar Augenblicke und sie würde ihre Krallen in mich schlagen. Das fahle Licht der vereinzelten Laternen hier reichte nicht aus, um sie zurückzudrängen.

Darce ergriff sein Handy, verwandelte es erneut in eine Taschenlampe und scheuchte hier drinnen jeden Anflug von Finsternis davon. »Warte kurz«, sagte er und schaffte das Kunststück, zu klingen, als wäre das hier normal. Sein Handy blieb auf seinem Sitz zurück, er selbst verschwand, um nur wenige Herzschläge später meine Tür zu öffnen. »Können wir los?«

Offenbar hatte er nicht vor, mich hier rauszuwerfen.

Heute Nachmittag wäre die Vorstellung, dass Darce mein Zuhause sah, so ziemlich die mieseste von allen gewesen.

So schnell verschoben sich die Prioritäten.

Ich nickte langsam und löste den Gurt. Darce beugte sich über mich, griff nach seinem Handy und dem Hemd auf der Rückbank. Plötzlich war ich umgeben von warmer Haut. Seiner Brust, die ich im Park noch geküsst hatte. Muskulösen Armen, die mich vorhin an sich gedrückt hatten.

Scheiße. Scheiße. Scheiße.

Er zog sich zurück, schlüpfte ungerührt von diesem winzigen Moment der Nähe in sein Hemd, nahm sich aber nicht die Zeit, es zu schließen. »Alles in Ordnung, Ella?«

Nein.

»Ja.« Leider konnte ich wohl nicht bis zum Morgengrauen in seinem Auto ausharren.

Einatmen.

Tasche umhängen.

Ausatmen.

Hinein in die Dunkelheit, die Darce für mich vertrieb.

»Geht es?«

Die Nachfrage war sanft und dennoch fachte sie das Gefühl der Unzulänglichkeit weiter an. Hier in dieser Umgebung, in diesem Zustand war überdeutlich, wie viel uns voneinander trennte. Bis heute hatte ich gedacht, Darce hätte diesen endgültigen Schnitt zwischen uns gesetzt. Jetzt fühlte es sich verdächtig danach an, als wäre er dem echten nur zuvorgekommen.

Es hätte nie eine Zukunft für uns gegeben.

»Alles gut«, erinnerte ich mich zu sagen, während wir uns in Bewegung setzten. Dabei wussten wir beide, dass nichts *gut* war.

Wie konnte sich etwas so Simples wie Schritte plötzlich so schwer anfühlen? Darce' Nähe zwang mich vorwärtszugehen, obwohl alles in mir zurück zum Auto stürmen wollte. Doch das durfte ich Darce nicht zeigen. Für heute hatte er schon genug meiner Abgründe zu sehen bekommen. Also ging ich an seiner Seite los und registrierte zu spät, dass ich damit jede Flucht unmöglich machte. Der Weg zum Auto lag jetzt in tiefster Dunkelheit. Alles, was mir blieb, war, mich auf das Licht vor mir zu konzentrieren.

Schritt für Schritt.

Meter für Meter.

Licht.

Nur nicht an das denken, was im Dunkeln lauern könnte.

Ich wünschte, ich könnte sagen, dass es leichter wurde.

Doch die Angst blieb.

Sie hatte sich in mir festgebissen.

Sammelte sich in meinen feuchten Handinnenseiten.

Trocknete mir den Hals aus.

Und ließ mich zittern, während mein Herz raste.

Endlich erreichten wir unseren Trailer, der von der schwachen Außenlampe über der Eingangstür angestrahlt wurde. Wenigstens konnte Darce so nicht viel von ihm erkennen. Er brauchte nicht noch mehr Erinnerungen daran, dass ich kein adäquater Umgang für ihn war.

Ich krallte mich am Türgriff fest, als wäre er mein Rettungsring.

Wahrscheinlich ist er das sogar.

»Danke«, raunte ich Darce zu, während ich hastig die Tür aufschloss.

»Schon okay.«

Das Licht des Handys drehte ab und Schritte erklangen. Wäre das hier eine dieser kitschigen Romanzen, die Mom schaute, hätte Darce mich jetzt umarmt, mir jede Menge zuckersüßer Dinge zugeflüstert, woraufhin ich jegliche Angst in seinen starken Armen verloren hätte.

Ich konnte diese Filme nicht leiden, aber gerade wäre mir ein Hauch von dem Glitzer-Puderzucker-Kitsch willkommen gewesen.

Doch seine Schritte entfernten sich und meine Panik blieb, wo sie war.

Denn das hier war die Realität.

Als ich eintrat, schlug mir ihr Geruch wie eine Faust entgegen.

Offenbar hatte Mom vergessen, den Müll rauszubringen. Jetzt musste er bis morgen hier stehen. Selbst wenn ich mich rausgetraut hätte, um ihn zumindest vor den Trailer zu packen, würden die Waschbären damit heute Nacht eine Party feiern.

Ich knipste das Licht an und bereute es, als ich das Chaos sah. Unzählige Fläschchen Nagellack und benutzte Kosmetiktücher fanden sich wahllos auf dem Tisch zwischen einer Müslischale und einer Chipspackung. Mehrere Shirts lagen auf der Sitzbank. Offenbar hatte sich Mom an meiner Kleidung bedient. Ich hasste es, wenn sie das tat. Nicht nur, weil es kaum etwas gab, was mir gehörte. Auch weil es bedeutete, dass ich morgen vor der Arbeit zum Waschhaus musste. Denn sie rührte meine langweiligen Sachen nur an, wenn sie nichts Sauberes mehr besaß. Ständig versprach sie mir, sich um ihre Wäsche zu kümmern, aber dann machte sie es doch nicht. Sie war wie ein Kind, das sich immerzu ablenken ließ. Letztlich bedeutete es weniger Arbeit für mich, wenn ich es übernahm.

Zumindest drängte das Chaos das Nachbeben der Panik in mir fort. Dafür meldete sich nun Schuld, noch bevor ich nach den ersten Papiertüchern mit den lilafarbenen Nagellackspuren griff. Mit jedem Fläschchen, das ich schloss, nahm sie zu. Wurde tiefer und schneidender, als ich Kittys benutzte Tasse hochnahm. Ihr Namenszug fand sich darauf zwischen unzähligen Sternen – mein Weihnachtsgeschenk vom letzten Jahr. Sie hatte nie erfahren, dass dies nicht die Tasse war, die sie am Weihnachtsmorgen ausgepackt hatte. Die hatte Moms letzter Freund zerschmettert. Tagelang hatte ich so getan, als könnte ich sie nicht mehr finden, bis die neue fertig gewesen war. Mein Blick fuhr weiter über das Chaos und die Schuld presste sich zu einem Stein zusammen, der meinen Magen ausfüllte.

Wie konnte ich Kitty bei ihr zurücklassen?

Ich tat es auch für sie.

Es waren nur drei Jahre.

Ich war in den Ferien hier.

Heute schmeckte jede meiner Rechtfertigungen noch bitterer als sonst.

14

»Bitte!«

»Nein.«

»Bittebittebitte!«

»Kitty!« Dieses hohe Quengeln nagte in meinem Kopf, seit wir den Laden betreten hatten. Dort hatte es sich mittlerweile eingenistet und baute sich ein bequemes Nest aus den Überresten meiner Nerven. »Die sind zu teuer.« Ich legte die Bonbons zurück ins Regal. »Wir halten uns an die Liste.« Sonst kamen wir nicht durch die Woche.

Monatsenden waren schwer, dann war die Haushaltskasse leer.

Aber Monatsanfänge waren nicht viel besser, dann galt es, Geld für die Miete zusammenzukratzen.

So etwas wie gute Zeiten gibt es nicht, wenn man arm ist.

Es gibt nur Zeiten, die weniger schlimm sind als andere.

»Beim nächsten Mal.«

»Das sagst du immer.«

Autsch.

Sie hatte recht.

Ich sah zurück aufs Etikett, rechnete. Wenn ich die Milch, die wir noch hatten, mit Wasser streckte, reichte sie bis übermorgen.

»Eine Packung.«

Kitty quietschte vor Freude und zwang mir das erste Lächeln des Tages ab.

Wir peilten die überfüllte Kasse an. Alle hier schienen den gleichen Wunsch zu haben: nach Hause zu eilen. Es war ein schwüler, langer Tag gewesen. Noch dazu der erste ohne Darce. Ich war nicht so naiv zu glauben, dass es ein Zufall war, dass er sich heute nicht hatte blicken lassen.

Er ging mir aus dem Weg.

»Ich will raus!« Die Bonbons verschafften mir nur eine winzige Verschnaufpause. Schon in der Kassenschlange kehrte Kittys Quengeln zurück und offenbar hatte es Verstärkung mitgebracht, es wurde lauter und leidender. »Der ist so lahm wie eine Schnecke!«, kommentierte sie lautstark den wenig motivierten Kassierer.

Keine Chance, dass er sie nicht gehört hatte.

»Kaugummi!«, schrie sie dafür begeistert, als wir endlich den Kassenbereich passierten. Einer der Gründe, weshalb ich selten Ausnahmen zuließ, war der, dass Kitty noch nicht in der Lage war zu verstehen, dass sie genau das waren – Ausnahmen.

»Du hast Bonbons.«

»Und Kaugummis.« Sie schnappte sich mehrere der knallbunten Packungen.

»Nein.« Ich zog den Korb fort, bevor Kitty sie hineinlegen konnte. Zu heftig, er stieß gegen den hinter uns stehenden Einkaufswagen. Ich mühte mir eine Entschuldigung ab und Kitty ergriff ihre Chance, warf die Pakete in unseren Korb.

»Nein!«

Meine Erwiderung ließ sie sichtlich ungerührt. »Doch!«

Um uns herum erhob sich das vertraute Gemurmel. Wie ich das hasste. Genau deswegen hatte ich nach diesem miesen Tag zu Moms Basecap gegriffen. Damit fühlte ich mich ein Stück fremder und so brannten ihre Blicke weniger auf mir.

Während ich begann, die Kaugummis wieder herauszusortieren und gleichzeitig in der Schlange aufzurutschen, wurde Kittys Quengeln schriller. Sie war müde. Wahrscheinlich hatte sie heute keinen Mittagsschlaf gemacht.

Aber ich war auch so verdammt müde.

Und vor allem war ich müde zu hören, wie sich die ersten Stimmen aus dem Gemurmel erhoben.

Forderten, dass ich Kitty unter Kontrolle brachte.

Forderten, dass ich ihr ihren Willen ließ.

Das war das Miese an Erziehung.

Jeder hatte eine Meinung und niemand hielt sich damit zurück.

»Leiser!« Ich wollte nicht schreien. Schon jetzt spürte ich, wie sie uns musterten. Kittys Shirt mit den Sonnencremeflecken, die ich nicht mehr herausgewaschen bekam. Ihre nach dem letzten Wachstumsschub zu kurze Hose.

»Immer diese Teeniemütter«, meldete sich die erste lautstarke Stimme.

Das hatte ich schon so oft zu hören bekommen, dass ich mich nicht einmal mehr umdrehte. Stattdessen war ich damit ausgelastet, die Kaugummis ins nächste Regal zu legen, den Korb aus Kittys Reichweite zu halten und nebenbei das Kassenband zu beladen. Das Ganze unter Protestgeschrei, gefolgt von Krokodilstränen und herzzerreißendem Schluchzen, die dafür sorgten, dass nun die Mehrheit hinter mir für Kitty Partei ergriff.

Ich hätte keine Basecap mitnehmen sollen, sondern Kopfhörer.

Damit hätte ich alles ausblenden können.

Kittys Geschrei.

Die Menschen.

»Einundzwanzig Dollar.«

»Was?«

Ich fuhr herum und starrte den Kassierer an. »Das kann nicht sein. Sie haben sich vertan.«

Schließlich hatte ich es nachgerechnet.

»Die Kasse vertut sich nicht.« Seine Mundwinkel verzogen sich zu einem triumphierenden Lächeln, eines, das mir deutlich machte, dass er mir die Schuld für Kittys unfreundlichen Kommentar über sich gab.

»Einundzwanzig Dollar«, wiederholte er.

Fuck.

Ich hatte nur einen Zwanziger dabei.

So sehr konnte ich mich nicht verrechnet haben. Mein Blick flog über die Einkäufe, die das Transportband belagerten, und blieb an einer schmalen gelben Packung hängen, auf der in schrillem Lila eine übergroße Blaubeere gemalt war.

Kitty hatte heimlich Kaugummi aufs Band gelegt.

»Stornieren Sie das.« Ich schnappte mir die Packung und augenblicklich überschlug sich Kittys Stimme beim Schluchzen.

Kollektives Stöhnen erhob sich hinter mir.

»Dafür muss ich den Geschäftsführer holen.« Sein Lächeln breitete sich aus. »Ist das notwendig? Es ist nur ein Dollar.«

Arsch!

»Dann lassen Sie ihn kommen.«

Das Stöhnen hinter mir schwoll zu lautstarkem Protest an, als sich der Kassierer wie in Zeitlupe von seinem Stuhl erhob.

»Kaufen Sie Ihr doch einfach den Kaugummi!«

»Teeniemutter. Das Kind kann einem leidtun.«

Ich.

Hasse.

Menschen.

»Das übernehme ich.« Plötzlich schob sich ein Arm an mir vorbei und jemand reichte dem Kassierer fünf Dollar.

Ich drehte mich um, wollte protestieren und stoppte entgeistert. Denn vor mir fand ich tiefbraune Augen und Lippen, die ich gestern Nacht geküsst hatte – immer und immer wieder.

Was zur Hölle macht Darce hier?

Der Mann hinter der Kasse ergriff den Schein und ich war zu perplex, um es zu unterbinden.

Er ist also wirklich unterwegs gewesen?

Und mir nicht aus dem Weg gegangen?

»Wird das hier noch was?«, brachte sich der Kassierer in Erinnerung.

Das Geld.

Mist.

Schnell kramte ich meinen Schein heraus und reichte ihm den Rest, während Kitty begann, unsere Einkäufe auf dem Rollband zu einem bedenklich hohen Turm zu stapeln.

»Trag die Bonbons«, sagte ich zu ihr und hoffte, sie damit für ein paar Sekunden abzulenken. Schnell wandte ich mich wieder Darce zu, um ihm zu danken. Doch der stand nun einige Plätze hinter mir und studierte die Auslage an der Kasse.

Als wäre nichts gewesen.

Als würde er mich nicht kennen.

Ernsthaft?

Ein eisiger Speer versenkte sich in meiner Brust, bohrte sich mir geradewegs ins Herz.

Gestern hat er mich geküsst und heute ignoriert er mich?

Nein.

Nicht diesmal.

»Hey«, rief ich in seine Richtung und tatsächlich sah er auf und seine Augen weiteten sich. *Vor Entsetzen, dass ich es wage, ihn hier anzusprechen?* »Danke. Dein Wechselgeld lege ich hierhin.«

Ich bekam nur ein Schulterzucken und schon flog sein Blick zurück zur Auslage.

Damit niemand dachte, uns könnte etwas verbinden.

»Doch!«

»Nein!«

»Bitte, Ella!« Mom klimperte mit den Wimpern und sah mich mit diesem Blick an, von dem sie behauptete, dass sie mit ihm alles bekam. Irgendwann begriff sie noch, dass wir dann nicht hier festhängen würden.

Dieser Blick war nur eine Illusion.

Genau wie Darce und ich.

»Das ist deine Chance, gesehen zu werden. Das ganze Haus ist voll mit Bentleys reichen Freunden.«

»Mom!« Ich wich ihren Fingern aus, die Anstalten unternahmen, in meine Haare zu greifen, um sie in Form zu bringen. Dabei passten sie traurig herabhängend perfekt zum Rest von mir. »Ich will seine reichen Freunde nicht!«

»Wie kannst du das wissen, wenn du sie nicht kennenlernst?« Was ihre Kuppelei anging, besaß Mom ihre eigene Logik. »Ich sag ja nicht, dass du dich nicht in einen von ihnen verlieben darfst. Ein Hauch Verliebtsein hilft. Nur keine echte Liebe, die zerstört alles.«

Zumindest in diesem letzten Punkt waren wir uns beunruhigend einig.

»Los, mach dich fertig und nimm dir was von meinen Sachen, die sehen netter aus als das da.« Sie bedachte mein Shirt mit einem Augenrollen. »Du musst deine Reize ausspielen. Warum versteckst du dich in diesem langweiligen Zeug?«

Weil ich mich darin sicherer fühle.

»Ich geh nicht, Mom.«

»Du kannst dich nicht ständig vor der Welt verkriechen.«

»Ich verkrieche mich nicht vor der Welt, sondern vor Darce, in Ordnung?«

Ihre Hände, die sich gerade hoben – wohl um ihre Standpauke mit ausufernden Gesten zu unterstützen –, verharrten abrupt. »Was hat er getan?«

Zu spät, um einen Rückzieher zu machen; ihrem Blick nach hatte sie sich schon in mir festgebissen wie eine Bulldogge.

»Ich habe ihn im Laden getroffen und er tat, als würde er mich nicht kennen. Ich bin ihm peinlich.«

Das war die Kurzfassung. Den Rest verschwieg ich lieber.

»Fieser kleiner Kröterich.« Ihre Augen verformten sich zu Schlitzen. »Er hat dich nicht verdient!«

Sie mochte in vielen Dingen unzulänglich sein, aber damit machte sie gerade das ein oder andere gut.

»Vielleicht könnte ich ihm seinen Stolz verzeihen, wenn er meinen nicht ständig verletzen würde.«

»Als wenn du ihm irgendwas verzeihen müsstest! Er könnte hier auf Knien angerutscht kommen und ich würde ihn fortjagen. So ein unverschämter Kerl. Die haben sich schon immer für was Besseres gehalten, aber ihr Müll stinkt genau wie unserer.«

Nicht der Zeitpunkt, um ihr zu verraten, dass es in *deren* Haus Duftaufkleber für die Müllbeutel gab. Bei *denen* roch der Müll nach frischen Zitronen.

»Jetzt gehst du erst recht!«

Was?

Vehement schüttelte ich den Kopf, doch schon legte Mom die Hände an meine Wangen und stoppte mich. »Wenn du ihm ausweichst, glaubt er, er kann so mit dir umgehen. Zeig ihm, dass *du* die Regeln machst. Wir lassen uns von denen nichts sagen!«

Ich wollte ihre Hände abschütteln, aber sie blieben, wo sie waren.

»Er hat dich verletzt, oder?« Einen Augenblick lang hatte ich das Gefühl, dass sie wusste, wer damals all die Tränen verursacht hatte. »Keine Liebe. Wie oft muss ich dich noch daran erinnern?« Ihre Stirn legte sich an meine. »Das bekommt er zurück. Wir zeigen es ihm!«

15

Darce

Ella war nicht gekommen.

Beruhigend.

Beunruhigend.

Irgendwie beides.

Seit dem Park ging sie mir permanent aus dem Weg, kam lieber früh morgens und bereitete Georges Essen vor. Bentley machte es später warm und brachte es rüber. Laut ihm war Ella gerade im Stress, aber ich wusste es besser.

Sie will mich nicht sehen.

Dennoch ging ich ein weiteres Mal durchs Haus, suchte haselnussbraunes Haar und Augen in der Farbe von schattigem Moos. Es wäre einfacher, wenn Bentley nicht ausgerechnet heute seine Schwarzlichtparty feiern würde. Obwohl es noch früh war, fanden sich schon jetzt überall leuchtende Kleidung, Armbänder und Brillen in abgedunkelten Räumen und neonfarbene Malereien zierten Gesichter. Die Zimmer, die nicht aussahen, als befänden sie sich in irgendeiner entfernten Galaxie, hatte ich überprüft, aber in keinem davon hatte ich Ella vor einem der Fenster sitzend gefunden. Keine zwei Stunden, bis die Sonne unterging. *Sie wird nicht mehr kommen.*

»Suchst du sie?« Ein Arm legte sich um mich. Ich erkannte Bentley nur anhand seiner Stimme.

»Ich suche niemanden.«

»Dann behalte ich für mich, wo sie ist.«

Sie ist doch hier?

»Spuck es aus.« Ich sah mich um, fand jede Menge leuchtender Farben, die im abgedunkelten Raum tanzten. *Als wäre ich Teil einer durchgeknallten Sekte.*

»Was bekomme ich dafür?«

»Keinen Tritt?«, schlug ich vor. Wir mochten beide nahezu erwachsen sein, aber es fühlte sich nicht danach an.

»Witzig«, gab Bentley trocken zurück und ging.

Shit.

Ich hastete hinterher. »Wo ist Ella?«

Er stoppte tatsächlich. »An der Terrassentür.«

»Wir haben drei Terrassen, etwas genauer.«

»Die am Pool.«

Ich dachte nicht mal mehr daran, Bentley zu danken, schon suchte ich mir einen Weg durch die Flut an Menschen. Nur an der geöffneten Bibliothekstür stoppte ich gezwungenermaßen, um einigen von Bentleys Gästen mit drakonischen Strafen zu drohen, sollten sie ihre Hintern nicht sofort von den antiken Polstermöbeln entfernen. Ich konnte Besuch in meinen Rückzugsorten nicht ausstehen, leider war das Bentley egal.

An der Terrasse standen Menschen in Trauben herum, die wohl vor dem Schwarzlicht hierher geflüchtet waren. Das würde eher nicht Bentleys beliebtestes Partykonzept werden. Mir gefiel es immerhin besser als die anderen – trotz der durchgeknallten Sektenvibes. Ich fühlte mich weniger verloren als sonst in dieser Menschenmasse. Es schuf Chancengleichheit.

Ich überflog die Grüppchen, fand ein Meer aus Weiß und stoppte verwirrt beim Haselnussbraun, nach dem ich gesucht hatte. Der Rest dazu kam unerwartet. Ein enger Rock, der oberhalb der Knie endete, und darüber ein genauso eng anliegendes Oberteil. Bisher hatte ich mir über Ellas Kleidung nie Gedanken gemacht. Das registrierte ich erst jetzt, weil ich es diesmal tat.

Weil das, was ich sah, nicht zu dem passte, was ich von ihr kannte.

Weil mich der Männerarm zutiefst irritierte, der zu selbstverständlich um ihre Hüfte lag.

»Ella?«, rief ich, um sicherzugehen und tatsächlich drehte sich die Frau um und feuerte den finstersten Blick der Welt auf mich ab. Offenbar hatte ich Ella gefunden, doch die wandte sich wieder um und redete mit dem Mann an ihrer Seite weiter.

Was geschieht hier?

Wer ist der Typ?

Diese nervige weiße Kleidung machte meine Analyse unmöglich, nur seine abgetragenen Schuhe durchbrachen das Bild.

Ich würde fragen müssen.

Auch das noch.

»Können wir reden?«, stieß ich aus, kaum dass ich neben Ella stoppte. Ich bekam einen weiteren finsteren Blick aus moosgrünen Augen.

»Jetzt willst du reden?« Sie klang ungewohnt hart.

»Ja? Lass uns hochgehen, da haben wir Ruhe.«

»Mir ist nicht nach Ruhe.«

Also würden wir hier reden?

Super.

»Kannst du verschwinden?«, fragte ich den Typen, dessen Arm weiter um sie geschlungen lag. Ich war mir nicht sicher, was mich mehr erschütterte, die Selbstverständlichkeit, mit der er dort lag, oder dieses Bedürfnis in mir, ihn wegzureißen.

Dunkelbraune Augen musterten mich, als versuchten sie mich einzuschätzen. Genau wie ich das bei ihm tat. Sein schwarzes Haar fiel ihm lässig ins Gesicht, dessen warmer Ockerton an die wenigen Meilen entfernten Sandsteingebirge erinnerte. Der Stoff seines Hemdes verriet, dass es wohl von keinem Designer stammte, aber es saß ärgerlich gut an ihm. Ja, er war Konkurrenzmaterial.

Rein hypothetisch natürlich.

Wenn ich in ihm einen Konkurrenten gesehen hätte.

Was ich nicht tat!

Diesem winzigen Lächeln nach, das an seinen Lippen zupfte, schien er das anders zu sehen. »Babe?« Er sah in Ellas Richtung, strich ihr über die Wange und heizte damit den Drang, ihn von ihr zu zerren, um ein Vielfaches an.

Sie nickte. Er warf mir einen letzten abschätzenden Blick zu, schien zum Entschluss zu kommen, dass ich ihm nicht gefährlich werden konnte und ging.

Ich konnte ihn nicht ausstehen.

»Wer ist das?«

Ein winziges Lächeln legte sich auf ihren Mund und erinnerte mich daran, wie ich ihn geküsst hatte.

Wie unverschämt weich ihre Lippen gewesen sind …

»Das geht dich nichts an.« Kein halbes Dutzend Worte reichte, um die Erinnerungen grob zur Seite zu schieben.

Für mich fühlte es sich an, als würde es mich etwas angehen. »Was ist los mit dir?«

»Mit mir?«, stieß sie aus und jetzt wirkte sie ähnlich fassungslos, wie ich mir vorkam. »Ich habe keine Lust auf deine Spielchen!«

»Ich kann deine auch nicht leiden!« Grimmig deutete ich in die Richtung, in die ihr Begleiter verschwunden war. »Was soll das alles?«

Etwas Verletztes flackerte in ihrem Gesicht auf und rührte mich so, dass ich kurz davor stand, sie in den Arm zu nehmen. Doch schon war es fort. Ella mutierte erneut zur Eiskönigin und versenkte einen frostigen Blick in mich. »Ich bin kein Jo-Jo, das du zu dir heranziehen und wegschleudern kannst, wie es dir gefällt.«

Irgendwas bekam ich nicht mit.

Ging es um den Park?

»Du hast angefangen! Du hast mich zuerst geküsst!«

Ihre Lippen formten ein Wort, das ich nicht verstand, was wohl besser so war. Spätestens jetzt waren auch die Umstehenden auf uns aufmerksam geworden. Köpfe hatten sich zu uns gedreht. Ein emotionales Gespräch inmitten von Bentleys Freunden hatte mir gerade noch gefehlt. Nicht.

Ella sah an mir vorbei und schien etwas zu suchen und nicht zu finden. Diesen Typen? Sofort stand die Eifersucht bereit wie ein dressierter Hund. Doch wortlos peilte Ella die Terrassentür an und die Eifersucht verzog sich so schnell, wie sie gekommen war. Anscheinend würden wir den Rest des Gesprächs mit mehr Privatsphäre führen. *Zumindest etwas.* Ich schloss die Tür auf und sie folgte mir hinaus. Nach einigen Schritten stoppte ich am Pool, dessen Lichter bereits erleuchtet waren und ein friedliches Bild auf die sich leicht bewegende Wasseroberfläche gaben.

Ella baute sich neben mir auf. Die Arme verschränkt, schien sie auf etwas zu warten.

Leider hatte ich keine Ahnung, auf was.

»Vergessen wir die Sache im Park?«, setzte ich an. »Es war ein spontaner Moment, in dem wir herausfinden wollten, wie es zwischen uns gewesen wäre.« Ich hasste diese Art von Gesprächen, deswegen hatte ich die Worte längst vorbereitet. Nicht zu hart, nicht zu unverständlich – *es wird niemals wieder passieren.* »Wir vergessen die Nacht und das war es.«

Ella starrte mich an und ich hatte nicht den Hauch einer Ahnung, was sie antworten würde.

Ein Johlen ertönte. Offenbar kam uns jemand hinterher. Ich hätte abschließen sollen.

»Überraschend«, sagte Ella und zwang meine Aufmerksamkeit zurück zu sich. »Ich dachte, du hast mich bereits vergessen?«

Nope?

Sie sprach in Rätseln.

»Als wir uns gesehen haben?«

Wir hatten uns seit dem Abend im Park nicht gesehen.

Ihre Augen weiteten sich entgeistert unter meinem Kopfschütteln.

»Im Laden?« Nun sah sie aus, als würde sie gleich vor lauter Wut explodieren.

In welchem Laden sollte das gewesen sein?

Ich hatte keine Zeit einzukaufen. Das einzige Mal, dass ich diese Woche überhaupt einen betreten hatte, war, als ich von dieser Spendenversammlung kam, auf die mich Greg geschickt hatte. Da hatte ich unterwegs eine Coke geholt, weil ich drohte einzuschlafen.

Vor zwei Tagen.

Nein!

Ich starrte Ella an.

Sie starrte zurück.

Das kann nicht sein.

»Danke für den Dollar.« Ihre Stimme zitterte vor unterdrückter Wut.

Die Mutter mit dem Kind.

Ella!

Ella hat ein Kind!

»Poolparty«, schrie jemand und im nächsten Moment stand Ella nicht mehr neben mir.

Es platschte, Wasser spritzte und Weiß mischte sich in das Blau des Pools. Lange bevor mein Verstand das begriff, bekam auch ich einen Stoß.

Ich fiel.

Tauchte ins Wasser ein.

Kälte zerrte an mir und kam doch nicht gegen diesen eisigen Schock in meinen Gliedern an.

Ich tauchte auf und fand Bentley feixend inmitten einer Gruppe Freunde am Beckenrand stehend. »Wehe, du machst das Parkett nass, Darce«, rief er mir lachend zu und verschwand mit James und den anderen.

Bevor ich fluchen konnte.

Lange bevor ich sie zusammenstauchen konnte.

Ich war ohnehin mit wichtigeren Dingen ausgelastet.

Warum zur Hölle habe ich nicht gewusst, dass Ella ein Kind hat?

16

Erst Ellas Schwimmzüge erinnerten mich daran, dass auch ich hier raus sollte. Also schwamm ich Richtung Leiter, gerade als Ella sich hinaufzog. Die weiße Kleidung, die zuvor schon eng gesessen hatte, schmiegte sich nun wie eine zweite Haut an sie und ihre Haare hingen triefend nass ihren Rücken hinab. Sie wirkten nun dunkler, nur Nuancen, aber die nahm mein dämlicher Kopf wahr, mochte er bei anderen Dingen auch unfähig sein.

Ich schloss mich ihr an, kletterte nach ihr aus dem Becken. Die vollgesogene Kleidung wollte mich herunterziehen. Doch sie war nichts im Vergleich zu der Erkenntnis, die permanent in mir hämmerte.

Ella war Mutter.

Sie hatte ein Kind.

Ein echtes, reales Kind.

»Starr mich nicht an«, fuhr sie mich an, während sie ihre Haare auswrang. Erst da fiel mir auf, dass ich genau das tat.

Weil ich nicht fassen konnte, was aus uns geworden war.

Es gab keinen Menschen, der mir so nah gewesen war wie Ella, und gleichzeitig schien ich nichts mehr über sie zu wissen.

»Kann ich nicht.«

Statt etwas zu erwidern, sah sie sich um und es wirkte, als suchte sie einen Fluchtweg. Es blieben nur zwei. In den Garten und hoffen, dass ihre Kleidung trocknete, bevor die Sonne unterging, oder hinein zur feiernden Meute.

Beschissene Möglichkeiten.

»Was möchtest du?«, fragte ich und machte einen Schritt auf sie zu. Meine Schuhe gaben ein Schmatzen von sich und ganz am Rande registrierte ich, dass meine Lieblingslederschuhe wahrscheinlich hin waren. Vorhin hätte das noch eine Rolle gespielt.

Jetzt nicht mehr.

Sie legte die Arme übereinander, strich sie mit den Händen entlang. »Bentley den Hals umdrehen.«

So ziemlich die beste Idee überhaupt.

»Ich halte ihn für dich fest, in Ordnung?«

Das winzige Lächeln, das aus ihr herausbrach, fühlte sich an wie ein Sieg und gleichzeitig, als wäre sie mir in den letzten paar Minuten um weitere Lichtjahre entrückt.

»Besorgen wir uns vorher trockene Kleidung?«

Sie musste gewusst haben, wohin wir gingen und trotzdem zögerte sie an der Schwelle meines Zimmers.

Wie oft hatte ich von Mom wissen wollen, weshalb Ella nicht hineindurfte? Hundertmal? Tausendmal? Das Leben besaß einen sonderbaren Sinn für Humor, denn als ich die Antwort endlich begriffen hatte, war sie unwichtig geworden.

»Kommst du?«

»Willst du mich wieder rausjagen?« Wut funkelte in ihren Augen und ich verdiente jedes Fitzelchen davon.

»Heute nicht, dafür ist mir zu kalt.«

Endlich trat sie ein. »Wir tropfen«, stellte sie fest und erinnerte mich daran, dass es meine Aufgabe war, etwas dagegen zu tun.

»Wird wahrscheinlich unser Ding«, gab ich zurück und ging Richtung Bad, das Geräusch von Ellas schmatzenden Chucks dicht hinter mir. »Erst der Regen im Park, jetzt das.«

»Uns fehlt noch ein kitschiger Moment mit der Sprinkleranlage, dann sind wir durch.«

Ich nahm gleich mehrere Handtücher aus dem Regal und reichte ihr zwei davon. »Danke, verzichte.«

»Ja, da warst du deutlich.« Die Wut in ihren Augen musste zwischendurch verschwunden sein, denn jetzt, wo ich sie erneut fand, fiel mir auf, dass sie mich gerade anders angesehen hatte.

Nicht nur Ella fühlte sich wie ein Jo-Jo, das galt auch für mich. Wir waren gefangen in diesem Wechselspiel aus alten Erinnerungen und dieser unüberbrückbaren Distanz zwischen uns.

»Das Bad gehört dir, ich leg dir gleich Kleidung vor die Tür.« Ich flüchtete zurück und peilte den Kleiderschrank an. Daraus nahm ich eine Jogginghose für mich und da meine Hosen Ella zu lang sein würden, Shorts für sie und dazu zwei Shirts. Ihre Sachen legte ich an die Badezimmertür und wartete.

Darauf, dass Ella fertig wurde.

Darauf, dass ich meine Fassung wiederfand.

Darauf, dass ich mich nicht mehr fühlte, als würde ich in einem Fass voller Eiswürfel tauchen.

Nachdem Ella aus dem Bad kam, wechselten wir nur einen Blick, bevor wir die Plätze tauschten. Ich kam mir oft unbeholfen vor, wenn ich mit Menschen zusammen war, aber wie wir uns jetzt aneinander vorbeischoben, bemüht, den anderen nicht zu berühren, das war mehr als unbeholfen.

Es war erbärmlich.

Ich ließ mir Zeit im Bad, vielleicht weil ich nicht wusste, was mich erwartete, wenn ich wieder hinausging.

Wahrscheinlich war Ella auf und davon.

Wenn ich Glück hatte, würde ich sie vor einem der Fenster finden.

Wenn ich Pech hatte, in den Armen ihres Freundes.

Ob er der Vater ihrer Tochter ist?

Der Gedanke fühlte sich an wie Kieselsteine, die mir im Magen drückten. Scharfe Kanten, die mich schnitten.

Eifersucht.

Als hätte ich nicht genug Probleme.

Meine nasse Kleidung warf ich zu Ellas in die Dusche, legte mir ein Handtuch um die Schultern und ging hinaus. Erst dachte ich, sie wäre fort, doch nur einen Herzschlag später fand ich sie auf dem Bett sitzend. Die Beine ineinandergeschlungen, sah sie zu mir auf, als erwartete sie, dass ich sie aufforderte zu gehen.

Sollte ich.

Eigentlich.

»Du bist nicht zurück zu deinem Freund gegangen?« Ihr blieb nicht mehr viel Zeit, bis die Sonne unterging. Ich setzte mich zu ihr und ihrem Blick nach versuchte sie abzuschätzen, was ich vorhatte.

Nichts.

Für den Moment fand ich, dass es ein verflucht guter Zeitpunkt war, um nichts zu tun.

Ihre Unterlippe schob sich dieses winzige Stück vor, erinnerte mich daran, dass Ella das schon früher gemacht hatte, wenn sie nachdachte. »Nein«, erwiderte sie. »Logan ist ein Freund, nicht *mein* Freund. Eigentlich versteh ich selbst nicht, warum ich ihn mitgebracht habe. Oder weshalb ich überhaupt hierhergekommen bin. Ich war wütend, schätze ich.«

Wow.

Zur Abwechslung gab es einmal gute Nachrichten. Die schneidenden Kieselsteine verpufften nacheinander, doch die Anspannung in den Schultern blieb.

»Wie alt ist sie?«

Ella runzelte die Stirn, brauchte einen Augenblick, um meinen sprunghaften Gedanken zu folgen.

»Kitty?«, fragte sie. »Drei Jahre.«

Ein Schlag.

Ella musste wenige Monate nach dem Kirschbaum schwanger geworden sein. Die Erkenntnis legte sich wie ein Schatten über die Erinnerung an Küsse, die nach Kirschen schmeckten.

Über Ellas Lippen.

Über diesen Moment, in dem sich das Leben perfekt angefühlt hatte.

So hat es sich nie wieder angefühlt.

»Warum bist du manchmal so, Darce?« Eine kaum hörbare Frage. »Es ist anstrengend, nie zu wissen, ob du mich im nächsten Moment anschreist, mich ignorierst oder mit mir über alte Zeiten scherzt.«

»Verschiedene Gründe«, erwiderte ich, hoffte, sie würde es dabei belassen und wusste es doch besser.

»Wann bin ich dir peinlich geworden?« Sie stellte die Beine auf, als wollte sie eine Mauer zwischen uns bauen.

Peinlich?

»Im Laden?« Ella verdrehte die Augen, schien meine Verwirrung nur für eine Show zu halten. »Wahrscheinlich sollte ich gehen und Logan suchen …«

»Ich habe dich nicht erkannt«, presste ich heraus.

Weil sie eine Antwort verdiente.

Weil ich nicht wollte, dass sie ging.

»Verarschst du mich?« Die Wut in ihren Augen kehrte zurück und jetzt gerade wirkte sie, als wollte sie mich liebend gern verschlingen. »Wir haben am Tag vorher stundenlang im Park gesessen und …« Ella ersparte uns beiden, was anschließend geschehen war. »Das ist die mieseste Ausrede der Welt.« Nun rutschte sie zur Bettkante, bereit zu gehen, aber ich bekam ihre Hand zu fassen.

»Ich kann mir keine Gesichter merken.«

Weder schüttelte sie mich ab, noch stand sie auf. Stattdessen verharrte alles an ihr und schien zu überlegen, ob es so etwas geben konnte.

Gab es.

Ich war der ultimative Beweis.

»Sie fliegen an mir vorbei. Mein Gehirn ist nicht in der Lage, sie zuzuordnen.«

»Aber du erkennst Menschen.« Jetzt drehte sie sich zu mir um und diese bodenlose Verwirrung in ihrem Gesicht fühlte sich genauso mies an wie erwartet.

»Ich erkenne sie nicht, sondern lerne, sie einzuordnen. Darüber, wie sie ihr Haar tragen, wie sie gehen, ihre Größe, über den Ort, an dem ich auf sie treffe.«

Der Laden.

Ich hatte Ella dort im Leben nicht vermutet. Warum auch?

»Seit wann ist das so?« Ihre Hand verschränkte sich mit meiner, eine sanfte Bitte weiterzureden.

»Schon immer. Früher dachte ich, dass es jedem so geht, dann ist mir aufgefallen, dass alle um mich herum die Menschen erkannten. Sie brauchten keine Zeit, um zu überlegen, sie wussten, wer ihnen gegenüberstand. Selbst wenn derjenige beim Friseur gewesen war oder plötzlich eine Brille trug. Ich kann das nicht.«

»Oder eine Basecap«, fügte Ella hinzu und ich nickte knapp. An Ellas Gesicht erinnerte ich mich nicht, an diese alberne Kappe schon.

»Dallas Cowboys – ernsthaft?«

Wieder runzelte Ella die Stirn und jetzt war sie es, die überlegen musste, bis sie die Verbindung zur Basecap fand. »Die gehört nicht mir, die ist von Mom.« Sie zuckte mit der Schulter. »Deswegen hast du mich aus deinem Zimmer geworfen?«

»Ich habe dich für die Putzfrau gehalten.«

»Ich war die Putzfrau«, erinnerte sie mich knapp und jetzt wehte Kühle in ihren Worten mit.

»Warst du nicht.« Mit den Fingerspitzen strich ich über ihren Handrücken.

»Was ist mit Bentley? Erkennst du ihn?«

»Ich übe manchmal mit Fotos, um mir Gesichter vertrauter zu machen und andere Gesichtsausdrücke zu bekommen, neue Winkel, Details. Von Bentley habe ich tausende, also ja, ihn kann ich schneller zuordnen als jemanden, den ich alle paar Monate sehe.«

»Oder nur im Sommer.« Erneut schob sie die Unterlippe ein Stück vor und in mir erwachte dieser verfluchte Wunsch, sie zu küssen. *Schon wieder.* »Du hast mich also nie direkt erkannt.«

Ich nickte langsam. Nachts hatte ich versucht, mir Ella in Erinnerung zu rufen. Und morgens, wenn sie vor mir stand, hatte ich nicht begreifen können, wie ich ausgerechnet ihr Gesicht vergessen konnte.

Es war das schönste von allen.

»Was hast du dir von mir abgespeichert?«

Ihre Frage fühlte sich nicht an, als sollte ich darauf antworten. »Du bist dran«, sagte ich stattdessen. »Du kennst mein Geheimnis. Wäre es nicht fair, wenn du mir jetzt deins erzählst?«

Ihre Hand verschwand so schnell aus meiner, als hätte sie sich an mir verbrannt.

Das lief großartig.

Nicht.

Seit Tagen wollte ich mit ihr darüber reden, was nach unserem Kontrollverlust geschehen war. Bis vorhin hatte ich gedacht, dass diese Panikattacke der Grund war, weshalb Ella mir aus dem Weg ging. Offenbar hatte ich mich einmal mehr geirrt.

»Was war da los?«, setzte ich behutsamer an. Ich hatte noch nie einen Menschen so gesehen. Als würde seine eigene Angst ihn verschlucken. Es war beängstigend gewesen. Jetzt brauchte ich Antworten, um zu wissen, wie ich ihr helfen konnte, falls es erneut geschah. Aber die bekam ich nur, wenn es mir gelang, Ella zum Reden zu bringen. »Du hast Angst in der Dunkelheit?«

Sie drehte den Kopf, schien mir und meinen Fragen ausweichen zu wollen. Ich war mies in diesen Dingen, nur gab es hier niemanden, der diesen Job übernehmen konnte.

»Früher hattest du keine.« Darin war ich mir mittlerweile sicher. Ella hatte für mich Stürme niedergeschrien. Für mich war sie der Inbegriff von Furchtlosigkeit gewesen.

»Und?« Dieses Wort klang zersplittert. »Es geht nicht davon weg, dass wir darüber reden.«

»Hast du es schon ausprobiert?«

Der Hauch eines Nickens.

»Ich habe Angst gehabt.« Nach dem Geständnis hatte ich nicht vorgehabt, noch weitere Schwächen einzugestehen, aber darauf kam es wohl nicht mehr an. »Weil ich nicht wusste, was du brauchst und wie ich dir helfen kann. Was, wenn es erneut geschieht? Verrätst du mir, was ich dann machen soll?«

Eine lange Pause.

Zu lang.

Ich legte die Hand wieder an ihre.

Und nach einer Sekunde verschränkten sich ihre Finger mit meinen. Wie früher.

»Licht ist gut.«

Ich strich mit dem Daumen über ihren Handrücken, keine Ahnung, ob ihr das half, das war nur das Beste, was mir einfiel. »Noch mehr?«

Langsam drehte sie sich wieder um und atmete so tief ein, als würde sie nach Luft ringen und doch nicht genug in ihre Lunge bekommen. Ihre Wimpern flatterten und da lag etwas schmerzhaft Zerbrochenes in ihrem Blick. »Einige Monate vor Grandpas Tod war ich mit ein paar Leuten in einem Club drüben in Marigold Valley«, sagte sie auf diese Art stockend, als hätte sie die Geschichte noch nicht oft erzählt. »Jemand von ihnen arbeitete dort und hat uns reingebracht. Es war lustig, wir bekamen Freigetränke und haben getanzt, doch mir wurde übel. Es war früh und die anderen wollten bleiben, also habe ich behauptet, ich würde mir ein Taxi nehmen.« Sie lächelte ein Lächeln voller Bitternis. »Dabei hatte ich kein Geld für ein Taxi. Ich dachte, ich könnte zur Zugstation laufen und die Nachtluft würde helfen.« Ihre Stimme zitterte. »Ich dachte, es würde nichts passieren.«

Ein Kloß bildete sich in meinem Hals, presste mir den Atem ab.

»Doch die Welt schwankte immer heftiger«, fuhr sie leise fort. »Überall war nur noch Schwärze. Plötzlich hatte ich das Gefühl, dass ich nicht mehr allein war. Ich habe versucht, schneller zu gehen, und da packte er mich …« Ihre Stimme brach. »Er riss mich mit sich und stieß mich gegen eine Mauer – niemals hatte ich so viel Angst«, flüsterte sie und starrte auf die Tagesdecke. »Ich wollte wegrennen, aber meine Beine sackten unter mir zusammen. Ich versuchte zu schreien, doch kein Ton kam aus mir heraus. Ich konnte nichts sehen. Die ganze Welt bestand nur noch aus Dunkelheit und gleichzeitig habe ich ihn gespürt – an mir – ihn gerochen … Dann … Ich weiß nichts mehr von dem, was danach geschah.«

Scheiße.

Ihre Finger krallten sich in meine und ich mich in ihre, ein Versuch, sie hier zu halten – bei mir. Damit sie sich nicht in den schrecklichen Erinnerungen verlor. Und ich mich nicht in diesem Entsetzen, dieser unfassbaren Wut und der alles ausfüllenden Hilflosigkeit.

»Ich hatte Glück«, fuhr sie flüsternd fort. »Eine Taxifahrerin hat mich wegtorkeln sehen und nachdem mir jemand folgte, beschloss sie, das ebenfalls zu tun. Sie hat ihn vertrieben, bevor er mir mehr antun konnte.« Ella atmete tief ein, sammelte anscheinend Kraft, um weiterzusprechen.

»Im Krankenhaus, in dem ich aufgewacht bin, fanden sie Liquid Ecstasy in meinem Blut, obwohl ich nie Drogen genommen habe. Dort glaubten sie, es wäre mir in den Drink gekippt worden.« Wieder holte sie betont tief Luft. »Ich war damals bei der Polizei. Doch nachdem sie wussten, wo genau ich wohnte, wurde mir gesagt, ich hätte vielleicht nur vergessen, dass ich es genommen habe. Sicherheitshalber sollte ich besser aufpassen. Keine offenen Getränke, nur mit Freunden auf Partys gehen und mir ein Taxi zurück nehmen, so etwas käme hin und wieder vor. Das war alles.«

Da war so verdammt viel Wut in mir.

Ich wollte sie herausschreien und konnte nicht.

Weil es nicht um mich ging.

Ich musste für Ella da sein.

Also strich ich über ihre Hand, immer und immer wieder.

»Er ist irgendwo dort draußen«, flüsterte sie. »Das macht mir Angst. Und all die Dinge, die hätten geschehen können, machen mir ebenfalls schreckliche Angst. Und dieser Filmriss … Draußen in der Dunkelheit kommen diese Erinnerungen zurück, die Bilder und die Panik.«

»Verständlich«, presste ich hervor, weil es schien, als sollte ich etwas sagen. Ich wünschte nur, ich wäre besser mit Worten. *Weil Ella so viel mehr verdient.* »Was brauchst du jetzt?«, fragte ich, nachdem sich die Stille zu dröhnend anfühlte. Ich konnte nicht zulassen, dass sie in den Erinnerungen versank. »Ein Glas Wasser? Ruhe? Musik?«

Musik?

Ich versetzte mir selbst einen gedanklichen Tritt.

Sie sah zu mir, mühte sich so etwas wie ein winziges, verunglücktes Lächeln ab. »Kann ich einfach hierbleiben?«

»Natürlich.«

Sie hauchte ein »Danke«, schob die Tagesdecke zur Seite und ihr Kopf sank in mein Kissen. Haselnussbraunes Haar verteilte sich auf dem cremefarbenen Leinen. Ein Bild, so unerwartet wie alles, seit ich Ella wiedergetroffen hatte.

»Brauchst du Ruhe?«, fragte ich, für den Fall, dass ich wieder etwas falsch verstand. »Soll ich gehen?«

»Nein. Bleib.«

Also sank ich ebenfalls zu ihr, hielt aber Abstand. Unsere Gesichter lagen voreinander.

Wir schwiegen.

Lange. Es fühlte sich an wie eine Ewigkeit, in der ich nach den Worten suchte, die Ella ablenken würden.

Und dann fand ich sie endlich.

»Deine Augen sind schattiges Moosgrün.« Mein Vorsatz, diese Sache für mich zu behalten, löste sich auf. Ich würde ihr alles sagen, was sie dazu brachte, an etwas anderes zu denken.

17

Ella

»Deine Augen sind schattiges Moosgrün.«

Es dauerte einen Moment, bis mein überladener Kopf verstand, dass Darce mir verriet, woran er mich erkannte.

Er brach erneut meine Schwärze auf.

Heute brauchte er dafür nicht einmal Licht. Seine Worte reichten, um die Dunkelheit in mir zu vertreiben.

»Dein Haar hat den Ton von einer Haselnuss, auf die Sonnenlicht fällt«, fuhr er sanft fort. »Und dein Lachen nimmt jeden einzelnen Raum ein, in dem du dich bewegst. Du bist Musik, die man bis zum Anschlag aufdreht, um nichts davon zu verpassen.«

…

Ich hätte nicht fragen sollen.

Shit.

Noch bevor ich begriff, was ich tat, lagen meine Lippen auf seinen.

Und er?

Er wich zurück.

Starrte mich aus geweiteten Augen an.

»Das ist keine … gute Idee«, rang er sich ab und rutschte gleichzeitig ein weiteres Stück von mir fort.

Kann sich bitte der Erdboden auftun und mich verschlingen wie in diesem schrecklichen Zombiefilm damals? Ähnlich schrecklich fühlte ich mich.

Einen Herzschlag lang hatte ich geglaubt, wir würden hier einen dieser kitschig-romantischen Augenblicke teilen.

Tun wir offenbar nicht.

Darce starrte mich weiter an und schien darauf zu warten, dass ich etwas sagte. Ich meinerseits baute noch immer auf diese Sache mit dem verschluckenden Höllenschlund.

Aber alles blieb still.

Unangenehm still.

»Du bist …«, begann Darce, doch wieder fehlten ihm die Worte.

»Passabel?« Es sollte ein Scherz sein, doch kaum sprach ich das Wort aus, brannte es hinter meiner Brust und machte mir deutlich, dass es keiner war. Unsere Kindheit verband uns über all die Jahre hinweg, aber das reichte nicht aus. Für Darce würde ich niemals gut genug sein.

»Ella …«

Großartig.

So wie er meinen Namen aussprach, hielt auch er die dahingesagte Bemerkung nicht für einen Scherz.

»Wir können nicht immer wieder am Kirschbaum ansetzen. Wir sind erwachsen.« Wie konnte seine Stimme sanft klingen, wenn er dermaßen harte Worte sagte?

»Sollen wir den auch vergessen?«, fragte ich kühl und tatsächlich nickte Darce, als wäre das die beste Idee von allen.

»Ja.« Ich bildete mir ein, das Geräusch eines Felsens zu hören, der ihm vom Herzen fiel und auf den Boden krachte – leider, ohne den Höllenschlund zu öffnen.

»Super!«

Ob ich zum Schlafen auf Bentleys Zimmer ausweichen konnte?

Der Gedanke erstarb, noch bevor ich ihn richtig beendete. James würde sicher auch dort sein. Wenn ich eines heute Nacht nicht ertrug, war es ein verliebtes Pärchen.

Eines der Gästezimmer?

Unmöglich.

Ich wollte nicht allein sein.

»Alles in Ordnung?« Darce betrachtete mich, als gäbe ich ihm ein Rätsel auf.

Wie konnte er mich manchmal so gut lesen und im nächsten Moment keine Ahnung haben, was in mir vorging?

»Natürlich«, sagte ich. *Nicht!,* schrie ich in Gedanken hinterher, doch er wirkte nicht, als hörte er meinen Schrei.

»Gut. Wir hätten niemals dort hochklettern sollen.« Er drehte sich um, offenbar seine Art, mir zu sagen, dass unser Gespräch vorbei war.

»Kirschen konnte ich noch nie ausstehen!« Ich drehte mich ebenfalls weg.

War ich albern?

Definitiv.

Doch Darce fand, dass dieser eine perfekte Moment in meinem Leben ein Fehler gewesen war. Ich musste das letzte Wort haben, um dieses Brennen hinter der Brust zu löschen, bevor es mich verschlang.

Etwas Verliebtsein hilft.

Aber Liebe zerstört alles.

Darce war fort.

Das war das Erste, was ich wahrnahm, kaum dass ich die Augen öffnete. Seine Seite des Bettes war leer und die Decke ordentlich zurückgelegt. Sonnenstrahlen fielen von draußen ins Zimmer herein – Vorboten eines weiteren warmen Tages. *Der Sommer hat gerade erst begonnen und er hängt mir schon zum Hals raus.*

Es war spät – viel zu spät. Ich musste kurz vorm Morgengrauen eingeschlafen sein, dabei hätte ich nicht gedacht, dass ich überhaupt Schlaf finden würde.

Nach den düsteren Erinnerungen.

Nach dem, was Darce gesagt hatte …

Wir hatten die ganze Nacht nebeneinandergelegen und es hatte sich angefühlt, als wäre er genauso wach wie ich. Dennoch hatten wir kein Wort mehr miteinander gesprochen.

Moms Kleidung fand sich als nasses Bündel über der Duschwand. Gestern hatte ich diese Sachen loswerden wollen. In ihnen hatte ich mich ähnlich fremd gefühlt wie in Moms Plan. Besonders schlimm war dieses Fremdheitsgefühl geworden, nachdem Darce vor mir aufgetaucht war. Darce, der mir früher immer das letzte Brausebonbon übrig gelassen hatte. Deshalb hatte ich den lächerlichen Versuch aufgegeben, ihn eifersüchtig zu machen. Ich wollte nicht mit ihm spielen. Stattdessen hatte ich wissen wollen, wo wir standen.

Offenbar nirgends.

Die Küsse im Park waren für ihn ein Fehler.

Der Kirschbaum ebenfalls.

Genau wie ich.

In mir nagten noch immer winzige Flammen. Es fehlte nicht viel und sie würden ausbrechen und mich verschlingen, wie damals.

Ich nahm Moms Kleidung, um sie in die Sonne zu hängen. Zwei oder drei Stunden und sie wären trocken. Bis dahin hatte ich das heutige Essen gekocht und dann konnte ich von hier verschwinden.

Das Haus war still und erschreckend chaotisch. Ich betete für Bentley, dass er eine ganze Putzarmee angeheuert hatte. Mich hatte er dieses Mal nicht gefragt. Zwar hätte ich das Geld gebrauchen können, aber ich war dennoch erleichtert gewesen. Hier aufzuräumen fühlte sich doppelt demütigend an.

Es machte mir deutlich, wie viel Darce und mich voneinander trennte. Heute Nacht hatte ich oft darüber nachgedacht, was seine Eltern – besonders Mabel – dazu gesagt hätten, dass ich in seinem Zimmer gewesen war. Dass ich dort geschlafen hatte. Und ich ahnte, dass sich Darce ganz ähnliche Fragen gestellt hatte. Einmal hatte Mabel sich einen Dorn eingefangen, als sie Rosen für einen Strauß abgeschnitten hatte. Da war diese Grimmigkeit in ihrem Blick gewesen, die mich erschreckt hatte. Genau wie die aufeinandergepressten Lippen, die Art, wie sie beinahe wütend die Luft eingeatmet hatte – weil sie genauso aussah, wenn sie mich ansah.

Sie hatte in mir einen Dorn gesehen.

Und sie würde es immer noch tun.

Ich ging zur ersten Terrasse, obwohl die ans Jagdzimmer grenzte. Ein Raum, den ich als Kind gemieden hatte. Die unzähligen Geweihe, die eingerahmten Käfer und Schmetterlinge reichten schon aus, um mir den Magen flau werden zu lassen. Aber die ganzen ausgestopften Tiere pressten ihn mir ab. Vögel, die wirkten, als würden sie jeden Augenblick davonfliegen. Ein Marder, der den Kopf herumriss und ein Fuchs, der mich immerzu anzusehen schien. Alles sollte Lebendigkeit vortäuschen, dabei gab es hier nichts als Tod. Den Schatten einer längst vergangenen Zeit.

Doch Darce hatte mir klargemacht, dass wir keine Kinder mehr waren und das Jagdzimmer war nichts anderes als ein Raum. Oder? Als ich hindurchging und den Blick des Fuchses auf mir spürte, kroch mir dennoch Gänsehaut über die Arme. Es mochte Jahre her sein, aber manche Dinge änderten sich nicht.

Ich flüchtete mich schnell auf die Terrasse, die längst von der Sonne in Beschlag genommen worden war. Dort verteilte ich die Kleidung auf den Stühlen, die für den unwahrscheinlichen Fall bereitstanden, dass sich ein Dutzend Menschen spontan einfand, um hier zu frühstücken. Ich wettete, dass weder die Möbel noch die Terrasse in den letzten Jahren benutzt worden waren.

Ein Knallen ertönte unweit von mir, gefolgt von einem zweiten. Einmal mehr bewies ich, dass ich zu neugierig war. Statt zurück ins Zimmer der toten Augen zurückzugehen, zog es mich nun in den Garten. Das war der einzige Teil hier, bei dem es mir gefiel, dass sich so wenig verändert hatte. Ich kannte jede Blume; die Hecken und Bäume sahen aus wie alte Bekannte.

Wenn man nicht Darce ist.

Kaum zu glauben, dass ich nie gemerkt hatte, dass er mich nicht erkannt hatte. Aber wir waren immer nur hier aufeinandergetroffen.

Genau wie jetzt.

Ein Blick aus braunen Augen hielt einen Schlag lang mein verfluchtes Herz an.

Nein.

Da war nichts, das darauf hindeutete, dass er mich einzusortieren versuchte. In Farben aufteilte – wunderschöne …

»Du bist noch nicht weg?« Er drehte sich ab, auch wenn er so sicher gezwungen war, gegen die Sonne zu blinzeln. Störrischer Esel.

»Ich arbeite hier«, erinnerte ich ihn knapp.

Sein Blick kehrte zurück, fuhr meine Beine entlang – fand seine Shorts und sein Shirt an mir und verschwand, bevor er an meinem Gesicht ankam. »Interessante Arbeitskleidung.«

»Wir können nicht alle Unsummen erben.« Eigentlich hatte ich auf einen Kaffee vor dem ersten Streit gehofft, aber ich war offen, was meine Morgenplanung betraf. Solange beides dazugehörte.

Die Flammen in mir warteten nur darauf, hochkochen zu dürfen.

Weil ich gedacht hatte, Darce könnte *mehr* in mir sehen.

»Das ist nicht immer so leicht, wie es dir vorkommt.« Er hob den Spaten und versenkte ihn geradewegs in der dunklen Erde und erst jetzt nahm ich den aufgerissenen Boden und das Loch dort wahr.

»Was hast du mit dem Kirschbaum vor?« Ich sprang ihm entgegen, riss ihm die Schaufel aus der Hand und zwang ihn so, mich anzusehen.

»Erinnerungen auslöschen.« Seine Miene war so hart, dass es ein Wunder war, dass der Baum nicht einfach bei dem Anblick umfiel.

»Mein Grandpa hat ihn gepflanzt!« Ich umfasste den Griff, weil Darce Anstalten unternahm, danach zu packen. »Du lässt ihn in Ruhe!«

»Dein Grandpa hat hier jedes Stück gepflanzt!«, gab er grimmig zurück. »Auf dieses wirst du verzichten müssen. Es passt nicht mehr in die Gartenplanung.«

»Das entscheidest du? Einfach so?«

»Ja! Es ist mein Garten.«

Worte wie Schläge.

Ich krallte die Finger fester um den Spaten.

»Was ist mit Bentley und George? Haben die nichts zu sagen?«

»George verlässt seit letztem Jahr kaum sein Haus und Bentley ist der Garten egal.« Gerade noch war sein Blick vor mir geflüchtet, nun schien er außerstande zu sein, mich loszulassen. Wir hatten uns ineinander verkeilt, wie zwei Puzzleteile, die nicht richtig zusammenpassten und nun mit zu viel Druck festhingen. Darce machte einen Schritt auf mich zu, aber ich wich aus.

»Das ist kindisch. Dir ist klar, dass ich ihn jederzeit fällen lassen kann?«

»Ja. Dennoch ist das Erste, was dir nach letzter Nacht einfällt, einen Spaten aus der Hütte zu holen, um ihn auszugraben? Wer von uns beiden benimmt sich kindisch?«

Sein Mund klappte auf und wieder zu. Dagegen konnte er wenig vorbringen – das hier *war* lächerlich. Es würde Tage dauern, die Wurzeln ausreichend freizubekommen. Dennoch ging er auf den armen Baum los wie ein zorniges Kleinkind mit seiner Schaufel auf eine unschuldige Sandburg.

»Was ist mit dir los?«

»Alles!«, schrie er mich an. »Dieses Haus, dieser Garten, der Baum, George, Bentley, die Uni, die Firma und *du*! Immer wieder *du*!« Das Braun seiner Augen schien sich mit jedem seiner Vorwürfe zu verdunkeln.

»Darce?« Ich ließ den Spaten sinken, das hier fühlte sich anders an als gedacht.

Tiefer.

Schlimmer.

Diese Verzweiflung in seinem Gesicht schnürte mir die Kehle ab.

»Du verstehst, wie es ist, wenn man die Zeit zurückdrehen möchte?«

Keine echte Frage. Ich würde sie sofort zurückdrehen, vor diesen Club damals. Dann wäre ich zu Hause bei Kitty und Mom geblieben und nichts wäre geschehen. »Du möchtest den Baum auslöschen?«

»Ich will dich auslöschen.« Seine Stimme zitterte. »Du bist dieser Moment, Ella. Jedes Mal, wenn ich dich ansehe, will ich die Zeit zurückdrehen und dich aus meinen Erinnerungen löschen.«

Wer hätte gedacht, dass seine Worte heute Morgen noch so viel schlimmer waren als die gestern Nacht.

»Was habe ich dir getan? Seit wann hasst du mich?« Ich wollte, dass er protestierte, aber alles, was ich von ihm bekam, war ein winziges Kopfschütteln. Protest sah anders aus. »Überraschung! Du schweigst dich einmal mehr aus.« Warum machte ich mir überhaupt die Mühe? Eine Packung Toastbrot war gesprächiger als Darce in dieser Stimmung. Er hatte sein Kinn auf diese trotzige Art erhoben, die ohne Worte deutlich machte, dass er bereits zu viel gesagt hatte. Das war eines dieser Probleme, wenn man miteinander aufgewachsen war. Man kannte all diese Winzigkeiten am anderen.

»Hast du damals meine Briefe gelesen?« Ganz kurz flimmerte etwas in seinen Augen auf. »Darce!«

»Nein!« Ein weiterer Schlag.

»Ich habe dir den restlichen Sommer lang jeden Tag geschrieben und du hast nicht einen davon gelesen? Warum?« Er hob das Kinn noch ein winziges Stück höher – die einzige Reaktion. »Findest du nicht, ich habe mir zumindest diese Antwort verdient?«

Wieder schwieg er.

Natürlich.

Er spielte erneut Jo-Jo mit mir und jetzt gerade wurde ich so weit fortgeschleudert, dass das Band zu reißen drohte.

»Von mir aus, ich habe keine Lust mehr auf diesen Bullshit.« Ich warf ihm den Spaten vor die Füße. »Bring den Baum um. Lösch unsere Erinnerungen und mich aus. Wenn man Menschen andauernd von sich wegstößt, kommen sie irgendwann nicht mehr zurück, Darce. Mich bist du in ein paar Wochen los, aber Bentley und dein Großvater verdienen Besseres als das.«

»Was hat er diesmal getan?« Eine weitere Falte gesellte sich zu denen auf Georges Stirn.

»Darce? Nichts.«

»Offenbar doch. Ich war mir nicht sicher, wer von den beiden sich heute danebenbenommen hat, aber jetzt habe ich den Namen.«

Ups.

Er deutete auf den Stuhl vor sich, eine stumme Aufforderung, mich zu setzen. Sofort spannte es sich hinter meiner Brust an. Seit Bentley mich als neue Köchin vorgestellt hatte, war ich nie von George aufgefordert worden, Platz zu nehmen.

Er will mich rauswerfen.

Mistmistmist.

Um das Gehalt hier auszugleichen, würde ich mehr Putzjobs annehmen müssen und die waren schlechter bezahlt.

Er schob den unangerührten Teller mit der Pasta zur Seite. Die Soße war zu dünn geraten und längst unter die Nudeln gesickert, auf denen traurig blanchierte Spinatblätter thronten.

Im Kochbuch hatte es besser ausgesehen.

»Ella?«

Mein Herz sackte tiefer, als ich seiner Forderung verspätet nachgab und auf den Stuhl sank.

»Ich bin alt und es gibt wenig Spannendes in der Welt. Hier scheint es heute interessanter zuzugehen.« Er zeigte in Richtung der aufgeschlagenen Zeitung. »Es kam mir vor, als hätte ich dich am Morgen im Garten schreien gehört?«

Widerwillig nickte ich.

Konnten wir nicht zu dem Part springen, an dem er mich feuerte? Ich war eine von denen, die das Pflaster lieber in einem Rutsch abzog. Keine unnötigen Überlegungen, wie schmerzhaft es sein würde. Einfach ziehen und weg damit.

»Warum?«

Kurz zögerte ich, weil es sich sonderbar anfühlte, Darce zu verpetzen, aber George würde eh von seinen Plänen erfahren. »Er will den Kirschbaum fällen.«

Seine Augen weiteten sich, während der Rest von ihm regungslos blieb. Als spielte sich seine Reaktion tief in ihm ab. »Dein Grandpa hat ihn gepflanzt. Es war einer der ersten Bäume hier.«

»Davon hat er mir erzählt.«

George nickte leicht, dann klärte sich sein Blick auf, fixierte mich. »Mein Sohn hat mir ebenfalls von dem Kirschbaum erzählt – und von Darce und dir.«

Mein Herz verpasste seinen nächsten Schlag.

»Er war wohl nicht begeistert.« Ich sollte aufhören zu scherzen, nicht einmal ich fand mich lustig.

»Wir hatten ein langes Gespräch. Meine Schwiegertochter forderte, dass du nie wieder hierherkommst.«

Das hatte ich mir gedacht und dennoch brannte Schmerz hinter meiner Brust.

Abgelehnt zu werden, fühlte sich immer mies an.

Abgelehnt zu werden, weil man nicht zur richtigen Gesellschaftsschicht gehörte, war schlimmer.

Weil ich nicht die Chance gehabt hätte, etwas an mir zu ändern, um in Darce' Nähe sein zu dürfen.

Damals war ich fünfzehn gewesen und so verliebt, dass es sich anfühlte, als würde ich auseinanderbrechen, nachdem Grandpa mir sagte, ich könne nicht mehr mit ihm zu Darce fahren.

Mir blieben nur Briefe.

Jeden verbliebenen Sommertag hatte ich ihm einen davon mitgegeben.

Darce hatte nie geantwortet.

Sie nie gelesen.

»Es ging nicht um die Armreifen, oder?« Die Frage, die damals wie ein Hula-Hoop-Reifen immerzu um mich herum gekreist war. Mabel hatte behauptet, es läge am Schmuck – aber ich hatte das Entsetzen in ihrem Blick gesehen, ihre Wut, als sie uns fand. Es war nicht um ein paar billige Schmuckstücke gegangen. Sondern um mich.

Sie hatte mich loswerden wollen, bevor aus Darce und mir mehr werden konnte.

»Lass mich dir eine Geschichte erzählen.« George seufzte und schob die faltigen Hände ineinander. »Vor einiger Zeit gab es hier einen Jungen. Im Sommer stand er jeden Morgen bereit, wenn der Gärtner kam, um seine Freundin abzufangen. Die zwei tobten durch den Garten, suchten Verstecke, kletterten auf die Bäume und dachten sich Fantasiegeschichten aus. Dieses Kinderlachen hat damals sogar mein Herz berührt. Sie wuchsen heran und aus den beiden, die sich ewige Freundschaft geschworen hatten, wurde etwas anderes.« Mit den Jahren waren die Furchen in Georges Gesicht zahlreicher geworden, doch die Zeit hatte seinen Blick nicht weicher werden lassen. Er war so entschlossen wie immer und heute lag darin etwas unangenehm Stechendes. »Ein Liebespaar«, fuhr er langsam fort. »Spinnen wir die Geschichte weiter. Der Gärtner und ich hofften darauf, unsere Familien einmal verbunden zu wissen, doch nicht alle teilten die Begeisterung. Es gab Vorwürfe, dass die junge Frau es nur auf sein Erbe abgesehen hatte. Probleme und Streitigkeiten folgten, bis der Mann eine andere heiratete und mit ihr ein Kind bekam. Und dann stand eines Tages die junge Frau an seiner Tür, schwanger – von ihm.«

Entgeistert schüttelte ich den Kopf, aber er beachtete es nicht und fuhr stoisch fort. »Der Mann hat nie aufgehört, sie zu lieben. Er verließ seine Familie und sprach von Scheidung. Doch dann kam das Kind auf die Welt und sah ihm nicht ähnlich. Nach einigen Monaten beschloss er, die aufkochenden Gerüchte zu ersticken, und machte heimlich einen Vaterschaftstest. Dabei erfuhr er, dass er nicht der Vater war.«

»Nein!«

Mich hielt es nicht mehr auf dem Stuhl. Die Wut, die den ganzen Tag schon in mir brodelte, explodierte. »So etwas würde ich Darce niemals antun! Es ging mir nie um sein Erbe! Ich mag arm sein, aber das gibt Ihnen nicht das Recht, so über mich zu urteilen. Sie kennen mich nicht!«

Wieder sah er mich auf diese sonderbar intensive Weise an. »Stimmt. Ich kenne weder dich noch weiß ich, wie deine Geschichte endet. Das war die meines Sohnes – und deiner Mutter.«

…

Nein.

Meine Hände zitterten.

Nein!

Der Raum schwankte.

Neinneinnein!

Ich fand mich auf dem Stuhl wieder, nicht sicher, wie ich dorthin gekommen war.

Mom?

Und Darce' Vater?

Ein Paar.

Mein Verstand versuchte zu begreifen, versuchte das Gesagte zu verarbeiten und scheiterte grandios.

»Ich bin das Kind?« Nicht mehr als ein Raunen, aber er hörte es.

»Ja. Jacob dachte, du wärst seine Tochter. Ich, dass du meine Enkelin wärst. Das macht etwas mit Menschen.«

Das kann alles nicht wahr sein.

Und doch scheint es das.

»Jacob hat Darce verlassen?« Ein weiteres langsames Nicken. »Seit wann weiß Darce davon?«, fragte ich und ahnte die Antwort.

»Seit dem Tag im Kirschbaum, denke ich.«

Damals

18

DARCE

»Wir waren immer nur deine Ersatzfamilie!«, schrie Mom und knallte die Tür zu, um sie doch sofort wieder aufzuziehen. Vielleicht weil Dad, der auf der anderen Seite stand, nicht protestierte. Ich wünschte mir, dass er etwas entgegnete, aber sein Schweigen fühlte sich an wie eine Klinge, die sich mitten in mir versenkte.

»Du hättest sie von uns fernhalten müssen. Wenn wir dir etwas bedeuteten, würdest du uns nicht andauernd vor Augen führen, wer deine Wunschfamilie gewesen wäre!« Sie hatte sich umentschieden, riss die komplette Flügeltür auf und gab den Blick frei auf die Bar im Salon, die sie erneut anpeilte. Mom griff sich eines der Kristallgläser und füllte etwas aus einer der Flaschen hinein. Dann setzte sie das Glas an und leerte es, während Dad nicht einmal ein einziges jämmerliches Wort über die Lippen bekam.

Mich bemerkten sie nicht. Im Gegensatz zu unten war das Licht hier gedämpft und das Treppengeländer gab mir einen zusätzlichen Sichtschutz. Doch auch sonst hätten sie mich nicht bemerkt. Dad schien überhaupt nichts mehr wahrzunehmen und Mom nur Dad.

»Dein Sohn wäre nicht geboren!« Sie knallte das Glas auf die Anrichte. »Dein Sohn wäre nicht geboren, wenn du bei ihr geblieben wärst! Geh zu Bentley, der mit Magenkrämpfen im Bett liegt, und sag ihm, dass du dir wünschst, du könntest die Zeit zurückdrehen und dafür sorgen, dass es ihn nicht gäbe. Geh zu Darce und sag ihm, dass du nur seinetwegen an dieses Leben gefesselt bist, das du so sehr hasst, dass du dich nur hinter deinem Schreibtisch verkriechst!«

Worte konnten so viel schlimmer sein als Schläge. Diese hier trafen so tief, dass es sich anfühlte, als erreichten die Wellen des Aufschlags jeden einzelnen Fleck in mir.

Zeit besaß längst keine Bedeutung mehr, hatte sich verloren in Moms Schreien und Dads Schweigen.

Ellas Mom und mein Dad.

Mein Dad und Ellas Mom.

Es fühlte sich an, als zerrte mir jemand den Teppich unter den Füßen weg. Ich verlor das Gleichgewicht, fiel nach hinten und gleichzeitig kam ich nicht auf, sondern blieb im freien Fall.

Mom füllte sich das nächste Glas. »Willst du jetzt dabei zusehen, wie ihre kleine Schlampe unserem Sohn das Gleiche antut?«

Ella?

Ich wollte protestieren.

Schreien.

Und verachtete mich dafür, dass ich genauso still blieb wie Dad.

Der nicht mein Dad sein wollte.

Weil er lieber Ellas Dad geworden wäre.

»Hast du irgendwas zu sagen?« Wütend wirbelte sie herum und der Rock ihres zitronengelben Abendkleides schwang wie eine Glocke hin und her. Moms Stimme jedoch hatte nichts gemein mit der einer Glocke. Sie klang wie ein Rauchmelder – ein hohes, alles ausfüllendes Schrillen, nur das Schwanken darin ließ ihre Zerrissenheit erahnen. Ich war nicht der Einzige von uns, der sich wünschte, Dad würde endlich die Antworten geben, die wir dringend von ihm brauchten.

»Vorhin habe ich mit Dad geredet.« Langsam hob er den Kopf und schien Mom zum ersten Mal wieder richtig anzusehen. »So geht es nicht weiter. Ich möchte die Scheidung.«

Jetzt

19

»Darce?«

Ich öffnete die Augen, fand Blätter und dazwischen leuchtend rote Kirschen, die mich an längst vergangene Küsse erinnerten.

An perfekte Augenblicke.

Daran, wie sehr man sich verlieben konnte.

Daran, wie tief man stürzen konnte.

Augen in der Farbe von schattigem Moos schoben sich vor das Blattgrün und haselnussbraune Haare rahmten wie ein Vorhang das ebenmäßige Gesicht ein, das ich vergessen würde, sobald ich die Augen schloss. Für einen winzigen Moment blieb mein Blick an Ellas Lippen hängen und ich stellte mir vor, wie es wäre, sie wieder zu küssen. Dieses Gedankenchaos in mir zur Seite zu schieben und einfach zu tun, was ich so dringend wollte. Ich hatte mich ewig nicht so lebendig gefühlt wie dort im Park, dicht an Ella gedrängt.

Ella, die mir offenbar noch immer zu tief unter die Haut ging.

Ella, von der ich mich fernhalten sollte, aus so vielen Gründen.

»Hat er eine Schonfrist bekommen?« Sie legte sich zu mir ins Gras, Strähnen ihres Haares streiften meine Wange.

Reizten mich, weil dieser Hauch ausreichte, um etwas in mir zum Schwingen zu bringen.

»Ich lass ihn morgen fällen.«

Eigentlich hatte ich mit Protest gerechnet, aber sie nickte langsam. »Vielleicht habe ich mich geirrt und manche Erinnerungen gehören ausgelöscht. Das hier könnte eine davon sein.«

»Wieso auf einmal?«

»Dein Grandpa hat mir von ihnen erzählt.«

Der Schock über ihre Worte mischte sich zu dem über ihre Fingerspitzen, die sich auf meine Hand legten. Weil ich mit mir kämpfen musste, um nicht nach ihnen zu greifen und sie festzuhalten.

Genau wie gestern Nacht, als es jedes Fitzelchen Selbstbeherrschung brauchte, um vor ihrem Kuss zurückzuweichen.

Wie heute Morgen, weshalb ich quasi aus dem Bett gestürzt war. Gestern hatten wir uns voneinander weggedreht doch irgendwann im Schlaf musste sie zu mir gerutscht sein. Ihre Hand hatte auf meiner Brust gelegen. Nah an meinem verfluchten Herzen, das aus seinem Takt zu geraten schien, seit Ella wie ein Unwetter wieder in mein Leben hineingestürzt war.

Mit ihren Problemen.

Ihren Plänen, die sich mit meinen bissen.

Mit der Vergangenheit.

Ihrem gesellschaftlichen Stand.

Behutsam hatte ich Ellas Hand angehoben, sie auf das Bett gelegt und da war der gleiche verdammte Drang gewesen, sie festzuhalten.

»Er hätte es dir nicht sagen sollen«, erwiderte ich und das auch nur, weil Ella mich ansah, als erwartete sie eine Antwort.

»Stimmt.« Endlich waren wir mal einer Meinung. »Du hättest es mir sagen müssen!«, fuhr sie fort und machte aus dem, was so etwas wie Übereinstimmung hätte werden können, einen neuen Streit.

»Das ging dich nichts an – *geht* dich nichts an.«

»Wer entscheidet das? Du?« Sie stützte den Kopf auf ihre Hand und sah zu mir herunter. Ihre Stimme klang anders als sonst, farbloser, leerer und in mir erwachte der Drang, diese Traurigkeit fortzuschieben. Wie in der Gewitternacht, in der ich kurz davor gestanden hatte, sie zu küssen. Wie gestern Nacht …

Scheiße.

Alles.

»Ja.«

»Warum?« Sie rückte keinen Millimeter zurück, nicht bevor ich ihr nicht die Antworten auf ihre Fragen lieferte. Die meisten davon hatten sicher mit uns zu tun. Es brannte hinter meiner Brust. In den letzten Jahren war dieses Brennen weniger geworden, aber diesen Sommer war es beinahe so schlimm wie damals. Der Grund dafür starrte mich aus schattigen moosgrünen Augen an.

»Weil es für dich keine Auswirkungen hatte!«, fuhr ich sie an und nun hob ich ebenfalls den Kopf, schon allein, um sie nicht länger auf mich herunterschauen zu lassen.

»Es waren *unsere* Eltern!«

»Nein. Für deine Mutter hat sich nichts geändert!« Ob sie die Wut hörte, die an den Worten nagte? Wie oft hatte ich Ellas Mom verflucht. Wäre sie nicht gewesen, wäre mein Leben anders verlaufen. »Sie kam aus dem Trailer, sie ist noch im Trailer.«

Ella fuhr hoch, so schnell, als hätten sie unsichtbare Hände nach oben gerissen. Wieder stand sie dort und sah zu mir herab, aber diesmal fühlte es sich anders an. »Stimmt.« Ihre Stimme klang, als wäre sie mit Reif überzogen. »Wir sind zu arm, wir können uns keine Vergangenheit leisten.«

»Ella.« Ich sprang ihr hinterher, erwischte ihre Hand gerade, als sie sich abwandte. »So war das nicht gemeint …«

Sie drehte sich wieder zu mir und zwei wütende moosfarbene Diamanten funkelten mich an. »Lern zu sagen, was du sagen willst, denn ich erkenne es nicht mehr, Darce.«

Das hatte gesessen.

»Gut.« Die Wärme ihrer Hand kroch in meine über. Sonderbar, wie vertraut sie mir noch war, obwohl ich sie jahrelang nicht gehalten hatte. »Deine Mutter hat versucht, meinem Vater ein Kind unterzuschieben, um gesellschaftlich aufzusteigen. Es war ihr scheißegal, was aus mir und meiner Mutter wurde.« Ellas Lippen bebten. Es sah aus, als wollte sie etwas erwidern und konnte nicht.

Weil es die Wahrheit war.

»Lydia hat alle belogen und dich benutzt. Du hast jedes Recht, wütend zu sein, aber sei es nicht auf mich, weil ich nicht wollte, dass du erfährst, was für ein Mensch deine Mutter ist.«

Das Beben nahm zu.

»Sie hat nicht …« Ihre Stimme verlor sich im Nirgendwo.

»Hat sie wohl, genau wie es ihre Schwester getan hat. Letzte Woche an der Kaffeemaschine habe ich Lydias Nachricht an dich gesehen«, sagte ich leiser. »Die Pläne, die sie mit dir hat.« Ella starrte mich so verständnislos an, dass ein Teil von mir versucht war, ihr zu glauben. »Und mit mir und meinem Erbe«, fuhr ich härter fort und ihre Augen weiteten sich. »Das wird nicht funktionieren.«

»So denkst du über mich?« Vorhin hatten mich ihre Augen an grimmige Diamanten erinnert, jetzt war da nur noch lodernde Wut. Ich hätte ihre Entrüstung wirklich gern geglaubt. Das hätte zwar nichts geändert, aber die Erinnerungen an den Park weniger hart gezeichnet.

»Fick dich, Darce.« Sie riss ihre Hand aus meiner, zeigte mir den Mittelfinger und marschierte davon.

Diesmal hielt ich sie nicht auf.

20

»Weshalb liegst du hier regungslos herum?« Das Geräusch von Bentleys Schritten hatte mich schon vor seinen Worten erreicht, aber erst seine Frage ließ mich die Augen öffnen. Weil ich wusste, dass er nicht gehen würde, ohne vorher seine Sticheleien loszuwerden. Brachte ich es hinter mich, bekam ich schneller Ruhe.

»Er wird morgen gefällt«, sagte ich und sah an meinem Bruder vorbei in die Zweige, die voller leuchtend grüner Blätter hingen. Dazwischen blitzten die Kirschen hervor, die ich seit dem Sommer nie wieder angerührt hatte.

Ich hatte diesen Baum geliebt.

Ich hatte ihn gehasst.

Ziemlich starke Gefühle für ein Stück Holz.

»Von mir aus.« Bentley sank zu mir ins Gras. »Du wolltest doch nicht, dass wir etwas im Garten verändern.«

»George wollte das nicht«, verbesserte ich ihn. Wir hatten schon so viele Diskussionen darüber geführt. Alle paar Monate kam Bentley mit irgendwelchen neuen abstrusen Ideen um die Ecke. Letzten Winter hatte er versucht, George davon zu überzeugen, eine Schlittschuhbahn anzulegen.

»Den Baum lässt er dich umbringen?«

Ich sah zu ihm, gerade rechtzeitig, um zu sehen, wie er spöttisch die Augenbrauen hob. George machte um den

Garten eine Riesensache und seit Henrys Tod war es noch viel schlimmer geworden. Der Fakt, dass er kaum hinauskam, hielt ihn nicht davon ab, dafür zu sorgen, dass alles genauso aussah wie immer. Dreimal die Woche ließ er das Gärtnerteam antreten, das ihm Rede und Antwort stehen musste. Die Armen sahen jedes Mal aus, als gingen sie geradewegs auf ein Date in die Hölle – wobei, wahrscheinlich hätten sie das sogar vorgezogen. Im letzten Jahr hatte George schon Dutzende Gärtner vertrieben und ich war sicher, dass weitere auf dieser Liste landen würden. Wenn es überhaupt noch welche gab, die für uns arbeiten wollten.

»Bei dem Baum wird er zustimmen.«

Bentley hob seine Augenbraue erneut, offenbar fand er meine Überzeugung belustigend. Dann wandte er sich ab, sah nach oben in das grüne Blätterdach. »Warum gerade der?«

Was würde ich dafür geben, hätte ich mir damals auch an zu vielen Jumboshakes den Magen verdorben. Ich hätte den Nachmittag über gekotzt und abends tief und fest geschlafen wie ein Stein.

Dann hätte Mom niemals Ella und mich erwischt.

Sie und Dad hätten sich nie gestritten.

Und ich hätte nie erfahren, was damals zwischen Dad und Lydia gewesen war.

Meine Eltern hätten nie … Der Schmerz schien es darauf anzulegen, mir den Brustkorb zu zerreißen.

»Ich kann ihn nicht leiden.«

»Du kannst vieles nicht leiden«, stellte Bentley fest und es gab nicht einmal etwas, was ich darauf erwidern konnte. »Wo ist Ella?«, setzte er provokant hinterher, dabei war mein Problem kaum, dass ich Ella nicht mochte. *Ich würde viel dafür tun, sie nicht ausstehen zu können.*

»Weg.«

»Verdammt.«

»Soll sie wieder Popcorn für dich machen? Oder deinen Teller in die Spülmaschine räumen?«

Meine grimmige Frage sorgte dafür, dass sich Bentleys Augen verständnislos weiteten. Irgendwie fühlte es sich an, als würde ich heute oft so angesehen werden. »Ich wollte sie fragen, ob sie sich mit James und mir einen Film anschaut.«

»Warum?«

Wieder dieser verständnislose Blick.

»Weil ich sie mag? Weil ich gern Zeit mit ihr verbringe?« Er schüttelte seinen Kopf. »Dann wird es wohl auf einen Pärchenabend hinauslaufen.«

Er kam nicht einmal auf die Idee, mich zu fragen, ob ich mitschauen wollte. Erst als mir das auffiel, wurde mir klar, dass ich genauso wenig auf die Idee gekommen wäre mitzumachen. Wahrscheinlich war es das, was Bentley im Pool gemeint hatte. Es fühlte sich nicht an, als befänden wir uns auf einer Ebene. Ich war zu sehr damit beschäftigt, mich um alles zu kümmern, dass mir weder Zeit noch Nerven blieben für profane Dinge wie Filmabende. Kurz flammten die Bilder von dem Film im Park in mir auf, von Ella ... Schnell scheuchte ich sie zur Seite.

Sie war meine beste Freundin gewesen, für Bentley eine Art Schwester. Vielleicht suchte er deswegen ihre Nähe, weil es bei uns damit nicht mehr klappte.

»Es läuft gut zwischen dir und James?«

Bentley war gerade aufgestanden, doch nun starrte er zu mir herunter, als wollte er sich davon überzeugen, dass die Frage tatsächlich von mir stammte. »Ja«, sagte er langsam und alles an seiner Miene machte mir klar, auf welch dünnem Eis wir uns bewegten. Dass ich am Anfang ihrer Beziehung darauf hingewiesen hatte, dass ein krasses Missverhältnis zwischen ihren Vermögen – Bentley besaß eines, James keins – bestand, hatte er mir nie verziehen. Vielleicht hätte er das, wenn ich ihm von Ellas Mutter erzählt hätte. Selbst jetzt wirkte ihre Lüge noch nach. In mir hatte sie genug Gift verteilt, Bentley würde nichts davon abbekommen. Also schwieg ich erneut. Sollte er mich doch verfluchen.

»Er scheint dich glücklich zu machen.«

Seine Augenbrauen schoben sich so zusammen, dass sie fast wie ein einziger Strich wirkten und er sank zurück ins Gras. »Was wird das? Hast du vor, ihn umzulegen?« Ein Scherz und gleichzeitig kein echter, dafür klang da zu viel Anspannung mit. *Meine Schuld.* Bisher hatte ich nie Interesse an James gezeigt. In den letzten Jahren nicht einmal wirklich an Bentley.

Das Brennen in meiner Brust wurde abgelöst durch etwas Dunkles, Kaltes – Schuld. Auch darin war ich Experte.

»Ich meine nur, er scheint nett zu sein.«

»Ist er«, erwiderte Bentley langsam, schien zu warten, so wie er aussah, auf nichts Gutes.

»Du liebst ihn?«

Bentleys Mund klappte auf, ohne dass ein Wort herausdrang. Es kam nicht oft vor, dass ich meinen Bruder sprachlos erlebte. Immerhin musste ich ihm zugutehalten, dass wir über diese Themen bisher nie geredet hatten.

»Ja.« Er musterte mich argwöhnisch. »Hast du einen Sonnenstich oder so etwas?«

»Kann man einen im Schatten bekommen?« Das wäre die denkbar beste Erklärung. Aber Bentley zuckte unentschlossen mit der Schulter. »Woran machst du das fest? Also, dass du ihn liebst?«

Seine Augen verengten sich unmerklich. »Darum geht es?«, erwiderte er und nun war ich der Verwirrte von uns. »Ich liebe ihn, auch wenn er deinen Ansprüchen nicht genügt. Finde dich damit ab, Darce.« Er wollte wieder aufstehen, aber ich hielt ihn zurück.

»Ich meine es ernst.« Hatte Ella nicht verlangt, dass ich aussprach, was ich meinte? »Wie fühlt es sich an? Was ist der Unterschied zwischen Verliebtsein und Liebe?«

»Scheiße.« Bentley lachte begeistert auf. »Es ist echt keine sonderbare Verwirrungstaktik von dir?«

Mein Kopfschütteln ließ ihn noch heftiger lachen und augenblicklich bereute ich die Fragen. Das hier war dämlich. Es würde doch nichts bringen.

»Verliebtsein ist wie fliegen.« Bentleys Lachen stoppte und nun klang er ungewöhnlich ruhig. »Du schwebst durch Raum und Zeit und alles auf der Welt erscheint plötzlich machbar. Und dann irgendwann machst du die Augen auf und siehst diesen Menschen neben dir und du weißt einfach, dass du ihn liebst. Weil du bereit bist, für ihn alles möglich zu machen, alles dafür zu tun, dass ihr beide glücklich seid. Dass ihr eines dieser unglaublich kitschigen Happy Ends bekommt.« Er grinste. »Wann lern ich deine Freundin kennen?«

»Sobald die Hölle zufriert.« Keine Ahnung, warum ich jetzt ebenfalls grinsen musste.

»Ich muss ihm nie etwas vormachen«, fuhr er fort. »Wenn James mich ansieht, dann mit all meinen Fehlern, meinen Stärken, den guten Seiten und den weniger guten. Und ich hoffe, ich gebe ihm das gleiche Gefühl. Dass er bei mir sein darf, wer er ist, ohne Schutzmauern, ohne Masken, einfach er.«

Das ist schön.

Wirklich verblüffend schön.

»Ella ist auch so«, fuhr er fort und diesmal erwischte er mich eiskalt. Ahnte er, woher diese Fragen stammten? »Sie ist einer dieser Menschen, bei denen ich keine Mauern brauchte, sie hat mich immer so gesehen, wie ich war.«

Nein. Er weiß es nicht. Dennoch breitete sich in meinem Hals ein Kloß aus. Weil es sich damals genauso angefühlt hatte. Es sich sogar jetzt verdächtig so anfühlte, in den Momenten, in denen wir uns so nah waren, dass es schmerzte.

Bei Ella habe auch ich nie Mauern gebraucht.

»Erinnerst du dich an die Armreifen, die sie im Laden anprobiert hat, bevor …?« Seine Stimme wurde leiser – kein Wunder, wir näherten uns einem gefährlichen Territorium. Anspannung flackerte in mir und die gleiche fand sich gespiegelt in seinen Augen. »Mom hat sie gefunden und mich gefragt, woher sie stammen. Ich habe ihr gesagt, dass Ella sie im Geschäft eingesteckt hat.«

Kälte kroch mir den Rücken hinauf, verteilte sich an meinen Schulterblättern, meinem Nacken.

Bitte nicht.

Bitte.

Bitte.

Nicht.

Bentley sah mich an und in diesem Blick fand ich das, was ich gerade noch in mir gespürt hatte, diese zähe Schuld, in der man wie in einem Moor unterzugehen drohte. »Es war nicht Ella. Ich habe sie gestohlen.«

21

»Sag etwas.« Eine Furche hatte sich in Bentleys Stirn geschlagen und bildete einen undurchdringlichen Graben zwischen seinen hellen Augenbrauen. Keine Ahnung, wie lange ich hier saß. Wie lange dieses Gedankenchaos in meinem Kopf mich gefangen nahm.

Mom hatte uns im Kirschbaum gefunden.

Weil sie Ella wegen der Armreifen zur Rede stellen wollte.

Dabei hatte Bentley sie gestohlen.

Scheiße.

Wie oft hatte ich diese Gedankenkette in meinem Kopf durchgespielt. Sie waren wie Dominosteine. Einer war an den nächsten geknallt, hatte ihn umgeworfen und etwas in Gang gesetzt, das niemand von uns mehr aufhalten konnte.

So oft hatte ich den umgekehrten Weg der Dominosteine verfolgt. Mich gefragt, an welcher Stelle mein Leben außer Kontrolle geraten war. Wo dieser eine Punkt gewesen war, der den Impuls gegeben hatte, alles zu zerstören.

Ich hatte ihn gefunden.

Wieder und wieder.

Es waren die gestohlenen Armreifen gewesen.

Jahrelang hatte ich Ella dafür verflucht – für diesen unnötigen Diebstahl, mit dem sie alles zerstört hatte.

»Darce?«

Erst als Bentley meinen Namen nannte, registrierte ich, dass mein Blick wieder abgedriftet war, sich geflüchtet hatte zu Ästen vollbehangen mit leuchtend grünen Blättern, knallroten Kirschen.

Ich spürte Bentleys Unsicherheit wie ein Echo in mir. Gerade hatte es sich anders angefühlt zwischen uns, ein wenig leichter, brüderlicher und jetzt …

Warum besaß das Leben keinen Pausenknopf? Einen Schalter, den man drückte, um kurz durchzuatmen, sich zu sammeln, bis es sich wieder anfühlte, als könnte man diesen ganzen Mist noch ein wenig länger ertragen.

»Wieso hast du sie dir nicht gekauft?« Mein Blick blieb dort oben, auch dann, als Bentley sich erneut neben mich setzte.

»Weil ich noch ein halbes Kind war und unsicher. Ich dachte, du würdest mich auslachen. Und weil ich keine Ahnung hatte, wie Mom und Dad reagieren würden.«

»Hast du deswegen gelogen, als Mom sie fand?« *Mom.* Jedes Mal, wenn ich die drei Buchstaben aussprach, brannten sie hinter meiner Brust.

»Auch«, sagte er leiser und Reue tränkte seine Worte. »Ich war eifersüchtig. Der Sommer fühlte sich anders an. Ihr hattet nur Augen füreinander. Plötzlich habt ihr andauernd versucht, mich loszuwerden. Ich war wütend auf euch beide und ich wusste, Ella würde mich nie verraten.«

»Also hast du sie verraten!«

»Ich war ein Kind!« Aus den Augenwinkeln sah ich Bentley den Kopf schütteln. Er hatte recht, wir waren alle noch so jung gewesen. »Du wolltest den Grund wissen, weshalb Ella hier ist«, fuhr er stockender fort. »Das ist er. Ich habe seit Jahren ein schlechtes Gewissen. Nicht nur ihretwegen, auch deinetwegen. Ich weiß, dass etwas Besonderes zwischen euch war und dass ich es zerstört habe.«

Seine Stimme ließ wenig Zweifel zu.

Er wünschte sich Absolution.

Aber er bekam Schweigen.

Weil in meinem Hals dieses Gebirge saß, an dem sich kein Ton vorbeipressen konnte.

Weil es hinter meinen Augen brannte.

Und hinter meiner Brust.

Ob ich einen ihrer Briefe geöffnet hätte, wenn ich die Wahrheit gekannt hätte? *Wahrscheinlich.* Da waren so viele Momente gewesen, in denen ich kurz davor gestanden hatte. In denen ich an meiner Trauer beinahe erstickt war.

Ich zog mich hoch, weil ich die Nähe zu Bentley gerade nicht mehr ertragen konnte.

»Darce?«

»Es ist alles okay.«

Ist es nicht.

»Ella und ich hätten uns eh früher oder später voneinander entfernt.«

Hätten wir nicht.

Aber das musste Bentley nicht wissen. Die Anspannung aus seinen Schultern wich, als fielen unsichtbare Gewichte von ihm ab.

Vielleicht waren sie das tatsächlich, denn meine eigenen Schultern fühlten sich an, als wäre noch mehr Last darauf gelandet.

22

»Du hattest kein Recht, ihr das zu erzählen.«

»Warum nicht?« George nahm sich die Zeit, seinen Bauern gemächlich auf dem neuen Feld zu platzieren, bevor er mich ansah. »Wofür sind Geheimnisse gut?«

»Um die zu schützen, die uns nahestehen.« Ich ergriff einen meiner eigenen Bauern, rückte ihn vor. »Was glaubst du, wie sich Ella gerade fühlt? Denkst du, sie ist glücklich?«

»Geheimnisse sind oft schmerzhafter als die Wahrheit. Wenn ihr erst in mein Alter kommt, versteht ihr das.«

»Unsinn. Deine Ratschläge sind mies, deshalb bittet dich auch niemand um einen. Hör auf, mit Ella über die Vergangenheit zu reden.«

Er ließ seinen Springer sinken. »Sag, was du mir zu sagen hast, Darce. Mir fehlt heute der Atem für lange Diskussionen. Das Leben ist zu kurz, um darüber nachzudenken, was dein Gegenüber nicht sagt.«

Gut, wenn er das so wollte, konnte er es haben. »Du hast ihm geraten, uns zu verlassen.« Ich brachte es nicht über mich, Dad als das zu bezeichnen, was er war, aber George tat zumindest nicht, als wüsste er nicht, wovon ich sprach. Zwischen dem Meer an Falten weiteten sich Augen, deren Farbe meiner eigenen erschreckend ähnlich war.

»Du weißt es?«

Das hatte er davon. Heute war in diesem Haus offenbar einmal Ehrlichkeit angesagt, warum mich zurückhalten? »Ja, du hast ihn dazu überredet, sich scheiden zu lassen. Du konntest Mom nicht ausstehen, weil sie Henry und seine Familie gehasst hat.«

Er sank in seinem Stuhl zurück und betrachtete mich, als würde er mich seit Ewigkeiten zum ersten Mal ansehen. »Das stimmt nicht. Mabel war zielstrebig, wusste, was sie wollte und sie war euch eine gute Mutter.« Es war einer dieser Sätze, denen bereits ein unsichtbares *aber* anhing, noch bevor er richtig ausgesprochen war. »Aber«, fuhr er wie erwartet fort, »es war keine glückliche Ehe.«

»Woher willst du das wissen?« Ich wurde lauter als gewollt. Bei dem Thema konnte ich mich nicht zurückhalten.

»Weil er sie nie geliebt hat.«

Ein Stich in meine Brust.

»Jacob war unglücklich – viel zu lange schon.«

Ein zweiter.

»Manchmal ist es besser, einen echten Schnitt zu machen, als sich jeden Tag unzählige kleine zuzufügen.«

»Du hast keine Ahnung von diesen Dingen!«

»Hab ich nicht?« George musterte mich so unangenehm stechend, als sähe er mitten in mich hinein. »Wenn ich etwas erkenne, sind es unglücklich verliebte Menschen.«

Ein dritter Stich und dieser war der schlimmste.

»Ich bin nicht verliebt!« Lächerlich, ich war nicht in Ella verliebt. Mein Kopf schüttelte sich hin und her.

»Und ist sie es?«, fragte er mich und brachte damit meinen Kopf abrupt zum Stillstehen.

Sie hatte mich im Park geküsst.

Es gestern Nacht versucht.

Konnte sie noch …?

Nein.

Ich werde nicht darüber nachdenken.

Weil es nichts änderte.

Die meiste Zeit verbrachten wir damit, den anderen zur Weißglut zu treiben. Kaum dachte ich das, kehrte das Bild von Ella heute Morgen zurück und krallte sich in mir fest.

Wie sie mich im Schlaf berührt hat.

Was sie damit in mir ausgelöst hat.

»Selbst wenn, würde es nichts ändern. Sie wohnt in einem heruntergekommenen Trailer, hat eine …« Ich bekam das Wort *Tochter* nicht über die Lippen. Das Gebirge in meinem Hals war zurück und versperrte ihn.

»Dafür, dass du behauptest, nicht wie dein Vater zu sein, scheinst du Gefallen daran zu finden, jeden seiner Fehler zu wiederholen.«

Heute konnte ich George noch weniger ausstehen als sonst.

»Du sitzt hier in diesem Elfenbeinpalast und hast keine Ahnung von dem Leben dort draußen. Greg wäre sicher begeistert von deinen Kuppelplänen, erzähl ihm davon. Rede überhaupt mal mit ihm. Ohne ihn gäbe es das ganze Unternehmen nicht mehr.«

Wieder dieser Blick. »Vielleicht wäre das besser.« Im ersten Augenblick dachte ich, ich hätte mich verhört, doch er legte die Hände ineinander und schien sich bereit für meinen Protest zu machen.

»Es war ihr Leben!«

»Und sie sind tot«, sagte er ungewohnt sanft. »Aber du klammerst dich weiterhin an etwas fest, das dir keine Erfüllung bringt. Du lädst dir diese ganzen Verpflichtungen auf und bist so damit beschäftigt, dass du den Blick für das, was zählt, verlierst. Jedes Jahr, wenn du zurückkommst, scheinst du dir selbst fremder geworden zu sein. Bentley wird seinen Weg gehen. Er weiß, was er will, mag es noch so albern sein. Aber in dir sehe ich die gleiche Zerrissenheit, die gleiche Verlorenheit wie in deinem Vater.« Er hob die Tischdecke an, legte sie achtlos auf das Spielfeld, obwohl er damit die Figuren verschob. Egal, diese Runde war eh gelaufen. Was auch immer das hier war, ich hatte genug davon.

»Ich weiß, was ich will, mein Studium beenden und die Firm–« Eigentlich hatte ich noch mehr sagen wollen, doch genau in diesem Moment flackerte ein Bild vor mir auf, Augen im schattigen Moosgrün funkelten mich an. Nur den Bruchteil einer Sekunde, schon waren sie fort, so flüchtig wie ein Herzschlag.

Es müssen Ellas gewesen sein.

Oder?

»Ich nehme an, in deiner Welt finden Trailer keinen Platz?« George zerrte mich harsch zurück in die Diskussion. Seine Stimme war scharf wie gebrochenes Glas. »Nichts ist so ungerecht wie das Leben selbst. Da entscheidet etwas Unsinniges wie Blut darüber, ob du in einem Trailer aufwächst oder in einer Villa.«

Von mir kam keine Erwiderung. Das Bild von Ellas Augen ließ die Gedanken in meinem Kopf stürmen. Ich sollte gehen, bevor George weitere Vorwürfe über mir ausgießen konnte. Also stand ich auf und gleichzeitig fühlte es sich an, als wäre ich aus dem Takt geraten.

»Finde heraus, was du willst – wirklich willst. Das Leben bietet nicht genug Chancen und irgendwann wirst du dich dafür verfluchen, dass du deine nicht genutzt hast.«

»Mir reicht es für heute. Spar dir noch Vorwürfe und Lebensweisheiten für morgen auf.«

»Warte«, forderte er gerade, als ich auf die Tür zuging. Ein Scheppern ertönte hinter mir und ich atmete gereizt aus, bevor ich mich umdrehte. Schachfiguren rollten über den Boden und ich bückte mich, hob sie auf. Doch als ich sie zurück auf das Brett stellen wollte, fand ich dort in der Mitte etwas anderes, das die übrigen Schachfiguren unsanft an den Rand gedrängt hatte. Ein Bilderrahmen aus Metall und darin eine schwarzweiße Fotografie. Sie zeigte zwei junge Männer, einer davon im Anzug, einer in einer Art Overall mit einer Harke in der Hand. Hinter ihnen stand ein eingepflanzter Baum.

»Der Kirschbaum.« George strich mit dem Daumen über das Glas, als wollte er es von Staub befreien, dabei fand sich kein Fitzelchen darauf. »Er war das Erste, was Henry im Garten gepflanzt hat.«

Ich starrte auf das junge Gesicht und konnte wie immer keinerlei Ähnlichkeiten entdecken. Wieder strich sein Daumen über das Glas und plötzlich kam mir ein Gedanke.

Einer, über den ich nie nachgedacht hatte, weil unsere Großväter für uns uralt gewesen waren.

Ob George ahnte, in welche Richtung meine Gedanken trieben? Denn er nickte langsam. »Es scheint unsere Bestimmung zu sein, die Herzen an eine bestimmte Familie zu verlieren.«

Ich starrte ihn an, diesen Mann, von dem ich gedacht hatte, alles zu wissen, nur um festzustellen, dass ich überhaupt nichts wusste.

Er und Ellas Grandpa.

Sie sind mehr als Freunde gewesen.

Warum habe ich das nicht erkannt?

»Finde heraus, was ihr füreinander seid, und dann macht nicht die gleichen Fehler wie wir, Darce.«

23

Ella

»Es war kein Fehler!« Wie konnte sie glauben, dass ich ihr diesen Unsinn abnahm? »Ich war nicht sein Kind!«

Mom starrte mich an, seit ich die Tür des Trailers hinter mir zugeworfen hatte. Mit dem Knall waren meine Fragen gekommen. Fragen nach Darce' Dad und ihr. Die meiste Zeit schwieg Mom, bis gerade, als sie schluchzend behauptet hatte, sie hätte sich geirrt.

Über meinen Vater.

Man konnte versehentlich in die falsche Straße abbiegen.

Oder die falsche Nummer wählen.

Aber man konnte sich nicht darin irren, ob mehr als ein Vater infrage kam.

»Erzähl mir nicht, dass du nicht wusstest, mit wie vielen Männern du geschlafen hast.«

Sie starrte mich weiter an. Hatte sie überhaupt einmal geblinzelt, seit ich mit meinen Fragen über sie hereingebrochen war? Es kam mir nicht so vor.

»Wie konntest du Jacob belügen?« Georges Geschichte nagte an mir. Die Empörung von vorhin, als ich gedacht hatte, er redete von uns, klang noch in mir nach. Doch wenn Mom und Jacob so gewesen waren wie Darce und ich, wie hatte sie ihn dann so betrügen können?

So viele Fragen.

So wenig Antworten.

Mein Frust bahnte sich einen Weg aus mir heraus. Das Geräusch, das ich von mir gab, klang wie die Lok, die hier morgens ein paar Kilometer entfernt Waren transportierte. Ein Ächzen, Schnauben vermengt mit einem hohen Quietschen. Der einzige Grund, weshalb ich nicht schrie, war der, dass Kitty schlief und das so bleiben sollte.

»Wie hast du ihn so behandeln können?«

Mom machte einen Satz vor, die erste echte Bewegung. »Du weißt überhaupt nichts«, flüsterte sie. »Es war nur eine einzige Nacht und Jacob haben so viele gehört. Er hat mich trotzdem aus seinem Leben geworfen und dich ebenfalls.« Das Blinzeln kehrte zurück und mit ihm kamen die Tränen, die ihre Augen schimmern ließen.

»Du hast ihm ein Kind untergeschoben!«

Mich!

Du hast ihm mich untergeschoben!

Es brannte hinter meiner Brust. »Mein Vater ist nicht weggelaufen, als du ihm gesagt hast, dass du schwanger bist, oder?«

Langsam schüttelte sie den Kopf, zerschmetterte das, was ich bis vorhin noch für die Wahrheit gehalten hatte.

Wie viele Lügen hatte sie mir eigentlich erzählt?

»Wer war es?«

»Keine Ahnung. Es war eine Kurzschlussreaktion auf einen Streit mit Jacob. Ich war in der Bar, dieser Fremde hat mir Drinks ausgegeben, ich konnte mich kaum noch erinnern, was mit ihm auf dem Klo gelaufen ist.«

Oder du wolltest dich nicht daran erinnern.

Weil du wusstest, dass du damit alles zerstört hättest.

»Wieso bist du so?« Diesmal hielt es die Worte nicht in mir.

Ich sollte schweigen und konnte nicht.

Weil ihre Geschichte zu sehr unserer ähnelte.

Weil sich ihr Verrat anfühlte, als hätte ich Darce verraten.

Weil Darce mich hasste und ich nun begriff, dass der Grund dafür vor mir stand.

»Ihr wart miteinander im Bett, obwohl er verheiratet war? Eine Familie hatte? Du hast es drauf angelegt, von ihm schwanger zu werden, oder? Damit er sich für dich entscheidet? Wieso bist du immer so egoistisch? Warum kannst du dich nicht einmal wie ein erwachsener Mensch aufführen? Andauernd musst du so … *du* sein!«

Ihre Mundwinkel hoben sich, aber das, was auf ihren Lippen lag, war kein Lächeln, es wirkte bitter. »Ich war auch mal so jung wie du, so voller Träume. Irgendwann wird dir jemand dein Herz brechen, immer und immer wieder, bis nichts mehr davon übrig ist und dann begreifst du, dass deine ganzen Träume einen Scheiß wert sind. Und dass der einzige Mensch, der sich um dich kümmert, du selbst bist.« Sie machte einen Schritt auf mich zu. »Ich hab mir mein Leben nicht so vorgestellt.« Ihr Blick blieb an mir hängen. Sie sprach nicht weiter, musste sie auch nicht.

Ich bin kein Teil ihrer Pläne gewesen.

Mom zog die Tür auf.

»Wo willst du hin?«, fragte ich und kam mir einmal mehr vor, als wären unsere Rollen vertauscht.

»Etwas trinken gehen. Hier drinnen ist es zu stickig.« Das letzte Wort spie sie geradezu aus und machte klar, dass sie damit nicht die Luft meinte, sondern meine Vorwürfe.

»Es ist Monatsende.« Immer zwang sie mich, die Erwachsene von uns beiden zu sein. Wie ich es hasste.

»Keine Panik, ich nehm nichts von deinen Geheimvorräten. Ich finde schon jemanden, der mir einen Drink spendiert.« Nur Mom konnte weinen und gleichzeitig vor Wut platzen.

»Lass dich diesmal nicht schwängern!«

Sie fuhr herum, riss die Hand hoch und einen Augenblick lang dachte ich, sie würde mich schlagen. Doch sie starrte mich nur aus feuchten Augen an, bevor sie sich umdrehte und sofort tat es mir leid.

»Mom«, rang ich mir ab, wollte mich entschuldigen, aber sie knallte die Tür hinter sich zu.

Ich blieb zurück, mit diesem Gedankensturm in meinem Kopf.

24

Ein Krachen ließ mich aufschrecken. Mein Herz trommelte augenblicklich, während ich versuchte, das Geräusch einzuordnen. Randalierte wieder jemand auf dem Platz? Das kam häufiger vor. Lange bevor mein sich überschlagendes Herz in einen gemächlicheren Takt fallen konnte, erklang ein Kichern. Es war zu hoch, zu schrill und erinnerte an Besteck, das über Porzellan gezogen wurde. Moms Kichern, wenn sie betrunken war.

Ich leuchtete mit dem Handy in Richtung von Kittys Kammer, keine zwei Meter von meiner entfernt. Der Vorhang war zugezogen und ein Schnarchen drang dahinter hervor. Sie schlief. Immerhin.

»Sei leiser.«

Frost vereiste mir den Brustkorb.

Sie hat jemanden mitgebracht.

Ein raues Lachen sorgte dafür, dass sich jedes Haar an meinen Armen augenblicklich aufstellte.

Rick.

Erinnerungen schossen durch mich hindurch.

Der winzige Weihnachtsbaum mit der Lichterkette.

Rick, der einen seiner Wutanfälle hatte.

Kittys neue Tasse, die er an die Trailerwand schmetterte.

Ich, die ihn anschrie.

Er, der mich gegen die Tür schubste.

Mom, die sich bemühte, ihn zu beruhigen.

Rick war einer ihrer gescheiterten Versuche auf ein besseres Leben gewesen und der unangenehmste. Wir waren ihn losgeworden und doch hörte ich gerade seine Stimme, die immer diesen Hauch heiser klang. »Die sollen sich nicht so anstellen.«

Nicht er!

Es hielt mich nicht länger im Bett.

»Was macht er hier?« Ich spürte Ricks Blick auf mir, aber ich ignorierte ihn und sah Mom an.

»Wir haben uns ausgesprochen.« Ihre Augen leuchteten wie immer, wenn sie glaubte, die Lösung für all unsere Probleme gefunden zu haben.

Rick war keine Lösung. Er war eine lebensgroße Red Flag.

»Gib ihr die Tüte«, raunte sie ihm zu und er streckte den Arm aus, hielt mir eine Papiertüte entgegen, deren Logo ich immer und überall erkennen würde. »Es ist eine neue Tasse, Schatz«, sagte Mom in diesem überschwänglichen Ton, der in mir das Bedürfnis auslöste zu schreien.

»Aus dem *Junipers Diner*«, mühte ich mir ab. »Wie praktisch. Habt ihr euch da heute zufällig getroffen?«

»Sie ist noch genauso zickig, wie ich sie in Erinnerung hatte.« Rick verdrehte die Augen und legte den freien Arm um Mom, deren Lächeln zumindest einen Hauch an Begeisterung verlor.

Red-Flag-Alarm!

Leider war Mom ein gigantischer Magnet für solche Typen. Er könnte sich in knallrotem Fahnenstoff einnähen lassen und sie würde es nicht erkennen.

»Hat dich letzten Monat nicht gestört, als du mich während meiner Schicht belästigt hast, Rick«, stieß ich aus und sah mit Genugtuung dabei zu, wie sich seine Augen verschmälerten.

Hat er gedacht, das behalte ich jetzt noch für mich? »Hoffentlich hast du die Bierdusche genossen.« Ich hatte das definitiv, auch wenn mir das Bier, das ich nach seiner Anmache über ihn gegossen hatte, vom Lohn abgezogen worden war.

Moms Lächeln wurde zunehmend angestrengter und ihr verunsicherter Blick fuhr von mir zu Rick.

»Ella hat da was in den falschen Hals bekommen«, raunte er ihr zu.

»Genau wie bei Kittys Tasse«, gab ich zurück und ließ die Papiertüte des Diners in seiner Hand.

»Er hat sich entschuldigt«, mischte Mom sich ein und sah mich mit diesem bittenden Blick an, um mich daran zu erinnern, dass Rick nicht nur eine eigene Wohnung besaß, sondern auch ein regelmäßiges Gehalt. »Nimm die neue Tasse an und lass uns den Rest vergessen.«

Ich sah zu Rick, fand das schmierige Grinsen in seinem Gesicht und ein Stück darunter die Tüte, die er mir entgegenhielt.

»Danke«, sagte ich und schnappte sie mir. Der Triumph in seinen Augen weckte meinen Würgereflex. Wie gern ich jetzt ein Bier gehabt hätte, um es Rick über den Kopf zu gießen.

»Wunderbar«, säuselte Mom. »Geh ins Bett, Schatz.«

Eklig, dass ich nicht einmal weiß, wen von uns beiden sie meint.

Ich für meinen Teil dachte ohnehin nicht daran. Statt meines Betts peilte ich die Tür an. Hinter mir hörte ich Mom meinen Namen wie eine Frage aussprechen. Draußen war es schließlich dunkel.

Dennoch riss ich die Tür auf.

Finsternis schlug mir entgegen wie eine Mauer.

Sie legte sich wie ein Felsen auf meine Brust und presste mir die Luft aus der Lunge.

Ich holte aus und warf die Tüte in die Nacht.

»Ella!« Der Aufprall ging unter in Moms entsetztem Aufschrei. Hastig drängte sie sich an mir vorbei, aber die Finsternis hatte die Tasche längst verschluckt. Mom drehte sich um, öffnete die Sitzbank und zog die Taschenlampe heraus. »Könnt ihr euch nicht einfach verstehen?« Die Antwort wartete sie nicht ab, sondern eilte nach draußen.

Damit Rick nicht einen seiner Wutanfälle bekam.

Wie ich ihn hasste.

»Verschwinde von hier.«

»Verschwinde du von hier.« Er machte einen Schritt auf mich zu. »Du bist alt genug, also verzieh dich, Kleine.«

»Du bist der Fremdkörper.« Ich wich nicht einen Zentimeter zurück. »Geht zu dir, ich will dein Gesicht hier nicht sehen.«

»Du solltest echt mal lockerer werden.« Er griff in seine Hosentasche und nahm grinsend eine lose weiße Pille raus, die er mir entgegenhielt. Sofort tauchten finstere Erinnerungen auf. An das Aufwachen im Krankenhaus. Den Drogenbefund. Daran, wie ich mich im Club gefühlt hatte. An die schreckliche Panik, als mich dieser Scheißkerl gepackt hatte …

»Willst du?«, fragte Rick mit einem Grinsen, als wüsste er genau, was dieser Anblick in mir auslöste. »Deine Mom meint, du stehst auf so etwas?«

Lebensgroße.

Red.

Flag!

Sein höhnisches Lächeln nahm zu und im nächsten Augenblick landete die Pille in seinem Mund. Hinter mir hörte ich Moms Schritte, das Rascheln von Papier und Scherben, die aneinanderklirrten. »Ich besorg eine neue«, sagte sie in diesem zwanghaft begeisterten Tonfall und wieder wollte ich schreien.

Bis dieser Druck in meinem Kopf nachließ.

Die Wut in mir.

Das Leuchten in Moms Augen.

Weil Rick nichts davon verdient.

»Er hat gerade Drogen genommen.« Ich wandte mich Mom zu. »Sorg dafür, dass er geht.« Sie hatte nie viele Regeln gehabt, für sie gab es nur zwei: keine Liebe und keine Drogen. Beides zerstörte einen.

»Ella hat zu viel Fantasie, Süße.« Er ging zu ihr hinüber und legte den Arm um sie. »Ich hab ne Tablette gegen Kopfschmerzen eingeworfen.«

»Das war keine Kopfschmerztablette!«

»Ich sag ja, Ella hat zu viel Fantasie.« Rick lächelte sie an. »Ignorier sie. Diesmal macht sie das zwischen uns nicht kaputt.«

Mom nickte langsam. Wie ich es hasste, wenn sie sich so benahm. Als könnten diese Männer mit ein paar Worten ihren Verstand ausknipsen – weil sie so dringend hoffte, dass sich einer als Fahrkarte hier raus entpuppte.

»Er hat Drogen genommen. Jetzt gerade. Kitty schläft da drüben!«

»Es war nur eine Schmerztablette, Schatz.« Ihre Stimme klang verwischt vom Alkohol. Wahrscheinlich registrierte sie nicht einmal, dass mir keines von Ricks Worten entgangen war.

»Wirf ihn raus!«

»Nein.« Ihre Unterlippe zitterte und zumindest das Leuchten in ihren Augen schien ich beendet zu haben. »Geh ins Bett. Das hier ist mein Trailer, hier bestimme ich.«

Rick küsste ihre Wange und raunte ihr ein »Gut gemacht, Süße« zu, während er Mom in Richtung ihrer Schlafkabine schob.

Ich blieb zurück.

»Hey, Schatz.« Ich strich über Kittys Stirn. »Wir beide machen einen Überraschungsausflug.« Im Licht meines Handys blinzelte

Kitty mich müde an. »Wir müssen nur ganz leise sein. Bekommen wir das hin?«, flüsterte ich, während ich die Sandalen an ihre Füße zog. Ironisch, dass ich nun klang wie Mom vorhin. Begeistert, obwohl es keinen Grund für Begeisterung gab.

Kitty gähnte herzzerreißend und drückte die Sternenspieluhr an sich, deren Spielwerk schon lange keine Töne, geschweige denn eine Melodie von sich gegeben hatte. Der Stoff war vom Waschen dünn und bereits mehrfach geflickt worden und dennoch liebte Kitty sie abgrundtief. »Warum jetzt?« Ihre Frage verlor sich beinahe im nächsten Gähnen.

»Damit dabei die Sterne für uns leuchten.«

Sterne.

Nacht.

Ich konnte nicht glauben, dass ich das hier gerade wirklich tat. Aber ich musste Kitty in Sicherheit bringen.

»Leise«, ermahnte ich sie, während wir in Richtung Tür schlichen.

Ich nahm die Taschenlampe an mich, die Mom auf dem Tisch abgestellt hatte. »Hast du Angst?«, flüsterte ich Kitty zu, die noch immer ihre Spieluhr festhielt. Doch die schüttelte den Kopf und ihre Augen blitzten nun voller Vorfreude.

Ich werde das schaffen.

Bei Darce ist es mir auch gelungen.

Ich muss mich nur an das Licht klammern.

Für Kitty.

»Machen wir ein Wettrennen zum Parkplatz?«

Das Funkeln in ihren Augen nahm zu.

Irgendwann einmal war ich so furchtlos gewesen wie Kitty.

Meine Furchtlosigkeit ist am Leben gescheitert.

Kittys werde ich beschützen.

Mit allem, was ich habe.

Ich öffnete die Tür und wieder legte sich die Finsternis wie ein unsichtbares Gewicht auf meine Brust. Das Licht der

Taschenlampe brach die Dunkelheit zumindest genug auf, um ein wenig Atem in mich zu pressen. Außerdem waren hinter uns Rick und seine Drogen. Manchmal waren Entscheidungen nur die Wahl zwischen *schlimm* und *schlimmer*. Ich zwang mich, noch die Tür leise zu schließen, dann griff ich nach Kittys freier Hand.

»Los«, stieß ich aus und mein Herz schien vor lauter Panik kurz davor, seinen Dienst zu quittieren, als wir losrannten.

25

Der Geruch nach altem, abgestandenem Fett hing so schwer im Auto, dass ich ihn in hauchdünne Scheiben hätte schneiden können. Die Fenster hinunterzulassen war unmöglich, daran war ich fast schon beim Drive-in gescheitert. Man sollte meinen, dass mir die Nacht nun weniger Angst machte, jetzt, wo ich ihr zweimal in kurzer Zeit ausgesetzt gewesen war. Doch das Gegenteil war der Fall. In mir wütete eine Panik, die so groß und so tief war, dass ich nicht aufhören konnte zu zittern.

Es kostete mich alle Mühe, nicht die Hände ans Lenkrad zu krallen. Mein Blick blieb einmal mehr an der überdimensionierten Leuchtreklame hängen. Sie und die Laternen leuchteten den Parkplatz aus, als wäre er ein Footballfeld. Zumindest hatte Kitty beim Anblick der Werbetafel ähnlich aufgeschrien wie die Fans auf ihren Rängen beim Spiel. Ein Burgerbrötchen so groß wie unser Auto, das sich selbst Schicht für Schicht zusammenbaute. Erst der Bun unten, dann Salat, Fleisch, Käse, Zwiebeln und zum Schluss der obere Bun. So ging es in Endlosschleife.

Wieder und wieder.

Nun lag Kitty auf der Rückbank und schlief, den Kopf auf ihre Sternenspieluhr gelegt. In der Hand hielt sie noch das Papier des Hamburgers, als wollte sie es bewahren, damit sie morgen einen Beweis dafür hatte, dass das hier kein Traum gewesen war.

War es nicht.

Es war ein Albtraum.

Eine neue Nachricht ging auf meinem Handy ein. Ich warf einen Blick darauf, fand weitere Drohungen von Mom, in denen sie mich daran erinnerte, dass ich ihr Auto gestohlen hatte und sie die Cops rufen würde. Dabei wussten wir beide, dass sie das nicht würde, weil sie an Cops geraten könnte, die Fragen stellten. Die Chance war klein, aber es gab sie. Keine Option für niemanden von uns.

Scheiße.

Alles.

Nicht nur dieser dämliche Hamburger lief in Dauerschleife, das tat auch mein Gehirn. Scheiße. Scheiße. Scheiße.

Dass ich gegen das Lenkrad schlug, spürte ich kaum. Wahrscheinlich sollte ich das – *etwas* spüren, aber mein Körper war wie betäubt.

Vor Entsetzen, vor Angst, vor Hilflosigkeit.

Der sich füllende Burger setzte zu einer neuen Runde an und mein Blick fuhr einmal mehr über den Parkplatz, kontrollierte, dass sich niemand näherte. Mein Mund war so trocken wie die Wüste Gobi, aber dennoch konnte ich mich nicht überwinden, noch einen Schluck Cola aus dem XXL-Becher neben mir zu trinken. Dann musste ich zwangsläufig demnächst aufs Klo und das war unmöglich – aus vielen Gründen. Das, was ich bisher an Koffein intus hatte, musste reichen, bis der Morgen anbrach.

Nur noch vier Stunden bis zum Sonnenaufgang.

Nur noch gefühlt 376 Millionen Mal dabei zusehen, wie sich der Hamburger füllte.

Ich hasste mein Leben.

Sehr.

»Ich muss aufs Klo.« Kittys zögerliche Stimme ließ mich zusammenfahren.

Mit der Helligkeit war auch meine Erschöpfung angekrochen gekommen. Ich hatte nur kurz die Augen geschlossen vor – mein Blick blieb an der Uhr mit dem Sprung im Glas hängen – fünfzig Minuten … Scheiße.

»Klo?«, erklang es vom Rücksitz, wieder so sonderbar zögerlich.

Ich fuhr herum. Ein Fehler. Schmerz schoss mir durch die verspannte Schulter und dann sah ich direkt in grüne Augen, die meinen so ähnlich sahen, nur waren diese hier geweitet. Gestern Nacht war für Kitty alles noch ein Abenteuer gewesen. Doch heute Morgen schien sie die Welt, in der sie aufgewacht war, zu ängstigen.

»Alles gut, Kitty-Cat. Hältst du kurz durch?« Es war zu auffällig hineinzugehen. Bei meinem Pech würde sich der Typ, der mir die Bestellung im Drive-In gereicht hatte, an uns erinnern. Sie nickte langsam. »Holen wir uns Frühstück?« Das zweite Nicken war schon eine Spur energischer. »Donuts?« Zu dem dritten Nicken gesellte sich ein kleines Lächeln. Gestern Nacht Burger, heute Donuts, das musste sich für Kitty anfühlen wie Weihnachten. Wobei wir Weihnachten nur Mac 'n' Cheese gegessen hatten und die waren mir wie immer zu hart geworden.

Der Burger vor uns belegte sich weiter in Dauerschleife, als wir vom Parkplatz fuhren. Ob ich ihm heute Nacht wieder stundenlang dabei zusehen würde?

Vermutlich.

Mein Handy meldete vorwurfsvoll dreizehn ungelesene Nachrichten und landete zur Strafe auf dem Beifahrersitz.

Gerade ertrug ich weder Moms Drohungen noch ihr Flehen. Der Benzinstand erwies sich als so vorwurfsvoll wie mein Handy und kündigte mir an, dass das Auto ähnlich dringend versorgt werden wollte wie Kitty.

Ich hielt bei der nächsten Tankstelle und arbeitete der Reihe nach die Bedürfnisse ab. Zuerst verfrachtete ich Kitty auf die Toilette, anschließend wurde das Auto befüllt und dann suchten wir in dem kleinen Verkaufsraum nach Frühstück. Anscheinend hatte ich beim Tag etwas gut, denn es gab tatsächlich eine Auswahl an Donuts.

»Frisch geliefert«, erklärte die Verkäuferin, während sie für Kitty einen der Donuts mit hellblauem Zuckerguss und Sternen in eine Papiertüte packte.

So begeistert, wie Kitty ihn anstrahlte, hätte er wohl auch eine Woche alt sein dürfen. Hauptsache, keiner der Zuckersterne fiel herunter. Ich ahnte jetzt schon, dass sie den Donut so essen würde, dass der Zuckerguss möglichst lang intakt blieb. *Genau wie ich es getan hätte.*

»Und für dich?« Die Verkäuferin sah zu mir und die Zange, in ihrer Hand fuhr über das Gebäck, als wollte sie mir die Auswahl präsentieren.

Mein Blick flog über die Preisschilder. »Kaffee mit Milch.« Der kostete nur einen Bruchteil der Donuts und würde mich hoffentlich wecken.

Die Zange stoppte. »Das Frühstück ist die wichtigste Mahlzeit am Tag.« Ihrer Miene nach fehlte nicht viel und sie würde sich mit rotem Textmarker »Vorbildfunktion!!!« auf die Stirn schreiben.

»Nur den Kaffee, bitte«, gab ich zurück, worauf sie die Zange diesen Hauch zu unwirsch in die Auslage warf. Sie zerrte einen Pappbecher heraus. »Latte, Cappuccino …«

»Normaler Kaffee.« Hochtrabende Namen bedeuteten höhere Preise – immer. Ich wollte einen stinknormalen

Ein-Dollar-Kaffee, damit ich die Augen noch ein wenig länger aufhalten konnte.

»Bitte«, sagte sie augenverdrehend und drückte auf einen der Knöpfe. Offenbar würde ich nicht ihre Lieblingskundin des Tages werden. Dafür bedachte sie Kitty mit einem breiten Lächeln. »Vielleicht gibst du deiner Mom ein Stück ab.«

Kitty nickte und nahm die Tüte mit strahlenden Augen entgegen. Ich wünschte, ich wäre noch einmal so begeisterungsfähig wie sie. *Ein paar Zuckerstreusel und die ganze Welt ist fantastisch.*

»Du brauchst bestimmt etwas zu trinken dazu, oder? Kakao?«

Kittys Augen wurden untertassentellergroß.

Und wieder ist ihre Welt ein wenig besser geworden.

»Ja«, hauchte Kitty.

»Nein!«, mischte ich mich ein. »Von Kakao wird dir schlecht.«

»Stimmt nicht!« Kittys Unterlippe stülpte sich nach vorn und ich wusste, was das bedeutete. Mir blieben nur Sekunden, bevor die ersten Tränen kullerten.

»Von Kakao wird doch niemandem schlecht«, kam es von der anderen Seite des Tresens.

Wow.

Wenn ich passiv-aggressive Nachrichten haben wollte, könnte ich auch die meiner Mutter lesen. Ich atmete tief durch, um diesen Teil wegzuatmen, der ihr gern die Meinung gesagt hätte. »Nur den Donut und den Kaffee.«

Kittys Schniefen erfüllte den Raum.

So schnell reichten Zuckerstreusel dann doch nicht mehr.

»Du hast deinen Donut und wir haben Wasser im Auto.« Ein Kopfschütteln, gepaart mit einem weiteren herzzerreißenden Schniefen. Manchmal war nicht zu übersehen, dass sie aus dem gleichen Genpool wie Mom stammte.

»Kaffee.« Der Becher knallte vor mir auf die Theke, so unsanft, dass ein Spritzer davon auf dem Tresen landete. »Hier, Schätzchen.« Sie zog ein Päckchen Kakao aus dem Kühlschrank hinter sich. »Den schenk ich dir.« Einfach so ging sie über das hinweg, was ich gesagt hatte und seufzte, als ihr Blick an Kittys Schlafanzug hängen blieb.

Weil ich in ihren Augen nur eine überforderte und abgebrannte Teeniemutter bin.

Die Frau beachtete mich nicht einmal, sondern lächelte, als Kitty ihr den Kakao schniefend abnahm.

Ich sollte vernünftig sein.

Mich einfach bedanken und gehen.

Und konnte es nicht.

Wahrscheinlich wollte sie nur nett sein. Aber sie drückte all die wunden Stellen, die in den letzten Tagen noch verletzlicher geworden waren.

»Ich bezahle den Kakao«, hörte ich mich sagen. »Danke, aber wir brauchen keine Hilfe.« Jetzt hatte ich ihre Aufmerksamkeit, sie sah zu mir. »Und einen zweiten von den Donuts mit den Zuckersternen.«

Gott, ich konnte dringend Zuckersterne gebrauchen.

Vielleicht würde meine Welt dann auch ein Stück weniger trostlos aussehen.

26

»Mir ist schlecht.« Die drei magischen Kinderworte, die einem wie Eiswasser den Nacken hinunterliefen.

Shit.

»Hältst du kurz durch? Ich kann hier nicht anhalten.« Ich versuchte, ruhig zu klingen, während alles in mir schrie. Mir blieb ungefähr eine Minute, um einen Parkplatz zu finden und Kitty aus dem Auto zu zerren.

»Neeeeiiiinnnn.«

»Okay, Schatz«, sagte ich und gleichzeitig schwoll der Schrei in mir weiter an.

Die Ampel sprang um und ich gab Gas.

Verfluchte den Kakao.

Verfluchte die Kassiererin.

Und am meisten verfluchte ich mich, weil ich es hätte wissen müssen.

Warum habe ich mich provozieren lassen?

Eine Seitenstraße!

Ich setzte den Blinker.

Betete, dass keine Cops vorbeifuhren.

Ein leises Schluchzen erklang hinter mir.

Dreißig Sekunden.

Schweiß rann mir über die Stirn.

Bitte nicht im Auto!

Ich fuhr zwischen zwei Bäume auf den Grünstreifen.

Fünfzehn Sekunden.

Sprang heraus, riss Kittys Tür auf.

Sie war weiß im Gesicht, hielt aber das Trinkpäckchen umklammert wie einen Schatz.

»Gleich.« Ich löste ihren Gurt und hob sie aus dem Kindersitz.

Noch bevor ihre Füße auf dem Rasen landeten, kam der Donut auf umgekehrten Weg zurück.

Ich hielt Kittys Haare aus ihrem Gesicht und raunte ihr zwischen dem Würgen zu, dass alles in Ordnung war.

Jemand hupte. Wahrscheinlich, um sich lautstark über das falsch geparkte Auto zu beschweren. Es war mir gleichgültig. Ich sah nicht einmal hin. Strich stattdessen weiter über Kittys Haare, beruhigte sie, wie ich es schon so oft getan hatte, bis es nichts mehr gab, was sie auswürgen konnte. Dann wischte ich ihr den Mund mit der Serviette ab, während sie weinte.

»Was ist, Schätzchen? Ist dir noch übel?«

Sie drückte ihren Kopf an meinen Bauch. »Die Zuckersterne.«

Manchmal waren es diese Winzigkeiten, die so schwer in meinem Magen lagen wie Mühlsteine. Dass Kitty über den Verlust der Zuckersterne weinte, war so ein Augenblick.

Weil ich genau wusste, was sie meinte.

Vielleicht würde es nie wieder welche geben.

Diese hier fühlten sich jetzt nicht mehr an, als würden sie zählen.

»Ich mag überhaupt keine Zuckersterne«, raunte ich ihr zu. »Wenn es dir wieder besser geht, bekommst du meinen Donut, in Ordnung?«

Sie drückte mich fester und zum Mühlstein gesellte sich ein ganzes Gebirge.

Weil ich Kitty nicht bei Mom lassen konnte.

Weil ich sie noch weniger mitnehmen konnte.

Vorsichtig setzte ich sie zurück in den Kindersitz – Grandpas letztes Geschenk. Den sich regenden Schmerz schob ich rasch beiseite, für den Augenblick tobte schon zu viel Chaos in mir. Ich sank auf den Fahrersitz. Der halb geleerte Kaffee stand im Becherhalter. Doch obwohl ich gern diese dezent aufsteigende Übelkeit damit heruntergespült hätte, konnte ich mich nicht dazu überwinden, danach zu greifen.

»Fahren wir nach Hause?«

Im Rückspiegel fand ich Kittys blasses Gesicht.

»Bald, Schatz.«

Wenn ich weiß, wie es weitergehen soll.

Wenn ich einen Plan habe.

Wenn … Ein Vibrieren mischte sich in meine Gedanken.

Mom.

Ich sollte ihre Nachrichten endlich lesen.

Und nachdenken.

Ich nahm das Handy und fand die dreizehn Nachrichten von Mom. Und eine von einer Nummer, die ich nicht kannte.

Mein Herz gefror zu Eis.

Rick?

Ich tippte drauf, hielt den Atem an.

> Kannst du vorbeikommen? D.

Darce?

Ich starrte die Worte an, aber egal, wie lange ich das tat, da fand sich kein Sinn dahinter.

Warum wollte er mich sehen?

Es war Samstag, am Wochenende hatte ich frei.

Wollte er sich weiter mit mir streiten?

Mich rauswerfen?

Beides war ähnlich wahrscheinlich.

Der Kirschbaum.

In all dem Trubel hatte ich nicht daran gedacht, dass er heute fallen würde. Es vielleicht gerade jetzt tat. Gestern noch hatte ich Darce gesagt, es wäre besser so. Ich hatte gelogen, darauf gehofft, dass er widersprach, aber er war still geblieben.

»Ich will ins Bett«, kam es von hinten, gerade als ich begann, die ersten Buchstaben zu tippen.

Das Handy vibrierte erneut und zeigte den Eingang einer weiteren Nachricht an. Diesmal von Mom.

> Es tut mir leid. Kommt nach Hause. Rick ist weg.

Ich sah in den Rückspiegel, fand Kitty mit geschlossenen Augen und den Kopf an die Seitenpolsterung ihres Sitzes gelegt. Nicht mehr lange und der Sitz würde zu klein für sie werden. Grandpa war nicht mehr da, um ihr den nächsten zu kaufen. Das war meine Aufgabe.

Und es war meine Aufgabe, dafür zu sorgen, dass sie jeden verdammten Tag Zuckerstreuseldonuts bekam, wenn sie die wollte.

Ich würde nicht zulassen, dass Kitty in diesem Trailer aufwuchs.

Nur drei Jahre.

Die würden wir schaffen.

»Wir fahren zurück, Schatz.« Sie gab ein müdes Nicken von sich, während ich den Blinker setzte. Am Rande zupfte noch der Gedanke an mir, dass ich Darce nicht zurückgeschrieben hatte.

Wahrscheinlich war das auch besser so.

27

Mom hatte Kitty so fest in die Arme geschlossen, als wollte sie sie nie wieder loslassen. Doch als sie Anstalten machte, mich ebenfalls in den Arm zu nehmen, schüttelte ich den Kopf.

»Geh Zähne putzen, Kitty-Cat«, befahl ich und nach einem winzigen Murren ging sie. Ich würde gleich nachputzen müssen, aber so war sie zumindest kurz beschäftigt.

»Ich will ihn nie wieder hier sehen.«

»Schatz …«

»Nein!«

»Du kannst mir nicht vorschreiben, mit wem ich mich treffe.«

»Aber ich kann dir vorschreiben, dass du dich nicht hier mit ihm triffst!«

Ihre Lippen verschmälerten sich. Der hellrosa Lippenstift darauf war verschmiert und die Rückstände ihres Mascaras fanden sich auf den Wangen. Sie hatte geweint, aber bei der Erkenntnis rührte sich nichts in mir.

Vielleicht weil sie oft weinte.

Oder weil ich nie weinte.

Beides fühlte sich nicht gesund an.

»Von mir stammt die Hälfte der Miete.« Eigentlich sogar mehr, aber darauf kam es wohl nicht an. »Also habe ich hier auch Rechte und ich will ihn nie wieder sehen, sonst nehme ich Kitty und wir verschwinden.«

»Schatz, ihm …«

»Ihm tut es leid? Ist mir egal. Wichtig ist mir nur diese eine Sache; dass er niemals mehr unsere Türschwelle übertritt. Also?«

Sie schwankte sichtlich. Einige Sekunden lang war ich mir nicht sicher, ob wir uns nicht direkt erneut auf der Straße wiederfinden würden. Dann nickte sie endlich.

Drei Tage lang gab sich Mom alle erdenkliche Mühe, uns zu zeigen, wie leid es ihr tat. Sie dachte daran, hinter sich aufzuräumen, kochte an einem der Abende Nudeln. Sie ging zur Arbeit, kam nüchtern zurück und bat mich sogar um Kleingeld für die Waschmaschinen, um Kittys Kleidung zu waschen. Ich konnte mich nicht daran erinnern, wann sie sich zuletzt so angestrengt hatte. Es machte mir einen winzigen Hauch Hoffnung, dass sich tatsächlich etwas ändern könnte. Weil sie vielleicht endlich begriffen hatte, dass Kitty und ich darauf angewiesen waren, dass sie mithalf.

Bisher hatte Bentley nicht auf meine Nachrichten reagiert. Ich hatte ihm noch eine zweite geschickt, in der ich ihn bat, für die Woche einen Ersatz zu finden, der für George kochte. Ich brauchte ein paar Tage, um all die Dinge zu verarbeiten, die er mir gesagt hatte. Lieber schob ich gerade Extraschichten im Diner, als Darce zu begegnen. Zurück kam nichts, aber es war Bentley. Er antwortete oft nicht auf die Fragen, dafür schüttete er seine Nachrichten an anderen Tagen kübelweise über meinem Handy aus. Seit ich es besaß, hatte ich nicht so viele GIFs geschickt bekommen wie von Bentley in den letzten

Wochen. Ich baute darauf, dass er sich melden würde, wenn es ihm nicht passte.

Darce hatte ich nicht zurückgeschrieben. Am fünften Tag fand ich dennoch morgens eine weitere Nachricht von ihm. Zumindest hoffte ich, dass sie von ihm war. Das Letzte, was mir fehlte, war ein gruseliger Stalker. Diesmal hatte es nur für ein einziges Wort gereicht.

Heute?

Warum schaffte Darce es nicht, mir zu sagen, was er wollte? War das seine Art zu fragen, ob ich heute das Kochen übernehmen konnte?

Heute ... was?

Seine Nachricht war mitten in der Nacht abgeschickt worden, deshalb rechnete ich nicht mit einer schnellen Antwort, doch die kam sofort.

Kommst du heute vorbei?

Er tat es schon wieder. Ich hatte keine Ahnung, was er von mir wollte.

Mit den Resten des Kirschbaumes ein gemeinsames Lagerfeuer machen, um unsere Freundschaft offiziell zu beenden?

Mich fragen, ob ich für seinen Grandpa kochte?

Oder sollte ich jetzt doch in seinem Zimmer Staub putzen?

Sprich mit mir!!!

Ich hasste es, wenn jemand Ausrufezeichen wie Rudeltiere benutzte, aber Darce ließ mir keine andere Wahl. Ich starrte auf die Nachricht, schwankte und löschte sie dann.

Weil es gleichgültig geworden war.

Es änderte nichts.

Nein.

Ich sah, dass er meine Nachricht gelesen hatte.

Wartete.

Nichts geschah.

Dann war er offline.

Und obwohl er überhaupt nicht hier gewesen war, fühlte sich die Einsamkeit an wie ein Hammerschlag, der in mir widerhallte.

»Ich bin beunruhigt.« Logan saß zeitunglesend am Küchentisch, als ich in seinen Trailer trat. Nur ein Blick in mein Gesicht und er ließ die Zeitung sinken. »Brownies?«

»Hast du wieder heimlich Zeug in der Bäckerei mitgehen lassen?« Ich lehnte mich an den Tisch und bedachte ihn mit dem, was sich anfühlte wie mein strengster Blick.

»Nicht heimlich, es waren Reste. Aber du willst nur ablenken von dem da«, er deutete auf mein Gesicht. »Es ist immer noch der Typ von der Party, oder?«

»Das wirst du doch ohnehin denken, gleichgültig, was ich antworte.«

»Selbstverständlich, das ist meine Art, dich dafür zu bestrafen, dass du mich hast stehen lassen.«

»Ich habe dich nicht stehen lass… Okay, habe ich wohl. Aber ich habe mich schon tausendmal entschuldigt.«

»Ärgert er dich etwa, Ella?« Maria kam aus der hinteren Hälfte des Trailers, stoppte bei Logan und zwickte ihn spielerisch ins Ohr. »Sei gefälligst charmanter, sonst wird sie nie mit dir ausgehen.«

»Genau genommen ist sie letzte Woche mit mir ausgegangen«, protestierte Logan.

»Es war ein Fake-Date!«, setzte ich schnell hinterher, um Maria keine unnötigen Hoffnungen zu machen. Von Logan gab es dafür einen grimmigen Blick, offenbar war er der Meinung, ein wenig unnötige Hoffnung würde ihr schon nicht schaden.

»Was soll das für ein Unsinn sein?« Maria sah von Logan zu mir.

»Ein Date, bei dem Ella die Nacht mit einem anderen verbringt.« Er warf mir ein breites Grinsen zu, weil wir beide wussten, dass sich Marias Fokus jetzt allein auf mich verlagern würde.

Und tatsächlich, ihre Brauen zogen sich unheilvoll zusammen. »Du hast einen Freund?«

»Nein!«

»Mariaaaa!« Kittys Schrei drang aus dem hinteren Teil des Trailers zu uns und rettete mich. Zwar warf mir Maria einen letzten prüfenden Blick zu, doch dann setzte sie sich in Bewegung und verschwand in Richtung Kitty.

»Seit wann bist du so fies?«, flüsterte ich Logan zu.

»Seit du mich auf der Party hast stehen lassen und mir mein Herz gebrochen hast?« Sein Lächeln strahlte längst in seine Augen über. »Außerdem bekomme ich so eine Pause von ihren Kuppelplänen.«

»Indem du mich in die Schusslinie bringst?«

»Nimm es als Strafe für das verpatzte Fake-Date.«

»Habe ich wohl verdient. Ich hätte einfach bei dir bleiben sollen.«

»Stimmt. Nachdem wir in gefakten Dates gut sind, könnten wir das Ganze natürlich probeweise ausweiten auf echte Dates.« Er schob das hinterher, was ich sein Prince-Charming-Grinsen nannte.

»Ich bin nicht in der Stimmung für Dates. Sorry.«

Logans Lächeln verlor sich. »Warst du das schon einmal? Wie alt ist Kitty? Drei? Seitdem habe ich dich nicht mit jemandem ausgehen sehen.«

»Ist etwas Langfristigeres mit mir und dieser Stimmung.«

»Dann muss ich dich also weiter in aller Stille anschmachten.« Theatralisch griff er sich an die Brust.

»Das glaubt dir keiner. Auf dem Weg hierher bist du gestern Nacht mit deinem *Besuch* bei uns vorbeigekommen.« Ich betonte das Wort Besuch bedeutungsvoll und das Grinsen kehrte in sein Gesicht zurück.

»Ich bin multitaskingfähig. Daher kann ich dich aus der Ferne anschmachten und nebenbei ein paar unterhaltsame Stunden verleben – mit meinem *Besuch*.«

»Danke für dieses wunderbare Kopfkino«, erwiderte ich schmunzelnd. »Ist es in Ordnung, wenn ich Kitty heute länger bei euch lasse?«

»Klar, das weißt du doch. Sehen wir uns morgen in der Frühschicht im Diner? Und hat Lilly dich schon wegen dieses Kellnerjobs nächste Woche gefragt? Ihre Firma sucht noch spontan ein paar Aushilfen. Die zahlen gut und das Event ist tagsüber. Ich bin schon in der Bäckerei eingeplant, aber ich habe ihr gesagt, dass du bestimmt einspringst.« Er hob die Zeitung wieder an und mein Blick blieb an einem der Bilder darauf hängen.

Plötzlich schien mich ein unsichtbares Gewicht unter Wasser zu drücken.

Ich bekam keine Luft mehr.

»Ella? Geht es dir gut?«

Nein.

Ich riss Logan die Zeitung aus der Hand.

George starrte mir entgegen.

Dieses Bild musste schon vor Jahren aufgenommen worden sein, doch sein Blick war der gleiche. Ernst und grimmig, was durch die buschigen Augenbrauen noch betont wurde. Die Hände hatte er ineinandergelegt und sah den Betrachter geradewegs an. Ich sah die Buchstaben darunter, die Worte formten und es dennoch nicht in meinen Kopf schafften.

Weil ich es nicht begreifen konnte.

Weil mein Verstand sich weigerte zu realisieren, dass George tot war.

28

Darce

Ich hasste Beerdigungen.

Deswegen drückte ich mich vor ihnen, wann immer es ging.

Vor vier Jahren hatte ich das nicht gekonnt.

Genauso wenig wie jetzt.

Vor vier Jahren hatte ich dagesessen und mich gefühlt, als wäre mein Innerstes mit einem Löffel fein säuberlich herausgekratzt worden, während ich meinen weinenden Bruder im Arm gehalten hatte. Heute waren es James' Arme, die Bentley hielten.

Für alles andere war ich verantwortlich gewesen.

Erst hatte ich den Notarzt gerufen, nachdem seine Pflegerin George regungslos gefunden hatte. Ich hatte an seinem Bett gestanden, als sein Tod festgestellt wurde, und seitdem die Beerdigung geplant. Greg hatte angerufen und mir Hilfe angeboten, aber wir wussten beide, dass er darauf hoffte, dass ich ablehnte. Also hatte ich gesagt, dass ich klarkäme, und weiter geplant, telefoniert und organisiert, um diese Leere zu füllen, die Georges Tod in mir hinterlassen hatte.

Dabei hatte ich die meiste Zeit nicht einmal gewusst, ob ich ihn mochte. *Oder er mich.*

Die Leute nannten die Beerdigung würdevoll und ich hoffte, dass es bedeutete, dass sie ihm gefallen hätte. Manche wunderten sich über die Kirschzweige, die in seinem Sarg lagen.

Nicht einmal Bentley kannte die Bedeutung dahinter. Oder die des Bildes, das ich George unter sein Kissen geschoben hatte. Ein Bild von zwei Männern vor dem Kirschbaum. Irgendwann würde ich Bentley davon erzählen. Wenn es sich jemals anfühlte, als könnte ich darüber reden.

»Das Büffet steht, die Gäste können sich am Tisch bedienen.«

Bentley sah mich an, als hörte er zum ersten Mal vom Büffet. Oder von den Gästen. *Hat er mitbekommen, dass wir von der Beerdigung zurück sind und jetzt knapp hundert Leute in schwarzer Kleidung in unserem Garten stehen?* Ein Blick in seine rot geränderten, geschwollenen Augen trieb jeglichen Anflug von Wut davon.

Das hier weckte Gespenster, die uns beiden zusetzten.

»Geht hoch. Ich kümmere mich darum.«

Ich hatte nicht erwartet, dass von ihm eine Reaktion kam, doch seine Hand legte sich an meine, drückte sie so fest wie damals. Und plötzlich war ich wieder sechzehn und starrte auf die Särge meiner Eltern.

»Danke, Darce«, raunte er mir zu und riss mich aus der Erinnerung. Seine Hand löste sich und die beiden verschwanden. James' Arm blieb um ihn geschlungen und führte ihn sanft fort.

Bentley würde es überstehen.

Ich zog mein Handy hervor. Ella hatte nichts mehr geschrieben. Dennoch öffnete ich unsere Nachrichten, um zu sehen, ob sie online war.

Vielleicht drängte es diese Leere genug zurück, um atmen zu können.

Doch Ella war nicht da.

Ich hätte ihr mehr schreiben müssen. Aber ich war immer wieder daran gescheitert. Es gab Nachrichten, die passten nicht in ein paar Buchstaben.

Eine Hand legte sich auf meine Schulter. »Wir sollten beginnen. Hast du deine Rede?« Während die anderen das

Fingerfood studierten, wurde mir schon beim Anblick schlecht.

Ich wich zurück und starrte durch die Fenster in Richtung des Gartens. Vielleicht hätte ich das Büffet dort aufbauen lassen sollen. Weil George den Platz am meisten geliebt hatte. Gleichzeitig hatte ich mich genau deshalb dagegen entschieden. Weil ich dachte, er würde ihn nicht mit einer Meute Essender teilen wollen.

Keine Ahnung, ob das richtig gewesen war.

Ob überhaupt was richtig gewesen war.

Wahrscheinlich nicht.

Die Geräusche hinter mir wurden lauter und diese Leere in mir schien mich jeden Moment verschlucken zu wollen.

Ich muss hier raus.

Ein paar Atemzüge nehmen, ohne dass mich jemand dabei beobachtete.

Ohne dass jemand den Tag kommentierte.

Ohne die gottverdammten Erinnerungen an die letzte Beerdigung.

Ich peilte die Terrassentür an, zwang mich, normal zu gehen, doch als ich die Rasenfläche betrat, hielt mich nichts mehr. Ich rannte los. Vorbei an der Weide mit den raschelnden Zweigen, an den akkurat gestutzten Hecken, von denen ich wusste, dass sie George zu kurz gewesen wären. *Weil Henry sie größer gelassen hat.*

George, der so um Henry getrauert hatte, dass er seit dessen Tod den Garten nicht mehr betreten hatte.

George, der nie wieder Gärtner in Angst und Schrecken versetzen würde.

Mein Grandpa, den ich niemals wirklich kennenlernen würde.

Ich rannte weiter, wusste nicht wohin, nur dass ich den Menschen hinter mir entkommen musste.

Ihren Blicken.

Ihren anteilnehmenden Worten.

Dabei hatten sie ihn ohnehin nicht gemocht.

Ich hastete um die Ecke und stoppte abrupt, weil ich nicht allein war. Jemand rannte ebenfalls durch den Garten. Nachdem ich den ganzen Tag von exklusivem Schwarz umgeben gewesen war, waren das goldgelbe Shirt und die ausgeblichenen Jeans das Gegenteil davon.

Während mein Verstand noch dabei war, die Farben zuzuordnen, setzte mein Herz zu einem Sprung an.

Es begriff vor dem Rest von mir, wer mir nur Sekunden später um den Hals fiel.

Ella.

Meine Ella.

»Es tut mir leid.« Ihre Arme hielten mich so fest wie Bentleys Hand vorhin. Doch das hier fühlte sich anders an. Er hatte mich festgehalten, damit er nicht zersplitterte. Ella hielt mich so fest, als wollte sie verhindern, dass ich zersplitterte.

»Ich wusste es nicht.« Ihr Kopf bettete sich an meinen Hals. Strähnen ihres Haars strichen mir wie eine Feder die Wangen entlang. Wie sonderbar es war, dass Ella genauso roch wie früher. Nach Sonne, Gras, Gewitternächten und Zitronenlimonade. »Aber jetzt bin ich hier.« Es klang wie ein stummes Versprechen zu bleiben. Weil sie wusste, was ich nicht über die Lippen bekam. Was meine Finger nicht tippen konnten.

Dass ich sie schrecklich dringend brauchte.

Nur am Rande bemerkte ich, dass ich ebenfalls die Arme um Ella geschlungen hatte und mich an sie klammerte. Als wäre sie das rettende Schiff in einem tosenden Meer, in dem ich gekentert war.

Und dann spürte ich sie.

Diese verdammten Tränen.

Damals bei Moms und Dads Beerdigung hatte ich sie in mich eingeschlossen, um stark für Bentley zu sein, der für uns beide geweint hatte. Jetzt, vier Jahre später, kamen die Tränen und Ella strich mir beruhigend über den Kopf, wieder und wieder, während ich an ihrer Schulter weinte. Das hatte ich schon einmal getan, damals, als ich aufs Internat gemusst hatte. Ein Leben ohne Ella hatte sich da angefühlt, als ließe ich einen Teil von mir selbst zurück. Jetzt hielt mich dieser Teil so fest, dass ich ihren Herzschlag spürte.

Es dauerte, bis die Tränen versiegten.

Und es dauerte noch länger, bis ich mich überwinden konnte aufzuschauen.

Ich war nicht der Typ für emotionale Zusammenbrüche. Für gewöhnlich war ich der Eisberg, der Schiffe versenkte. Heute war ich selbst gekentert.

»Brauchst du was?«, fragte Ella so ruhig, als würden regelmäßig Menschen ihre Shirts mit Tränen durchnässen.

»Nur das hier.« Eigentlich hatte ich den Gedanken nicht aussprechen wollen, aber auf meinen Verstand war ähnlich viel Verlass wie auf den Rest von mir. Ich sah auf und für einen Moment wirkte es, als würde ein Sonnenstrahl die Trauer in ihren Augen aufbrechen. »Entschuldige«, raunte ich ihr zu. »Ich wollte es dir nicht übers Handy sagen.«

Sie nickte und ihre Nase streifte dabei meine, weil ich unfähig war, die Arme von ihr zu lösen. So wie es aussah, würde ich die nächsten Stunden hier in Ellas Armen verbringen. *Das fühlt sich wie die beste Idee an.*

»Darce?«

Innerhalb von Sekundenbruchteilen erinnerte sich mein Körper daran, wie die Sache mit dem Loslassen ging. Ich fuhr zurück, gab Ella frei und sie starrte mich verwirrt an. Sie kam nicht mehr dazu, die Frage nach dem Warum zu stellen, die mir übergroß aus ihrem Gesicht entgegensprang.

»Was machst du hier?« Sofia taumelte leicht, als sie auf uns zukam und das schien auch für mich zu gelten, nur lag es bei mir nicht an der ungünstigen Kombination aus feuchtem Boden und hohen Absätzen.

Ihr Blick blieb an Ella hängen – ihrem durchnässten Shirt, der ausgeblichenen Jeans und ich wünschte mich weit, weit weg von hier. »Gehörst du zum Catering-Team? Der Hering ist alle.«

Shit.

Ella blinzelte.

Sie schien darauf zu warten, dass von mir eine Antwort kam, aber mein Kopf glich einer Wüste. Da fanden sich keine Worte, nur Sand, wohin ich auch sah. »Nein«, sagte sie schließlich. »Ich bin eine Freundin von Darce und Bentley.«

Ich spürte Sofias Verwirrung. Sie kannte meine Freunde und niemand von ihnen lief so herum, noch dazu bei einer Beerdigung. »Dein Onkel hat angerufen, Darce«, sagte sie und drehte sich mir zu. »Er lässt ausrichten, dass er es nicht mehr schafft, aber er kommt nächste Woche vorbei.«

Greg.

Wieso habe ich genau das von ihm erwartet?

»Wir sollten wohl wieder rein.« Mein Blick blieb an Ella hängen. »Willst du …?« *Schlechteste Idee aller Zeiten.* Doch zu meiner Erleichterung schüttelte sie den Kopf.

»Ich sollte besser gehen, ich muss Kitty von der Tagesmutter abholen.«

Ob ich mich irgendwann daran gewöhnen würde, dass sie eine Tochter hatte?

Es fühlte sich eher nicht danach an.

Ella wandte sich Sofia zu. »Schön dich kennengelernt zu haben …«

»Entschuldige, ich habe mich nicht vorgestellt, Jetlag.« Sie lächelte und streckte Ella die Hand hin. »Ich bin Sofia.« Manchmal gab es Augenblicke in Filmen, in denen man wusste, dass gleich etwas wirklich Mieses geschah. Dann setzte dramatische Musik zusammen mit der Zeitlupe ein. Genauso fühlte sich das hier an. Als stünden wir unmittelbar vor einer Katastrophe.

Ella griff nach Sofias Hand, mühte sich eines dieser Minilächeln ab, die kaum galten. »Ella.«

Ich öffnete den Mund, wollte etwas sagen, doch nicht ein winziger Ton kam über meine schockgefrorenen Lippen.

Zwar lächelte Sofia weiterhin, aber es erreichte ihre Augen nicht mehr. »Ich bin übrigens Darce' Freundin.«

Und da ist er – der Einschlag.

Ella fuhr zusammen.

Ihr entsetzter Blick bohrte sich in mich.

Forderte, dass ich es abstritt.

Dass ich protestierte.

Und ich konnte nicht.

Stattdessen formte ich ein lautloses »Sorry« und ließ zu, dass Sofia meine Hand griff und mich zurück hineinzog.

29

Ella

»Elendiger Mistkäfer, egoistischer …« Mir gingen die Schimpfwörter aus, ich würde gleich zu einer neuen Runde ansetzen.

Es ging mir gut.

Wirklich.

Mir war nur gleich doppelt schlecht wegen des Eises, das ich zum Wucherpreis am Kiosk gekauft hatte. Zum einen, weil ich dafür ganze zehn Dollar aus dem Fenster rausgeworfen hatte. Zum anderen, weil es eine miese Idee gewesen war, einen halben Riesenbecher Eiscreme mit Schokobohnen zu essen.

Aber wenn ich genug Eis in mich hineinbekam, fühlte ich mich genauso. Eisig. So weit der Plan.

Mir ging es gut.

Solange ich Eis hatte.

Logans Löffel drängte meinen zur Seite, um sich die letzte Schokobohne zu schnappen. Ich überließ sie ihm. Noch eine Bohne und ich würde platzen.

»Und du bist sicher, dass sie seine Freundin ist? Kein Zweifel?«

»Sie hat es mir gesagt, während er danebenstand.« Ich hätte mir doch die letzte Schokobohne krallen sollen. Meine Nerven schrien schon wieder nach Schokolade.

»Vielleicht führen sie eine offene Beziehung.« Logan versenkte die Schokobohne in seinem Mund und machte mit den Händen diese Voilà-Geheimnis-gelüftet-Geste.

Nichts war gelüftet.

»Darce ist nicht der Typ für eine offene Beziehung.«

»Bis vorhin dachtest du auch nicht, dass er der Typ ist, der dir seine Beziehung verschweigt.«

Wie ich es hasse, wenn er recht hat.

Es klopfte an der Tür.

Vermutlich war es Maria. Sie war heute spontan für die Nacht eingesprungen, als ich Kitty hatte abholen wollen. Die Art, wie ich den Mammut-Eisbecher an mich gepresst hatte, schien sie ahnen zu lassen, wie genau meine Abendplanung aussah. Keine zwei Minuten später hatte auch schon Logan vor der Tür gestanden.

Ein weiteres Klopfen.

Ich zog mich hoch und suchte mir einen Weg über seine Beine, die definitiv zu lang waren für die Breite des Trailers. Gut – wir hätten uns auch nicht auf den Boden setzen müssen, aber das fühlte sich an wie der perfekte Platz. *Darce hat mich unsanft auf den Boden der Tatsachen geholt.* Bei Liebeskummer neigte ich zur Dramatik. Diesmal konnte ich nicht einmal stundenlang *Stolz und Vorurteil* sehen, weil ich dann nur noch mehr an *ihn* denken musste und an die Sache im Park.

Ich riss die Tür auf.

Fand den elendigen Mistkäfer.

Und warf sie geradewegs wieder zu.

»Ella!«, kam es von der anderen Seite. »Lass uns reden!« Ob es an der Tür zwischen uns lag, dass seine Stimme so sonderbar verwischt klang?

»Verzieh dich!«

Logan gab mir einen Daumen-hoch und versenkte gleichzeitig den Löffel in seinem Mund.

»Ich hätte es dir sagen sollen.«

Was für eine Einsicht!

Nur leider zu spät!

Tage, Wochen zu spät!

Ich riss die Tür erneut auf. »Seid ihr in einer offenen Beziehung?«

»Was?« Im herausfallenden Licht weiteten sich seine Augen entgeistert. »Nein. Natürlich ni–«

Ich warf die Tür wieder zu und drehte mich zu Logan. »Hab es dir gesagt.«

Ein weiteres Klopfen erklang und darunter mischte sich mein Name.

»Und dennoch willst du dir seine Erklärung nicht anhören?«, fragte Logan.

»Welche Erklärung? Es gibt keine.«

»Er scheint eine zu haben, sonst wäre er nicht hier.«

»Ella?«, rief Darce von draußen.

»War heute nicht die Beerdigung seines Großvaters?«, fuhr Logan fort und stocherte im verbliebenen Eis nach weiteren Schokobohnen. *Kann er vergessen, die habe ich alle rausgesucht.* »Muss hart für ihn gewesen sein.«

»Auf wessen Seite stehst du eigentlich?«

»Auf deiner, aber mir ist schlecht und ich habe gerade üblen Gehirnfrost. Rede mit ihm und wenn das nicht hilft, rufst du mich an und ich eile mit dem nächsten Eisbecher zu dir.« Er zog sich auf die langen Beine, hauchte mir einen Kuss auf die Wange und öffnete die Tür.

Darce starrte Logan verständnislos an, als der wortlos an ihm vorbeiging. »Können wir reden?« Sein Blick huschte von Logan zurück zu mir und dann an mir vorbei. Er musterte das, was er vom Trailer sah, und mein Magen presste sich zusammen. Weil ich wusste, wie anders das hier zu seinem Leben war.

Es war zu spät, um diesen Teil vor ihm zu verstecken. Also nickte ich langsam und er trat ein, schloss die Tür hinter uns. »Das war der Typ von der Party?«

»Woran hast du ihn erkannt?«

»An den Schuhen.«

Ich hätte nicht einmal sagen können, welche Schuhe Logan heute trug, obwohl ich hier ewig mit ihm auf dem Boden gesessen hatte.

»Ist da doch was zwischen euch?«

»Nein«, erwiderte ich und das Wort war scharf wie eine Klinge. »Nicht jeder von uns verschweigt seine Beziehungen.«

Er strich sich durchs Haar und ich nahm Alkoholgeruch an ihm wahr. Darce musste getrunken haben und diesmal war ihm offenbar nach etwas Stärkerem gewesen als Zitronenlimonade.

»Sofias Familie gehört ein großes Unternehmen. Wir sind die perfekte Kombination, beruflich und privat.«

Wow.

Das hier ist die mieseste Entschuldigung aller Zeiten.

»Geh!«

»Ella.« Sein Blick traf mich mitten in mein dummes Herz. »Ich gebe hier gerade mein Bestes.« Er atmete durch und der Geruch nach Alkohol verstärkte sich und ließ mich ahnen, dass er nicht nur an einem Glas Wein genippt hatte. »Schon seit einiger Zeit denke ich darüber nach, ob das der Grund für unsere Beziehung ist. Das macht mich fertig, denn Sofia ist großartig. Dennoch frage ich mich seit Wochen, vielleicht sogar Monaten, ob ich sie liebe oder sie mich. Oder ob wir nur zusammen sind, weil wir perfekt zueinanderpassen.«

»Deswegen betrügst du sie?«

»Das im Park hatte ich nie geplant. Ja, es war scheiße von mir und Sofia weiß Bescheid, weil ich ihr am nächsten Tag alles erzählt habe.«

Damit nahm er mir für einen Moment den Wind aus den Segeln. Glücklicherweise nur für einen winzigen. »Was war mit der Frau in deinem Schlafzimmer?« Hätte es die nicht gegeben, hätte ich vielleicht zumindest darüber nachgedacht, ob Darce vergeben sein könnte.

Er starrte mich verständnislos an.

»Das Kondom. Der Mülleimer. Dein Bett. Die Frau?« Bei jedem Satz stieß ich mit dem Zeigefinger gegen seine Brust. Ein Versuch, seine verfluchte Ungerührtheit aufzubrechen.

Endlich flackerte Begreifen in seinen Augen auf. »Die kenn ich nicht. Die lag dort einfach, als ich ankam, und ich musste in ein Gästezimmer ausweichen. Was glaubst du, warum ich nicht in meinem Zimmer geschlafen habe?« Er stoppte meinen Finger, der sich weiterhin in seine Brust drückte. »Ich bin nicht der Typ für One-Night-Stands.«

»Und was war das im Park?«, fragte ich und hasste es, dass meine Stimme zitterte. Sein Blick hielt mich ähnlich gefangen wie seine Hand meine.

»Ich bin nicht der Typ für One-Night-Stands«, wiederholte er und diesmal war sein Blick so durchdringend, dass er alles in mir zum Schwingen brachte. »Ich habe mich von Sofia getrennt. Das hätte ich längst machen müssen, spätestens nach dieser Sache im Park …«

Die Schokolinsen schienen sich in Federn verwandelt zu haben, die in meinem Bauch kitzelten. Darce kam näher, seine Lippen fuhren über meine. »Ich denke, ich liebe dich, Ella.«

Mein Herz setzte aus.

Und überschlug sich im nächsten Augenblick.

Wieder und wieder.

Er küsste mich, bevor mein schockgefrostetes Gehirn eine Antwort finden konnte. Ich schlang die Arme um ihn und zog ihn näher zu mir. Darce' Hand legte sich mir in den Nacken, versank in meinen Haaren, fuhr langsam tiefer. Irgendwo zupfte der Gedanke an mir, dass es noch zu viel gab, über das wir reden sollten. Aber wie konnte ich reden, wenn Darce' Hände gerade unter meinem Shirt abtauchten? Wenn sie mir diese Pfade aus Hitze auf den Rücken zeichneten, die mich in Flammen setzten?

Ich zerrte sein Hemd aus der Hose, weil ich unfähig war, noch eine Sekunde länger zu warten, um ihn zu berühren. Er fühlte sich genauso fantastisch an wie im Park. Seinen Körper zu spüren, weckte eine neue Art von Glut in mir. Diese hier sammelte sich in meinem Bauch, wanderte tiefer und wurde drängender.

»Hast du Kondome hier?«, raunte er mir zwischen zwei Küssen zu.

Wir waren noch diverse Kleidungsschichten davon entfernt, dass ich mir darüber Gedanken gemacht hätte. Von dem Umstand, dass das hier so überhaupt nicht der richtige Ort dafür war, ganz zu schweigen. »Nein.« Ich wollte ihn erneut küssen, doch diesmal blieben seine Lippen geschlossen. Er hauchte mir nur einen Kuss auf meine und lächelte entschuldigend.

»Dann sollten wir aufpassen, dass wir nicht die Kontrolle verlieren.«

Irgendwie hatte ich das Gefühl, nicht mehr mitzukommen. Darce tat zwar einiges mit meinem Körper, dass es mir schwer machte zu atmen, aber das hier war bisher trotz allem zahm gewesen.

Im Park sind wir weiter gegangen.

»Okay«, sagte ich und nutzte den Moment zumindest, um ein wenig des benötigten Atems in meinen Körper aufzunehmen. »Wenn es dir zu schnell geht …«

»Das ist es nicht.« Seine Finger legten sich mir in den Nacken, strichen darüber und sorgten dafür, dass sich jedes Haar dort aufstellte. Bis gerade hatte ich nicht gewusst, wie sensibel der Bereich war. »Ich kann mir kein Kind leisten.«

Was.

Zur.

Hölle?

Er schob ein winziges Lächeln hinterher, das seine Augen nicht erreichte. »Nicht finanziell. Ich habe keine Zeit für ein Kind.«

Das Kribbeln sackte in sich zusammen.

Das Feuer erlosch.

»Wann hast du mit Sofia über das Thema gesprochen?«

Seine Finger in meinem Nacken stoppten. »Ich dachte, es wäre sinnvoll, wenn wir das direkt klären.«

»Wann, Darce?«

»Überhaupt nicht.«

Ich habe es gewusst!

Dort, wo vorhin Schmetterlinge gesessen hatten, fand sich nun das Eis, zusammengepresst zu einem Gletscher, der mich von innen heraus vereiste.

»Und bei mir tust du es, noch bevor ich dazu komme, mein Shirt auszuziehen?«

»Damit es keine Missverständnisse zwischen uns gibt!«

»Wenn du glaubst, dass ich es darauf anlege, von dir schwanger zu werden, ist das kein Missverständnis!« Ich betete, dass er protestierte, doch beten hatte noch nie geholfen.

»Ich sag nicht, dass du es vorhast. Aber so etwas passiert schneller, als man denkt. Ich will mich nur absichern.«

Dieser verdammte Schmerz war so schneidend, dass es hinter meinen Augen brannte.

Wie kann Darce das von mir denken?

»Ich will dich«, sagte er und legte den Arm sanft um mich. »Es ist gleichgültig, was zwischen mir und Sofia war, weil ich mich für dich entscheide und das trotz alldem hier.«

Trotz alldem hier?

»Was meinst du?«

Er küsste meinen Hals, aber jetzt nahm ich nur den Alkohol in seinem Atem wahr.

»Darce?«

»Das alles«, sagte er, als wäre es selbsterklärend.

War es nicht.

Beim Blick in mein Gesicht seufzte er und deutete auf die Trailerwände.

Verpasste meinem Herzen einen Riss.

»Deine Mom.«

Einen zweiten.

»Kitty.«

Ein ganzes Dutzend Risse.

»Warum bist du hier?« Verspätet setzte ich zwei Schritte zurück, mehr ließ die Breite des Trailers nicht zu. »Um mich, meine Familie und mein Leben zu beleidigen?«

»Was?« Er fuhr sich mit der Hand durchs Haar, sodass es ungewohnt wild abstand. »Wie kommst du darauf? Ich bin hier, weil ich dich liebe.«

»Wie kannst du behaupten, dass du mich liebst und dann glauben, dass ich bei der nächsten Gelegenheit schwanger von dir werden will?«

»Das habe ich nicht gesagt.« Jetzt flackerte auch in seiner Stimme Zorn auf. »Ich bin mir nur bewusst darüber, dass wir unterschiedliche Startbedingungen haben. Das versuche ich zu berücksichtigen.«

»Wolltest du deswegen, dass wir den Park vergessen?«

»Es bringt doch nichts …«

»Das entscheide ich, nicht du. Sag es mir.«

Er atmete auf und nickte langsam. »Auch. Du kannst nicht von mir erwarten, dass ich mich über die gesellschaftliche Stellung deiner Familie freue. Mein Leben besteht aus beschissenen Galas und Vorstandssitzungen. Dass meine

Freundin in einem Trailer wohnt, macht sich da nicht gut. Aber ich bin hier, weil du mir wichtiger bist.«

Darce wollte meine Hand nehmen, doch ich schüttelte den Kopf und seine verharrte in dem Raum zwischen uns. Mindestens so schlimm wie seine Worte war sein Blick, dieses Unverständnis darin. Weil er nicht begriff, wie sehr er mich verletzte.

Das hier war mein Leben.

Und Darce hatte es auf so viele Arten verhöhnt.

»Ich mache dir doch keinen Vorwurf«, sagte er und wieder war da diese Verständnislosigkeit, die mir den Hals zuzog. »Du musst deine Tochter versorgen. Ich weiß, was Verzweiflung mit Menschen macht, aber ich bin hier, weil ich trotzdem bereit bin, es zu versuchen.«

»Geh«, flüsterte ich und wieder starrte er mich so voller Unverständnis an. »Du hast mich und meine Familie auf jede mögliche Art beleidigt. Der Darce von früher hätte das niemals getan. Mit dir zusammen zu sein, würde sich für mich genauso anfühlen wie für dich mit Sofia. Ich wüsste nie, ob ich dich liebe oder nur mit dir zusammen bin, weil ich den Darce von früher geliebt habe.«

Aus seiner irritierten Miene wurde eine regungslose, harte Maske. »Ist das dein Ernst? Du willst, dass ich gehe?«

Er bekam nur ein Nicken von mir. All meine Worte waren verbraucht.

»Wenn das so ist.« Darce wandte sich ab, ging Richtung Tür, riss sie auf, während sich mein Herz zusammenzog.

Und als er sie hinter sich zuschlug, zersplitterte es.

30

Darce

Abstoßen.

Sie liebt mich nicht.

Einatmen.

Oder nicht mehr.

Ausatmen.

Was hat mich geritten, mit ihr über meine Gefühle zu reden?

Kopf leeren.

Unmöglich – darin stürmt es.

Ella hatte sich überall in meinen Gedanken festgesetzt und egal, wie sehr ich versuchte, sie hinauszuwerfen, sie blieb, wo sie war.

Bentleys Geständnis war schuld gewesen.

Und das Foto auf dem Schachbrett.

Und Georges Tod.

Nachdem Ella gegangen war, hatte ich den ganzen Abend darüber nachgedacht. Über diese beiden Männer, denen keine Zukunft vergönnt gewesen war. Über verpasste Chancen und über moosgrüne Augen, die mein Herz flattern ließen. Also hatte ich mir ein Glas Gin geschnappt und Sofia gesagt, dass es mit uns nicht weitergehen konnte. Das schob ich schon zu lange auf und redete mich damit raus, dass man keine Beziehungen am Telefon beendete. Es zu tun, nachdem sie überraschend auf Georges Beerdigung aufgetaucht war, war sogar noch schlimmer. Das Gespräch hatte nur wenige Minuten gedauert, dann nahm sich Sofia ein Taxi zum Flughafen und ich mir mehr Gin, bevor ich mir ebenfalls ein Taxi rief.

Zu Ella.

Weil ich dachte, dass sie mich auch liebte.

Und es sich anfühlte, als sollten wir dieser Geschichte zwischen uns eine Chance geben. Trotz allem.

Aber sie liebt mich nicht.

Oder nicht mehr.

Ich gab auf, brach die Bahn ab und zog mich am Beckenrand hoch. Schwer atmend blieb ich dort sitzen. Weil es keinen Ort gab, zu dem ich wollte. Obwohl ich das Wasser verlassen hatte, schien ich weiterhin auf dem Ozean zu treiben. Seit gestern Nacht hatte diese Orientierungslosigkeit weiter zugenommen.

Ich war wirklich bereit gewesen, es mit Ella zu probieren.

Erschreckend, wie sehr ich das gewollt habe.

»Eigentlich hätte ich nicht mehr gedacht, dass du heute noch einmal rauskommst.« Dass Bentley am Pool stand, merkte ich erst, als er sich ungerührt von den Wasserspritzern neben mich setzte. »Es liegt nicht an der Beerdigung, dass du hier wie ein Besessener stundenlang Bahnen schwimmst, oder?«

»Wie kommst du darauf?« Mein Versuch, einer Antwort auszuweichen.

»Weil gestern Morgen deine Freundin hier auftauchte und nachts fluchtartig mit einem Taxi fortfuhr. Keine halbe Stunde später bist du in eines gestiegen, nur schlug das eine andere Richtung ein.«

Ganz gleich, wie alt wir werden, manche Dinge ändern sich nie.

»Kannst du aufhören, mich auszuspionieren?«

»Eher nicht«, gab Bentley zurück. »Du bist so interessant wie seit Jahren nicht mehr.« Er zog die brombeerfarbene Jogginghose hoch und tauchte die Beine ins Wasser. »Ella?«

Ich schwieg, woraufhin er mit dem Fuß Tropfen in meine Richtung spritzte. Offenbar war ihm entgangen, dass ich nicht nasser werden konnte.

»Ich hab's gewusst! Diese Schaumsache zwischen euch …« Er klang so aufrichtig begeistert, dass sich mein Herz ein Stück mehr zusammenzog.

»Es gibt kein *zwischen euch*.« Das sollte ich klarstellen, bevor er Ella mit Herzchen-GIFs zuspamte. »Sie hat mich rausgeworfen.«

»Ella? Ella-Bella? Niemals.« Bei der Vorstellung lachte er. »Was hast du angestellt?«

»Wieso glaubst du, dass ich etwas getan habe?« *Ich habe ihr mein Herz zu Füßen gelegt und sie ist darauf herumgetrampelt.*

»Erfahrung«, gab Bentley mit einem Blick auf mich zurück, der mir wortlos mitteilte, wen er für friedfertiger hielt. »Erzähl, was hast du gemacht?«

»Nichts!«

Er nickte langsam und zog die Beine aus dem Wasser. »Dann frag ich sie.«

Nein!

Verfluchter Mist.

Es sollte verboten werden, dass kleine Brüder die Handynummern von Freundinnen besaßen. Oder von Ex-Freundinnen. Oder von Was-auch-immer-das-gewesen-war. »Das geht dich nichts an!«

In seinen Augen blitzte es. »Du bist mein Bruder und sie ist wie eine Schwester für mich. Das geht mich so was von an. Entweder du sagst mir, wie du es verbockt hast, oder ich hol mir Ellas Antwort.«

»Sie wird dir nichts sagen.«

»Lassen wir es drauf ankommen.« Das Blitzen nahm zu.

Wie gern hätte ich ihn mit einem Jumbo-Milchshake abgelenkt. Als Dreizehnjähriger war er leichter zu steuern gewesen.

»Sie will nicht mit mir zusammen sein, zufrieden?« Ich starrte zurück auf die sanften Bewegungen des Wassers und hoffte, etwas von dem Frieden würde sich auf mich übertragen. Aber der Sturm in mir blieb, wo er war.

»Kommt es mir nur so vor oder lässt du ein paar wesentliche Teile aus? Warum hat sie dich rausgeworfen?«

»Ich hab ihr gesagt, dass wir unterschiedliche Startbedingungen haben.« Das war vernünftig gewesen. Wir konnten nicht so tun, als gäbe es die nicht. Um nichts auf der Welt wollte ich die Fehler meines Vaters wiederholen. Keinen davon.

Bentley stieß die Luft aus und nickte langsam. »Jetzt ahne ich, weshalb du vor die Tür gesetzt wurdest.«

»Soll ich froh darüber sein, dass sie in einem Trailer wohnt?«

Seine Augen weiteten sich entgeistert. »Bitte schwöre mir, dass du sie das nicht gefragt hast.«

Seine ehrliche Bestürzung wurde zum zusätzlichen Gewicht, das mich hinunterzog.

Habe ich das?

Es war alles so schnell gegangen. In einem Moment hatten wir uns geküsst und im nächsten gestritten. »Keine Ahnung«, stieß ich aus. »Außerdem ist alles deine Schuld, du hättest Ella nicht zurückbringen dürfen. Weißt du, wie lange es gedauert hat, bis ich nicht mehr jeden Tag an sie denken musste?«

»Vier Jahre«, gab er zurück und ersparte mir die Antwort.

»Hast du nichts Besseres zu tun? Du hast, was du willst. Ich bin der Arsch.«

»Stimmt, danke für die Infos. Ella hat sich geweigert, auch nur ein Wort zu verraten.«

»Du hast sie schon gefragt?«

»Natürlich.« Er war klug genug, sich mit einem Sprung fort vom Wasser zu retten, in das ich ihn nun gern geworfen hätte. »Ich wollte von ihr wissen, warum du seit Stunden durch den Pool schwimmst, als trainiertest du für den nächsten Aquaman.«

Keine Ahnung, wovon er sprach, aber er konnte froh sein, dass ich nicht genug Energie besaß, um aufzustehen und ihn durchs Haus zu jagen. Bis vor einer Minute hatte ich gedacht, zwischen Ella und mir könnte es nicht unangenehmer werden, nur hatte ich da nicht mit Bings gerechnet.

»Was hat sie geantwortet?« War es erbärmlich, dass ich es wissen wollte? *Wahrscheinlich.*

»Erst überhaupt nichts. Nach acht weinerlichen Nachrichten und siebenundzwanzig GIFs hat sie gesagt, dass ich aufhören muss, ihr zu schreiben und den Mistkäfer selbst fragen soll.« Seine Augenbrauen zuckten in die Höhe. »Das bist dann wohl du – und ja, ich bin auf ihrer Seite. Du hast es verkackt.«

Welch Wunder.

»Sie will den alten Darce zurück«, sagte ich und wusste selbst nicht, warum.

»Wollen wir alle.« Ich erwartete eine weitere Spitze, aber diesmal ließ Bentley die Pause zwischen uns ungenutzt vergehen. »Wenn du mit Ella zusammen bist, fühlst du dich mehr wie früher an«, fuhr er ungewohnt ruhig fort. »Dann bist du nicht so angespannt, als würde das Gewicht der Welt auf deinen Schultern liegen. Du bist immer noch ein Mistkäfer, aber ein glücklicher.«

Glücklich – genauso fühlte ich mich, wenn sie bei mir war. Der Hauch eines Lächelns zupfte an meinen Lippen und verschwand schon im nächsten Augenblick. »Ich hätte nie zu ihr fahren sollen. Wir haben keine Chance. Es ist nicht nur der Trailer. Sie ist bald an dem einen Ende des Landes, ich am anderen. Ihre Mutter ist schrecklich und dann ist da noch ihre Tochter. Ich kann nichts mit Kindern anfangen. Keine Ahnung, was ich mir dabei gedacht habe, deshalb trinke ich sonst nicht.«

»Wessen Tochter?« Bentley runzelte die Stirn.

»Ellas?« Das Stirnrunzeln nahm zu und sein irritierter Blick wanderte über mich. *Weiß er nichts von ihr?*

»Kitty?« Ich deutete ihre Größe an. »Drei Jahre alt, Stimme wie ein Feueralarm?«

»Wahrscheinlich hast du recht. Das würde nicht gut gehen.« Er schüttelte den Kopf. »Ich kenne niemanden, der so aneinander vorbeiredet wie ihr zwei. Neben euch komme ich mir richtig erwachsen vor – und das hasse ich.« Die Augen verdrehend stand er auf. »James und ich bestellen Sushi. Willst du mit uns essen?«

Das kam überraschend. Und genauso überraschend war, dass ich nickte, bevor ich darüber nachdenken konnte. »Danke.«

»Du hast was gut wegen der Beerdigung.« Er wandte sich zum Gehen, drehte sich aber an der Tür erneut um. »Ich weiß, ich soll mich raushalten, nur eine Sache noch.« Dieses Grinsen kannte ich viel zu gut, er stand kurz davor, laut loszulachen – leider hatte ich nicht den Hauch einer Ahnung, warum. »Diese Kind-Sache?« Es dauerte einen Augenblick, bis ich begriff, worüber er sprach. »Kitty ist nicht Ellas Tochter. Sie ist ihre Schwester.«

31

»Hörst du mir überhaupt zu?« Greg schob die leeren Sushi-Verpackungen beiseite und musterte missbilligend das Chaos, das sich auf der Kücheninsel türmte. Es war nicht zu übersehen, dass er dieses Gespräch an einen ordentlicheren Ort verlegen wollte. *Pech.* Ich wollte hier sein. Und ich hatte keine Lust gehabt aufzuräumen. Weil mich die Packungen daran erinnerten, dass Ella fehlte. Das klang ähnlich selbstzerstörerisch, wie es sich anfühlte und ich hatte es mir verdient.

Jedes Stück davon.

»Darce?«

»Ja. Ich werde Samstag einen unverschämt hohen Scheck an irgendeine Organisation übergeben. Anschließend gibt es Interviews, Fotos und eine Presseerklärung.« So oder so ähnlich war es jedes Mal.

Greg sah von den Verpackungen zu mir. »Nehme ich da etwa Verbitterung wahr?«

»Sarkasmus.«

Er ließ das Wort auf sich wirken. »Sollte ich mir Sorgen machen?«

»Nicht mehr als sonst.«

»Ernsthaft, was ist los?« Er sah mich an mit den gleichen zimtfarbenen Augen, die Mom besessen hatte. Normalerweise war es tröstend, wenn mir das bewusst wurde. Heute nicht. *Weil Mom nie einen Hehl daraus gemacht hat, was sie von Ella hält.* Sie war für sie eine immerwährende Erinnerung daran gewesen, dass Dad sich ein anderes Leben gewünscht hatte. Doch seit Georges Worten dachte ich andauernd darüber nach, was ich ihnen schuldig war und was Ella und mir.

»George ist gestorben. Es war eine anstrengende Woche.«

»Du bist wütend auf mich, weil ich nicht bei der Beerdigung war, oder?« Er legte seine Hand auf meine. »Der Flieger konnte wegen des Wetters nicht starten. Keine Chance.«

Eine gute Erklärung. Das Problem mit Greg war, dass er immer gute Erklärungen hatte. Bei meinem achtzehnten Geburtstag war er nicht aufgetaucht, weil sein Wagen liegen geblieben war. Meinen Abschluss hat er verpasst, weil es einen Notfall in der Produktion gegeben hatte.

Wäre ihm die Beerdigung wichtig genug gewesen, wäre er am Tag vorher hergeflogen.

Der Gedanke war wie ein spitzer Stein in meinem Schuh. Er pikste, seit Sofia mir gesagt hatte, dass Greg nicht kommen würde. Wieder einmal.

»Deine Freundin klang nett.« Seine Hand verschwand, Gregs Zeit war streng rationiert, für Trauer blieben nicht viele Minuten.

»Ist sie auch«, erwiderte ich tonlos. Immerhin nur eine halbe Lüge. Sofia war nett. Selbst als sie gestern im Garten begriffen hatte, wer dort vor ihr stand, war sie nett geblieben. Das machte es noch schlimmer. Alles.

»Ich freu mich darauf, sie kennenzulernen. Nicht mehr lange bis zur großen Party. Bleibt ihr über Nacht?«

Da war er, der Augenblick, um ihm zu sagen, dass wir uns getrennt hatten.

Vielleicht wäre es einfacher gewesen, wenn er nicht Moms Augen besessen hätte. Oder ich nicht so schlecht darin wäre,

Worte zu finden. Oder wenn er nicht der Einzige wäre, der mich nicht so ansah, als würde ich andauernd seine Erwartungen enttäuschen. »Was das angeht …«

»Ich wusste es!« In den seltenen Momenten, in denen Greg grinste, sah er aus wie Bentley – als würde die Sonne geradewegs in seinem Gesicht aufgehen. »Ich leg dir den Ring bereit, aber denk dran, die Uni nicht zu vernachlässigen.«

Wow.

Zwei Schläge innerhalb eines Satzes. Das war selbst für mich neu.

Wie bekamen das andere Menschen hin?

Zu sagen, was sie dachten, ohne für Chaos zu sorgen und die zu verletzen, die ihnen wichtig waren? Wie sollte ich Greg jemals erzählen, dass ich keine einzige Prüfung bestanden hatte? Dass meine Gedanken abdrifteten, sobald ich eines der Lehrbücher aufschlug?

»Großartig, Darce.« Seine Hand legte sich erneut auf meine, drückte sie. »Deine Eltern wären stolz auf dich.«

Dritter Schlag.

Mitten in meinen Magen.

Mom und Dad wären durchgedreht, hätten sie von Ella gewusst.

Zu antworten war unmöglich und so war das mühsam abgerungene Nicken alles, was er von mir bekam.

»Sehr schön. Hast du mit dem Nachlassverwalter gesprochen? Ich nehme an, das Haus geht hälftig an Bentley und dich?«

Es folgte ein zweites Nicken und es fühlte sich nicht an, als würde es das letzte heute bleiben.

»Gut. Beten wir, dass Bentley bald vernünftiger wird. Hat er immer noch diese Partyplaneridee?«

Und da war das dritte Nicken, Greg schien meine Sprachlosigkeit glücklicherweise nicht aufzufallen.

Er verdrehte die Augen. »Wo steckt er überhaupt? Ich dachte, ich bekomme ihn wenigstens hier zu Gesicht?«

Würde er nicht.

Wenn unser Onkel sich ankündigte, tauchte Bentley ab wie ein U-Boot. Greg hatte ihn zu oft aufgefordert, endlich Präsenz im Unternehmen zu zeigen und Bentley reagierte darauf wie erwartet. Er verschwand. Eigentlich nahm ich mir immer wieder vor, ihm vorher nichts von Gregs Besuchen zu erzählen, doch ich scheiterte jedes Mal. Die beiden zusammen waren wie ein brennendes Streichholz, das in einen Raum voller Feuerwerk geworfen wurde.

Ich wollte nicht in diesem Raum stehen.

Mein Blick streifte erneut über die Einwegverpackungen. »Findest du, ich habe mich verändert?« Ich sah zu Greg und fand einen irritierten Ausdruck in seinem Gesicht. »Seit ihrem Tod.«

Jetzt war es zur Abwechslung einmal er, der nickte. »Das hast du. So etwas Einschneidendes geht nicht spurlos an Menschen vorüber. Als ich dich damals gesehen habe, wie du dich auf der Beerdigung um Bentley gekümmert hast, da hast du Jahre älter gewirkt. Ich denke, das trifft es ganz gut. Du bist über Nacht erwachsen geworden.«

Musste ich.

Weil niemand mehr da gewesen ist.

So wie Greg das sagte, klang es, als wäre das etwas Gutes.

»Ich brauche ein paar freie Wochen.« Die Worte rutschten aus mir heraus, ohne dass sie meinen Verstand passiert hatten.

Greg musterte mich erneut, wohl um herauszufinden, was heute mit mir los war. »Hast du vor zu verreisen?«

Der einzige Grund, weshalb er sich frei vom Unternehmen nahm. Sein Urlaub bestand dann darin, an irgendeinem malerischen Strand am anderen Ende der Welt zu sitzen und stundenlange Telefongespräche mit den Menschen zu führen, mit denen er ohnehin täglich sprach. Er konnte die Arbeit genauso wenig hinter sich lassen, wie Dad es gekonnt hatte.

»Nein. Ich brauche nur Ruhe.«

»Nächste Woche ist die Quartalspräsentation. Und danach die Planung für das kommende Jahr. Außerdem hat sich der Bürgermeister angekündigt.« Greg zog sein Handy hervor, wohl bereit, mir all die dringlichen Termine vorzulesen. Von denen ich jeden kannte, weil die sich auch in meinem Terminkalender befanden.

»George ist tot. Gib mir eine Pause, um klarzukommen, okay?«

Seine Hand verharrte und kehrte dann wieder an die Marmorplatte der Küchentheke zurück. »In Ordnung«, sagte er beinahe sanft. »Das war unsensibel von mir. Nimm dir zwei Wochen. Aber tust du mir einen Gefallen?«

»Welchen?«

»Kannst du am Samstag noch den unverschämt hohen Scheck ans Krankenhaus überreichen?«

32

ELLA

Shit.

Shitshitshit!

Ich starrte Darce an.

Unfähig, mich zu bewegen.

Vor ein paar Tagen hatte er mir das Herz zerschmettert, jetzt saß er keine fünf Meter von mir entfernt.

Und lächelte.

Er lächelte!

Dabei sollte er sich in den Schlaf weinen – *zumindest ein wenig*. Und sich in seinem Zimmer verbarrikadieren, um darüber nachzudenken, was für ein Mistkäfer er gewesen war. Er sollte nicht lächelnd auf irgendeinem blöden Empfang sitzen und aussehen, als ginge es ihm gut.

Kurzzeitig hatte sich der Kellnerjob, den Lilly mir vermittelt hatte, wie ein Jackpot angefühlt. Für gewöhnlich waren diese Events nichts für mich, weil die meisten Veranstaltungen im Dunkeln endeten. Diese hier nicht und Logan behielt recht, die Firma zahlte wirklich gut.

So viel zum Jackpot.

Nachdem, was Darce mir an den Kopf geworfen hatte, war das hier die denkbar schlimmste aller Möglichkeiten für ein

Aufeinandertreffen. Damit würde ich in seinen Augen wohl nur noch erbärmlicher wirken.

Ich zwang meinen Blick fort von ihm, der sich mit der jungen Frau neben sich unterhielt, und peilte den Mann mit dem Klemmbrett an, der uns die Tische zugewiesen hatte. »Ich muss tauschen.«

Er sah von seiner Liste auf. »Natürlich.«

Mein Herz machte einen erleichterten Satz. »Könnte ich einen der Tische am anderen Ende des Raumes übernehmen?« Die waren schön weit weg von Darce.

»Selbstverständlich. Brauchst du sonst noch etwas?«

»Nein, da–«

»Darf ich dir einen Hundewelpen zum Streicheln organisieren? Sind dir die Schwingungen hier im Raum vielleicht nicht angenehm genug? Sollen wir die Veranstaltung verlegen?« Der Typ vor mir erwies sich als der König der verächtlichen Blicke und bohrte seinen geradezu in mich.

Offenbar war ich so durch den Wind, dass ich Sarkasmus nicht einmal mehr erkannte, wenn er mir um die Ohren geschlagen wurde. »Ich würde normalerweise nie fragen, aber da sitzt …«

»Ist mir egal«, fuhr er mich an. »Deine verschollene Mutter, der Präsident, den du nicht gewählt hast, jemand, dem du Unsummen schuldest – dein Pech. Die anderen sind längst unterwegs an die Tische und du stehst hier und diskutierst mit mir? Wie ist dein Name?« Er hob die Liste und machte keinen Hehl daraus, dass ich nicht erneut gebucht werden würde, wenn ich jetzt nicht sofort mit der Arbeit begann.

»Entschuldigung«, presste ich heraus. »Kommt nicht wieder vor.« Schnell wandte ich mich von ihm ab. Übelkeit stieg in mir auf, als ich erneut zu Darce sah. Von all den Veranstaltungen, an allen Tagen, musste er ausgerechnet hier sein.

An meinem Tisch.

Großartig.

Nicht.

Ich ging auf ihn zu, spürte den Blick des Mannes hinter mir, bis schon der Nächste auf ihn einredete und mich rettete, indem er die Aufmerksamkeit auf sich zog.

Schnell machte ich eine Kehrtwendung auf den danebenliegenden Tisch zu. Lilly fuhr zusammen, als ich neben ihr auftauchte. Sie und ihre Familie hatten bis vor zwei Jahren im Trailerpark gewohnt. Die Enge des Trailers hatte sie hinter sich gelassen, aber die gemeinsamen Jahre waren geblieben, obwohl wir uns nur noch selten sahen.

»Ella«, stieß sie aus und presste sich die Wasserflasche, aus der sie gerade einschenkte, gegen die Brust. »Willst du mir einen Herzinfarkt verpassen?«

»Sag nicht meinen Namen«, flüsterte ich und ihre Augen weiteten sich verständnislos.

»Weil …?« Sie zog das Wort in die Länge und gleichzeitig huschte ihr Blick zum Wasserglas zurück, das halb gefüllt vor ihr stand.

»Weil an meinem Tisch jemand sitzt, der nicht wissen darf, dass ich hier bin.«

»Wer?« Augenblicklich sah sie sich um.

»Der mit dem braunen Haar, der sich zu begeistert mit der Frau neben sich unterhält.«

»Ahh, bei diesem Ton schlägt doch glatt mein Herzschmerzradar aus. Dein Ex?«

»Irgendwie schon. Rettest du mich und tauschst deinen Tisch mit mir?«

Sie stieß die Luft aus. »Warum sind die heißesten Typen eigentlich immer die schlimmsten? Lass mich raten, er hält sich für was Besseres?«

»Wenn ich Ja sage, übernimmst du ihn?«

»Klar.« Sie grinste breit. »Mach dir keine Sorgen – und wie ich den übernehme.« Da schwang irgendetwas mit, aber ich hatte keine Zeit, mich damit zu beschäftigen. Stattdessen schnappte ich mir ihre Wasserflasche.

»Du bist die Beste«, raunte ich ihr zu.

»Ich weiß.« Sie zwinkerte mir zu und verschwand.

Während ich die Gläser auffüllte, versuchte ich mich zu beruhigen. *Ich werde diese Situation souverän meistern und mich von Darce so fern wie möglich halten.* Das Gute am Servieren war, dass einen die Leute kaum wahrnahmen. Sie interessierten sich nur dann für dich, wenn sie etwas wollten – ein neues Getränk, eine weitere Serviette.

Außerdem vermutete Darce mich hier nicht.

Niemals wird er mich erkennen.

Dennoch war alles an mir angespannt, als ich nur zwei Meter entfernt von ihm Wasser einschenkte. Gerade hatte ich das letzte Glas gefüllt, da quietschte hinter mir ein Stuhl.

»Es tut mir so leid«, hörte ich Lilly sagen und mein Herz setzte einen Schlag aus. *Scheiße.* Ich ahnte, was kommen würde, und dennoch betete ich, dass ich mich irrte. Aber als ich mich umdrehte, stand Darce wie ein begossener Pudel da. Wasser tropfte aus seinen Haaren und tränkte sein Jackett und das Hemd. Die Serviette, die Lilly ihm reichte, war unnütz. Sie hatte ihn voll erwischt und dem Blick nach, den sie mir zuwarf, mit Absicht. *Neinneinnein!* Entsetzt drehte ich mich um, das Letzte, was ich jetzt gebrauchen konnte, war, dass jemand auf mich aufmerksam wurde.

»Mir war eh nach einer Erfrischung«, hörte ich Darce gelassen sagen und in meinem Magen flatterte es beim Klang seiner Stimme.

Es gab Dinge, die ich nie verstehen würde.

Wieso Mom andauernd ihre Schichten vergaß.

Was Grandpa an kurz geschnittenem Rasen gefunden hatte.

Dass Darce in meinem Herzen seinen ganz eigenen Platz besaß. Einen, an dem ich immer wieder verzweifeln würde.

Keine Minute später tauchte Lilly neben mir auf. »Aus der Nähe ist er noch heißer und er hat besser reagiert als die meisten. Zwei Punkte für ihn.«

»Sag mir nicht, du machst das häufiger.«

»Nur wenn sie es verdient haben.« Sie schien etwas hinzufügen zu wollen, doch dazu kam sie nicht mehr.

»Was machst du …« Der Listentyp brachte sich vor uns in Stellung und deutete mit seinem Kugelschreiber auf Lilly, »an ihrem Tisch?« Vorwurfsvoll richtete er den Stift auf mich.

Erwischt.

»Ups. Ich dachte, das wäre meiner.« Lilly setzte ein breites Lächeln auf. »Sorry.« Schnell verschwand sie Richtung Küche, ließ mich allein mit dem Listen-Typ und seinem vernichtenden Blick.

»Noch eine Sache, dann sorg ich dafür, dass du nie wieder für uns arbeitest.«

Wie gern ich ihm sagen würde, dass er sich seine verdammte Liste sonst wohin schieben konnte. Wohl ähnlich dringend, wie ich von hier verschwinden wollte. Weg von Darce. Leider war das unmöglich. Nach Georges Tod brauchte ich jeden Job. Die Miete für die ersten drei Monate konnte ich nicht mehr zusammenbekommen. Aber zumindest für die Studiengebühren und die erste Miete musste es reichen. Das Nicken, das ich mir abrang, fühlte sich ähnlich erbärmlich an wie ich mich.

Darce kann mich nicht erkennen.

Das sagte ich mir in Dauerschleife, während ich die Teller mit den Biskuitrollen in Empfang nahm. Einrollen wollte ich mich auch so verflucht gern.

Immerhin war das Glück zur Abwechslung auf meiner Seite, denn Darce und Wer-immer-sie-war führten ihre angeregte Unterhaltung mittlerweile weiter. Sein durchnässtes Jackett hing über der Stuhllehne und er hatte sich zu ihr gebeugt.

Es war albern, dennoch brannte es bei dem Anblick hinter meiner Brust.

Ich brauchte Schokobohneneis.

Jetzt.

Aber um mir das leisten zu können, musste ich Darce seinen Kuchen servieren.

Verfluchter Teufelskreis.

Da die beiden miteinander beschäftigt waren, nutzte ich die Chance, indem ich zunächst unauffällig die Gegenübersitzenden versorgte. Wahrscheinlich waren niemals schneller Kuchen serviert worden. Kaum standen die Teller, huschte ich fort, um die übrigen zu holen.

Blieben noch drei.

Zwei Teller jonglierte ich auf dem linken Arm, den letzten hielt ich zum Servieren bereit, als ich wieder auf den Tisch zuging. Jemand hatte derweil die Bühne erklommen und die Aufmerksamkeit der Gäste auf sich gezogen. Perfekt. Ich nutzte den Umstand und stellte den Teller in meiner Hand in Rekordzeit dem älteren Herrn hin, der enthusiastisch für die Rednerin klatschte.

Nur noch zwei.

Ich entschied mich für die junge Frau, mit der Darce geredet hatte und die gerade gebannt Richtung Bühne sah.

Nichts geschah.

Nur noch ein Teller.

Der von Darce.

Mein Herz klopfte mir bis zum Hals.

Auch Darce lauschte der Rednerin, während ihre Worte an mir vorbeiflogen, ohne dass ich in der Lage war, ihnen zu folgen. Ich war anderweitig ausgelastet. Darce hatte seinen Stuhl ein Stück vom Tisch entfernt und ihn Richtung Bühne gedreht, eine gute Ausgangslage. Ich schlich mich an ihn heran. Offenbar hatte sich mein Herz in eine Trommel verwandelt, die so schnell geschlagen wurde, dass es mir ununterbrochen in den Ohren dröhnte.

Ich fühlte mich wie einer dieser Diamantenräuber aus den Filmen, die sich mit raubkatzenähnlicher Geschmeidigkeit vorarbeiteten, um an ihr Ziel zu kommen. Doch statt eines faustgroßen Diamanten gab es bei mir nur einen vorwurfsvoll leeren Unterteller, als ich mich hinter Darce' Stuhl entlang an den Tisch schob.

Jetzt nur keinen Fehler machen.

In ein oder zwei Minuten, wenn die Begrüßung endete, würde Darce auf seinem Platz seinen Kuchen finden und sich nichts dabei denken.

Bei den anderen hatte ich die Teller so schnell wie möglich abgestellt. Bei ihm hingegen musste ich langsam vorgehen, damit es kein Geräusch gab, wenn Porzellan auf Porzellan traf.

Er durfte nicht auf mich aufmerksam werden.

Plötzlich schallte Darce' Name durch den Raum und noch bevor ich wusste, was geschah, schob der seinen Stuhl zurück – gegen mich. Während Darce aufgestanden war, um in Richtung Bühne zu winken, brandete Applaus von den Tischen auf. Eingeklemmt zwischen Stuhllehne und Tischkante stand ich hinter ihm und betete, dass ich mich in Rauch auflöste.

Jetzt. Hier. Sofort!

Aber Gebete hatten bei mir noch nie funktioniert.

Mein Herz galoppierte wie ein wild gewordenes Pferd durch die Brust, als ich begann, den Stuhl zur Seite zu schieben, um mich aus dem Gefängnis zu befreien.

Nur noch wenige Zentimeter und ich war frei.

Genau diesen Augenblick suchte sich Darce aus, um sich wieder zu setzen. Doch dort, wo sein Stuhl gestanden hatte, war nun ich. Er stieß gegen mich, fuhr zusammen und mein Herz übersprang die nächsten Schläge. Einen Moment lang fand sich nicht einmal mehr ein Hauch von Sauerstoff in mir.

»Entschuldigung.« Darce warf mir nur einen flüchtigen Blick zu, bevor er sich wieder der Bühne zuwandte.

Nichts war passiert.

Weg!

Ich machte einen Schritt am Stuhl vorbei, wollte flüchten, als Darce sich wieder zu mir umdrehte.

»Ella?«

33

Mein Herz stoppte erneut und ich mit ihm.

Wieso erkannte Darce mich?

Er hatte mich nur einen Herzschlag lang angesehen.

Konnte er gelogen haben?

Erkannte er doch Gesichter?

In meinem Kopf stürmte es ähnlich wie in Darce' Augen.

»Was machst du hier?«, fragte er leise. Die ersten Worte nach unserem Streit und diese waren unerwartet sanft.

»Arbeiten«, gab ich tonlos zurück. »Und du?«

»Arbeiten.« Sein Lächeln war so winzig, dass es kaum zählte. Dann wurde er sich offenbar der Aufmerksamkeit um uns herum bewusst, denn er wandte sich der Frau neben sich zu, die uns interessiert musterte. »Das ist sie, Rita«, sagte er und deutete auf mich.

Was auch immer ich war.

Die Frau, die im Trailer wohnte?

Die Teenagermutter?

Die für ihn putzte?

Ich würde nicht fragen.

Nicht fra…

»Was bin ich?«

Verfluchte Neugierde!

Darce sah zurück zu mir und sein Lächeln vergrößerte sich. »Der größte Fan von *Stolz und Vorurteil*.«

»Ella?« Sie sagte es mit einer Sicherheit, die mich zutiefst irritierte.

Die beiden haben über mich geredet?

»Die Wasserflaschen sind leer«, mühte sich mein überlastetes Gehirn ab.

Ich muss hier weg.

Mein Verstand war schockgefrostet und ließ mir nicht einmal Zeit für ein entschuldigendes Lächeln. Stattdessen hastete ich davon. Doch lange bevor ich die Fassung wiederfand, tauchte Darce neben mir auf.

»Hey, alles klar?«

»Alles bestens.«

»Wenn du lügst, hast du früher oft diesen sonderbaren Ton angeschlagen – genauso klingst du gerade.«

»Wo wir schon beim Thema Lügen sind.« Zumindest fand sich nun etwas in mir, wonach ich greifen konnte. »Du behauptest, du erkennst keine Gesichter? Was war das dann?«

»Ich hab dich nicht erkannt.« Wenn Darce mich anschaute wie jetzt, war es, als würde er nur mich sehen. Aber ich wusste aus Erfahrung, dass er gleich etwas sagen oder tun würde, um mich wieder von sich wegzuschleudern. Ich war sein Spielzeug für den Sommer und danach würde er gehen und keinen Gedanken mehr an mich verschwenden.

»Ich glaube dir nicht.«

»Können wir kurz reden?«

»Keine Zeit, mein Tisch ist unterbesetzt, ich müsste längst zurück sein, um das Wasser aufzufüllen.«

»Danach?«

Ich schüttelte den Kopf. Wozu reden? Das brachte nur neue Verletzungen mit sich. Er hatte recht gehabt, wir hätten überhaupt nicht wieder damit anfangen dürfen. Dann wäre es ein

Sommer gewesen wie jeder andere und mein Herz würde sich nicht anfühlen, als würde es gleich auseinanderfallen.

»Warum antwortest du nicht auf meine Nachrichten?«

»*Hey* ist keine Nachricht«, gab ich zurück und nahm mir zwei der hinten im Saal bereitstehenden Wasserflaschen.

»Bitte, Ella, lass uns reden.«

»Klar!« Auf Klemmbrett-Typ war Verlass. Er tauchte zwischen uns auf, einen Kugelschreiber in der einen, das Klemmbrett in der anderen Hand, als wären sie mit ihm verwachsen. »Ich kenne einen netten Raum für euch beide, dort habt ihr eure Ruhe. Kann ich euch noch einen Kaffee und Kekse bringen?«

Darce nickte, bevor ich ihn warnen konnte. »Das wäre fantastisch.«

Irgendwie beruhigend, dass er den Sarkasmus auch nicht erkannt hatte.

»Verarschst du mich? Wo zur Hölle ist dein Sakko?«

»Nass geworden?«

»Dann hol dir gefälligst ein neues in der Umkleide! Dir ist schon klar, dass wir heute unterbesetzt sind?«

Er glaubte, Darce gehörte zum Team.

Die absurdeste Vorstellung überhaupt.

»Sorry, ich wollte nicht stören.« Darce sah von ihm zu mir und es blitzte in seinen Augen auf eine Art, die ich ewig nicht gesehen hatte. Dann verschwand er in Richtung seines Tisches und ließ mich und Klemmbrett-Typ zurück.

»Du stehst bereits auf meiner Abschussliste«, sagte er zu mir gewandt. »Statt hier gemütlich zu plaudern, solltest du Getränke nachschenken.«

»Aber …«

»Ist mir egal! Jetzt geh endlich.«

Von mir aus.

Dann würde ich ihm nicht sagen, wen er gerade in die Garderobe geschickt hatte.

»Ich war ein Arsch.«

Ein weiterer Vorteil an den Nachmittagsveranstaltungen war, dass es keinen Rotwein gab. So warf die entsetzte Mitsechzigerin mit den zauberhaften weißen Löckchen nur das Wasserglas um, als sie sich schockiert in meine Richtung drehte.

»Was soll das?«, stieß ich aus und hob schnell das Glas auf. Ihre hellen Augen weiteten sich entgeistert. »Natürlich nicht Sie«, fuhr ich hastig fort. »Er.« Ich deutete hinter mich, dorthin, wo Darce offenbar stand und aus irgendeinem abstrusen Grund immer noch erwartete, dass wir redeten. Ausgerechnet jetzt.

»Verschwinde, ich muss arbeiten, Darce.« Ich warf der Frau ein besonders breites Lächeln zu und versprach ihr, ein neues Glas zu bringen.

»Das weiß ich«, erklang es hinter mir und als ich mich nun verspätet zu ihm umdrehte, stand er in einer Kellnerjacke da. Die Kuchenteller der anderen Gäste in den Händen. »Deswegen helfe ich dir.«

»Darce.« Auf mindestens zwei Tellern befanden sich nur halb gegessene Tortenstücke und ich betete, dass er sie den Gästen nicht einfach vom Platz gezogen hatte.

Gott, ich werde so was von gefeuert werden.

»Was habe ich jetzt wieder falsch gemacht?«

Ich zerrte ihn mit mir, fort vom Tisch, an dem uns wohl jeder mittlerweile beobachtete. »Für dich ist das hier ein Spiel, aber ich bin auf diesen Job angewiesen.« Das war das Minimum an Lautstärke, mit der ich ihn anfahren musste. Und das Maximum, das hier möglich war, ohne alle mithören zu lassen. Die weißen Löckchen der Dame wackelten auch so schon wieder bedenklich.

»Es ist kein Spiel für mich«, erwiderte er sanft. »Es ist mir ernst. Dein Tisch ist unterbesetzt und ich habe Zeit. Hier verpasse ich nichts, was ich nicht bereits hundertmal gehört habe. Lass mich dir helfen.«

»Schneller«, ertönte es vom Klemmbrett-Typ, der an uns vorbeiging. *Wie gern würde ich sein gottverdammtes Klemmbrett aus dem Fenster werfen.*

»Gut.« Ich packte das Wasserglas zu den Tellern in seinen Händen. »Bring die in die Küche und besorg ein neues Glas.«

Er wollte kellnern?

Bitte.

Von mir aus.

Ich hatte keine Nerven für Diskussionen.

Porzellan klirrte aneinander, als Darce sich mit dem Tellerberg in Bewegung setzte und ich hoffte inständig, dass er heil in der Küche ankam. *Lieber nicht darüber nachdenken.* Stattdessen machte ich mich daran, die nächsten Wassergläser zu befüllen.

»Darce ist ziemlich begeistert von dir.« Rita lächelte, als ich bei ihrem Glas stoppte.

»Das ändert sich bei ihm stündlich – manchmal auch minütlich.«

»Kommt mir eher nicht so vor.«

Kurz überlegte ich zu fragen, was sie meinte, doch ich wollte nicht mit dieser Fremden über Darce reden, außerdem spürte ich den Blick des Klemmbrettmannes auf mir. Also lieferte ich die Arbeit ab, die von mir erwartet wurde, aber gleichzeitig fühlte sich nichts hieran ansatzweise normal an.

Trotz der entgeisterten Blicke der anderen Gäste hielt Darce durch. Während oben auf der Bühne die Reden gehalten wurden, hatte er mit mir zusammen die alkoholfreien Cocktails serviert. Danach hatte er Teller mit Pralinen an die Plätze gebracht und Getränke aufgefüllt. Als ich jetzt in der Bar verzweifelt nach Kirschsaft suchte, war er derjenige, der die passende Schranktür aufzog.

»Du kennst dich hier aus?«

»Es gibt im Umkreis nicht massig Räumlichkeiten für diese Art von Events. Meist werden die gleichen gebucht.« Er öffnete einen weiteren Schrank und reichte mir ein Kristallglas. »Hier haben Bentley und ich uns manchmal mit den anderen Kindern verkrochen, wenn die Veranstaltungen wieder kein Ende nahmen. Rita war oft dabei und hat uns die ganzen Geheimverstecke gezeigt.« Sein Kinn zuckte zum Tisch, an dem er vorhin noch gesessen hatte.

»Ihr kennt euch schon länger?«

»Man trifft hier oft auf die gleichen Leute.« Sein Blick veränderte sich. »Trotzdem wusste ich nur, wer Rita ist, weil ich mir vorher den Sitzplan angeschaut habe.« Er kam näher, sah mich wieder auf diese Weise an, die sich anfühlte, als kitzelten Federn mich von innen heraus. »Keinen hier habe ich auf Anhieb erkannt.«

»Mich schon.«

»Dich schon.« Das Kribbeln nahm zu, als er so nah neben mir stoppte, dass sein Bein meines berührte.

»Warum?«

»Vielleicht habe ich ein neues winzig kleines Muttermal gefunden und kann dich jetzt einzigartig zuordnen?«

»Oder du willst ablenken und hast nicht vor, es mir zu sagen.«

Er lächelte und in seinen Augen blitzte es. »Erwischt.« Viel zu schnell verlor sich sein Lächeln wieder. »Wie wütend bist du auf mich?«

»Da wir hier stehen, ohne dass ich dich anschreie, nicht wütend genug.«

»Früher war das nicht so. Wenn Bentley auf mich wütend war, hat er mich tagelang angeschwiegen, genau wie Mom …« Schmerz huschte wie ein Schatten über sein Gesicht, war fort, noch bevor ich mich entscheiden konnte, ob ich seine Hand greifen sollte. »Du nicht«, setzte er erneut an. »Du warst wie ein Gewitter, das sich entlädt. Du hast mich angeschrien, bis du heiser warst.«

Ein Schmunzeln zupfte an meinen Mundwinkeln, dabei wollte ich nicht lächeln. Nicht einmal in alten Erinnerungen schwelgen. Denn sie waren leuchtend schön wie Scherben, in denen sich das Sonnenlicht brach, doch Scherben besaßen scharfe Kanten. Diesen Sommer hatten mir unsere Erinnerungen schon genug Wunden zugefügt.

»Und Bentley, er hat es so sehr gehasst, wenn wir beide uns gestritten haben. Als wäre das Gleichgewicht seiner Welt gestört. Sonderbar, oder? Daran denke ich die letzten Tage andauernd.«

»Ich auch«, gab ich widerwillig zu. »Bentley hat mir so ziemlich jedes GIF der Welt geschickt, das irgendwie mit Entschuldigungen zu tun hat. Wenn ich noch ein Bild von sich reichenden Händen sehe, schreie ich.«

»Das hat er bei mir ebenfalls versucht. Ich habe ihn geblockt.«

Dafür bekam er von mir einen sanften Stoß. »Du kannst deinen Bruder nicht blockieren.«

»Ist manchmal besser für die Nerven.« Der Ton zwischen uns mochte spielerisch sein, aber die Schatten der Nacht im Trailer hatten sich längst über uns gelegt.

Ich war wütend auf Darce.

Unglaublich wütend.

Daran änderten auch zwei Stunden kellnern nichts.

»Bekomme ich eine Chance auf eine Aussprache? Ich habe ein Angebot für dich.«

»Was für eines?«

»Wenn ich es dir verrate, verschwindest du gleich mit den anderen. Deshalb muss ich schweigen, damit du bleibst, um es dir anzuhören und das wirst du, weil deine Neugierde dich sonst umbringt.«

»Guter Plan. Könnte funktionieren, wenn da die Sache mit der Dunkelheit nicht wäre. Ich muss den Bus nehmen, um rechtzeitig zurück zu sein.«

»Oder du lässt dich anschließend von mir fahren?«

Ich kam nicht mehr dazu, ihm einen der vielen Gründe zu nennen, weshalb diese Idee die schlechteste überhaupt war.

»Wollt ihr mich verarschen?« Klemmbrett-Typ tauchte hinter der Bar auf. »Die Gläser müssen abgeräumt werden und ihr macht schon wieder Pause?«

»Schon wieder?« Darce lachte trocken auf. »Das ist die erste überhaupt.« Er hob das Glas mit dem Kirschsaft in die Höhe. »Außerdem arbeiten wir.«

»Dazu gehört, dass du dich bewegst.«

»Du würdest dich gut mit meinem Onkel verstehen.« Augenverdrehend stellte er das Glas zurück. »Warum legst du nicht deine Listen beiseite und hilfst eine Runde mit? Dann könntest du dich zur Abwechslung nützlich machen.«

Damit war er zu weit gegangen.

»Du bist raus! Verzieh dich, sonst hole ich den Sicherheitsdienst.«

»Mach das«, erklärte Darce ungerührt. »Könnte lustig werden.«

»Oder wir atmen alle eine Runde durch.« Es wurde Zeit, mich einzumischen. Der Mann mochte nervtötend sein, aber ich wusste, was es bedeutete, auf seinen Job angewiesen zu sein – Darce nicht.

»Willst du mit ihm zusammen rausgeworfen werden?«

Dankbarkeit sah definitiv anders aus.

Beifall ertönte aus der Zuschauermenge und untermalte diese Szenerie grotesk. Anscheinend stand die nächste Rede an. Darce verschränkte unterdessen die Arme und musterte den Mann vor sich. Die Art, wie er die Schultern hob und es in seinen Augen flackerte, kannte ich. Er war wütend und zwar so richtig. »Drohst du Ella?«

Der Beifall stoppte und plötzlich hallte Darce' Name fragend durch den Raum. Offenbar war er der nächste Redner. Ich war mir nicht sicher, ob er es wahrnahm – wenn, dann kümmerte es ihn nicht. Statt auf die Bühne zu gehen, blieb er, wo er war, und starrte den Mann vor sich in Grund und Boden.

»Als wenn dich das etwas angeht«, erwiderte der, aber Anspannung flackerte verräterisch in seiner Stimme.

»Darüber entscheidest nicht du«, sagte Darce und sein Tonfall erinnerte mich zwar an die Ruhe vor dem Sturm, doch gleichzeitig tobte der längst in seinen Augen.

»Hol den Sicherheitsdienst!« Der Typ schmetterte das Klemmbrett auf den Tresen und krallte die Hand in Darce' Kellnersakko, als könnte der Anstalten machen wegzulaufen. »Los«, fuhr er mich an, nachdem ich demonstrativ stehen blieb. *Das ist so lächerlich alles.*

»Darce!« Weil das Chaos offenbar nicht groß genug war, tauchte nun auch noch Rita an der Bar auf. »Du musst auf die Bühne!«

Klemmbrett-Typ starrte entgeistert zu ihr und ließ dann verspätet von Darce' Sakko ab. Man konnte in seinem Gesicht förmlich sehen, wie sich die bestürzte Erkenntnis darüber setzte, dass er gerade einen der wichtigsten Gäste angefahren hatte.

»Sorry, ich wurde aufgehalten. Wir haben hier eine Meinungsverschiedenheit über die Arbeitspausen und den Umgangston. Lass dir nachher die Übersichten der Catering-Firma zeigen, ich könnte schwören, sie halten die Pausenzeiten nicht ein.« Der Mund des Klemmbrettmannes öffnete sich bereits, um zu protestieren, doch stoppte angesichts Ritas finsteren Blicks.

»Ihr gehört das Gebäude«, sagte Darce in meine Richtung und klang dabei so nebensächlich, als ginge es darum, einen herrenlosen Teller zuzuordnen.

Wieder rief jemand durchs Mikro nach Darce.

»Ich fürchte, ich muss los. Entschuldige das Chaos, Ella.« Sein Lächeln fuhr geradewegs in mein törichtes Herz. »Reden wir nachher?«

Ein winziges Kopfschütteln war alles, was ich mir abringen konnte und darunter fiel sein Lächeln in sich zusammen. Er wandte den Blick ab, wohl, damit ich die Enttäuschung darin nicht fand, aber ich hatte sie gesehen und sie fühlte sich an wie eine eisige Faust, die mein Herz umklammerte.

»Falls du es dir anders überlegst, nimm die Treppe nach oben.« Grußlos wandte er sich ab. Mit schnellen Schritten ging er hinüber zur Bühne und zeitgleich setzte Applaus ein.

»Er ist schon etwas Besonderes.« Erst Ritas Feststellung machte mir klar, dass ich Darce hinterhersah.

Schnell fuhr ich herum und registrierte, dass Klemmbrett-Typ offenbar geflüchtet war.

»Aber er ist ein schrecklicher Kellner.« Sie grinste breit und öffnete die kleinste der Schubladen. »Notfallnervennahrung«, sagte sie und nahm eine Tafel Schokolade heraus. »Du wirkst, als könntest du etwas brauchen.« Sie brach Stücke ab, während Darce begann, die Gäste zu begrüßen. »Jemand wie er bleibt nicht lang allein.« Ein abrupter Themenwechsel, der mir nicht gefiel.

Sie hielt mir die Packung entgegen. Nach den letzten Stunden gierten meine Nerven nach Schokolade, aber ich konnte sie nicht annehmen. Also verfluchten meine Nerven meinen Stolz, als ich dankend ablehnte.

»Du willst ihm wirklich keine Chance geben?«

Ich war nicht gut darin, über Gefühle zu sprechen. Aber richtig mies war ich darin, über meine Gefühle für Darce zu reden. »Versuchst du, uns zu verkuppeln?«

Sie lachte, nahm sich selbst ein Stück, bevor sie die Packung zurück in die Schublade legte. »Eher das Gegenteil. Ich versuche herauszubekommen, ob du Interesse an ihm hast. Damit ich euch nicht ins Gehege komme, wenn dem so ist.«

Über Darce zu reden, war anstrengend.

Aber das hier war schlimmer.

»Du willst was von ihm?« Meine Stimme rutschte bei der Erkenntnis gleich mehrere Etagen höher.

Sie biss ein winziges Stück Schokolade ab und nickte. »Als wir sechzehn waren, wollte ich meinen Ex eifersüchtig machen und habe Darce gezwungen, den Freund zu spielen. Am Ende des Abends war der Ex vergessen und ich hatte nur Augen für ihn.«

Sechzehn.

Mein Magen verknotete sich.

Das musste vor dem Tod seiner Eltern gewesen sein.

Vor dem Kirschbaum.

»War etwas zwischen euch?«

»Nein.« Sie hatte erneut abbeißen wollen, verharrte aber nun. »Er hat die ganze Zeit von dir geredet. Damals genau wie heute.«

Worte, die einmal mehr diese kitzelnden Federn in meinem Bauch erweckten. »Also«, fragte Rita. »Kann ich Darce nach einem Date fragen?«

34

Darce

Ella war nicht aufgetaucht.

Ich hatte es gewusst und dennoch brannte die Enttäuschung in mir, weil ein Teil von mir gedacht hatte, dass sie kommen würde.

Nun lehnte ich an der Mauer und sah hinunter auf das, was ich sitzend von Juniper Falls erkennen konnte. Von hier oben wirkte die Stadt winzig. Meine Heimat und gleichzeitig war sie mir fremd geworden.

Genauso fremd wie ich mir.

Ich sollte endlich gehen und blieb dennoch.

Aus Hoffnung?

Verzweiflung?

Orientierungslosigkeit?

Wahrscheinlich war es ein sonderbares Gemisch aus allem, das mich hier auf dem Boden festklebte.

»Ein Dach?« Ellas Stimme reichte aus, um jeden Winkel in mir mit Wärme zu füllen.

Sie ist doch gekommen.

Ich war machtlos gegen das Lächeln, das sich auf meine Lippen legte.

»Hier oben wirken Probleme kleiner.«

Kaum erreichte sie mich, drehte sie sich und saugte den Anblick auf. Ich sah ihr dabei zu und blinzelte gegen die Strahlen der bereits untergehenden Sonne an, die ihrem Haar einen Goldton verliehen. »Sind wir das? Ein Problem?«

»Was denkst du?«

»Dass du zu gern mit Gegenfragen antwortest.«

Nach einem winzigen Zögern setzte sie sich mir gegenüber und hielt dabei einen Abstand, den es früher nie zwischen uns gegeben hatte. Die Skepsis in ihrem Blick machte mir überdeutlich, dass mir nicht viel Zeit blieb, um sie zu überzeugen. »Also, wie lautet dein Angebot?« Kaum waren die Worte raus, biss sie sich auf die Unterlippe, wie so oft, wenn sie sich über sich selbst ärgerte. Natürlich war sie neugierig und wollte es gleichzeitig nicht zeigen.

»Angebot klingt irgendwie überzogen.«

Sie hob die Augenbrauen.

»Es ist eher eine Überlegung.«

»Darce?«

»Ja?«

»Sag es einfach.«

Bei ihr klang das so leicht, war es aber nicht. Nicht nach dieser Nacht im Trailer. Es war kein Geheimnis, dass ich schlecht mit Worten umgehen konnte. Doch das war selbst für meine Verhältnisse beeindruckend mies gelaufen. Ich hatte ihr meine Liebe gestanden und diese zarten Bande zwischen uns im nächsten Augenblick brutal zerrissen. Jetzt hatte ich Angst davor, dass ein unbedachtes Wort von mir auch noch die Bruchstücke, zu denen wir geworden waren, pulverisieren würde.

»Wir machen immer wieder den gleichen Fehler«, begann ich stockend. »Wir versuchen, am Kirschbaum weiterzumachen. Aber das ist unmöglich, wir sind keine Teenager mehr.« Ellas Schweigen deutete ich als so etwas wie Zustimmung und es machte mir genügend Mut, um die Frage zu stellen, die unentwegt in mir pochte. »Warum hast du mir nicht erzählt, dass Kitty deine Schwester ist?«

Wütende Blitze erwachten in ihren Augen und wurden geradewegs auf mich abgefeuert. »Wie kamst du darauf, dass sie meine Tochter ist?«

»Keine Ahnung, jemand im Laden meinte es und …«

»Und für dich war das ein stimmiges Bild, oder?«, fuhr sie grob dazwischen und rutschte ein weiteres Stück fort von mir.

»Es war ein Irrtum, Ella.«

»Es sind immer Irrtümer! Leute sehen mich mit Kitty und beurteilen uns. Keiner macht sich die Mühe nachzufragen, weil es perfekt in ihr Weltbild passt. So ist das mit Vorurteilen. Du wirst sie nicht los.« Ein weiterer, größerer Blitz wurde auf mich abgeschossen und es fühlte sich an, als sprächen wir nicht mehr über Kitty, sondern über ihre Mom.

Darüber, dass ich ihr unterstellt habe, sie könnte wie Lydia sein.

Gott. Bentley hatte recht, ich war das größte Arschloch überhaupt. Ich sollte aufstehen und gehen, Ella verdiente jemand Besseren als mich. Dennoch blieb ich. Weil ich nicht dazu imstande war, sie erneut zu verlieren.

»Von dir habe ich mehr erwartet«, sagte sie in die Stille, die sich angeschlossen hatte.

Ich schwieg einen Augenblick und spürte die Härte der Mauer überdeutlich in meinem Rücken. »Das habe ich auch. Ich weiß nicht, was mit mir los war. Es tut mir leid, Ella. Manchmal ist es, als würde ich in alle möglichen Richtungen gleichzeitig gezerrt werden und dann … Ich wollte dich nie verletzen.«

Sie musterte mich mit einem Blick, der sich so tief anfühlte, als würde sie das Chaos in mir sehen. Die Zerrissenheit, die in mir wütete und mich zu zerfetzen drohte.

»Es war die mieseste Liebeserklärung, die ich je gehört habe.« Immerhin rang sie sich so etwas wie ein Schmunzeln ab.

Das sollte mich beruhigen, stattdessen fragte ich mich sofort, wie oft sie schon welche zu hören bekommen hatte. Es war nur eine dahingesagte Bemerkung und dennoch brannte sie, weil sie mir erneut schmerzhaft in Erinnerung rief, dass ich so viel Zeit mit Ella verpasst hatte.

»Damals war alles leichter zwischen uns«, fuhr ich langsam fort. »Wahrscheinlich setzen wir deshalb immer wieder dort an, aber die Jahre dazwischen haben uns beide verändert.«

»Gut«, erwiderte sie so frostig, dass ich wusste, dass sie nichts daran gut fand.

Vielleicht wird das hier besser laufen als gedacht.

»Weshalb hast du mich hierherkommen lassen?«

»Weil ich meine beste Freundin zurück möchte.« Moosgrüne Augen weiteten sich überrascht. »Gib mir noch eine Chance, Ella, und dieses Mal setzen wir vor dem Kirschbaum an. Damals, als wir nur Freunde waren.«

»Ernsthaft?« Ella schnaubte auf wie eine Dampfmaschine. »Ich habe keine Lust mehr, dein Jo-Jo zu sein! Du kannst nicht in der einen Woche behaupten, dass du mich liebst und in der nächsten willst du nur mit mir befreundet sein. Was immer das hier ist, wir brechen es ab.« Sie zog sich hoch. »Können wir los?« Die Frage rang sie sich zutiefst widerwillig ab und das wohl auch nur, weil sie mit dem Bus nicht mehr rechtzeitig vor der Dunkelheit nach Hause käme.

Ella hatte nie gern um Hilfe gebeten.

Oder um sonst etwas.

Ich zog mich ebenfalls auf die Füße und spürte augenblicklich die wunden Stellen an meinen Fersen, wo die neuen Schuhe gerieben hatten. Irgendwann würde ich Ella fragen, wie sie das Kellnern einen ganzen Tag aushielt. Vorausgesetzt, sie redete noch mit mir. Momentan sah es nicht danach aus.

Ich machte einen Schritt auf sie zu und spürte ihre Anspannung in mir wie ein Echo zu meiner. »Was ich im Trailer gesagt habe, nehme ich nicht zurück.« Ich hielt ihren Blick fest. »Aber wenn mir nur die Wahl bleibt, zwischen einem Leben ohne dich und einem, in dem wir wieder befreundet sind, entscheide ich mich für

Letzteres. Vielleicht ergibt sich der Rest irgendwann und wenn nicht, dann habe ich immerhin meine beste Freundin zurück. Du fehlst mir seit vier Jahren jeden verdammten Tag, Ella.«

Gott, ich finde es sogar niedlich, wie sie die Lippen aufeinanderpresst, damit ich nicht sehe, dass sie kurz davor steht zu lächeln.

»Und wenn ich dir nächste Woche meinen neuen Freund präsentiere?«

»Dann werde ich ihn hassen – aus tiefstem Herzen und vollumfänglich –, dir aber trotzdem alles Gute wünschen.«

Das unterdrückte Lächeln zupfte an ihren Lippen, übertrug sich auf ihre Augen. »Und nach dem Sommer?«

»Haben wir beide Handys. Wir telefonieren, besuchen uns in den Ferien, an den Wochenenden. Wir sind erwachsen und dürfen so viel Zeit miteinander verbringen, wie wir wollen.«

»Und das willst du?«

Mein heftiges Nicken ließ ihr Lächeln endlich durchbrechen. »Es ist dir ernst damit?«

»Ja. Kein Jo-Jo, kein doppelter Boden. Lass uns den Sommer zusammen verbringen und sehen, wohin uns das bringt.«

»Die Sache hat nur einen Haken.« Dieses Blitzen in ihren Augen ließ es hinter meiner Brust flattern. »Die letzten Wochen haben wir keine Stunde miteinander durchgehalten, ohne uns zumindest beinahe zu küssen. Wie soll das funktionieren?«

Automatisch sah ich auf ihre Lippen, die diesen perfekten Schwung besaßen, so samtig und weich und …

Verflucht.

Konzentration.

»Vanilleeis«, brachte ich heraus und erntete einen verständnislosen Blick. »Wir machen es wie damals, als wir versuchten, nicht mehr über das Ferienende zu sprechen.«

Erkenntnis flackerte in Ellas Miene auf. Das Schlimmste an den Ferien war jedes Mal das Ende gewesen, also hatten wir dieses

Spiel erfunden, um nicht darüber nachzudenken. Wer es doch tat, musste eine Eissorte nennen und sofort an etwas anderes denken. Damals hatten wir es für die beste Idee überhaupt gehalten.

»Das war mir entfallen«, gab sie schmunzelnd zu. »Hat es funktioniert?«

»Weiß ich nicht mehr. Wir finden es heraus.«

»Das ist alles wahnwitzig, Darce. Warum sollten wir das machen? Entweder wir streiten oder …« Sie biss sich wieder auf die Unterlippe. *Oder wir küssen uns.*

»So wenig Vertrauen hast du in deine Selbstbeherrschung?« Ich musste sie necken, schon allein, weil damit dieses Blitzen in ihren Augen zunahm. Also beugte ich mich vor und spürte, wie sich mein Herzschlag beschleunigte, mit jedem Zentimeter, dem ich mich Ella näherte. Gerade noch hatte ich sie provoziert, jetzt war sie es, die mich herausfordernd ansah, nur darauf wartete, dass ich die Grenze überschritt. Ihr den Beweis lieferte, dass wir unmöglich wieder als Freunde Zeit miteinander verbringen konnten. Aber ich stoppte rechtzeitig und versank einen langen Augenblick in ihren Augen. »Erdbeereis.«

Ella lachte los. So laut und ehrlich hatte ich sie diesen Sommer nicht einmal lachen hören. Gerade, als ich das registrierte, stellte ich fest, dass ich mit ihr lachte, aus voller Kehle und befreit.

Ich konnte nicht sagen, wann ich das zum letzten Mal getan hatte.

»Du hast mir noch nicht geantwortet.« Ich bog auf den Parkplatz des Trailerparks ein und damit wurde es Zeit, eine Antwort einzufordern. Selbst auf die Gefahr hin, dass ich mir eine weitere Abfuhr einfing.

»Weil ich nicht weiß, was ich davon halten soll«, gab sie leise zurück.

Seit wir in meinem Auto saßen, hatten wir so gut wie nicht geredet. Ich war mir nicht sicher, ob es an der sich nähernden Dunkelheit lag oder an diesem Freunde-Ding. Immerhin sah sie nun zu mir statt hinaus auf das Unkraut, das so hoch war, dass man darin perfekt Verstecken spielen könnte.

»Wie geht es dir, Darce? Also wirklich?«

George. Mein Hals schwoll so an, dass das Schlucken zur Tortur wurde. »Den Umständen entsprechend.«

»Vorher hast du mich aus deinem Leben werfen wollen und jetzt … Ich habe das Gefühl, bei dir nicht mehr mitzukommen. Ist sein Tod der Grund für diese Kehrtwendung?«

Ist er wohl.

Wenn auch anders als gedacht.

Ich nickte und drehte den Autoschlüssel. Die letzten beiden Male hatte ich hier im Dunklen geparkt. Doch das hier war keiner der Plätze, denen Helligkeit half. Es gab weder Begrenzungen noch Lampen, nur Unkraut und zwei Dutzend Autos, von denen einige aussahen, als hätte sie seit Jahrzehnten niemand mehr bewegt.

»Sprich mit mir. Wenn das funktionieren soll, müssen wir wieder damit beginnen. Wie geht es dir *wirklich?*« Ella nahm meine Hand und das kam so überraschend, dass ich tatsächlich ehrlich antwortete.

»Schlecht. Nicht nur wegen seines Todes. Es fühlt sich an, als hätten wir es verpasst, uns kennenzulernen. Ich habe keine Ahnung, wer er war.« Sie drückte meine Hand und die Berührung war besorgniserregend. Weil sie half und gleichzeitig den Drang in mir auslöste, Ella wieder in den Arm zu ziehen, wie im Garten am Tag der Beerdigung. Mich in ihre Arme zu flüchten und dortzubleiben, bis der Schmerz verklang. Sonst war ich ein Eisberg, aber Ella hatte erschreckende Auswirkungen auf meine Emotionen – *in mehr als einer Hinsicht.*

Wir hielten uns fest und betteten uns im Schweigen. Für manche Dinge gab es keinen Trost und erst recht keine Lösung. Ich war erleichtert, dass Ella es nicht mit falschen Beteuerungen versuchte, sondern mit mir dieses Schweigen teilte, bis es sich in mir nicht mehr so schneidend kalt anfühlte.

»Ich muss Kitty abholen«, sagte sie schließlich behutsam. »Aber morgen nach meiner Schicht im Diner hätte ich Zeit. Wir könnten reden, schweigen, was du willst?«

Ein Mitleidsbesuch. Dennoch nickte ich. Offenbar bekam ich heute keine Antwort mehr, doch für den Augenblick fühlte sich das sonderbar in Ordnung an.

»Ich muss los, Kitty wartet«, wiederholte sie mit Blick auf die Uhr, aber statt auszusteigen, sah sie nun mich an und in ihren Augen lag etwas, das ich nicht deuten konnte. »Es macht keinen Unterschied.« Ihre Stimme klang so rau, als wäre sie an Felsstücken gerieben worden. »Wahrscheinlich habe ich deswegen nicht richtiggestellt, wer Kitty ist. Ich bin für sie verantwortlich. Mom versucht wohl ihr Bestes – aber manchmal reicht das nicht aus.« So wie sie die Worte aussprach, jedes davon abwägte, ahnte ich, dass die Wahrheit dahinter beklemmender war. Düsterer. Wieder wollte ich sie in die Arme nehmen, nur jetzt, um sie festzuhalten. Um ihr zu zeigen, dass ich für sie da war.

Wäre das richtig?

Oder würde ich sie damit unter Druck setzen?

Erneut schien ich in verschiedene Richtungen gezerrt zu werden und gleichzeitig lag Ellas Blick auf mir. Sie wartete auf eine Antwort und ich hatte Angst, ihr eine zu geben. Weil ich nicht wieder alles falsch machen wollte. Ein Wort schlüpfte an meinem Verstand vorbei, suchte sich einen Weg aus mir heraus. »Okay.«

Okay?

Okay???

Gottverdammt!

Ella schien die Antwort ähnlich mies zu finden wie ich, denn ihre Hand löste sich aus meiner, doch ich griff erneut nach ihr und hielt sie fest. »Es ist bewundernswert, wie du das machst, Ella. In dem Laden, mit all den Menschen um dich herum, mit diesem überheblichen Kassierer bist du so ruhig geblieben. Du bist darin großartig, gleichgültig, was sie für dich ist.«

Ihre Augen weiteten sich überrascht und einen Moment lang hatte ich sie sprachlos gemacht. Dann beugte sie sich zu mir und diese plötzliche Nähe war, als würden Funken meine Haut streifen. Augenblicklich erschwerte sich meine Atmung, was abstrus war, weil sich mein Herzschlag deutlich beschleunigte. *Ergibt das Sinn? Ergibt überhaupt noch etwas Sinn?* Ella füllte jeden Winkel meines Gehirns aus.

Sie stoppte keine Handbreit vor mir. Ihre Lippen öffneten sich hauchzart und in mir flatterte es auf diese verdammt gute Art. *Wie dringend ich sie küssen muss …*

»Schokobohnen.«

…

…

Was zur Hölle?

Offenbar spiegelte sich der Gedanke in meiner Miene, denn Ella lachte und das Geräusch ließ es erneut begeistert in mir flattern. »Die beste Eissorte überhaupt. Solltest du probieren.« Sie griff nach ihrer Tasche. »Bis morgen, Darce.«

Ella war weg, bevor ich eine Antwort finden konnte.

Bevor ich ihre verarbeitet hatte.

Aber das Grinsen, das sie mir damit auf die Lippen gezaubert hatte, blieb die ganze Rückfahrt über. Zusammen mit diesem Flattern in meinem Bauch.

Ella war bereit, unserer Freundschaft eine Chance zu geben.

Und sie hatte mich küssen wollen.

Zwei verdammt gute Nachrichten.

35

Ella

»Geradeaus.«

»Wir sind im Raum der toten Augen, oder?«

Darce lachte hinter mir und sein warmer Atem strich mir über den Hals. »Konzentriere dich, Ella.«

»Kann ich nicht, ich spüre ihre Blicke auf mir.«

»Achtung, du driftest nach links ab.« Seine Hand legte sich mir an die Hüfte und steuerte sanft dagegen.

»Dann lass mich die Augen öffnen«, gab ich zurück und pustete die Strähne weg, die meine Wange kitzelte. »Wobei, nein, nicht solange wir hier drinnen sind.«

»Du hast noch Angst vor ihnen?«

»Habe ich nicht, sie sind nur unheimlich.«

Wieder lachte Darce und selbst ich musste schmunzeln angesichts der desaströsen Argumentationskette. Seine Hand blieb an meiner Seite, obwohl ich schwören könnte, dass ich längst die korrekte Richtung anpeilte. Ich protestierte nicht, weil ich mich damit geschützter fühlte und weil einem klitzekleinen, selbstzerstörerischen Teil in mir die Berührung gefiel. Die letzten Wochen waren ein nervenaufreibender Tanz zwischen Nähe und Distanz gewesen. Die Vorstellung, dass Darce mich wieder von sich wegschob, machte mir mehr Angst als die hundert toten Augen, die mich anstarrten.

Warum hatte ich dennoch zugestimmt?

Wegen Darce und weil ich ihm helfen wollte, mit seiner Trauer umzugehen?

Wegen unserer gemeinsamen Vergangenheit?

Wegen dieser abstrusen Hoffnung, dass wir doch mehr sein könnten?

Oder einfach, weil ich Darce vermisste?

Bevor ich mich in ihn verliebt hatte, war er mein bester Freund gewesen. Diese eine Person, die ich nur wenige Wochen im Jahr sah und die mir dennoch so nahestand wie niemand sonst.

Jeden Sommer, wenn die Ferien begannen, hatte ich neben Grandpa im Pick-up gesessen und mich hundeelend gefühlt. Aus Angst, dass sich zwischen Darce und mir etwas verändert haben könnte und es sich fremd anfühlen würde. Doch dann kam er noch auf dem Parkplatz auf mich zugerannt und ich war aus dem Auto gesprungen, um ihm entgegenzufliegen. Eine Umarmung und ein paar Worte hatten Jahr für Jahr ausgereicht, um eine Nähe herzustellen, die ich mit niemandem sonst je gefunden hatte.

Dass ich mich jetzt mit geschlossenen Augen durch sein Haus führen ließ, war Beweis dafür, dass wir diese Nähe zueinander noch immer besaßen.

Bei jedem anderen hätte ich protestiert.

»Achtung: Stufe.«

Ich machte einen Schritt, wollte weitergehen, doch Darce stoppte mich.

»Wir sind da?«, fragte ich verwirrt. »Du führst mich seit bestimmt einer Viertelstunde durchs Haus, um mir die Terrasse zu zeigen?«

»Hätte ich gewusst, wie gut dein Orientierungssinn ist, hätte ich dich mindestens eine halbe Stunde herumgeführt.« Seine Hand an meiner Taille sandte winzige Hitzestöße aus, die mir direkt in die Synapsen fuhren. »Jetzt schau es dir an.«

Ich öffnete die Augen, wollte eigentlich noch einen neckenden Kommentar von mir geben, doch bei dem, was ich sah, vergaß ich ihn schlicht.

Die Gartenmöbel waren fort. Nun nahm ein Ständer mit weißem Bettlaken die eine Seite der Terrasse ein, während an der Tür Decken und pastellfarbene Kissen einladend drapiert lagen. Eine Tüte Popcorn und eine übergroße Pizzaschachtel schienen nur auf uns zu warten. Doch das Spektakulärste waren die unzähligen Lichterketten, die über unseren Köpfen gespannt waren.

»Mir war nach Kino.« Verspätet gab Darce mich frei. Er sank in die Kissen und öffnete den Pizzakarton. »Ich dachte, du bist wohl noch nicht zum Essen gekommen.«

War ich tatsächlich nicht, wenn man von dem Muffin absah, den Logan mir in der Pause aufgenötigt hatte, um sein neuestes Rezept zu bewerten.

Kopfschüttelnd schloss ich mich Darce an und versank neben ihm im Kissenmeer. Es war genauso bequem, wie es aussah – als würde man auf einer flauschigen Wolke liegen. »Es ist wunderschön.« Das reichte nicht ansatzweise, aber für den Augenblick war mein Kopf noch dabei, all die Eindrücke zu verarbeiten.

»Ich hatte Hilfe.«

»Bentley und James?«

Er nickte. »Bereit für den letzten Teil von *Stolz und Vorurteil*? Ich dachte, wir schauen ihn noch einmal, das Ende habe ich irgendwie verpasst.«

»Weshalb fühlt sich das hier plötzlich so nach Date an?«

»Wieso denkst du das?« Darce sah mich betont unschuldig an und bekam dafür eines dieser unglaublich flauschigen Kissen an den Kopf geknallt.

»Ich weiß, was du vorhast.«

»Gut.« Er lachte und hielt das Kissen fest, bevor ich erneut zuschlagen konnte. »Gibt es bereits irgendwelche Eissorten, von denen du mir erzählen willst?«

»Nein«, gab ich zurück. »Aber bestell Bentley, dass die Kissen traumhaft sind.«

»Wieso glaubst du, dass nicht ich die besorgt habe?«

Plötzlich fanden wir uns so nah voreinander wieder, dass es in meinem Bauch beunruhigend kitzelte. »Weil nichts an dir jemals flauschig sein wird, Darce.«

»Haselnuss«, raunte er mir mit rauer Stimme zu und das Kitzeln breitete sich wellenartig in mir aus. *Darce will mich küssen.* Es war die eine Sache, wenn er mich so intensiv ansah wie jetzt. Aber eine ganz andere, zu wissen, dass ich nur diese paar Zentimeter zwischen uns überwinden musste und dann würden seine Lippen auf meinen liegen. Keine Ahnung, wie Darce darauf kam, dass es so einfacher werden wü…

Patsch.

Sein Kissen traf mich mitten im Gesicht.

Wow.

Das hatte ich nicht kommen sehen.

»Schlechte Reflexe.« Er grinste breit und in seinen Augen funkelte es begeistert. »Wo warst du nur mit deinen Gedanken?«

»Das wirst du bereuen!« Dass auch ich grinste, registrierte ich erst an dem Ziehen in meinen Wangen. Warum konnte es nicht immer so zwischen uns sein? So spielend leicht? Konnte ich diese Version von Darce bitte festhalten, damit sie mir nicht noch einmal entwischte? Damit er mich gleich nicht doch fortschickte?

»Da bin ich mir sicher«, sagte er und etwas in seiner Stimme scheuchte die Federn in meinem Bauch ein weiteres Mal auf. »Aber jetzt solltest du zurück auf deine Seite gehen, denn ich möchte wissen, wie der Film endet.«

Trotzdem bekam er noch einen Kissenwurf, den er lachend abwehrte, und dann kuschelte ich mich wieder auf meinem Platz – mit einem gesunden Abstand zu Darce. Wenn wir versuchen wollten, zu früher zurückzukehren, sollten sich diese Federn dringend zurückhalten. Bisher hatten sie alles komplizierter gemacht.

Darce positionierte Popcorn und Pizza zwischen uns, vielleicht weil er zu einer ganz ähnlichen Erkenntnis gekommen war? Oder um mir zu beweisen, dass das hier kein Date war? Was auch immer es war, wir überschritten diese unsichtbare Grenze nicht und so wurde es genau das, was Darce angekündigt hatte – ein Treffen von Freunden. Der Film endete und wir waren noch im Vollbesitz unserer Kleidung. Dafür hatten sich sowohl der Karton als auch das Popcorn deutlich geleert. Irgendwann beim dritten Stück Pizza hatte ich registriert, dass Darce eine Ausnahme in meinen Regeln darstellte. Ich hatte kein Problem, etwas zu essen, das von ihm stammte. Im Park beim Popcorn war es mir noch nicht aufgefallen. Und wieder war alles, was ich an Erklärung fand, dass es sich bei Darce schon immer anders angefühlt hatte als bei dem Rest der Welt.

»Wir sollten fahren«, sagte ich mit Blick auf den sich langsam verdunkelnden Himmel. Die Lichter über mir waren zauberhaft, aber ein panischer Zusammenbruch in Darce' Nähe reichte. Ich war nicht scharf darauf, den zu wiederholen.

»Oder«, erwiderte er und Begeisterung tänzelte in seinen Augen. »Du bleibst hier und wir schauen noch einen Film.«

»Das geht nicht.«

»Musst du zu Kitty?«

Ich schüttelte den Kopf. Mom war dran, sie bei Maria abzuholen und ins Bett zu bringen. »Nein, das ist es nicht … Die Lichter reichen nicht.« Wie hart es war, das zuzugeben. Darce hatte sich so viel Mühe gegeben, um mir die Dunkelheit erträglicher zu machen. Aber wie sollte etwas erträglicher werden, das nicht zu ertragen war?

»Der Weg zum Trailer hat nicht geholfen, oder?«

»Nein.« Ich schüttelte langsam den Kopf. »Würde es dir helfen, wenn du dich ins nächste Gewitter stellst?«

»Sicher nicht.« Er mühte sich ein Lächeln ab, das leicht verunglückte. »Danach würde ich mich wahrscheinlich bei jedem Blitz im Keller einschließen.«

»So ähnlich ist das bei mir auch. Wenn ich weiß, dass Wände um mich herum sind, ist die Dunkelheit aushaltbar. Aber sonst …«

»Hast du darüber nachgedacht, eine Therapie zu machen?«, fragte er so sanft, als wäre ich ein Kartenhaus, das bei der kleinsten Erschütterung zusammenfallen könnte. Wahrscheinlich ahnte er, dass ich dieses Thema sonst aussparte, weil es verdammt schwierig war, über seine eigenen Abgründe zu sprechen.

»Ich war bei einer Therapeutin. Laut ihr muss ich lernen, die Dunkelheit Schritt für Schritt wieder aushaltbar zu finden.«

»Und wie sollen diese Schritte aussehen?«

Noch ein Thema, über das ich nicht reden wollte. »Dann ist Grandpa gestorben.«

Darce presste die Lippen aufeinander, nickte langsam und stockte abrupt, weil er die Bedeutung hinter meinen Worten erkannte. »Henry hat die Therapie bezahlt?«, fragte er wie zum Beweis.

»Ja«, flüsterte ich und wich seinem Blick aus. Das Mitleid, das ich darin sicher fand, konnte ich gerade nicht ertragen. »Er hatte ein wenig Geld gespart.« Mehr brachte ich nicht hervor. Darce brauchte nicht zu wissen, dass Grandpa dieses Geld für mein Studium gespart hatte. Dass ich studieren gehen würde, war unser gemeinsamer Traum gewesen, Grandpas und meiner. Aber vor allem sollte Darce nicht erfahren, dass von den Ersparnissen kaum noch etwas übrig war, seit ich die Krankenhausrechnung und die Beerdigung bezahlt hatte.

»Ella.« Er klang plötzlich anders, so als würde ein tonnenschweres Gewicht ihn niederdrücken. *Schuld.* Weil die Welt manchmal ungerecht war. Die einen konnten sich kaufen, was immer sie wollten, ohne darüber nachzudenken, bei den anderen reichte es kaum für das Nötigste – wenn überhaupt. »Schau mich an«, bat er und ich kam seiner Bitte nach. Ein Fehler, denn jetzt fand ich das in seinen Augen, vor dem mein Blick gerade geflohen war: Mitleid. »Lass mich die Therapie beza–«

»Nein.«

»Aber …«

»Nein!«

»Es macht doch keinen Unterschied, wenn ich …«

»Natürlich würde es den machen!«, stieß ich aus. »Für dich vielleicht nicht, aber für mich.«

»Und wenn …«

»Noch ein Wort und ich stopfe dir eines der Kissen in den Mund und das wäre wirklich schade, weil die Kissen unglaublich flauschig sind.«

Er tat mir den Gefallen und mühte sich etwas ab, dass mit viel gutem Willen als Lächeln durchgehen konnte. Doch schon öffnete er den Mund erneut und ich ahnte, dass er weiterargumentieren wollte. Aber ich nicht. Mit jedem Wort würde ich mich erbärmlicher fühlen und Darce würde es nicht begreifen. Er wusste nicht, wie es sich anfühlte, arm zu sein. Er kannte weder die brennende Scham, weil man wieder Ausreden erfand, wenn die anderen aus der Stufe ins Kino gingen und man es sich selbst nicht leisten konnte. Noch kannte er die Verzweiflung, wenn am Ende des Monats nicht genug Geld übrig blieb, um Milch und Brot zu kaufen.

Deshalb stoppte ich ihn, indem ich den Finger an seine Lippen legte. »Bitte«, flüsterte ich. »Lass mich nicht bereuen, dass ich dir davon erzählt habe.«

Einen langen Moment schien er mit sich zu hadern, dann fand sein Blick meinen und wurde weich. Er hauchte einen winzigen Kuss auf den Finger und nickte. »Gut«, sagte er, als ich die Hand zurückzog. »Aber dafür helfe ich dir bei den Schritten.«

»Schritten?«

»Die Schritte, um die Dunkelheit aushaltbar zu machen.« Er wies auf die Lichter über uns.

»Was hast du vor?«

»Um das herauszufinden, musst du erst zustimmen. Also, was sagst du?«

»Ich sage, dass du momentan ziemlich viele Pläne machst.«

»Und du schindest nur Zeit. Na los, lass dich darauf ein und bis zum Ende des Sommers bekommen wir es hin, dass du die Nacht erträgst.«

Bis zum Ende des Sommers.

Weil wir uns danach wieder trennen müssen.

»Komm schon, Ella. Was hast du zu verlieren?«

Meinen Stolz?

Andererseits musste selbst ich zugeben, dass ich Hilfe gebrauchen konnte. Dringend.

»Das ist ziemlich viel Druck«, gab ich zurück, während mein Verstand mit dem Rest von mir rang.

»Stimmt, aber damit komme ich klar.« Darce' provokante Antwort brachte ihm einen weiteren Kissenschlag ein und sein Lachen scheuchte diese törichten Federn in mir auf. Wieder einmal.

»Also?«, fragte er und jetzt wurde er ernster. »Probieren wir es? Du kannst jederzeit aussteigen und ich werde dich zu nichts drängen. Versprochen.«

Noch bevor ich weiter darüber nachdenken konnte, nickte ich.

»Gut«, sagte er und deutete in Richtung Tür. »Geh zurück und such den Punkt, an dem du die Dunkelheit aushalten kannst. Dann bauen wir um.«

Da lag so viel Zuversicht in seinen Worten, dass ich meine Entscheidung augenblicklich bereute. Weil es sich nicht anfühlte, als würde ich etwas davon verdienen.

»Was, wenn ich sie nirgends ertrage?«

»Dann ist das so.« Da fand sich nicht der Hauch von Enttäuschung in seiner Stimme und das beruhigte mich genug, um aufzustehen.

Es blieb nicht mehr viel Zeit, bis der Garten in Dunkelheit versinken würde. Über uns strahlten die kleinen Glühbirnen und tauchten alles in ihren zauberhaften Schein. Aber selbst ihr Licht konnte die Angst vor der Finsternis nicht zurückdrängen. Ich machte einen Schritt, einen zweiten, doch dieser unsichtbare Felsen blieb auf meiner Brust. Dabei war die Terrasse sogar von zwei Seiten bebaut. Leider waren zwei Wände zwei zu wenig.

»Hier«, sagte ich schließlich und kam mir vor wie eine Versagerin, als ich unmittelbar an der offenen Tür stoppte – direkt vor dem Raum der toten Augen. Selbst hier stand ich nur, weil Darce sich mit der Terrasse so viel Mühe gegeben hatte. Schon beim Gedanken an die Nacht wollte ich die Tür schließen und sie aussperren. Ich wischte die feuchten Handinnenflächen an der Jeans ab und hoffte, dass es zufällig genug wirkte, damit Darce es nicht registrierte. Doch der zog sich auf die Beine und nickte mir zu, als wäre mein Verhalten normal.

»Dann lass uns umbauen. Fang!« Er bückte sich, warf mir zwei Kissen zu und der Stein in meiner Brust fühlte sich ein Stück leichter an.

36

»Bereit?«, fragte er und der Schein der unzähligen Lichter über uns spiegelte sich in seinen Augen.

»Nicht wenn du so grinst wie jetzt.« Wir hatten das Kissenlager nun in der offenen Tür aufgebaut. So konnten wir jederzeit hinein und sie schließen. Dieses Wissen brauchte ich, denn die Dunkelheit legte sich von Minute zu Minute schwerer über den Garten.

»Du bist gut.« Das Blitzen in seinen Augen nahm zu. Sein Bein lag an meinem. Jetzt fand sich kein Abstandshalter mehr zwischen uns und für den Moment fühlte sich das beruhigend an. Seine Wärme war die bestmögliche Ablenkung.

»Welchen Film schauen wir?«

»Es wird dir gefallen. Spannung, Dramatik, Liebe.«

»Und doch macht mich dieser Unterton misstrauisch, genau wie der Fakt, dass du dir ein Lachen verkneifst.«

»Du durchschaust mich noch immer.« Darce' Blick veränderte sich und bekam diese durchdringende Note, die in meinem Bauch Dutzende von kitzelnden Federn freisetzte.

»Schwöre, dass du nicht wieder einen miesen Zombiefilm ausgesucht hast!« Ich musste das Thema wechseln, sofort, sonst würde ich hier gleich die Eiskarte des Diners herunterbeten.

Sein Grinsen reichte nun übers ganze Gesicht.

»Darce!« Ich gab ein Stöhnen von mir. »Du hast nicht wirklich wieder einen Zombiefilm ausgesucht?« Ich sank tiefer in die Kissen. »Dann bewerfe ich dich auch wieder mit Popcorn.«

»Das ist leer.«

»Zu schade.«

»Wir schauen *Stolz und Vorurteil* – nur diesmal eine andere Verfilmung. Ich habe vor, sie mir alle anzuschauen, um zu überprüfen, ob deine Version wirklich die beste ist.«

»Das ist …«

»Romantisch?«, schlug er vor. »Durchdacht, einfühlsam?«

»Überflüssig«, fuhr ich dazwischen und streckte ihm die Zunge raus – etwas, das ich seit vielen Jahren nicht mehr getan hatte. Doch mit Darce zusammen fühlte ich mich anders, jünger, alberner und ungezwungener. »Es *ist* die einzig wahre Version.«

»Dann brauchst du den Vergleich ja nicht zu fürchten.« Es war unmöglich, nicht mit in sein Grinsen einzusteigen.

»Tu ich nicht. Dann bringen wir es hinter uns.«

»Du wirst den Film lieben.«

Ich spürte seinen Blick auf mir, als die Eröffnungsszene über das Laken flackerte. Bis gerade hatte ich gedacht, ich würde alle Verfilmungen kennen. Dem war offenbar nicht so, denn diese hier war sonderbar.

Mehr als das.

Entgeistert setzte ich mich auf.

Darce prustete los, als ich einen anklagenden Schrei ausstieß.

»Was zur Hölle ist das?« Ich fuhr zu ihm herum und in seinen Augen tanzte die Erheiterung.

»*Stolz und Vorurteil.*«

»Warum sind dann dort Zombies?«

Seine Unterlippe bebte und schon im nächsten Moment gab er auf und sein Lachen wehte über uns hinweg. »*Stolz und Vorurteil und Zombies.*«

Mein Kopf zuckte von ihm zum Tuch, wo Mr Darcy gerade Untote eliminierte. Zurück zu Darce, der über meine Entgeisterung Tränen lachte.

Und wieder.

Zombies.

Darce.

»Ich finde ihn jetzt schon gruseliger als den Film damals. Wer denkt sich diese Kombination aus? Jane Austen und Zombies?« Allein dieser Satz fühlte sich grundverkehrt an.

Darce beugte sich zu mir. Sein Lachen war verflogen, aber das Funkeln in seinen Augen blieb. »Passt irgendwie zu uns, oder?«

Mein Herz hielt sich offenbar für einen Vogel, denn es flatterte durch meine Brust.

Albernes Vogelherz.

Alberner Film.

»Vergleichst du mich mit einem Zombie?«

Sein Gesicht stoppte keinen Fingerbreit vor mir und brachte meine Haut zum Kribbeln. *Gilt es schon, wenn ich daran denke, nicht an diese eine Sache zu denken?*

»Niemals«, raunte er mir zu. »Vielleicht habe ich damals bei dem Film darauf spekuliert, dass ich deine Hand halten kann, wenn du Angst bekommst.« Seine Mundwinkel zuckten. »Ich hätte es besser wissen müssen.«

»Hättest du.« Die Luft um uns herum musste sich aufgeladen haben, so heftig knisterte es zwischen uns. Darce kam noch näher und wir schienen Funken zu sprühen. *Diese verfluchte Anziehung.*

»Also, was machen wir? Anderer Film?«, fragte er sanft. »Ich habe alle *Stolz und Vorurteil*-Fassungen hier.«

»Das ist das Heißeste, was jemals ein Mann zu mir gesagt hat.« Es sollte ein Scherz sein, der diese Stimmung zwischen uns auflöste, stattdessen heizte er sie weiter an. Unter Darce'

Blick erwachte Hitze in meinem Bauch, die dort nichts zu suchen hatte. Weil sie mich nur in Schwierigkeiten brachte.

»Wenn das so ist, lege ich mir eine ganze Jane-Austen-Sammlung für dich zu.« Sein Atem prickelte auf meiner Wange und ich wünschte mir so verflucht dringend, seine Haut zu spüren und mehr …

»Vanille.« Mein atemloser Ausruf vermischte sich mit Darce' gleichzeitigem Raunen.

»Du liest immer noch meine Gedanken.« Grinsend sank er zurück in die Kissen. »Wir sind großartig in diesem Freunde-Eis-Ding, schon fast der zweite ungeküsste und ungestrittene Tag.«

»Wir haben gestern gestritten.«

»Das war *vorher,* das gilt nicht.« Er wandte sich demonstrativ dem Film zu. »Also, was machen wir damit?«

Erneut starrte ich auf das Laken, auf dem Lizzy Bennet offenbar Kampftraining nahm, um Zombies auszulöschen. »Lies meine Gedanken.«

Ich drehte mich zu ihm und sein Blick fuhr prüfend über mich. »Wir ziehen das durch.« Keine Frage. Er wusste, dass er richtig lag. Dafür fühlte sich der Arm, den er nun in meine Richtung streckte, wie eine an. Erschreckend, wie wenig Einwände ich dagegen hatte. Ich sank hinein. Mein Kopf fand sofort einen perfekten Platz auf seiner Brust und Darce strich mir gedankenverloren übers Haar. Erst die Lichterketten riefen mir in Erinnerung, dass ich in den letzten Minuten nicht daran gedacht hatte, warum sie dort hingen.

Offenbar brach Darce die Finsternis besser auf als die unzähligen Lichter um uns herum.

37

DARCE

»Sag endlich, wie es lief!«

Wie oft hatte Bentley das jetzt schon gefordert? Zehn- oder eher zwanzigmal? Wie viel Zeit mir wohl noch blieb, bevor er dazu überging, mich zu schütteln? Seinem Blick nach nicht mehr viel.

Vielleicht war es ein Fehler gewesen, James' alkoholfreien Cocktail beim gemeinsamen Sushi letzte Woche nicht auszuschlagen.

Es war definitiv ein Fehler gewesen, das zweite und das dritte Glas mit ihnen zu trinken, statt mich wie sonst in mein Zimmer zu flüchten.

Und es war ein Riesenfehler gewesen, mit ihnen über Ella zu reden. Wir waren nun Bentleys Mission. Wohl weil er dringend etwas brauchte, um sich von Georges Tod abzulenken. Seitdem belagerte er mich mit Plänen, wie ich sie zurückgewinnen konnte, und die meisten davon waren Mist. Abgesehen von dieser einen Sache – seiner Idee, vor dem Kirschbaum anzusetzen.

»Darce?« Er klang wie ein Luftballon, dem die Luft ausging.

»Sie mochte die Kissen.«

Das verschaffte mir zumindest genug Zeit, um ein Glas unter den Auslauf zu stellen und die passende Tastenkombination zu drücken. Ein winziges Summen ertönte und Milchschaum quoll hinein.

»Jeder mag die Kissen, die sind göttlich«, kam es zurück und ich hoffte, dass ihn das ein wenig für meine Wortkargheit entschädigte. Ohne emotionalen Zusammenbruch war ich deutlich weniger bereit, Gefühle zu teilen.

»Jetzt erzähl, was sie zum Film gesagt hat!«

»Sie war entgeistert.« Schon wieder wollten sich meine Mundwinkel heben. Konnte man Muskelkater vom Lächeln bekommen? Es fühlte sich verdächtig danach an.

»Kein Wunder.« Bentley verdrehte die Augen. Er hatte mir eine Liste mit kitschigen Liebesfilmen zusammengestellt und mich damit belagert und selbst James hatte durchklingen lassen, dass meine Auswahl vielleicht zu experimentell war. »Den nächsten Film suche ich aus.« Die meiste Zeit schienen Bentley und ich auf unterschiedlichen Planeten zu wohnen, so verschieden waren wir. Doch diese Entschlossenheit in seinem Blick war Beweis dafür, dass wir Teile der gleichen DNA in uns trugen.

»Ganz bestimmt nicht.« Ich nahm mir den fertigen Kaffee und setzte mich zu James an den Tresen. Der war nicht ansprechbar, bevor er morgens nicht seinen Kaffeebecher geleert hatte, und mir damit deutlich lieber als mein hochkommunikativer Bruder. »Beruhig dich, er hat ihr gefallen.«

Erneut verdrehte Bentley die Augen und seiner Miene nach glaubte er mir kein Wort. »Wann seht ihr euch das nächste Mal?«

»Keine Ahnung.«

»Du nimmst das nicht ernst genug.« Ja, heute hatte Bentley definitiv Ähnlichkeiten mit mir. »So wird das niemals klappen!«

»Was klappt nicht?« Ella tauchte in der Küche auf. Die feuchten Haare zu einem Knoten auf den Kopf gebunden. Statt ihrer Kleidung trug sie meine, ein weißes Shirt und schwarze Boxershorts. Der Anblick weckte wieder dieses

Flattern in meiner Brust. Als wenn man unentwegt durch Luftlöcher flog.

Bentley starrte sie mit so großen Augen an, dass er aussah wie eine der Zeichentrickfiguren aus den Serien, die er früher ständig geschaut hatte.

»Ist der für mich?« Sie wies auf den Kaffee vor mir.

»Natürlich.« Ich wollte ihr das Glas hinschieben, aber Ella war schneller, sie rutschte vor mich und lehnte sich an.

»Danke, Babe«, hauchte sie und trank einen Schluck ihres Milchschaums mit diesem Hauch von Espresso, bevor sie die Tasse wieder absetzte. »Den brauche ich nach letzter Nacht.«

Lässig legte ich den Arm um sie und das Gesicht an ihren Nacken, um das Lachen zu verstecken, was so dringend aus mir herauswollte. Nie zuvor hatte ich Bentley so entgeistert gesehen wie jetzt. Meine Lippen fanden ihre samtige Haut. Der Geruch meiner Zitronengrasseife mischte sich mit dem von Ella und brachte mir ein Dutzend neuer Luftlöcher ein.

»Du bist plötzlich so still, Bentley?« Täuschte ich mich oder klang sie einen Hauch atemloser, mit meinem Atem in ihrem Nacken? Die Versuchung, meine Lippen weiter streifen zu lassen, wurde übermächtig.

»Ich bin nur überrascht.« Seinem Blick nach hatte er mehr als nur ein paar Fragen, mit denen er mich bedrängen würde, sobald Ella fort war. »Ihr seid jetzt zusammen? So richtig?« Zumindest diese eine konnte er nicht zurückhalten. Sie drängte heraus und landete unsanft zwischen uns.

Ella trank erneut von ihrem Kaffee. Ob sie hoffte, dass ich diese Antwort übernahm? Würde ich nicht, dafür war ich zu gespannt, wie ihre lautete.

»Nein«, gab sie schließlich zu. »Ich kann es nur nicht leiden, wenn ihr hinter meinem Rücken über mich redet. Außerdem mochte ich den Film tatsächlich.« Von hier aus konnte ich zwar ihr Gesicht nicht sehen, ahnte aber, dass sie ihre Unterlippe dieses winzige trotzige Stück vorgeschoben hatte. Sonderbar, dass ich diese Dinge wusste, sich jedoch gleichzeitig kein echtes Bild von ihr in meinem Kopf befand.

Ella blieb, wo sie war, also blieben meine Lippen auch. Nur am Rande bekam ich mit, dass Bentley noch einige spitze Kommentare zu der Filmauswahl machte, die in einen Monolog übergingen. Ich hörte nicht länger zu, suchte stattdessen Ellas Ohr. »Wann musst du los?« Schon jetzt hasste ich ihre Antwort. Egal wann sie ging, es wäre zu früh.

Keine halbe Stunde war es her, dass uns ihr Wecker unsanft aus dem Schlaf gerissen hatte. Ich erinnerte mich nicht daran, das Ende des Films gesehen zu haben. Offenbar waren wir beide vorher eingeschlafen.

Trotz der Dunkelheit hinter der geöffneten Tür.

Die Begeisterung in Ellas Gesicht, als sie das vorhin registriert hatte, rührte mich noch immer.

»Zwanzig Minuten«, flüsterte sie zurück, ohne Bentleys Ausführungen zu beachten.

Diese Antwort hasste ich sogar ganz besonders.

Viel zu wenig Zeit.

»Sehen wir uns später?«

»Heute habe ich Kitty.« Ich zog mich zurück, nickte, weil ich nicht wollte, dass sie die Enttäuschung in meiner Stimme wahrnahm und das würde sie.

»Hört ihr überhaupt zu?«, drang es dumpf an mein Ohr, aber ich ging nicht auf Bentleys Frage ein, suchte mir stattdessen doch wieder einen Weg über Ellas Hals hin zu ihrem Ohr.

»Morgen?«

Der Moment, in dem sie wohl ihre Termine durchging, überlegte, dauerte ewig und diesmal bekam ich ein Nicken. »Wir könnten den Film beenden.«

Ein weiteres Luftloch.

Wie der höchste Punkt auf der Achterbahn, den man hinter sich lässt und sich für einen wundervollen Moment schwerelos fühlt.

Zu viel.

Ich gab Ella frei, genau in dem Augenblick, in dem sie nach vorne auswich. »Schokolade«, stießen wir beide aus und lachten begeistert los. Das hier schien ein Running Gag zwischen uns zu werden. *Ein verdammt guter.*

»Was machen sie da?«, raunte James Bentley zu.

»Frag mich nicht. Ich habe vor vielen Jahren aufgehört, die beiden verstehen zu wollen.«

»Also sind sie zusammen immer so?«

»Immer.« So, wie er das sagte, klang Bentley mehr als zufrieden.

38

Ella

Darce bestand darauf, mich zu fahren. Heute gab es zwei Ferienhäuser zu putzen. Zum Glück standen sie leer, sodass niemand merkte, dass ich später dran war als vereinbart. Doch auch die mussten rechtzeitig fertig werden, damit ich Kitty pünktlich abholen konnte. Darce' Angebot brachte mir ein wenig von der Zeit zurück, die ich durch mein Trödeln eingebüßt hatte. Heute Morgen war es mir beeindruckend schwergefallen aufzubrechen und der Grund dafür saß auf dem Fahrersitz und schmunzelte beim Einparken. »Ich merke, dass du mich beobachtest.«

»Du bist immer so bescheiden.«

»Bin ich tatsächlich, aber das ist nicht der Grund, weshalb du deine Augen nicht von mir lassen kannst.« Er sah zu mir, kaum dass er den Wagen gestoppt hatte. »Was glaubst du, wie viele Nachrichten bekommen wir von Bentley?«

»Du hast ihn entblockt?«

»Wahrscheinlich muss ich das heute Abend wieder rückgängig machen.«

»Vermutlich.« Ich zupfte an dem Riemen meiner Tasche. Eigentlich sollte ich gehen, aber gleichzeitig schwang das Gespräch zwischen Bentley und Darce von vorhin in mir nach. »Als du meintest, du möchtest vor dem Kirschbaum anfangen, wo genau wolltest du ansetzen?« Hatte ich nicht vorgehabt, ihn nicht danach zu fragen? Ich biss mir auf die Unterlippe, verfluchte mich und meinen voreiligen Mund.

»Schließ die Augen.«

»Nicht schon wieder!«

Er lachte auf. »Gib mir eine Minute.«

Ich atmete betont aus und schloss sie dann, weil ich zu neugierig war, um nicht herauszufinden, was er vorhatte. Ein winziges Klappern erklang. »Nicht erschrecken.« Noch bevor ich dazu kam, ihn zu fragen, wie genau er mich erschrecken wollte, war da schon seine warme Hand, die meine festhielt. Im nächsten Moment drückte sich sanft die Miene eines Stiftes an meine Haut, fuhr ein winziges Muster entlang.

»Fertig.«

Ich öffnete die Augen und sah hinab auf das Herz, das Darce mir auf die Handaußenseite gemalt hatte. Genau an die Stelle, an der er vor vier Jahren eines gemalt hatte.

In dem Sommer, in dem wir uns ineinander verliebt haben.

»Da würde ich gerne ansetzen.«

»Okay«, stieß ich aus und obwohl es nur vier Buchstaben waren, klangen sie, als hätte ich zwischendurch meinen Atem verloren.

»Okay?«, kam es amüsiert zurück.

Ist das eine Frage?

In mir stürmte es.

»Hey.« Er ließ meine Hand los. »Kein Druck. Find in Ruhe heraus, was du willst. Aber ich kann nicht so tun, als würde ich dich nicht lieben.«

»Hast du mal darüber nachgedacht, dass du vielleicht nur in die Vorstellung von uns damals verliebt bist?« Da war sie, die Frage, die ich ihm nicht hatte stellen wollen, weil ich zu viel Angst vor seiner Antwort hatte.

Er lehnte sich an seinen Sitz. »Habe ich. Oft. Aber mittlerweile weiß ich, dass es nicht so ist.«

»Woher?« Die vergangenen Wochen waren ein Wechselbad der Gefühle gewesen und in unserem letzten Sommer vor vier Jahren hatte er mir das Herz zerschmettert. Ich hatte mich damals voller Hoffnung auf ihn eingelassen und es bitter bereut. War ich mutig genug, um mich noch einmal auf Darce einzulassen? Es fühlte sich nicht so an. Die letzte Nacht hatte das Chaos in mir nur verstärkt, weil sich alles so nach früher angefühlt hatte. Wie konnte man etwas voneinander trennen, das nahtlos ineinander überging? Wie konnte er sich sicher sein, dass er mich liebte und nicht dieses Mädchen, das ich einmal gewesen war? Und das ich nicht mehr war? »Darce?«

»Willst du es wissen, um herauszufinden, ob du mich liebst?« Sein Blick war so durchdringend, dass mein Herz einen Schlag lang aussetzte. »Oder geht es in Wahrheit darum, dich davon zu überzeugen, dass ich dich wirklich liebe?«

Verflucht.

Er kennt mich zu gut – noch immer.

»Macht das einen Unterschied?«

Kurz schien er zu überlegen, dann schüttelte er den Kopf. »Du solltest dir bei beidem sicher sein«, sagte er leise. »Ich brauche Zeit, um dich zu erkennen. Den Ton deiner Augen, deiner Haare, deine Bewegungen, deine Stimme. Es dauert einen Moment, bis ich weiß, dass du vor mir stehst. Und es dauert deutlich länger, wenn ich dich irgendwo sehe, wo ich nicht mit dir rechne.«

»Wie auf dem Empfang?«

Darce nickte langsam. »Oder auf der Beerdigung«, fuhr er fort, stoppte dann und seufzte auf. »Zwing mich nicht, es auszusprechen. Es wird superkitschig.«

»Jetzt will ich es erst recht wissen.« Ich rutschte näher und bekam ein zweites tieferes Seufzen.

»Also, mein Verstand verarbeitet all diese Informationen und versucht, dich einzuordnen …«

Ich nickte langsam, weil er auf eine Reaktion zu warten schien.

»Aber mein Herz erkennt dich«, fuhr er leiser fort. »Es überschlägt sich mittlerweile regelmäßig, sobald du auftauchst. Lange bevor ich begreife, warum. Dafür reicht ein Blick aus. Das liegt nicht an der Person, die du vor Jahren einmal warst, sondern an dir, wie du jetzt bist. Ich bin mir sicher, dass ich dich liebe, Ella.«

»Okay.« Die gleiche unsinnige Antwort wie gerade und diese stieß ich noch atemloser aus. Innerhalb von Sekunden schien die Luft hier sämtlichen Sauerstoff verloren zu haben. »Ich muss gehen.«

Sonst werde ich etwas tun, das ich bereuen werde.

Rasch löste ich den Gurt und öffnete die Tür. Beinahe verfing sich mein Fuß im Taschenriemen, beim Versuch, so schnell wie möglich aus dem Auto zu fliehen.

»Alles in Ordnung?« Besorgnis flackerte in seiner Stimme, zu viel, um nicht kurz innezuhalten.

»Mango«, erwiderte ich knapp und warf die Tür hinter mir zu.

Darce' Lachen wehte durch das geöffnete Fenster über mich hinweg. »Ich werde dich auch vermissen.« Er winkte mir zu, setzte den Blinker und fuhr davon.

Sein gemaltes Herz aber blieb auf meiner Hand.

Und ich verbrachte viel Zeit damit, es anzustarren.

Schon wieder.

»Lass mich raten, du bist hier, weil du dich nach mir verzehrst? Jetzt flehst du mich um ein Date an?«

Ich seufzte auf. »Können wir den Unsinn heute überspringen?«

»Das ist doch kein Unsinn.« Er verschränkte die Arme. »Samstagnachmittag wäre ich frei.«

»Logan, ich bin so müde, dass ich ernsthaft überlege, mich auf eurer Fußmatte zusammenzurollen und zu schlafen. Schickst du mir einfach Kitty raus?«

Seine dunklen Augenbrauen schoben sich zusammen und die Erheiterung in seinen Augen erlosch. »Deine Mom war schon vor Stunden hier, um sie zu holen. Alles klar bei euch?«

Shit.

Mom war also nicht bei der Spätschicht. Ich hätte sie vorhin anrufen sollen, um sie daran zu erinnern. *Mist.*

»Hab ich vergessen.« *Habe ich nicht.* Aber Logan musste in einer halben Stunde in der Bäckerei stehen und ich wollte nicht, dass er sich unnötig sorgte. »Dann sehen wir uns morgen im Diner. Deine neuen Salted-caramell-Muffins werden sicher grandios ankommen.« Ich winkte ihm knapp zu, bevor ich mich abwandte.

»Wolltest du mich nicht noch um ein Date bitten?«, rief er mir hinterher.

»Wenn die Hölle zufriert!«

»Du bist die Nette von uns beiden, zerstöre das nicht«, protestierte Logan zwar, aber es klang verdächtig, als grinste er dabei. »Der Schnösel tut dir nicht gut, der macht dich zu wählerisch. Wird Zeit, dass er dir das Herz bricht.«

»Stimmt, du bist eindeutig der fiese Part.« Ich drehte mich um, warf ihm einen Handkuss zu und peilte unseren Trailer an.

39

Gereizt öffnete ich die Tür und die abgestandene Luft darin schien begeistert davon, endlich freigelassen zu werden. Sie knallte mir geradewegs entgegen, wie eine unsichtbare, warme Wand, angefüllt mit dem Geruch des Trailers, dem scharfen Alkohol des Nagellackentferners und des alten Frittierfetts.

»Hi, Schatz.« Mom saß am Tisch, den Fernseher eingeschaltet, und war dabei, sich die Fußnägel im Signalrot eines Feuerwehrautos zu lackieren.

»Du musst zur Arbeit.«

Ihre Wimpern flatterten und ich registrierte, dass sie falsche Wimpern aufgesetzt hatte. Das tat sie nur an besonderen Tagen oder wenn sie datete.

Ich hoffe wirklich, dass heute einer ihrer besonderen Tage ist.

»Nein, ich habe angerufen und gesagt, dass ich heute nicht komme.«

»Und warum bist du nicht da?« Es war schwer, ruhig zu bleiben, während sie ungerührt weiter ihre Fußnägel anmalte.

»Kitty-Cat und mir war heute nach einem Mädelsausflug.«

Atmen.

Ein.

Und.

Aus.

»Du kannst nicht ständig Schichten absagen. Sie werfen dich noch raus!«

»Ja, *Mom*«, gab sie zurück und schnaubte, ohne aufzuschauen. »Kitty-Cat hatte den Spaß ihres Lebens. Wir hatten Pommes und waren in diesem Laden mit den Tausenden Lippenstiften …« Sie sah hoch und stoppte dann angesichts meiner Miene. »Wieso bist du in deinem Alter nur so eine Spielverderberin?«

Weil du mich dazu zwingst, Mom!

»Ich kann deine Abendschichten nicht übernehmen und das Geld fehlt uns dann nächste Woche in der Haushaltskasse.«

»Immer noch diese Dunkelheitssache?« Ihre Stimme wurde sanfter.

»Ja«, erwiderte ich tonlos und die paar Worte veränderten unsere Rollen, machten aus mir das Kind von uns beiden. Mein Finger strich liebevoll über Darce' aufgemaltes Herz. »Vielleicht wird es besser.«

»Sollte es. Diese angebliche Ärztin hat Dad ein Vermögen gekostet und nichts gebracht.«

Worte wie Hiebe mitten in meine Brust.

Weil sie wahr waren.

Weil sie sich anfühlten, als wäre es meine Schuld.

»Wo ist Kitty?« Ich brauchte einen Themenwechsel.

»Sie schläft.«

»Du kannst sie um diese Zeit nicht schlafen lassen! In zwei Stunden gibt es Abendessen.« Kitty reichte eine halbe Stunde Schlaf am Nachmittag, um bis Mitternacht durch den Trailer zu hüpfen wie ein Flummi. Dafür würde sie morgen die Augen nicht aufbekommen, wenn es Zeit wurde aufzustehen.

»Du solltest aufhören, andauernd so verkniffen zu schauen, sonst bekommst du früh Falten, Schatz.« Sie strich eine letzte rote Schicht auf den linken großen Zeh und legte den Pinsel beiseite. »Was soll ich machen? Sie ist auf der Rückfahrt im Auto eingeschlafen.« Mom wandte ihre Aufmerksamkeit der

Tüte neben sich zu, zog etwas heraus und hielt es mir freudestrahlend hin. »Hat Kitty für dich ausgesucht, weil du nicht beim Ausflug dabei warst.«

Ein gigantischer Clownfisch starrte mich von einem Shirt an und ich starrte entgeistert zurück.

Das musste das hässlichste Shirt aller Zeiten sein.

Sie warf mir das Ungeheuer zu und nun sahen mir zwei riesige Augen aus meinen Händen entgegen. »Wo hast du es her?«

»Wir waren in diesem Unterwasserding. Kitty hat gestern Abend einen Film über Fische geschaut und wollte echte sehen.« Mom lächelte, während in mir alles gefror.

Ich sah auf das Schild, schnappte beim Preis entsetzt nach Luft. »Wo hast du das Geld dafür her? Und das für den Eintritt?« Mein Blick wanderte durch den Raum, fand eine Tüte vom Fast-Food-Restaurant und einen kleinen Schuhkarton.

»Kannst du nicht einmal Spaß haben? Das Shirt war ein Geschenk, man bedankt sich und freut sich.« Es schwankte bedrohlich in ihrer Stimme und ich ahnte, was gleich folgen würde. Tränen.

»Danke«, gab ich knapp zurück, ging zum Karton und nahm den Deckel ab. Darin lagen hellblau glitzernde Sandalen mit Sternen, die mir den Magen verknoteten.

Weil sie wunderschön waren.

Weil sie so gut zu Kitty passten.

Weil wir sie uns nicht leisten konnten.

Ich krallte meine Hand in das Clownfisch-Shirt. »Was hast du getan?«

Mom hob ihr Kinn. »Kitty brauchte neue Sandalen.«

»Brauchte sie nicht. Sie hat welche.«

»Die sind hässlich.«

Ihre Worte waren wie winzige Stiche, die sich in mir versenkten. Ich hatte die Sandalen letzten Monat für wenige Dollar gebraucht gekauft. Sie waren nicht schön, aber sie reichten aus.

»Wo hast du das Geld dafür her?«

Moms Unterlippe bebte. »Kitty verdient etwas Schönes!«

»Zum letzten Mal: woher?«

Tränen stiegen in ihre Augen, doch sie blieb still.

Nein!

Mein Herz krampfte sich zusammen.

Das konnte nicht sein.

Ich stürzte an mein Bett, zog Grandpas alte Zigarrenkiste hervor. Das einzige Teil, das ich noch von ihm besaß und worin ich das hortete, was uns hier rausbringen würde. Ich riss den Deckel auf und … *Nichts.*

Die Kiste war leer.

Ein Anblick so schmerzhaft wie Fäuste, die mir in den Magen boxten. Jetzt waren es meine Augen, in denen sich Tränen sammelten. Dabei weinte ich nie.

»Wo ist es?«

»Es ist ein Investment, Schatz. Rick hat einen geheimen Tipp erhalten und es für uns in Aktien angelegt. In ein, zwei oder drei Wochen hat es sich verzehnfacht.« Mom kam auf mich zu. »Du bekommst alles zurück und noch viel mehr.«

»Ich will es sofort wiederhaben!«

»Das geht nicht, Rick hat es bereits investiert.«

»Es ist mein Geld!« Ich schrie die Wut hinaus, doch der Trailer war nicht groß genug für sie.

Dieses Geld war meine Zukunft gewesen.

So viele geputzte Häuser, so viele gekellnerte Schichten.

»Schatz.« Sie legte ihre Hand auf meine Schulter. »Es wird alles gut.«

»Fass mich nicht an!« Ich schüttelte ihre Hand ab. »Nichts wird gut. Es gibt weder ein Investment noch einen Tipp. Er nutzt dich genauso aus wie die anderen Typen. Begreifst du überhaupt, was du angerichtet hast? Kitty benimmt sich erwachsener als du und sie ist drei, Mom. Drei!«

»Das habe ich nicht nötig! Ich wollte dir nur helfen!«, fuhr sie mich an, während ihr gleichzeitig Tränen die Wangen hinabliefen. »Und du behandelst mich andauernd wie ein Kind! Du vergisst, dass ich dich großgezogen habe. Ihr seid meine Töchter, nicht umgekehrt!«

»Es gehört mehr dazu, eine Mom zu sein!«, schrie ich ihr entgegen. »Dafür muss man sich um seine Kinder kümmern und darf nicht regelmäßig vergessen, dass man welche hat! Man sollte daran denken, zur Arbeit zu gehen, weil man sonst kein Geld bekommt, um sie zu versorgen. Und vor allem sollte man seine Kinder nicht bestehlen!«

Mom hastete an mir vorbei, riss die Tür auf und rannte barfuß hinaus.

Zeitgleich mit dem Geräusch der zuknallenden Tür brach ich auf dem Boden zusammen, mit Grandpas leerer Zigarrenkiste in den Händen. Alles an mir wollte vor Wut schreien, wollte weinen, aber kein Ton drang hervor. Es fühlte sich an, als würde ich von innen heraus vereisen.

Sie hat mein Geld gestohlen.

»Ella?« Kittys Stimme klang höher als sonst. Unser Streit musste sie geweckt haben. »Was ist mit Mom?«

»Alles gut.« Es hatte schon so viele Momente gegeben, in denen ich das behauptet hatte, obwohl nichts in Ordnung gewesen war. Doch dieser hier war heftiger und so schmerzhaft wie eine Klinge, die sich wieder und wieder in mir versenkte.

Das Geld war unsere Zukunft gewesen – *meine Zukunft.*

Und sie hatte sie mir genommen.

Der Geruch des Nagellacks fraß sich förmlich in meine Nervenstränge. Ich musste hier raus, bevor ich explodierte.

»Alles ist gut.«

Ist es nicht.

Und wird es vielleicht niemals wieder werden.

Aber es reichte, wenn meine Welt schwankte.

Kitty durfte nichts davon mitbekommen.

Sie tauchte neben mir auf und ihre warme Hand legte sich in meine, als würde sie instinktiv ahnen, dass ich Trost brauchte. »Magst du das Geschenk?«

»Na klar.« Ich mühte mir jedes meiner Worte ab. »Es ist richtig … fischig.«

Sie nickte und in ihren Augen leuchtete es verstohlen. »Zieh es an!«

»Gleich. Ich brauch nur einen Moment.«

Um mich zu fangen.

Zu atmen.

Und weiterzumachen.

»Was ist das?« Ihr Finger tippte auf meinen Handrücken.

Ich sah hinunter.

Auf das Herz.

Eine Sekunde, eine zweite verging, bevor ich wieder aufsah in die ernsten Augen, die mich prüfend musterten.

»Machen wir beide einen Ausflug?«

40

Darce

»Die Pizza ist da!« Als ob Bentley und James das nicht mitbekommen hätten, schließlich hatte es schon vor Minuten am Tor geklingelt. Dann war da noch das Klingeln an der Haustür gewesen, knappe fünf Sekunden vor meinem Ruf – dennoch tat sich oben nichts. Ich gewöhnte mich zwar an James, gleichzeitig war es hart, ständig ein glückliches Paar vor der Nase zu haben. Es rief mir permanent in Erinnerung, was ich mir wünschte.

Ich öffnete die Tür und fand dort genau das.

Luftlöcher überall.

Ella.

In dem hässlichsten Shirt, das ich jemals gesehen hatte.

Das Orange war so grell, dass es im Gehirn geradezu biss. Die überdimensionalen Augen, die mir darauf entgegensahen, schienen zu überlegen, ob ich als Abendessen taugte, und dann grinste dieser Fisch auch noch. *Können Fische überhaupt grinsen?*

»Wow!«

»Wir reden nicht über das Shirt.« Ella warf mir den finstersten aller Blicke zu.

»Das kannst du nicht machen! Ich habe Fragen und mir fallen jetzt schon ein Dutzend schlechte Wortwitze ein.«

»Darce!«

»Findest du mich etwa nicht lustig?« Ich lehnte mich an den Türrahmen und hob provokant die Augenbrauen. »Dabei bist du so ein Clown-Fan.« *Gut, der war mies, aber er ist auch nur der Auftakt.*

»Wir reden nicht über das Shirt!«, sagte Ella erneut und ihr scharfer Ton machte klar, dass ihr nicht nach Scherzen zumute war. Es klingelte wieder und ich drückte den Toröffner, ohne Ella aus den Augen zu lassen. Irgendetwas an ihr war anders als sonst.

»Was ist los?«

»Mieser Tag.« Dass sie meinem Blick auswich, steigerte den Argwohn in mir. »Können wir hierbleiben?«

»Klar.« *Wo sollen wir auch sonst hin?* Immerhin brach der Abend gleich an. Dass sie jetzt noch hier stand, bedeutete wohl, dass sie wieder vorhatte, hier zu schlafen.

Bei mir.

Gute Nachrichten.

Ella huschte an mir vorbei ins Innere, stockte dann aber verwirrt und drehte sich um. Ihr Kopf zuckte hin und her, schien etwas zu suchen, was sie verloren hatte. Doch alles, was ich von hier aus sah, war der Pizzalieferant, der mit seiner Tasche geradewegs auf uns zukam.

»Hierher, sofort!«, rief Ella ihm genervt zu. So wie er sie anstarrte, schien er die Begrüßung ähnlich sonderbar zu finden wie ich. »Schneller!« Der Mund des Lieferanten klappte auf, doch er beschleunigte seine Schritte tatsächlich, joggte nun in Richtung Haustür.

»Geht es dir gut?«, raunte ich ihr zu und erntete einen verständnislosen Blick aus moosgrünen Augen. »Du benimmst dich schlimmer als Bentley, wenn er hungrig ist.«

Sie runzelte die Stirn, bevor sie wieder an mir vorbeisah. »Manchmal muss man das«, sagte sie und fuhr deutlich lauter fort. »Ich zähle bis drei. Wenn du dann nicht hier bist, ist die Tür zu.«

…

Okay?

Wie dringend kann jemand eine Pizza brauchen?

Wahrscheinlich wäre der Lieferant angesichts Ellas Unverschämtheit längst umgedreht, wenn Bentley nicht regelmäßig Unsummen in dem Laden lassen würde. Stattdessen rannte er tatsächlich los. Ihm blieb noch der Weg um den Springbrunnen und die Treppe – kaum machbar in drei Sekunden. Ich konnte gar nicht anders, als ihn stumm anzufeuern.

»Eins«, rief Ella, hob den Finger und ich schnappte nach Luft. Die Tasche in seinen Armen wurde hin und her geschleudert, während der Lieferant den linken Halbkreis wählte. Er sprintete auf uns zu, als absolvierte er das Rennen seines Lebens.

»Zwei.«

Ich ahnte, dass sich Ellas zweiter Finger ebenfalls in die Höhe hob, aber ich konnte den Blick nicht von dem Mann nehmen. Er war jetzt nah genug, um die Panik in seiner Miene zu erkennen. Offenbar ließ Bentley noch viel mehr Geld in der Pizzeria als geahnt.

»Drrrr…«

Was auch immer das hier war, ich setzte schnell den Fuß zwischen die Tür, damit Ella nicht Ernst machen konnte. Gedanklich erhöhte ich das Trinkgeld des Lieferanten um ein Vielfaches, als er die drei Treppenstufen hochhastete.

»Bin da!«, keuchte er und beugte sich luftschnappend vornüber.

Ella blinzelte. Sah zwischen dem Mann und mir hin und her, als wartete sie auf eine Erklärung, wo er plötzlich herkam.

Ja.

Irgendwas stimmt nicht mit ihr.

»Sie hat den ganzen Tag noch nichts gegessen«, raunte ich in Richtung des Lieferanten und steckte ihm wohl das Trinkgeld seines Lebens zu, während er die Kartons befreite.

»Redest du über mich?«, fragte Ella und der übergroße Fisch auf ihrem Shirt sah aus, als wollte er uns beide mit einem Happs verschlingen.

Der Kopf des Lieferanten schüttelte sich entsetzt, dabei war ihre Frage an mich gerichtet gewesen. Sie musste ihm eine Heidenangst einjagen in ihrem Monsterfisch-Shirt. Verständlich. Selbst ich war … dezent verstört.

»Pizza?« Ein heller Schrei erklang und noch während ich dabei war, die Stimme einzuordnen, schälte sich jemand hinter dem Springbrunnen hervor. Die kleine Gestalt rannte auf uns zu und stoppte neben Ella.

Moosgrüne Augen musterten mich.

Shit.

Die kleine Alarmanlage.

Die hatte Ella gemeint, als sie von *uns* gesprochen hatte.

Großartig.

Nicht.

Kinder waren so überhaupt nicht mein Ding und dieses hier sah mich an, als erwartete es, dass ich ein Kunststück aufführte.

Ich kannte keine Kunststücke.

Nicht einmal Witze.

Das wird in einer Katastrophe enden.

»Bentley!«, rief ich nach oben. »Runter, sofort!« Mir entging nicht, dass ich plötzlich klang wie Ella gerade. *Ob ich auch versuchen soll, meinen Bruder anzuzählen?* Der würde schon deshalb herunterstürzen, um mir bildlich mitzuteilen, was er davon hielt. Aber das brauchte ich nicht, denn James kam die Treppe herunter und ich griff beherzt nach den Kartons. So musste sich jemand der anderen mit dem Kind beschäftigen. Im besten Fall jemand, der wusste, wie.

»Wer bist du denn?« James ging vor Kitty in die Hocke.

Guter Move, sollte ich mir merken.

»Das ist Kitty.« Ella legte die Hände auf die Schultern ihrer Schwester.

James' Augen weiteten sich entgeistert bei Ellas Anblick. »Was trägst du …?« Weiter kam er nicht.

»Wir sprechen nicht über das Shirt!« Ellas Stimme war frostig und spitz wie ein Speer aus Eis.

»Pizza?«, fragte ich schnell, weil es sich so anfühlte, als sollte das Was-immer-es-war dringend deeskaliert werden.

»Ja!«, erklang es einen Meter unter mir und als ich an den Kartons vorbeisah, fand ich ein breites Grinsen. Kitty nickte so heftig, dass ihre Zöpfe flogen. Keine Ahnung, warum ich gerade jetzt an *Die Gremlins* denken musste. Vielleicht weil ich Kitty schon im Gremlin-Modus gesehen hatte. *Sicherheitshalber sollten wir sie lieber vor Mitternacht füttern.* »Dann los«, sagte ich und hoffte, dass niemand merkte, dass ich wirklich gern mit dem Pizzalieferanten zusammen geflüchtet wäre.

Kitty kaute begeistert auf ihrem zweiten Pizzastück herum, als Bentley auftauchte und sie abklatschte wie eine alte Freundin. Offenbar kannten sich die beiden.

Darauf war ich nicht vorbereitet gewesen. Die Erkenntnis fühlte sich wie ein Dorn an, der sich tief in mich schob. Weil ich bis vor Kurzem nicht einmal gewusst hatte, dass Ella eine Schwester hatte.

Sie selbst stand an die Kücheninsel gelehnt, schien den Moment zu nutzen, in dem Kitty abgelenkt war. Nur wusste ich nicht, für was. Durchatmen? Danach sah es zumindest aus.

Hier war definitiv nicht der richtige Ort, um sie zu fragen. Ich nahm ein Stück Pizza, legte es auf einen Teller und trat damit zu ihr.

»Ich habe keinen Hu–«

»Hast du heute Abend schon etwas gegessen?«

Langsam schüttelte sie den Kopf, ganz wie erwartet. So lange konnte sie noch nicht mit dem Putzen der Ferienwohnungen durch sein und dennoch stand sie bereits hier und das in einem Zustand, der mir Sorgen bereitete. »Versuch, etwas zu essen, okay?«

Ein weiteres Nicken, kleiner diesmal, aber immerhin nahm sie mir den Teller ab. »Ist es wirklich in Ordnung, dass wir hier sind?«

»Klar.«

»Ich höre es, wenn du lügst.« Sie biss in die Pizza.

Manchmal war es anstrengend, dass die Frau, die ich liebte, jedes noch so kleine Detail an mir kannte. »Wollen wir das hier besprechen?«

»Nein.« Ella drehte sich um und sah Bentley dabei zu, wie er aus den Servietten Fächer für Kitty faltete. Bei ihm wirkte es spielerisch, leicht und kein bisschen verkrampft.

Er sah auf und seine Augen wurden untertassentellergroß, anscheinend registrierte er erst jetzt Ellas Horror-Outfit. »Warum …«

»Wir reden nicht über das Shirt!«, kam es gleichzeitig von Ella, James und mir.

Bentley starrte von einem zum anderen und stoppte empört bei seinem Freund. »Sag mir nicht, dass du jetzt Teil ihres Clubs bist!«

Plötzlich war mir das alles zu viel.

Ellas unnatürlich leerer Blick.

Dieses Shirt, das anscheinend einer der Gründe dafür war.

Die Lautstärke auf der anderen Seite der Kücheninsel.

»Könnt ihr sie kurz übernehmen?« Ich deutete auf Ellas Schwester.

»Sie hat einen Namen«, kam es schnippisch von Bentley, aber er wandte sich Kitty zu und grinste breit. »Na klar. Wir zeigen dir, wie du Onkel Darce fertigmachst.«

Vielleicht ist das nicht meine beste Idee gewesen.

Doch Ella war schon an mir vorbei.

»Wehe«, flüsterte ich Bentley zu, der sich viel Mühe gab, so zu tun, als hörte er mich nicht.

»Wohin?«, fragte Ella, kaum dass ich sie eingeholt hatte.

»Wohin du möchtest.«

»Dein Zimmer?« Diese Unsicherheit in der Frage nagte an mir. All die Jahre war Ella klargemacht worden, dass es eine Grenze zwischen uns gab. Ich hatte sie nur am Rande wahrgenommen, aber dass sie mich fragte, ob sie mein Zimmer betreten durfte, machte überdeutlich, dass es sich für sie anders angefühlt hatte.

Sich wahrscheinlich immer noch anders anfühlte.

Ich griff nach ihrer Hand und stoppte sie sanft. »Du musst nicht fragen. Es ist niemand mehr da, der es uns verbieten kann.« Diesmal flackerte es in ihrem Blick. »Geh rein, wann immer du willst.«

Ella stellte den Teller auf meinen Schreibtisch, kaum dass wir eintraten. Dann verschränkte sie die Arme vorm hässlichsten Shirt der Welt und bedeckte nun einen Großteil des Fischs. Doch jetzt starrten mich zwei gigantische Augen unheilvoll über Ellas Armen an. Das wirkte fast noch verstörender.

»Also, erzählst du mir, was los ist?«

»Ich musste kurz raus«, sagte sie so leise, dass ich Schwierigkeiten hatte, sie zu verstehen. »Es ist nur für ein paar Stunden, aber ohne Kitty konnte ich nicht weg.«

Wahrscheinlich war das der Augenblick, in dem ich hätte sagen sollen, dass beide so lange bleiben konnten, wie sie wollten. Ich schwankte und ließ es dann, weil Ella die Lüge darin erkennen würde. Die würde sie noch mehr verletzen als mein Schweigen. »Kann ich dir helfen?«, fragte ich stattdessen. Sie schüttelte den Kopf, schien nicht einmal darüber nachzudenken. »Sicher?« Ella in dieser Stimmung zum Reden zu bringen, war, wie wissentlich gegen eine Wand zu rennen. Aber so schnell gab ich nicht auf und nahm erneut Anlauf. »Soll ich jemanden anrufen? Dich umarmen? Heimlich dein Shirt verbrennen?«

Ich bekam zumindest ein Zucken ihrer Mundwinkel. »Umarmung.«

»Gute Wahl.« Ich trat zu ihr, legte die Arme um sie und ihre eigenen schlossen sich wie ein Echo um mich. »Du könntest mit mir reden?«

»Und du könntest mein Schweigen akzeptieren.« Ihr Kopf sank an meine Schulter. Ihr Haar roch immer noch nach meinem Shampoo. Ich atmete den Duft ein, doch gegen diese Anspannung in mir war er gerade machtlos. Zwar hielt ich Ella im Arm, aber gleichzeitig fühlte es sich an, als würden wir einen Schritt zurück machen.

Oder zwei.

41

Ein Kreischen auf dem Flur riss mich buchstäblich aus dem Schlaf. Mit trommelndem Herzen fand ich mich sitzend im Bett wieder. *Allein.* Das hier war so überhaupt nicht, was ich mir gestern erhofft hatte, als Ella vor unserer Tür aufgetaucht war.

Das Kreischen wurde lauter, nervenzerfetzender und konnte spielend jede Alarmanlage der Welt übertrumpfen.

Klingen Kinder immer so schrill oder ist dieses Exemplar besonders schlimm?

Kurz überlegte ich, mich zurückzulegen, nur diesmal mit dem Kopf unter meinem Kissen. Doch der Lärm draußen ließ ahnen, dass dringend ein Erwachsener nach dem Rechten sehen sollte. Und die Stimmen auf dem Flur klangen nicht, als wäre einer anwesend. Ein Blick vor die Tür machte mir klar, dass ich richtiglag – mit allem.

»Was wird das?«, fragte ich und sah von Bentley und James hinunter zu Ellas Schwester, die in einer überdimensionalen Schleuder saß. Sie thronte auf einem der Sofakissen, umfasste eine Reihe Hemden, die darunter zu einer Art Seil zusammengebunden worden waren, und die Enden dazu hielten Bentley und James jeweils in einer ihrer Hände.

»Wir spielen.«

»In welcher Welt ist das ein Spiel?«

»Es ist eine Kutsche«, setzte James an, doch Bentley stoppte ihn.

»Versuch es nicht, davon versteht Darce nichts.«

Mein Blick fuhr von Kitty zu der Riesenschleuder, in der ich mindestens eines meiner Hemden ausmachte. »Wo ist Ella?«

»Noch unten im Gästezimmer wahrscheinlich.«

Gästezimmer.

Die Vorstellung hatte sich gestern Abend ähnlich sonderbar angefühlt wie heute Morgen. Gästezimmer waren für Gäste, aber Ella war viel mehr als das.

»Vorsichtiger!«, rief ich den beiden nach, die sich wieder mit Kitty in Bewegung setzten und den Flur entlangrannten. Ich baute darauf, dass Kittys Kreischen Begeisterung war, aber zur Sicherheit sollte ich kurz bei Ella vorbeischauen.

Ihre Tür war geöffnet, als ich eintrat. Sie selbst stand am Fenster, sah hinaus in den Garten. Sonnenstrahlen gaben ihrem Haar diesen vertrauten goldenen Hauch. »Ella?« Sie schien mich nicht zu hören, ihr Blick blieb, wo er war.

»Meld dich, wenn du doch jemanden brauchst. Es ist dringend.« Es dauerte einen Augenblick, bis ich begriff, dass sie nicht mit mir redete. »Nein, noch immer keine Nachtschichten.« Ihre Stimme klang erschreckend farblos. »Mom kommt heute Abend. Wirklich. Ich verspreche es.«

Gerade hatte ich dazu angesetzt, rückwärts aus dem Raum zu schleichen, da drehte sich Ella mit ihrem Handy am Ohr um. Ihre Augen weiteten sich entsetzt, als sie mich entdeckte. Sie nickte über irgendwas, schien aber nicht zu registrieren, dass der Anrufer am Ende das unmöglich sehen konnte. Mein Erscheinen brachte sie sichtlich aus der Fassung. Ohne sich zu verabschieden, legte sie auf.

»Alles in Ordnung?« Momentan hatte ich das Gefühl, dass ich sie das andauernd fragte.

»Klar«, sagte sie und selbst, wenn ich sie nicht so lange kennen würde, hätte ich an dem Schlenker in ihrer Stimme gehört, dass sie mich gerade gnadenlos belog.

»Ist Kitty oben?«

»Ja, Bentley hat sie in eine übergroße Schleuder gesetzt und hält sich für ein Kutschpferd.«

»Klingt, als sollte ich nachschauen.« Sie ging auf die Tür zu, aber gleichzeitig hatte ich diesen drängenden Verdacht, dass sie mir entkommen wollte.

Ich griff nach ihrer Hand und stoppte sie sanft. »Warum redest du nicht mit mir?« Ella sah von unseren Händen hoch in mein Gesicht. »Brauchst du Geld?« Das Vorpreschen bereute ich schon, bevor sich ihre Augen verkleinerten und sich ihre Lippen aufeinanderpressten. Vielleicht hatte sie gehofft, dass ich sie nicht gehört hatte. Hatte ich aber und jetzt konnte ich nicht so tun, als wäre nichts. »Wie viel brauchst du?« Ich verschränkte meine Finger fester mit ihren und hoffte, sie würde mir eine Zahl nennen. »Komm schon, Ella«, raunte ich ihr zu. »Sag mir, was los ist.«

Ich spürte ihr Schwanken. An der Art, wie sich ihre Fingerspitzen gegen meine drängten, und am Flattern in ihrem Blick. Dann plötzlich wurde das Flattern ersetzt durch Kühle und ihre Fingerspitzen verschwanden. »Wir müssen los.«

Bäm!

Ich knallte erneut gegen diese Wand, gebaut aus Schweigen.

»Wir sind gerade erst aufgestanden.«

»Der Rest von uns ist länger wach«, korrigierte sie ein wenig sanfter und nun wurde mir wirklich bewusst, dass ich nur in Shorts bekleidet vor ihr stand. Da Ella nicht in meinem Zimmer übernachtet hatte, hatte ich nicht einmal darüber nachgedacht – bis jetzt.

»Dann sollte ich mich wohl anziehen.«

»Darce?«

Hoffnung zupfte an mir. Hatte sie es sich anders überlegt?

»Es gibt eine Sache, die ich brauche.«

»Ja?«

»Gibst du mir eines von deinen Shirts? Bevor ich meines in den nächsten Reißwolf stecke?«

42

»Darce?«

Ich schrak zusammen und Kaffee lief über den Tassenrand hinweg auf die Marmorplatte. »Musst du mich so erschrecken?«, fuhr ich Bentley an, der unmittelbar hinter mir stand.

»Die anderen fünf Male hast du nicht reagiert. Ich wollte dir nur sagen, dass die Arbeiten im Garten gleich beginnen.«

»Was?« Irgendetwas schien ich nicht mitbekommen zu haben, aber so ging es mir in letzter Zeit andauernd.

»Für die Party?«

»Aber ihr seid durch? Dein Geburtstag war das Ende.«

»Wir haben es doch erweitert und wir haben das absolut beste Motto.« Bentley seufzte theatralisch. »Als Ella gestern Morgen hier war, habe ich euch alles erzählt.«

Hatte er das?

Verflucht.

Keine Ahnung.

Ich erinnerte mich nur an Ella. Ihren Geruch, ihre unverschämt weiche Haut.

Verliebtsein nervt.

»Es gibt also noch eine Party?« Offenbar zeigte ich mich nicht begeistert genug, denn Bentley spitzte beleidigt die Lippen. »Yayyyy«, setzte ich grimmig hinterher und schwenkte die Arme.

»Du bist ein Sarkasmusmonster.« Er lehnte sich neben mich an den Tresen. »Wo wir gerade bei Monstern sind, wo ist Ellas Shirt abgeblieben?«

»Hat sich selbst gefressen.« Wir tauschten ein Grinsen aus.

»Erzählst du mir, was gestern los war?«

»Kann ich nicht, sie hat kein Wort dazu gesagt.«

»Nicht mit ihr.« Sein Finger bohrte sich mir in den Brustkorb. »Mit dir.«

Mit mir?

Meine Verständnislosigkeit sorgte dafür, dass sich der Finger tiefer bohrte. »Du hast die ganze Zeit abseitsgestanden, als wolltest du mit niemandem von uns etwas zu tun haben. Auch nicht mit Ella.«

»Es war laut. Du, James und die Kleine habt genug Lärm für uns alle gemacht.« Außerdem war ich damit ausgelastet gewesen, mich um Ella zu sorgen. Sie dabei zu beobachten, wie sie andauernd verstohlen aufs Handy blickte. Wie ihre Wimpern flatterten, wenn sie die Nachrichten darauf las und wie sie es schnell wieder in ihre Jeans steckte, ohne auf eine davon zu antworten. Ja, sie hatte sich das eine oder andere Lächeln abgemüht, aber nicht eines war echt gewesen.

»Ist es wegen Kitty?«

»Ich habe keinen Draht zu Kindern.«

»Ja«, erwiderte Bentley trocken. »Das hast du gestern bewiesen. Hast du überhaupt mit ihr gesprochen?«

»Ich habe sie gefragt, ob sie Pizza will.« Eine Halbwahrheit, aber selbst die schien ihm nicht auszureichen. Er bedachte mich mit einem Blick, der mir ohne Worte klarmachte, dass jede Mühe bei mir verloren war.

Es klingelte an der Tür, offenbar kam irgendjemand, der was-auch-immer-mit-dem-Garten vorhatte. Zum Protestieren war ich zu müde und George war nicht mehr da, um es zu verhindern.

»Hey«, rief ich Bentley zu, der gerade Richtung Tür abdrehte. »Mein Joghurt ist weg. Hast du ihn gegessen?«

»Schade, ich dachte, diese Joghurt-Phase hast du hinter dir gelassen.«

»Sag es einfach.«

Er verdrehte die Augen. »Nein«, gab er zurück. »Ich habe kein Interesse an deinem heiligen Joghurt. Nie gehabt.«

Ungefähr die Antwort, mit der ich gerechnet hatte.

Ich wünschte, sie wäre anders ausgefallen.

43

Ella

Mom schwieg mich an.

Wahrscheinlich ihre Antwort auf mein Schweigen gestern, als sie mich mit ihren Nachrichten bombardiert hatte, um herauszubekommen, wo wir waren. Nur als ich mit Kitty zurückgekommen war, hatte sie geredet. »Hier.« Sie hatte in ihre Tasche gegriffen, lose Scheine herausgezerrt und sie auf dem Tisch abgelegt. Dabei war sie meinem Blick ausgewichen, während sie die letzten Geldscheine zusammensuchte. »Den Rest hat Rick schon angelegt.« So wie sie das sagte, wie sie auf die Tischplatte starrte, schien spätestens jetzt auch sie zu ahnen, dass er es nicht für Aktien gewollt hatte.

Dass ich den Rest nie wiedersehen würde.

»Glaube nicht, dass ich dir das verzeihe.« Ich wollte schreien, aber Kitty war hier. Also flüsterte ich die Worte, damit sie mich nicht von innen heraus zerfraßen.

Darauf hatte Mom nichts erwidert, doch zumindest war sie zur Arbeit gegangen, nachdem ich ihr gesagt hatte, dass ich ihr eine Ersatzschicht besorgt hatte. Zwar hatte sie getan, als würden meine Worte nicht bei ihr ankommen, aber sie hatte sich ohne Ermahnung ihre Tasche genommen, als es Zeit wurde aufzubrechen, und diesmal sogar Schuhe angezogen.

Kitty war so müde, dass sie beinahe sofort einschlief. Letzte Nacht hatte sie zu wenig Schlaf bekommen, weil ich sie erst nach Mitternacht dazu bewegen konnte, sich ins Bett zu legen. Dafür war sie heute Morgen schon zum Sonnenaufgang darin herumgesprungen, bis ich sie Bentley in die Arme geschoben hatte, um einige Anrufe zu erledigen. Doch bis auf die ein oder andere zusätzliche Stunde Putzen fand sich nichts an Arbeit für mich.

Vor drei Jahren war ich im Winter mit Logan, Lilly und ein paar anderen am zugefrorenen See gewesen, um mit Besen Eishockey zu spielen. Plötzlich hatte das Eis unter mir nachgegeben. Das eisige Wasser hatte mir den Atem geraubt, die Kleidung hatte sich vollgesaugt und ich war tiefer gezerrt worden. Meine Muskeln waren erlahmt. Verzweifelt hatte ich einen Halt gesucht, etwas, um mich hochzuhieven, aber alles um mich herum war mit mir eingebrochen.

Genauso fühlte ich mich jetzt.

Damals hatte mich Logan mit seinem Besenstiel herausgezogen.

Diesmal gab es keine Rettung.

Wenn Mom das Geld nicht zurückschaffte, war alles vorbei.

Es klopfte an der Tür. Sicher Logan. »Lass mich raten, du kannst vor Sehnsucht nach mir nicht schlafen?«

Ich öffnete die Tür, doch dahinter stand nicht Logan mit seinem schiefen Grinsen und seinem Kartenspiel in der Hand, sondern Darce. Die Augenbrauen zusammengeschoben, musterte er mich. »So ähnlich. Heute habe ich den miesen Tag.«

Darce.

Hier.

Das letzte Mal war eine Katastrophe gewesen.

»Überraschungsbesuche sind nicht so dein Ding?«, fragte er und Unsicherheit flackerte in seinem Gesicht.

Nein. Wohl eher nicht.

»Wen hast du erwartet?« Der Klang seiner Stimme wurde diesen Hauch rauer, während er sich gleichzeitig zu bemühen schien, mich das nicht hören zu lassen.

»Logan.«

Er zupfte an der Plastiktüte in seiner Hand. »Super. Er scheint nett zu sein.«

»Ist er.«

Das Zupfen nahm zu. »Super«, wiederholte Darce und zwängte sich etwas ab, das wohl ein Lächeln darstellen sollte, aber es verrutschte und wirkte wie eine Grimasse. »Sorry für den Überfall, vergiss es einfach. Ich verschwinde.«

»Das mit der Sehnsucht war nur ein Joke, Darce. Seine Mutter will uns andauernd verkuppeln und wir haben irgendwann angefangen, darüber zu scherzen.«

»Okay.« Die Tüte sank ein Stück. »Dann kann ich aufhören, ihn zu hassen?«

Zum ersten Mal seit der leeren Zigarrenbox gestern schlich sich ein echtes Lächeln auf meine Lippen. »Ich dachte, du findest ihn nett?«

»Ja, das macht es nur noch schlimmer«, sagte er und sein durchdringender Blick schoss mir in den Magen, weckte darin ein ganzes Bündel Federn, die mich kitzelten, und gleichzeitig drängte er diese eisige Leere in meiner Brust fort.

»Also darf ich bleiben?«

Ich nickte und er schloss die Tür hinter sich. Einerseits beruhigend, denn der Abend kehrte ein und brachte die Dunkelheit mit sich. Andererseits kamen die Erinnerungen zurück an das letzte Mal, als er hier vor mir gestanden hatte. Der Raum war zu klein, um ihnen auszuweichen.

Darce machte zwei oder drei Schritte in den Trailer hinein und die Tasche in seiner Hand schaukelte hin und her. Er wirkte sonderbar verloren und da begriff ich.

Shitshitshitshitshit!

»Es tut mir so leid!« Keine drei Herzschläge später fand ich mich an ihn gepresst wieder und hielt ihn fest. »Ich habe nicht dran gedacht. Entschuldige.«

»Macht nichts.« Ich spürte, wie er einen besonders tiefen Atemzug nahm. »Am liebsten würde ich es auch vergessen.«

Manche Wunden schlossen sich nie.

Diese eine, die heute vor vier Jahren in Darce geschlagen worden war, fühlte sich wie eine solche an.

Wie habe ich das Datum vergessen können?

Sanft löste er sich von mir, anscheinend war er nicht zum Reden hier. »Ich habe deine Empfehlung mitgebracht.« Er hob die Tüte. »Schokobohneneis.« Wieder mühte er sich ein Lächeln ab und dieses verrutschte ebenfalls. Es ließ mich ahnen, dass er auch nicht zum Schweigen gekommen war. Darce suchte Ablenkung, um den Schatten dieser Nacht zu entkommen.

Dann würde ich seine Ablenkung sein.

»Warum essen wir das Eis auf dem Boden?« Darce' Blick huschte hoch zum Tisch und blieb fragend auf mir liegen.

»Weil das Schokobohneneis ist.«

Er hob die Augenbrauen und nahm sich einen weiteren Löffel. »So, wie du das sagst, klingt das unheimlich logisch.«

»Es schmeckt hier unten besser.«

»Weil es dramatischer ist?« Seine Augenbrauen schafften es sogar noch ein Stück höher.

»Wenn du es so nennen willst.«

»Diese dramatische Seite an dir ist neu.« Sein Arm streifte meinen, als er den Löffel erneut ins Eis stieß. »Wo kommt sie her?«

»Schlimmer Anfall von Liebeskummer. Der Typ hat mich geghostet und mir blieb eine Menge Zeit herauszufinden, wo dieses Eis am besten schmeckt.«

»Klingt, als wäre er ein Arsch gewesen. Zum Glück bist du ihn los.« Sein Löffel tauchte erneut ab.

»Bin ich nicht«, gab ich zurück, gerade als Darce ihn wieder anhob. Er brauchte nur eine Sekunde, um zu begreifen.

»Ich habe dich nicht geghostet!«

»Es hat sich aber so angefühlt.«

Darce starrte auf den Eisbecher, schwieg so lange, dass ich nicht mehr daran glaubte, dass er etwas erwidern würde. »Die beiden haben sich damals gestritten«, begann er schließlich leise. »Den ganzen Abend.«

Wir hatten nie darüber gesprochen, was geschehen war, nachdem ich das Grundstück verlassen hatte. Dabei hatte ich es so dringend wissen wollen, weil ich nicht verstanden hatte, wie Darce mich plötzlich wegen ein paar Armreifen hassen konnte. Jetzt erwachte bei seinen Worten die vertraute Kälte in mir. Sie stieß mir ihre eisigen Klauen in die Eingeweide.

Angst.

»Über dich«, fuhr er stockend fort, »und mich.«

Mein Herz schien zu einem der Lappen geworden zu sein, die ich jeden Tag in den Händen hielt. Es fühlte sich an, als würde es jemand greifen und auswringen. »Weil sie glaubten, dass aus uns ein Paar werden würde?«

»Nein«, erwiderte er tonlos. Seine Hand legte sich in meine. »Weil sie an dem Tag begriffen haben, dass wir eines waren.«

Das erste Mal, dass er es aussprach.

Ich sollte mich freuen und konnte nicht.

»Wie ging es weiter?« Für mehr als ein Flüstern reichte meine Stimme nicht.

»Sie haben sich gegenseitig Vorwürfe gemacht.« Darce schloss die Augen, doch seine Hand blieb fest in meiner. »Mom hat ihm vorgeworfen, dass er nie hätte zulassen dürfen, dass du die Sommer bei uns verbringst. Sie hat getrunken, ihn angeschrien und er den Mund kaum aufbekommen. Dann irgendwann meinte er, er hätte mit George gesprochen und er wolle die Scheidung. Danach wurde es noch schlimmer, aber sie mussten längst auf der Geburtstagsfeier meines Onkels sein. Schließlich sind sie losgehetzt, Mom schreiend, Dad still. Sie erreichten Greg nie. Ihr Auto kam von der Fahrbahn ab und prallte gegen einen Baum.« Als Darce seine Augen wieder öffnete, waren sie dunkel und leer. »Ich wollte nie wissen, wer von beiden hinter dem Steuer saß.«

»Es tut mir so leid …«

Das reichte nicht aus.

Warum erschien etwas so Allmächtiges wie Worte manchmal so winzig klein?

»Du warst nicht schuld, Ella. Ich hätte dir nie dieses Gefühl geben dürfen. Damals habe ich einen Grund gesucht, auf den ich meine Wut und diesen Schmerz richten konnte, weil ich ihn nicht ausgehalten habe. Jemanden, dem ich die Schuld geben konnte.«

»Und du fandest mich.«

»Ja. Dich und die Armreifen. Ohne die hätte Mom uns nicht gefunden. Die beiden wären nicht streitend zu Greg gefahren und meine Eltern würden noch leben.«

Wieder sah er mich an mit diesem Blick, der viel zu tief ging. »Warum hast du mir nicht gesagt, dass Bentley die Armreifen gestohlen hat?«

Woher weiß er davon?

»Ich habe heute deine Briefe gelesen.«

Er hat sie aufbewahrt?

»Du hast mir in keinem geschrieben, dass du unschuldig warst. Warum?«

Es war unmöglich, Darce weiter anzuschauen und so flüchtete mein Blick zum Pappbecher, in dem das Eis traurig vor sich hinschmolz. »Weil ich nicht wollte, dass du auch noch Bentley hasst«, flüsterte ich und Tränen brannten mir in den Augen. Dabei hatte ich seit Ewigkeiten nicht mehr geweint.

»Es war ein Fehler«, raunte er zurück. »Der größte Fehler überhaupt. Das habe ich begriffen, als Bentley mir die Wahrheit über die Armreifen erzählte. Seitdem denke ich ständig darüber nach, wie viel Zeit wir verpasst haben.«

Diesmal waren es seine Arme, die mich zuerst umschlossen. »Es tut mir so leid, Ella.« Eine feuchte Wange legte sich an meine. Und dann weinten wir beide, auf dem fleckigen Teppich mit dem Eisbecher zu unseren Füßen. Wir ließen den Schmerz heraus, der sich in uns angestaut hatte. Wir trauerten um das, was wir vor vier Jahren verloren hatten und um die Zeit danach, die sich angefühlt hatte, als fehlte dieser Teil von uns.

In dem Sommer damals, als ich nicht mehr fähig gewesen war, das Bett zu verlassen, ohne in Tränen auszubrechen, hatte Grandpa mir gesagt, dass sie Magie waren. Wenn wir weinten, schien es, als würden wir auseinanderbrechen, doch sobald die Tränen stoppten, setzten wir uns wieder zusammen und fühlten uns besser. Sie schmerzten, aber gleichzeitig heilten sie. Damals hatte ich es nicht verstanden. Selbst dann nicht, als die Tränen um Darce endlich versiegten – denn der Schmerz war geblieben. Er hatte sich in mir eingenistet wie eine Warnung, niemals wieder jemanden so nah an mich heranzulassen. Danach hatte ich nie mehr weinen können. Nicht einmal auf Grandpas Beerdigung, dabei hatte sein Tod mir das Herz zerrissen.

Umso sonderbarer, dass ich es jetzt in Darce' Armen konnte.

Dass ich nun nach so vielen Jahren verstand, was Grandpa gemeint hatte. Denn als dieses Mal meine Tränen stoppten, schienen sie den Schmerz von damals fortgespült zu haben.

»Wie fühlst du dich?« Darce' Frage klang sanft, aber seine Stimme war vom Weinen rau. Seine Tränen hatten vor meinen nachgelassen und seitdem hatte er mich festgehalten, so unerschütterlich wie ein Gebirge. Jetzt, wo mein Schluchzen verklungen war, sollte ich mir wohl die noch feuchten Tränenspuren fortwischen, aus seinen Armen huschen und hoffen, dass wir so taten, als wäre das alles nie passiert.

Stattdessen blieb ich darin und als seine Lippen meine Stirn streiften, waren sie genau die Heilung, die ich brauchte.

»Besser, denke ich. Und verwirrter. Wie geht es dir?«

»Ähnlich.« Seine Lippen schienen sich zu einem Lächeln zu verziehen. »Das Eis ist wohl längst aufgetaut.«

»Wahrscheinlich.« Die Pause, die sich anschloss, zog sich wie ein Kaugummi, eines dieser besonders schrillpinken, deren Konsistenz an Kleber erinnerte.

Schließlich war es Darce, der sie behutsam durchbrach. »Es ist ziemlich spät. Soll ich gehen?«

Nein!, schrie alles in mir. Jetzt blieb mir nichts anderes mehr übrig, als aus seinen Armen aufzutauchen. Ich hob den Kopf und er lockerte sofort seine Umarmung, um mir ausreichend Platz zu geben. Genauso waren wir früher gewesen, so aufeinander eingestimmt, als würde die Welt nur aus uns beiden bestehen.

»Willst du gehen?« Das wäre verständlich, immerhin war Darce hergekommen, um Ablenkung zu finden und als die hatte ich komplett versagt.

Wie zum Beweis waren seine Augen noch immer gerötet. Dafür liebte ich dieses winzige Lächeln, das auf seinen Lippen lag. »Nein«, flüsterte er mir zu und hauchte einen Kuss auf meine Nasenspitze. »Ich möchte nirgends lieber sein als bei dir.«

44

DARCE

Hätte mir vor zwei Monaten jemand gesagt, dass ich diese Nacht in einem viel zu schmalen Trailerbett neben Ella verbringen würde, hätte ich ihn gnadenlos ausgelacht. Das hier war so weit weg von meinem Leben, dass ich selbst zwischendurch Schwierigkeiten hatte, es zu glauben.

Wirre Haarsträhnen lagen in ihrem Gesicht, einige davon streiften meine Wange und trotz der Enge hasste ich jetzt schon den Moment, wenn wir aufstehen würden.

Mit geschlossenen Augen streckte Ella sich. Ihre Hand, die irgendwann heute Nacht ihren Weg auf meinen Rücken gefunden hatte, blieb und sorgte in meinen Synapsen für ein weiteres Feuerwerk.

»Was macht er hier?«

Ich riss den Blick herum und fand Augen im gleichen Moosgrün. Doch diese musterten mich so kritisch, als wäre ich der Grinch und gekommen, um Weihnachten zu stehlen.

»Ella?« Bentley meinte zwar, es würde helfen, mit der kleinen Alarmanlage zu reden, aber selbst wenn, konnte er unmöglich diesen Augenblick gemeint haben. Kitty wirkte, als würde sie gleich wieder alles zusammenschreien. Ich rüttelte leicht an Ella. Sie öffnete die Augen, blinzelte verschlafen und lächelte, als sie mich neben sich fand.

»Was macht er hier?«

Das Lächeln stoppte entsetzt. Die Erkenntnis, dass Kitty neben uns stand, ließ Ella geradezu aus dem Bett springen. »Er hat mich besucht?« Für meinen Geschmack klang da zu viel Fragendes mit.

»Warum?«

Hilfesuchend sah Ella zu mir. *Wow.* Sie musste wirklich verzweifelt sein, wenn sie sich ausgerechnet von mir eine vernünftige Antwort erhoffte.

»Ich mag sie?« Meine Erwiderung klang ebenfalls wie eine Frage, aber immerhin nickte Ella. Offenbar war sie keine Vollkatastrophe.

»Warum?«, fragte Kitty und musterte mich grimmig.

Werde ich hier gerade von einem Kleinkind verhört?

Und das vor dem ersten Kaffee?

Ella schien aufgrund dieser einen Antwort zu denken, dass ich das hier im Griff hatte. Sie verschwand aus meinem Blickfeld und ich starrte ihr hilfesuchend hinterher.

Ich habe nichts im Griff!

»Weil sie nett ist?«

»Warum?«

Befand ich mich hier in einer gruseligen Warum-Endlosschleife?

Wie erbärmlich bin ich, wenn ich Ella zurückrufe?

Noch bevor ich eine Antwort fand, tauchte sie schon wieder bei mir auf. »Zieh dich an!«, sagte sie zu der kleinen Alarmanlage. »Wir haben verschlafen.« Sie scheuchte Kitty hinter den Vorhang und dann waren beide fort.

Offenbar auch mein Stichwort zu gehen. Ich zog mich aus dem Bett, suchte nach meinen Schuhen. Unsere Kleidung hatten wir beide angelassen – natürlich. Wir begannen, in diesem Freundschaftsding wirklich gut zu werden. Der Becher mit der aufgetauten Eiscreme war seit Tagen das einzige Eis zwischen uns gewesen. Keine Sorten mehr, die hin und her geworfen wurden, keine Situationen, die uns zwangen, einander auszuweichen, weil die Anziehung alles andere überlagerte.

Das war gut, oder?

Warum fühlt es sich dann nicht danach an?

Der Vorhang flog auf und Ella stand plötzlich vor mir. »Du musst verschwinden, sofort!« Ein harscher Abschied nach der letzten Nacht, die so leise und sanft gewesen war.

Sie huschte an mir vorbei und angelte meine Schuhe unter dem Tisch hervor. »Schneller.« Der erste landete neben mir. »Sie darf dich hier nicht sehen.« Schon prallte der zweite gegen meine Brust. So unsanft war ich noch nie aufgefordert worden zu gehen.

»Kommst du heute zu mir?« Ich schlüpfte in die Schuhe.

»Ich muss arbeiten.«

»Den ganzen Tag?« So schnell gab ich nicht auf.

»Danach muss ich Kitty übernehmen, Mom hat abends eine Zusatzschicht.« Sie biss sich auf die Unterlippe, ein untrügliches Zeichen, dass sie etwas gesagt hatte, was sie lieber für sich behalten hätte. Ich wünschte nur, ich wüsste, was.

»Und morgen?« Ihrem Blick nach schien sie zu überlegen. Bisher hatte ich immer gedacht, ich hätte einen vollen Terminkalender. Verglichen mit Ellas kam mir meiner leer vor. »Lass mich nicht allein, morgen ist die Party.«

»Party?« Ihre Augen weiteten sich verständnislos, offenbar hatte sie von den Plänen ebenfalls nichts mitbekommen.

»Bentleys Versuch, sich in etwas reinzusteigern, damit er nicht an andere Dinge denken muss.« Dass er so spontan um den Todestag unserer Eltern und Georges Tod eine Party aus dem Nichts organisierte, fühlte sich nicht wie ein Zufall an. Offenbar brauchte er das, wie ich gestern Ella gebraucht hatte. »Also muss ich hin, bitte komm vorbei.«

Es wurde einfacher auszusprechen, was ich dachte. Keine Verschleierungen, kein Drumherumgerede. Bei Bentley mochte die Party für Ablenkung sorgen, mich würden die Gründe, weshalb er sie feierte, verfolgen.

Ich brauche Ella.

»Das bekomme ich irgendwie hin, versprochen.« Sanft drückte sie meine Hand, schon rief Kitty nach ihr. »Du musst jetzt los«, raunte sie mir zu, dann verschwand sie wieder hinter dem Vorhang.

Ich brauchte Kaffee und eine Massageeinheit. Das schmale Bett mit Ella zu teilen, hatte mich zwar so etwas wie Ruhe finden lassen. Für meinen Rücken war es dennoch eine Tortur gewesen. Die Morgenluft streifte zumindest die schlimmste Müdigkeit von mir ab, aber es war jetzt schon warm genug, um zu wissen, dass sich einer dieser unerträglich heißen Tage ankündigte.

Ich musterte die Trailer auf dem Weg zum Parkplatz. Jeder von ihnen sah unterschiedlich aus. Manche wirkten verfallen, andere deutlich besser gepflegt, besaßen kleine Blumenkästen und Rasen, der trotz der Hitze noch grün war. Zeichen, dass er regelmäßig gegossen wurde. Es waren nur Nuancen, aber sie begannen, mir aufzufallen. Selbst hier schien es eine Rangordnung zu geben. Am Anfang hatte mich der Park zu sehr erschreckt, um diese Dinge wahrzunehmen.

Ich peilte mein Auto an und zog den Schlüssel.

»Was hast du hier zu suchen?« Erst als eine Hand meinen Arm packte, begriff mein müder Kopf, dass die Frage offenbar mir galt. Ich drehte mich um und fand eine sorgfältig zurechtgemachte Frau. Dunkelroter aufgelegter Lippenstift, schwarz getuschte Wimpern und dieser winzige Hauch Rouge zu viel auf ihren Wangen. Braune Ansätze verrieten, dass ihre blonden

Haare bald nachgefärbt werden mussten. Die wenigen Male, die ich Ellas Mutter gesehen hatte, war sie mir vorgekommen wie ein exotisches Tier. Sie benutzte mehr Farben als die meisten anderen Menschen. Auf ihren Lidern fanden sich jedes Mal neue. Gerade waren sie giftgrün, was sich gleichzeitig mit dem Moosgrün ihrer Augen biss und es verstärkte. Diese Augenfarbe war wohl das Einzige, was Ella und ihre Mutter gemeinsam hatten.

Jetzt ahnte ich, wer genau mich nicht zu Gesicht bekommen sollte.

Schlecht gelaufen.

Ich konnte kaum behaupten, dass ich hier andere Freunde hatte.

»Ich weiß, was du vorhast.« Ihr Griff wurde fester.

Grimmig löste ich ihre Finger von mir und pinke Nägel schabten dabei über mein Handgelenk. Es fühlte sich verdächtig nach Absicht an.

Jetzt, wo sie meinen Arm nicht mehr gepackt hielt, trat sie mir in den Weg. »Lass meine Tochter in Ruhe.«

»Zufällig mag ich deine Tochter.«

»Ach ja?« Sie prustete. »Dann beweis es und steck ihr einen Ring an den Finger, vorher glaubt dir niemand.«

Ernsthaft?

Wobei, ihre Nachricht auf Ellas Handy klar gewesen war.

Ella hatte mich und mein Erbe zu sichern.

Weil es ihr damals nicht gelungen ist, Dad an sich zu binden.

Ich hasse sie.

»Ich bin keine einundzwanzig.«

»Alt genug«, sagte sie, ohne eine Miene zu verziehen.

Lächerlich.

Ich war nicht einmal mit Ella zusammen und selbst wenn, würde ich mich sicher nicht von ihrer Mutter unter Druck setzen lassen.

Sie hat genug zerstört.

»Beweis, dass es dir ernst mit Ella ist, oder such dir deinen Spaß woanders. Denn ich werde nicht zulassen, dass du ihr Leben ruinierst!«

Ich stand so kurz davor, ihr zu sagen, wohin sie sich all ihre schönen Pläne stecken könnte, und ließ es nur, weil ich Ella nicht verletzen wollte.

Wir konnten beide nichts für unsere Eltern.

Vielleicht hätten sich die zwei wirklich verdient gehabt.

»Keine Sache, bei der du ein Mitspracherecht hast, Lydia«, gab ich knapp zurück und ließ sie stehen.

Kaum fuhr ich vom Parkplatz, klingelte mein Handy.

Dieser Tag scheint mich schon jetzt zu hassen.

»Hey«, begrüßte ich Greg knapp.

»Was macht mein Lieblingspatenkind?«

Aus dem Trailerpark seiner Freundin fahren.

Damit hätte ich Greg den Schock seines Lebens verpasst.

»Nichts Besonderes.«

»Klingt langweilig. Also hast du letzte Nacht überstanden?«

»Ja.« *Dank Ella.*

»Sehr gut.« Ich erkannte schon an seiner Stimme, dass wir das Thema wechseln würden.

In drei … zwei … eins …

»Reden wir über die Party.«

Ja, ich kannte Greg, ich kannte ihn so gut, dass er mich kaum noch überraschte.

»Ich freue mich darauf, Sofia endlich kennenzulernen. Außerdem habe ich einige Leute eingeladen, die als mögliche Investoren in Betracht kommen. Du weißt, wie dringend wir Kapital für die nächsten Projekte brauchen, also verlasse ich mich darauf, dass du dieses Mal alles gibst. Leg die Steifheit ab und verbessere deinen Small Talk, wir müssen glänzen. Alle drei.«

»Vielleicht schafft es Sofia nicht.«

»Nein!« Selbst durchs Telefon hörte ich, wie er nach Luft schnappte. »Ich habe überall erzählt, dass du mit deiner Freundin erscheinst. Du kannst dir nicht vorstellen, wie neugierig alle sind. Und ich erst. Du verwehrst mir doch nicht diesen einen Geburtstagswunsch?«

»Nein. Natürlich nicht.«

Wahrscheinlich könnte ein Psychologe sehr viel Geld an mir verdienen und meiner Unfähigkeit, Greg etwas abzuschlagen. Oder ihm Fehler einzugestehen.

Vielleicht weil er Moms Bruder ist.

Oder mit Dad die Firma gegründet hat.

Weil es sich anfühlt, als würde ich meine verstorbenen Eltern enttäuschen, wenn ich ihn enttäusche.

Keine Ahnung, was es war, aber ich war sicher, dass es dafür irgendeinen komplizierten lateinischen Begriff gab. Leider half mir der auch nicht weiter.

Ich brauchte keine Diagnose.

Ich brauchte eine Lösung.

»Wir kommen.«

»Das ist die schlechteste Idee aller Zeiten.«

Wenn sogar Bentley die Idee schlecht fand, war sie garantiert mehr als heikel.

»Mir bleibt nichts anderes übrig. Sofia drückt meine Anrufe weg.«

»Könnte daran liegen, dass du erst eine andere geküsst hast und sie dich anschließend in deren Armen gefunden hat?«

Verdammter Sushi-Cocktail-Abend.

»Ja, ich bin ein Arsch, wir haben es alle kapiert. Ich brauche trotzdem Hilfe.«

»Oder du sagst Greg die Wahrheit?«

»Klar, aber erst nachdem du mal wieder mit ihm gesprochen hast.«

Bentleys linkes Augenlid zuckte allein bei der Vorstellung. »So mies ist deine Idee eigentlich doch nicht«, fuhr er schnell fort. »Also bezahlst du jemanden dafür, dass er mit dir Gregs Party besucht?« Er schüttelte den Kopf. »Ich gebe zu, es klingt total schräg und irgendwie verboten … Ist es verboten?«

»Nein! Es geht nur darum, eine Begleitung für den Abend zu haben – nichts weiter. Mach es einfach, in Ordnung?«

»Ella wird dir den Kopf abreißen.«

Wahrscheinlich.

Oder auch nicht.

»Ich habe keine Ahnung, wo sie steht oder wir. Heute Morgen hat sie mir zum Abschied einen Schuh an die Brust geworfen und meine Hand gedrückt.«

Bentleys sorgenvoller Miene nach sah es noch düsterer für uns aus als gedacht. »Nicht einmal ein Kuss?«

Mein Kopfschütteln kommentierte er mit einem Pfiff. »Ihr bewegt euch also Richtung Friendzone.«

»Tun wir nicht. Es ist gerade einfach kompliziert.«

Er grinste breit. »Gut, ich helfe dir. Schon allein, um mir anzuschauen, wie Ella dich anschließend in winzig kleine Stücke reißt.«

45

Ella

»Du lässt ihn über Nacht bleiben?« Eigentlich wollte ich nur kurz nach Luft schnappen, bevor ich Kitty abholte, aber Mom hatte andere Pläne. Sie musste Darce heute Morgen gesehen haben und nahm das zum Anlass, ihr Schweigen zu brechen. *Verdammt.*

»Mir verbietest du, meinen Freund in den Trailer zu lassen, und du lädst deinen über Nacht ein?« Sie umklammerte die Tasse Kaffee in ihren Händen, als wollte sie die zerquetschen.

»Ich habe Darce nicht eingeladen. Er stand vor der Tür.« Meine Tasche landete auf dem Boden und ich schnappte mir die Kaffeekanne, um mir den Rest davon in eine Tasse einzuschenken. Für dieses Gespräch würde ich Koffein brauchen. Doch als ich nach der Milchpackung griff, stellte ich fest, dass sie leer war.

Großartig.

Es gab wenig auf der Welt, dass ich so sehr hasste wie schwarzen Kaffee.

»Außerdem ist mein Freund kein Arsch und hat dir kein Geld geklaut.« Ich war so unglaublich wütend auf sie, dass ich sie permanent anschreien wollte. Die meiste Zeit konnte ich es nicht, weil Kitty in der Nähe war, aber jetzt war einer dieser Augenblicke, wo ich meine Wut an Mom auslassen durfte.

»Und ob er ein Arsch ist!« Ich hatte mit Protestgeschrei gerechnet, mit Tränen und nicht mit dieser kühlen Erwiderung. »Er ist wie sein Vater und der war der Schlimmste von allen.«

»Tu doch nicht so. Du warst mit Jacob befreundet, so schlimm kann er also nicht gewesen sein!« Ich würgte den bitteren Kaffee herunter, der langsam wie Teer meinen Hals hinabzulaufen schien. *Ekelhaft.* Kaffee war für mich nur erträglich mit so viel Milch, dass er die Farbe von Karamell annahm. Dafür reichte unsere Milch leider oft nicht aus. »Und wo ist überhaupt dein Problem? Wolltest du nicht, dass ich mit Darce zusammenkomme? Ich habe ein Dutzend Nachrichten auf dem Handy, die das beweisen. Und eine davon hat er sogar gesehen. Also danke, *Mom.*« Dieses letzte Wort bekam einen höhnischen Anstrich. Ich war mir nicht sicher, wie Eltern sein sollten – aber wohl kaum wie sie.

»Ist es verboten, nach Besserem zu streben?«, gab sie schnippisch zurück. »Außerdem hat die Nachricht ihn ja offenbar nicht davon abgehalten, zu dir ins Bett zu kriechen. Dafür, dass du immer so darauf bestehst, dass du besser bist als ich, scheinst du genau die gleichen Fehler zu machen.«

»Ich weiß nicht, wovon du sprichst«, stieß ich aus. Zwei Schritte, dann war sie bei mir, schnappte sich meine Hand und deutete anklagend auf das Herz. *Darce' Herz.* »Das hat er mir darauf gemalt, damit beweist du nichts.«

»Vor Tagen«, stellte Mom eisig fest, dabei hatte ich nicht gedacht, dass sie es überhaupt registrierte. »Dennoch sieht es genauso aus wie am Anfang.«

Weil ich darauf achtete, dass weder Seife noch Wasser daran kam.

Weil ich beim Putzen ein Pflaster darüber klebte, bevor ich die Handschuhe überzog.

Damit es dortblieb.

Dem Blick nach, den Mom mir zuwarf, wusste sie das alles und sie kannte den Grund, weshalb ich es tat.

»Verliebtsein hilft. Liebe zerstört alles.« Ihre Stimme brach. »Die ganze Geschichte wiederholt sich!«

»Tut sie nicht! Wir sind nicht wie ihr. Unsere Geschichte ist nicht eure!«

»Lass mich raten? Eure bekommt ein Happy End? Weil Liebe alles überwindet? Das kann sie nicht – Liebe zerstört dich.« Mom fuhr sich durchs Haar, als suchte sie darin Halt. »Soll ich dir sagen, was passiert? Am Anfang bemüht er sich. Dann werden die ersten heimlich über dich lachen und reden. Irgendwann wird er es mitbekommen, du wirst ihm peinlich sein. Aber sobald jemand anders auftaucht, wird er bereitstehen und es beginnt wieder von vorn. Jedes. Verdammte. Mal! Und du bist so dumm und machst es mit, weil du dir sicher bist, dass er dir dieses Mal nicht das Herz bricht. Dass es ein Happy End geben muss, weil ihr euch liebt, aber das wird es nie. Es bleibt nur Schutt und Asche über. Liebe ist für Menschen, die sie sich leisten können. Nicht für uns.«

Ihre Worte mischten sich hinter meiner Brust mit dem bitteren Kaffee und warfen Blasen, die mich von innen heraus verätzten.

Genau das hatte ich Darce vorgeworfen.

Und er war zurückgekommen.

Weil ich ihm einen Korb gegeben hatte.

Das Jo-Jo.

»Vielleicht liebt Darce dich«, sagte Mom und jetzt klang ihre Stimme rau. »Aber es wird nie genug sein. Mach das einzig Richtige und beende es, bevor es auch dein Leben zerstört.«

»Singst du mir vor?«

Mir war zwar nicht nach Liedern, dennoch begann ich, eines für Kitty anzustimmen. Ihre Schlaflieder waren dankbar, da kannte ich den Text, wusste, was kam, es war das Gegenteil von dieser Orientierungslosigkeit in mir. Mom war längst gegangen, aber ihre Worte hatten sich in mir eingebrannt. Seitdem überlegte ich, ob sie recht haben könnte. Oder ob ich recht hatte.

Es vibrierte in meiner Hosentasche, noch im Singen zog ich das Handy aus meiner Hosentasche und fand eine Nachricht von Bentley. Ich erwartete, eines seiner miesen GIFs zu sehen. So etwas wie einen Hund mit einem Telefon, der mich aufforderte, mich endlich wieder zu melden. Doch diesmal bekam ich kein Bild. Ich las die Sätze. Kitty zupfte an meinem Shirt und erst da bemerkte ich, dass ich nicht mehr sang.

Dass ich auch nicht weitersingen konnte, weil ich für den Augenblick den Text vergessen hatte.

»Scheißkerl!«, schrie ich mein Handy an und Kittys Zupfen stoppte.

»Du hast geflucht.« Sie kicherte. Sonst war ich diejenige, die Mom ermahnte, nicht vor Kitty zu fluchen.

»Habe ich.« *Aber er hat es so was von verdient*, setzte ich in Gedanken hinzu. »Schlaf jetzt, Kitty-Cat. Ich muss dringend telefonieren.«

Trotz Kittys Protest schob ich den Vorhang zu und ging ans andere Ende des Trailers. Ein neues Schimpfwort für Kitty reichte und ich war mir sicher, dass gleich noch ein paar weitere fallen würden.

»Hey«, begrüßte Darce mich sanft.

»Arschloch!«, flüsterte ich und Stille ertönte zwischen uns.

»Wenn du Beleidigungen flüsterst, nimmt das irgendwie die Theatralik raus. Es fühlt sich an wie sonderbarer Dirty-Talk.«

Wollte ich wissen, wieso er diesen Vergleich ziehen konnte? *Wohl eher nicht.*

»Ich würde dich auch lieber anschreien, aber das ist gerade unmöglich.«

»Also hast du Bentleys Nachricht bekommen?«

»Du bist so ein Feigling!«

»Das war schon besser«, gab er stoisch gelassen zurück. »Moment, ich fahr gerade. Ich mach dich auf Lautsprecher, dann habe ich dein Beleidigungsraunen auf Dolby Surround.«

Irgendwie nahm Darce meine Wut nicht so ernst, wie er sollte.

Noch nicht.

»Du schickst ernsthaft Bentley vor, um mich als Begleitung zu buchen?«

»Ja. Also, bist du interessiert?«

Ich wollte schreien. So furchtbar dringend. Aber nur wenige Meter von hier entfernt schlief Kitty gerade ein – wenn ich Glück hatte – und draußen war es bereits dunkel.

Nur eins war schlimmer als diese brodelnde Wut: Sie geflüstert rauslassen zu müssen. *Wut auf Raten.*

»Es ist nur ein Job, Ella. Mein Onkel wünscht sich zum Geburtstag, dass ich ihm eine Freundin präsentiere und ich habe gerade keine.«

»Verstehe ich überhaupt nicht, du bist so sensibel und feinfühlig.«

Er lachte und das Geräusch löschte einige der Flammen, die bis gerade noch gelodert hatten. Dabei wollte ich dringend wütend auf ihn bleiben. »Also gibst du zu, dass ich Hilfe brauche?« Zeit, eine Runde zu schweigen. »Komm schon, Ella. Ich will niemanden vom Escortservice.«

»Sag nicht, du machst das regelmäßig?«

»Hin und wieder«, kam es zurück, so gelassen, dass ich schnaubte. »Nur für Veranstaltungen, bei denen ich dringend eine Begleitung brauche. Und *nur* dafür! Es ist ein ganz normaler Job.«

»Wie putzen?«, erwiderte ich spitz. »Oder kellnern? Oder Essen kochen? Soll ich dein Mädchen für alles werden?«

»*Mein Mädchen* würde mir reichen.« Jetzt war seine Stimme so sanft, dass es sich anfühlte, als legte sie sich wie eine Decke auf diese Flammen in mir, um sie allesamt zum Erlöschen zu bringen.

»Ich arbeite nicht für dich!«

»Warum?«

»Weil wir befreundet sind.«

»Du bist auch mit Bentley befreundet.«

Verdammt.

»Wo ist der Unterschied?«

Als wenn er das nicht wüsste.

»Es sind Jobs, die ich kann?«

Konnte ich diesen Satz zurücknehmen, um ihn weniger wie eine Frage klingen zu lassen?

Wieder dieses Lachen, das mir durchs Handy geradewegs in den Bauch schoss. »Du hast tausend Qualitäten, Ella, aber deine Mac 'n' Cheese zählen nicht dazu.«

Dem konnte ich ärgerlich wenig entgegensetzen, selbst ich wusste, dass ich eine miserable Köchin war.

Also schwieg ich hierzu und sammelte lieber Worte für einen neuen Angriff. »Warum hast du mich dann nicht gefragt, ob ich mit dir hingehe? Ohne Bezahlung?«

Ohne etwas vorzutäuschen?

Dieser letzte Punkt schaffte es nicht über meine Lippen.

»Weil es Arbeit ist.« Jetzt klang nichts mehr an ihm amüsiert. »Ich will nicht, dass wir das vergessen. An dem Abend brauche ich dich nicht als Freundin, sondern als professionelles Date für die große Show. Es gilt, meinen Onkel zu überzeugen, Investoren zu umschmeicheln und mir zu helfen, wenn ich im Small Talk versage.« Er seufzte, seine Stimme klang nun näher, als hielte er das Handy wieder an sein Ohr. »Du bist die Einzige, die von dieser Gesichtssache weiß, und ich habe Angst, dass ich scheitere. All diese Menschen erwarten, dass ich sie kenne. Ein weiterer Grund, weshalb ich dich fragen wollte, bevor ich jemanden buche. Bei dir fühle ich mich sicherer.«

»Warum sagst du ihm nicht einfach die Wahrheit?«

Jetzt war er zur Abwechslung derjenige, der schwieg.

»Darce?«

»Weil ich nicht kann. Es sind nicht mehr viele Menschen in meiner Familie übrig und Greg gehört nicht zu denen, die Fehler leicht verzeihen.«

»Aber …«

»An der Uni habe ich keine Prüfung bestanden, damit habe ich ein Semester verloren.« Seine Worte schlugen in mich ein und mir blieb kaum Zeit zum Luftholen. »Deswegen bin ich den Sommer über zurückgekommen. Ich brauchte Abstand, um nachzudenken, wie ich es Greg beichte. Oder wie ich ihm sage, dass ich den Vorschuss meines Erbes anders investiert habe als mit ihm abgesprochen. Ich hätte wirklich auf ihn hören sollen.« Das Lachen jetzt war nicht wie die vorherigen, es klang bitter. »Ich bin gescheitert und ich will es ihm nicht sagen, weil ich ihn nicht enttäuschen kann. Hilfst du mir dabei, ihm zumindest seinen Geburtstagswunsch zu erfüllen? Damit ich mich etwas weniger wie ein Versager fühle?«

»Hör auf, mir solche Dinge zu erzählen, wenn ich wütend auf dich sein will!«

»Dann ist es wenigstens für etwas gut.«

Es klopfte an der Tür. »Jetzt nicht, Logan«, rief ich und verfluchte mich im nächsten Moment selbst dafür. Kitty schlief vielleicht schon.

Darce hatte es wieder einmal geschafft, mich alles vergessen zu lassen. Es klopfte erneut. Genervt stand ich auf und ging zur Tür.

»Warum konntest du mir das nicht sagen? Weshalb dieser Umweg über Bentley?« Ich öffnete die Tür, bereit, Logan davonzuscheuchen, und fand Darce. Das Handy an seinem Ohr, ein schuldbewusstes Lächeln auf den Lippen und ein Glas Joghurt in den Händen.

»Deswegen«, sagte er und reichte mir das Glas.

Es dauerte einen entgeisterten Augenblick, bis ich registrierte, dass das Handy an meinem Ohr nicht mehr nötig war. Darce schloss die Tür hinter uns, aber sein Blick blieb auf mir liegen. Er schien auf etwas zu warten, nur hatte ich keine Ahnung, worauf.

»Du redest wegen Joghurt nicht mit mir?«

»Nein«, erwiderte er sanft. »Du redest nicht mit mir.« Er nickte in Richtung Joghurt. »Der ist für Kitty.« Eine kleine Pause schloss sich an und der Kaffee von vorhin schien mir erneut die Speiseröhre hochzukriechen.

Jetzt ahne ich, was er meint.

»Wie die letzten auch?«

In manchen Augenblicken war arm zu sein schlimmer als in anderen.

Jetzt war einer dieser richtig schlimmen Momente.

Das Glas in meiner Hand zitterte. Ich drehte mich rasch zum Kühlschrank, stellte es hinein, weil mir das Sekunden einbrachte, in denen ich Darce nicht in die Augen schauen musste. »Danke«, mühte ich mir ab, aber es klang wie das Krächzen eines Raben. Eines heiseren Raben.

»Sie sind nicht mehr verschwunden, nachdem du weg warst«, sagte er so leise, als wüsste er, dass ich kurz davor stand zu zerspringen. »Du redest nicht mit mir, sobald es um Dinge geht, die du brauchst. Nicht einmal bei Joghurt. Erst recht nicht bei Geld. Hätte ich dir einen bezahlten Job angeboten, hättest du aufgelegt oder mich rausgeworfen. Ich habe es Bentley machen lassen, damit du so wütend wirst, dass du mit mir reden willst und hoffentlich zuhörst.«

Ich sollte mich zu ihm umdrehen und scheiterte. Weil ich jetzt und hier zusammenbrechen würde, wenn Mitleid in seinem Gesicht lag.

Schritte erklangen, kamen langsam auf mich zu. »Ich habe Taschenlampen dabei.«

»Wofür?« Falls das irgendeinen Sinn ergeben sollte, fand mein schockgefrosteter Verstand ihn nicht.

»Damit können wir nach draußen und du kannst mich anschreien.« Seine Arme legten sich behutsam um mich, ließen Platz zum Ausweichen und ich überraschte mich selbst, als ich darin blieb.

»Das hättest du verdient.« Sein Necken brachte meine Stimme zurück. Das war vertrautes Gebiet zwischen uns. Wie bei Kittys Schlafliedern. Hier kannte ich mich aus.

»Und wie«, flüsterte er und legte seinen Kopf auf meine Schulter. »Das war unfair gespielt. Rettest du mich trotzdem?«

»Ich denk darüber nach.«

46

DARCE

Es war knapp gewesen, doch Ella hatte zugestimmt. Ich ahnte, dass ich Bentley einspannen musste, um ihr das Geld zu geben. Aber darüber würde ich mir in drei Tagen Gedanken machen. Zunächst galt es, diese Party hier zu überstehen.

Zu Hause hätte ich direkt in mein Bett fallen können. Ellas war verdammt unbequem. Dennoch war ich auch letzte Nacht nicht zurückgefahren, weil ich sie so erneut im Arm hatte halten können. Schon allein, da es kaum eine andere Möglichkeit gab, sonst zu zweit darin zu liegen.

Diesmal waren wir klug genug gewesen, um einen Wecker zu stellen. Ich war fort, bevor ich mich in einer Warum-Dauerschleife gefangen fand, und lange bevor Lydia verlangen konnte, dass ich ihre Tochter heiratete.

Das ist die allermerkwürdigste meiner Beziehungen.

Gleichzeitig fühlte es sich an, als könnte sie die beste werden. Wenn sie jemals eine echte wurde.

Frisch geduscht war ich gerade dabei, mir Kleidung für die Party rauszusuchen, mit der sich die Hitze ertragen ließ, als es klopfte. Die Person, die eintrat, bescherte mir gleich mehrere dieser großartigen Luftlöcher.

Auch Ella schien heute vor der Hitze zu kapitulieren. Sie trug ausgeblichene Jeansshorts, so kurz, dass sie vermutlich Lydia gehörten, und darüber das Shirt, das sie sich von mir geliehen hatte. Als versuchte sie, mit dessen legeren Sitz von den knappen Shorts abzulenken.

»Ich liebe dein Outfit«, erwiderte ich zur Begrüßung und bekam ein Lächeln, das mich ahnen ließ, dass sie lange überlegt hatte, was sie anziehen sollte. Sie stoppte vor mir und ich hauchte ihr einen Kuss auf die Wange und atmete tief ihren Duft ein. Wenn Sommer einen Geruch hätte, wäre es Ellas. »Wo wir gerade dabei sind – bekomme ich jetzt mein Shirt wieder?«

»Klar«, erwiderte sie und es blitzte in ihren moosgrünen Augen. »Wenn du mir das leihst?« Hauchzart zupfte sie an dem Handtuch, das ich um den Unterkörper geschlungen hatte. Es war nur ein Spiel, unser übliches Necken, doch diesmal setzte mein Herz seinen nächsten Schlag aus.

Ella wartete auf den Konter, der nicht kam. Ihre Hand an meinem Bauch brachte mein Blut zum Brodeln. Denken war unmöglich. Ich legte den Arm um sie, zog sie langsam näher und sie protestierte nicht. Ihre Finger fuhren höher, ließen Spuren aus Glut auf meiner Haut zurück, wo sie mich berührten. Meine Hände setzten sich ebenfalls in Bewegung, strichen ihren Po hinab, der sich ähnlich perfekt anfühlte, wie er in den Shorts aussah. Hörbar atmete sie auf und ich spürte ihren Herzschlag an der Brust, ein Trommeln, das synchron zu meinem ging. Heftige, schnelle Schläge, voller Ungeduld. Irgendwo in den Tiefen meines Verstandes erinnerte ich mich, dass es Gründe gab, weshalb wir nicht weitergehen sollten.

Doch warum, wenn Ella nichts dagegen hat?

Meine Hände fuhren nach oben und schoben sich unter das Shirt. Ich fand samtig weiche, warme Haut, so einladend, dass ich mir wünschte, jeden Zentimeter davon zu berühren. Zu küssen. *Verflucht.* Ich war zur Fackel mutiert. Alles an mir brannte lichterloh und es verschlimmerte sich noch, als Ella ihren Kopf an meine Brust legte. Seidiges Haar strich mir über die Haut und ich spürte den Druck ihrer Lippen, wie sie hochstreiften, meinen Hals entlang, weiter …

»Ella-Bella?«

Niemals hatte es für Bentley einen unpassenderen Zeitpunkt gegeben, um in mein Zimmer zu platzen.

Warum hasst mich das Schicksal so?

Oder Bentley?

»Habe ich euch erschreckt?« Seinem Grinsen nach war die Antwort offensichtlich. »Ihr seht aus, als feiert ihr hier euer eigenes Fest der Liebe.«

»Verschwinde!« Eigentlich wollte ich schreien, aber aus mir kam nur ein frustriertes Stöhnen. Es war so verdammt knapp gewesen. Jetzt stand alles an mir unter Strom und brannte gleichzeitig lichterloh.

»Ich brauche Ella.«

»Nein!«

»Reg dich ab. Du bekommst sie in einer Stunde zurück.« Er verdrehte die Augen. »Komm, Ella-Bella, sonst schaffen wir es nicht rechtzeitig.«

»Was schafft ihr nicht mehr?«

Ella hatte sich bereits von mir gelöst, doch nun zuckte ihr Blick zu mir zurück. »Bentley hilft mir, mich bei verschiedenen Escortservices zu bewerben. Das hätte ich längst tun sollen. Das wird so viel besser bezahlt als putzen.«

What.

The.

Fuck???

Und fort waren die Flammen.

Der Strom.

Ich starrte Ella an, suchte Worte und fand keine.

Weil sie machen konnte, was immer sie wollte.

So fühlte es sich also an, wenn man die Büchse der Pandora öffnete. Wo bekam ich Panzertape her, um sie wieder zuzukleben und im nächsten Ozean zu versenken?

»Du siehst aus, als hättest du ein Gespenst gesehen.« Bentley lachte begeistert. »Quäl ihn noch ein wenig Ella-Bella, das hat er sich verdient. Ich erwarte dich in zwei Minuten bei mir.«

Ich starrte meinem Bruder hinterher, dann wieder hin zu Ella. »Das war ein Scherz?«

»Ja«, erwiderte sie grinsend. »Rache für gestern. Bevor ich in den Escortservice einsteige, warte ich den ersten Auftrag ab.«

Ich war mir sicher, dass sie auch jetzt scherzte.

Ziemlich sicher.

Oder?

»Der wird grauenhaft, such dir lieber etwas anderes«, raunte ich ihr sicherheitshalber zu.

»Glaube ich auch.« Sie kam zurück zu mir und brachte mein Herz erneut dazu, wie wild zu trommeln. »Schwieriger Auftraggeber, rechthaberisch, eigenbrötlerisch …«

»Immerhin sieht er gut aus.«

Ihr Lächeln wurde größer und verschwörerischer. »Das tut er, aber er weiß es.« Sie stellte sich auf die Zehenspitzen und ihr Mund näherte sich meinem. Meine Arme hatten sich längst wieder um sie gelegt, weil sie anscheinend nicht anders konnten, wenn Ella bei mir war. Weiche Lippen streiften meine Wangen und fuhren tiefer. »Chocolate Chip«, flüsterte sie. »Habe ich ganz vergessen.«

Während ich herauszufinden versuchte, was überwog – meine Erheiterung oder mein Frust –, entschlüpfte sie mir Richtung Tür.

»Was hast du mit Bentley vor?«, rief ich ihr hinterher.

»Du hast deine Geheimnisse mit ihm und ich meine.« Sie warf mir einen Kuss zu und verschwand.

Zumindest fand ich nun meine Antwort.
Frust.
Es war eindeutig Frust, der überwog.

»Als Bentley davon gesprochen hat, dass er ein Fest der Liebe feiert, habe ich nicht hiermit gerechnet.« Ella schüttelte den Kopf, starrte von der Terrasse in den Garten und dann wieder hilfesuchend zu mir. Kaum verwunderlich, das hier war das Abstruseste, was ich jemals gesehen hatte.

»Ich hoffe immer noch, dass das ein Scherz ist. Aber so langsam wird die Zeit knapp.«

»Wie findet ihr es?« Bentley, der heute ein unfassbares Talent zu stören besaß, drängte sich zwischen uns. »Ist es nicht fantastisch?«

»Es ist …« Ella suchte nach Worten und schien keine passenden zu finden.

»Erschreckend? Ausufernd? Grellbunt?« Ich bekam einen Knuff von ihr.

»Sehr kreativ.«

Bentley strahlte sie an. »Gott, ich bin froh, dass du dich diesem Sarkasmusmonster annimmst.«

»Ich höre dich!«, warf ich ein.

»Sollst du auch!«

»Da stehen sechs Meter hohe Zuckerstangen in unserem Garten. Im Hochsommer! Die sind erschreckend!«

»Acht Meter«, korrigierte Bentley. »Und die sind wunderschön und dezent.«

»Klar. Genau wie die Rentiere, die Plastiktannen, der Schlitten, der Eisbär und die Pinguine, die auf ihm reiten. Ach und Santa – mein Liebling.«

»Du hast eine Santa-Aufblasfigur?« Ellas Mundwinkel zuckten auf diese Art, von der ich wusste, dass es nur einen winzigen Anstoß brauchte und sie würde in ein lautstarkes Lachen ausbrechen. *Wie ich ihr Lachen liebe.*

»Nein«, erwiderte ich. »Er hat einen Santa organisiert mit Rauschebart, Mütze, roten Shorts und Flip-Flops. Der läuft herum und fragt jeden, der vorbeikommt, ob er dieses Jahr auch brav war.«

Das war er, der Anstoß. Ellas Lachen wehte über uns hinweg und kitzelte mich von innen heraus.

»Verzieht euch in eure Grinch-Ecke«, erklärte Bentley betont dramatisch, aber selbst er musste grinsen. »Ich suche James, der weiß das hier zu schätzen.«

Mein Stichwort. Ich zog Ella mit mir in den Garten.

»Du hast tatsächlich eine Grinch-Ecke?« Wieder lachte Ella, als die Dekorationen abrupt endeten. Ich hatte darauf bestanden, dass Bentley diesen Teil des Gartens nicht anrührte, dafür hatte er den Rest davon in ein Winterweihnachtswunderland verwandeln dürfen. Es war skurril, aber er liebte es – also ertrug ich es. Dennoch war mir diese Ecke, in die wir gerade einbogen, deutlich lieber.

»Wir versuchen, dir heute die Dunkelheit wieder ein Stück erträglicher zu machen«, sagte ich und deutete auf den Kirschbaum. Von hier aus ließen sich die Lichterketten nur erahnen, aber je näher wir kamen, desto faszinierter starrte Ella den Baum an. Überall an den Ästen fanden sich Lichter. Nicht mehr lange, dann würde der Abend beginnen, alles sanft zu verdunkeln. Bis gerade hatte ich Ellas Zögern bemerkt, je tiefer wir in den Garten gegangen waren, jetzt begriff sie, was ich vorhatte. »Sobald du dich unwohl fühlst, gehen wir wieder rein, in Ordnung?«

»Darce, das ist …« Sie stockte und starrte die unzähligen Lichter an, als wollte sie den Anblick in sich aufsaugen, während sie nach den richtigen Worten suchte.

»Größenwahnsinnig? Überladen?« Weiter kam ich nicht, denn Ellas warmer Finger auf meinen Lippen stoppte mich.

»Atemberaubend.«

Ich hatte mich heute unzählige Male für diese Idee verflucht, während ich stundenlang im Baum gehangen hatte und sich diverse Körperteile von mir in Lichterketten verfangen hatten. Jetzt reichte ein Blick in Ellas Gesicht und ich wusste, dass sich jeder blaue Fleck, jeder Kratzer ausgezahlt hatte. Ich nutzte den Augenblick, küsste ihren Finger. »Rauf mit dir«, raunte ich ihr zu, »bevor ich mir neue Eissorten überlegen muss.«

Ella grinste, ihr Finger verschwand und sie kletterte los, genau wie früher. Sie griff nach den gleichen Ästen wie damals und hangelte sich hoch in die Baumkrone. *So furchtlos wie immer.*

»Kommst du?«, rief sie herunter. Ich war so damit beschäftigt gewesen, sie zu beobachten, dieses Glücksgefühl zu spüren, dass ich vergessen hatte, ihr zu folgen. Das holte ich nach.

Ella hielt mir zwei Kirschen hin, als ich auf meinen alten Platz sank, die Astgabel neben ihr. Es war definitiv unbequemer als früher, aber das passte zu uns.

Ich schob eine der Kirschen in den Mund, Ella nahm die andere. Seit damals hatte ich keine mehr angerührt, nun breitete sich der süße Geschmack auf meiner Zunge aus und es fühlte sich an wie Nach-Hause-kommen. Ein Blick, mehr brauchte es nicht und wir spuckten die Kirschkerne in den Garten, wie früher als Kinder.

Hatte ich wirklich gedacht, ich könnte diesen Sommer für immer wegsperren?

All die Erinnerungen?

Ella?

Ich sah zu ihr.

»Dieses Spiel hat übrigens damals schon nicht funktioniert, Darce«, sagte sie gerade so laut, dass es die einsetzende

Weihnachtsmusik übertönte. »Wir haben ständig ans Ferienende gedacht.«

Ich nickte, weil mir unter ihren Worten die Stimme abhandengekommen war. Ella beugte sich langsam zu mir und diesmal bog ihr Mund richtig ab. Ihre Lippen legten sich auf meine, ich tauchte mit den Fingern in ihr seidiges Haar und drängte sie enger an mich.

Wir hatten uns im Park geküsst, aber da war es vor allem Verlangen gewesen. Das heute war sanfter, inniger und tiefer.

Weil ich mittlerweile wusste, dass ich Ella liebte.

Weil es sich anfühlte, als würde Ella mich ebenfalls lieben.

47

Ella

»Ich wusste es.«

»Was?«, fragte ich und versuchte, mich an Logan vorbeizuschieben, um den Tisch hinter ihm abzuwischen. Doch der versperrte mir grinsend den Weg.

Natürlich wusste ich, weshalb. *Warum hat Darce nur direkt vor dem Diner gehalten, um mich rauszulassen?*

»Erde an Ella? Irgendjemand anwesend, der mir ein paar Einzelheiten gibt?«

»Keine Ahnung.« Ich gab den Versuch, an ihm vorbeizukommen, auf, warf den Lappen auf den Tisch und ließ mich selbst auf die gepolsterte Sitzbank fallen. Noch war das *Junipers Diner* leer und die wenigen Gäste schienen versorgt.

Logan setzte sich auf die bordeauxfarbene Bank gegenüber. Wenn es so warm war wie jetzt, klebte der Kunststoffbezug an jedem Fleck unbedeckter Haut. Doch das war es wert, denn die Sitzbänke hier waren unvergleichlich bequem. Sehr zum Ärger von Henry, dem Eigentümer, denn so belagerten die Gäste unsere Bänke regelmäßig länger, als ihm lieb war.

Demonstrativ legte Logan die Hände ineinander, beugte sich ein wenig über den Tisch in meine Richtung und wartete. Wartete länger und strich sich schließlich die Haarsträhne beiseite, die ihm regelmäßig zu tief in die Stirn fiel. »Komm schon,

Ella«, setzte er schließlich erneut an. »Du würdest es wissen wollen, wenn es bei mir ernst wäre.«

»Aber das ist etwas anderes.«

»Weil du dann diejenige bist, die mich aushorchen darf?«

»Du bist so klug, wollen wir nicht lieber darüber reden?« Ich schob das, was sich anfühlte wie mein unschuldigster Augenaufschlag, hinterher und rang Logan zumindest ein Grinsen ab.

»Schlag das meiner Mutter vor, nachdem du ihr das Herz zerschmettert hast.«

»Untersteh dich, Maria von Darce zu erzählen! Sie wird nie wieder mit mir reden.«

»Tut mir leid, dich enttäuschen zu müssen, aber du bist nicht länger ihre einzige Option. Offenbar habe ich morgen ein Date mit der Tochter ihrer Bingopartnerin.«

»Ich bin zutiefst empört, dass es weitere Heiratsanwärterinnen gibt«, gab ich zurück. »Eigentlich dachte ich, Maria und ich hätten da was Exklusives laufen.« Wahrscheinlich war es seltsam, dass ich so viel lieber über Logans Dates reden wollte als über meine. »Los, erzähl, wie ist sie?«

»Ganz bezaubernd.« Logans Mundwinkel zuckten. »Sie heißt Debbie, reist liebend gern nach Florida, trägt Blusen mit extravaganten Blütenmustern und wurde letzten Monat zweiundfünfzig.«

»Logan!«

»Wie kann es sein, dass du mich seit Minuten zappeln lässt und es selbst nicht erträgst, auf Infos zu meinem Liebesleben zu warten?«

»Ich bin anstrengend, aber das weißt du und jetzt hör auf, mir von der bestimmt ganz entzückenden Bingofreundin deiner Mutter zu erzählen, und gib mir endlich Infos zu deinem Date.«

»Würde ich gern, leider weiß ich nichts. Nachdem Mom mitbekommen hat, dass du datest, hat sie beschlossen, dass es Zeit ist, mein unbeschwertes Singledasein zu beenden.«

»Tut mir leid.«

»Das hoffe ich, denn du weißt, wie Mom ist, wenn sie sich in etwas reinsteigert. Deshalb wollte ich von dir hören, dass es wenigstens bei dir gut läuft. Stattdessen sitzt du herum und schweigst dich aus. Was ist los, Ella?«

Alles.

»Ich habe bei ihm geschlafen.«

Logan nickte langsam und unterstützte die wortlose Forderung weiterzureden mit seinen Händen. »Und?«, fragte er, weil ich schon wieder ins Schweigen gefallen war.

»Ich habe ihn geküsst.«

»Und wieder brauche ich mehr Informationen.«

»Es war nett.«

»Nett?«

»Mehr als nett. Es war fantastisch. Darce ist fantastisch. Er muss stundenlang unseren Kirschbaum in Lichterketten eingewickelt haben, um mir die Dunkelheit erträglicher zu machen. Und nachdem er gemerkt hat, dass es mir trotzdem zu viel wurde, als die Sonne unterging, hat er von sich aus vorgeschlagen reinzugehen. Es ist alles perfekt, wenn man von dem Umstand absieht, dass wir bald unzählige Kilometer zwischen uns haben.«

»Aber nicht zum ersten Mal, das würdet ihr wieder hinbekommen, oder?« Ich nickte langsam. »Und wo liegt das eigentliche Problem?«

»Es macht mir eine Scheißangst, denn immer, wenn es sich perfekt anfühlt, stößt er mich von sich weg. Erst küssen wir uns im Park, danach will er mich nicht mehr sehen. Er erzählt mir diese wunderschönen Sachen und am nächsten Morgen erklärt er, dass er am liebsten all unsere Erinnerungen auslöschen möchte. Er bittet mich, zu ihm zu kommen und stellt mir dann seine Freundin vor. Er sagt mir erst, dass er mich liebt und einen Augenblick später, dass er mein Leben und meine Familie erbärmlich findet.«

»Und so schnell kommt mir mein Liebesleben nicht mehr kompliziert vor.«

»Gern geschehen.« Ich sank mit dem Oberkörper auf den Tisch, doch erst als ich die Krümel an der Stirn spürte, fiel mir ein, dass ich vergessen hatte, ihn zu säubern. Dass mein Kopf dennoch liegen blieb, sagte wohl alles über meinen Zustand aus. »Seine Mutter hat mich gehasst, Logan. So richtig gehasst und wahrscheinlich hatte sie dafür auch einen guten Grund – keine Ahnung. Und sein Vater … Es ist verdammt kompliziert. Ich versteh Darce sogar, aber ich halte es nicht aus, wenn ich mich wieder richtig auf ihn einlasse und er mich erneut aus seinem Leben wirft.«

»Vertraust du ihm?«

Ich nickte, ohne den Kopf zu heben.

»Dann gib Darce die Möglichkeit, dir zu beweisen, dass er dein Vertrauen verdient. Die Lichterkettensache zeigt, dass er sich wirklich bemüht.«

»Und wenn er es versaut? Mom ist sicher, dass er das tut.«

»Und wie wir wissen, hat Lydia einen fantastischen Männergeschmack«, gab Logan ungerührt zurück und brachte mich tatsächlich zum Schmunzeln. »Komm schon, Ella, du denkst doch nicht ernsthaft darüber nach, Beziehungstipps von Lydia anzunehmen, oder? Hör lieber auf dein Herz und sollte er es wirklich vermasseln, versorge ich dich mit Brownies und Jumbo-Eisbechern und Mom feiert eine Riesenparty, weil sie uns doch noch verkuppeln kann.«

Mein Schmunzeln vergrößerte sich zu einem Lächeln. »Maria schmeißt großartige Partys.«

»Die besten«, erwiderte Logan, aber seine Stimme wurde sonderbar ernst. »Wo wir gerade bei Lydia sind. Hast du schon eine Ahnung, wie du das andere Problem löst?«

Ich hatte Logan nicht wirklich gesagt, was geschehen war, ihn nur gebeten, meine verbliebenen Ersparnisse bei sich aufzubewahren. Doch das hatte gereicht, um ihn ahnen zu lassen, was los war.

»Die Studiengebühren bekomme ich noch zusammen.« Ich hatte immer wieder gerechnet, die Zahlen hin und her geschoben. Mir wäre lieber gewesen, ich hätte Darce' Geld ablehnen können, aber es war so knapp, dass ich unmöglich darauf verzichten konnte. Also sagte ich mir unentwegt, dass es nur ein Job war.

Nur ein Job.

Ich hatte für Bentley gearbeitet.

Dann konnte ich auch für Darce arbeiten.

Nur.

Ein.

Gottverdammter.

Job.

Ich stieß ein erbärmliches Stöhnen aus.

»Du weißt, dass du dort irgendwo eine Unterkunft brauchst?«

»Das bekomme ich hin.« Mein warmer Atem schlug mir unangenehm selbst entgegen, dennoch blieb ich, wo ich war, auf der schmutzigen, harten Tischplatte mit den Krümeln, die gegen meine Stirn drückten.

Denn sobald ich aufsah, würde irgendjemand nach Kaffee rufen oder Bacon bestellen wollen und ich war unfassbar erschöpft. Wenn ich bei Darce war, fühlte sich alles perfekt an; war ich nicht bei ihm, kamen die Zweifel angekrochen. In all das mischten sich die permanente Wut auf Mom und die nicht weniger pochenden Sorgen, ob ich das Geld rechtzeitig zusammenbekam. Außerdem brauchte ich Schlaf. Den hatte ich die letzten Nächte neben Darce kaum bekommen. *Weil Nächte neben ihm zu schön sind, um sie mit schlafen zu verbringen.* Nicht mehr lange und der Herbst würde beginnen und dann würde Darce gehen wie immer. Der Gedanke verpasste meinem Herzen jetzt schon einen Riss.

»Wie willst du das hinbekommen?«, fragte Logan und zerrte mich zurück in die Realität. »Die Mieten sind abstrus.«

»Wenn ich spare, reicht das Geld sicher für ein Zimmer irgendwo.«

Tat es nicht.

»Sag mir, dass du nicht überlegst, in Lydias Auto zu schlafen.«

Würde ich gern – aber das war meine Notfalloption.

Meine Notfallnotfallnotfalloption.

»Vergiss es«, stieß er aus. »Ich miete dir ein Zimmer.«

»Wovon?« Logan war der Einzige, mit dem ich über Geld sprechen konnte, denn er war nicht nur mein Freund, sondern er verstand mich. Wir mussten uns gegenseitig nichts vormachen. Bei Logan und Maria war das Geld ähnlich knapp wie bei uns. Deshalb hatte ich regelmäßig ein schlechtes Gewissen, weil Maria uns für Kittys Betreuung so wenig berechnete. Und sie tat es nur, weil sie wusste, dass wir uns sie sonst nicht hätten leisten können. Arm zu sein machte uns zu Verbündeten.

»Ich finde jemanden, der mir etwas leiht«, sagte Logan mit einer solchen Überzeugung, dass ich überhaupt nicht anders konnte, als aus meiner Deckung aufzutauchen.

»Wirst du nicht, denn dann würde ich nie wieder mit dir reden und das weißt du.«

Er verdrehte die Augen, aber er widersprach mir nicht – weil er mich verstand.

»Der Kaffee ist alle«, rief jemand in meinem Rücken und ich stieß ein Seufzen aus, strich die Krümel von der Stirn und erhob mich, um weitere Tassen mit billigem Filterkaffee zu füllen.

»Ella?« Ich sah zu Logan, der ebenfalls aufgestanden war. »Wenn Darce dir das Herz bricht, hat er hier für alle Zeiten Hausverbot, sag ihm das.«

Gerade noch hatte ich ernsthaft überlegt, auf einer klebrigen Tischplatte zu schlafen und nur Sekunden später füllte mich Wärme aus. Leben konnte manchmal verdammt anstrengend sein, aber mit den richtigen Menschen darin kam es einem leichter vor.

»Und du bestell Maria von mir, dass sie sich keine Sorgen um dich machen muss. Du bist das Beste, was Juniper Falls zu bieten hat.« Ich fuhr ihm durchs Haar, woraufhin er mir lachend auswich und dann machten wir uns beide wieder an die Arbeit.

48

»Du musst damit aufhören.«

»Ich weiß nicht, wovon du sprichst«, erwiderte Darce in dem Ton, der verriet, dass er es ganz genau wusste.

»Damit, mich zu entführen?«

Er lachte leise, während er mich weiter in Richtung dieses klinischen weißen Baus mit dem gigantischen Kuppeldach dirigierte. Wieder hatte ich nicht den Hauch einer Ahnung, was Darce plante. Die Parkbuchten waren leer gewesen und nirgends hatte ich ein Schild entdeckt, das mir etwas über diese Anlage verriet. Vielleicht hatte Darce sie entfernen lassen – zuzutrauen wäre es ihm. Das, was ich sah, erinnerte mich an eine dieser unheimlichen Forschungsstationen in Science-Fiction-Filmen, von denen kaum jemand ahnte, dass sie existierten – bis es zur Katastrophe kam.

»Zu meiner Verteidigung, du kommst freiwillig mit.« Wie zum Beweis hob er unsere ineinander verschlungenen Hände.

Seit Bentleys Party tasteten wir uns langsam vorwärts, was diese Beziehungssache anging. Sehr langsam, weil dieser Teil in mir immer noch Angst davor hatte, dass Darce mich wieder von sich fortschleudern würde.

Ich versuchte, ihm zu vertrauen. Wirklich. Doch alte Wunden konnten nicht über Nacht heilen.

»Genau genommen komme ich nur mit, weil du meisterlich meine Neugierde gegen mich ausspielst.«

»Meisterlich ausgespielt klingt, als müsste ich mir Mühe geben.« Er warf mir einen dieser Blicke zu, die sofort die Federn in meinem Bauch aufstoben ließen. »Einmal habe ich einen Stock zwischen die Wachholderbäume geworfen und du bist hinterhergesprungen, weil ich dir nicht verraten habe, was es war.«

»Damals war ich sieben!«

»Aber genauso neugierig«, erwiderte Darce. »Außerdem beschwere ich mich nicht – auf deine Neugierde ist immer Verlass. Vielleicht sollte ich mir zur Sicherheit trotzdem einen Stock mitnehmen?« Provokant suchte er nun den Boden ab, während wir auf die ebenfalls weiße Tür im Kuppelbau zugingen. Das alles sah so überhaupt nicht vertrauenserweckend aus. Und dass sich auch hier keine Menschen fanden, machte es nicht besser.

»Du bist so witzig, Darce.«

»Erzähl das Bentley. Er behauptet, sein toter Goldfisch war lustiger als ich.«

»Sharky?«

»Echt jetzt? Du erinnerst dich an ihn?«

»Natürlich. Er war ein begnadeter Stand-up-Comedian. Er hatte alles, das Aussehen, den Namen …« Es war schwer, unter seinem betont strengen Blick nicht loszulachen. »Aber von mir aus überzeuge ich Bentley davon, dass du unfassbar lustig bist, wenn wir jetzt umdrehen und zurückfahren.«

»Könnten wir nicht.« Mit großer Geste stoppte Darce vor der Tür und zog einen Schlüssel aus seiner Hosentasche – schon wieder. Allerdings wirkte dieser hier nicht aus der Zeit gefallen wie der vom Park. »Weil es ewig an dir nagen würde, nicht zu wissen, was dort drinnen auf dich wartet.« Jetzt zupfte ein Lächeln an seinen Lippen, während er die Tür aufschloss. »Gib es zu.«

»Niemals.«

Das Sonnenlicht ließ es in seinen Augen förmlich blitzen. »Na los, wir wissen beide, dass du hineingehen wirst, Ella.« Er öffnete die Tür einen Spalt und tat, als würde er einen imaginären Gegenstand hineinwerfen. »Los, such das Stöckchen.«

»Erstens: Ich bin kein Hund«, gab ich zurück und schwankte irgendwo zwischen Verärgerung und Belustigung, weil Darce mich so verflucht gut kannte. »Und zweitens: Bentley hat recht, Sharky war so viel lustiger als du.« Ich streckte ihm die Zunge raus und sein Grinsen vergrößerte sich – offenbar wusste er, dass er gewonnen hatte.

Wie zum Beweis zog er die Tür ganz auf und nur einen Moment später drang trotz des Sommertages grelles Lampenlicht dahinter hervor. Im Inneren gab es keine Fenster, nur einen trichterförmigen, grauen Behälter, auf dem diverse Strahler befestigt worden waren. Einige Kissen lagen auf dem Boden und über uns spannte sich eine halbkugelförmige Kuppel.

Irgendwo da begriff ich, weshalb Darce mir heute andauernd diese prüfenden Blicke zugeworfen hatte. »Was ist das hier?«

»Das gehört einem alten Freund von George.« Beim letzten Wort zog sich eine Wolke über Darce' Gesicht. *Trauer.* Ich drückte seine Hand und er erwiderte im stillen Verständnis den Druck. »Früher waren wir hin und wieder hier.«

»Aber was machen *wir* hier?«, setzte ich sanfter an und baute auf eine Antwort, die nicht die war, nach der sich das hier anfühlte.

»Wir haben ein Date?«

»Darce …?«

»Wir genießen die Aussicht?«

»Ist das hier ein Planetarium?«

Er strich sich mit der freien Hand durchs Haar. »Wenn du so fragst. Ja. Vermutlich.«

Ich sollte mich nicht so fühlen wie jetzt.

Diese Beklemmung sollte sich mir nicht mehr wie ein unsichtbares Gewicht auf die Brust legen. Meine Handflächen sollten nicht feucht werden und mein Hals nicht trocken. Und ich sollte mir nicht auf der Stelle wünschen, wieder raus in den Sonnenschein zu flüchten.

»Miese Idee?« Er war zurück, dieser prüfende Blick von Darce und die Unsicherheit, die ich vorher nur erahnt hatte, flackerte nun in seinen Augen.

»Wir bleiben hier drinnen?«

Langsam nickte er und nahm dem Gewicht auf meiner Brust etwas von seiner Schwere.

»Aber es wird sich nicht danach anfühlen?«

»Wahrscheinlich nicht.« Er mühte sich ein Lächeln ab, das verrutschte. »Du warst noch nie in einem Planetarium?«

»Die Bekannten meiner Familie besitzen leider keine mehr auf ihren Trailerdächern. Einsturzgefahr.«

Es war ein schlechter Scherz, aber aus seinem verunglückten Lächeln wurde ein echtes Schmunzeln. »Wenn das so ist, solltest du diese Chance unbedingt ergreifen.«

Er ließ mich los und wartete meine Erwiderung nicht ab, sondern ging auf dieses sonderbare Gebilde in der Mitte des Raumes zu. »Ich mach nichts, bevor du nicht bereit bist.«

Das sollte mich wohl beruhigen.

Stattdessen machte es mir einmal mehr deutlich, wie albern ich mich benahm. Ängste waren scheiße, weil sie einem immer wieder in Erinnerung riefen, wie fehlerbehaftet man war.

Wie fehlerbehaftet ich bin.

»Geht schon«, zwang ich mir ab und spürte einmal mehr Darce' Blick auf mir, während ich die runden Wände betrachtete.

»Was ist dieses Mal anders?« Überraschend tauchte er wieder bei mir auf. Offenbar hatte er meine Unsicherheit wahrgenommen. »Wir sind nicht draußen?«, fuhr er fort, nachdem ich mich zu lange ausschwieg.

Mit Menschen, die wir liebten, über die Dinge zu reden, die uns ängstigten, war einfacher, weil wir ihnen vertrauten. Und gleichzeitig fand ich es so viel schwieriger, weil immer der Zweifel angeschlichen kam, ob Darce mich nicht verließ, wenn er erst die Tiefe meiner Abgründe erkannte.

»Ella?«, fuhr er sanfter fort. »Auf der Party hast du die Dämmerung sogar im Baum ausgehalten.« Ihm gelang das Kunststück, die wenigen Minuten wie eine beachtenswerte Leistung wirken zu lassen.

»Aber da war noch Licht«, erwiderte ich leise. »Ich konnte sehen, wer um mich herum ist un–« Meine Stimme brach. Und da war er, der Abgrund.

Ich war verkorkst.

Zutiefst verkorkst.

Dennoch sah mich Darce wie immer an, mitfühlender und schmerzerfüllter zwar, aber die Wärme in seinem Blick war nicht eine Sekunde lang gewichen.

»Was macht dir in der Dunkelheit am meisten Angst?«

»Kein Licht mehr zu finden.« Die Antwort stürzte aus mir heraus, ohne dass mein Verstand überhaupt darüber nachdenken konnte. Der hätte etwas Nachvollziehbares formuliert. Aber so wie Darce mich ansah, fand er einen Sinn dahinter, den ich selbst nicht begriff.

Er legte die Arme um mich und zog mich sanft zu sich. »Licht kann sich niemals in Dunkelheit verstecken«, flüsterte er mir zu und zog sein Handy hervor, um es einmal mehr in eine Taschenlampe zu verwandeln. So selbstverständlich, dass sich auch das letzte Gewicht auf meiner Brust auflöste.

»Nein«, raunte ich ihm zu. »Das schaffe ich so.«

Ich liebte dieses Blitzen in seinen Augen. »Natürlich tust du das.« Er hauchte einen Kuss auf meine Lippen. »Und nur fürs Protokoll: Wenn nicht, wäre es auch nicht schlimm. Wir machen alles in deinem Tempo.«

Alles?

Was alles?

»Wie meinst du das?«

»Nächste Woche habe ich einen Spaziergang bei Nacht eingeplant.«

Super.

Nicht.

Darce war an dem Gerät angekommen, das es schaffte, unscheinbar und sonderbar zugleich auszusehen. »Ich hoffe, ich bekomme es noch hin. Also … bereit?«

»Ja«, erwiderte ich, dieses Mal ganz ohne zu zögern und nur einen Augenblick später versank der Raum in Dunkelheit. Doch innerhalb von Sekunden funkelten Sterne über mir auf und plötzlich fühlte es sich genauso an wie befürchtet.

Als wäre ich draußen.

Bei Nacht.

Die Beklemmung kam zurück, um sich wieder wie ein Felsen auf meiner Brust abzulegen. Doch diesmal kämpfte ich gegen sie an. Ich nahm lange Atemzüge, zwang mich, mich daran zu erinnern, dass ich in einem geschützten Raum war. Und dann sah ich die Sterne – *richtig.*

Ein Funkeln und Blitzen, das die Dunkelheit aufbrach. Unzählige Lichter. Sterne hatte ich seit Ewigkeiten nicht mehr wirklich gesehen und bis gerade hatte ich nicht gewusst, dass sie mir gefehlt hatten.

Licht flackerte einige Meter neben mir auf und als ich hinübersah, erkannte ich, dass es von Darce' Handy stammte. Es schien kein Zufall zu sein, dass er ausgerechnet sein Profil beleuchtete. *Damit ich sehen kann, wer in meiner Nähe ist.*

»Kann ich zu dir kommen?«, fragte er sanft, wohl weil er ahnte, dass das Geräusch von Schritten in der Dunkelheit meine finstersten Erinnerungen mit sich bringen konnte.

Nein – vor Darce musste ich meine Abgründe nicht verstecken. Er versuchte, sie mit mir zusammen zu überwinden.

»Ja«, erwiderte ich und er leuchtete sich einen Weg zu mir. Doch als er bei mir stoppte, nahm er nicht wie sonst meine Hand. Wohl weil er darauf wartete, dass ich den ersten Schritt machte. Kurz spürte ich, wie sich die Erinnerungen von damals in mir aufbäumten, um mich zu überfluten, aber dann griff ich nach Darce' Hand und es fühlte sich nicht fremd an, sondern genau richtig.

49

Eine Weile blieben wir, wo wir waren und betrachteten das Schauspiel über unseren Köpfen, bis uns die Nacken steif wurden. Dann knipste Darce die Raumbeleuchtung wieder an, wir suchten die Kissen zusammen und bauten uns ein Bett daraus. Es war nicht ganz so bequem wie das auf Darce' Terrasse, aber bequem genug, vor allem, als er den Sternenprojektor wieder anstellte und sich zu mir legte.

»Das dort ist der große Wagen«, sagte er und deutete auf die Sternenformation, die ein W ergab.

»Sicher?«

»Ja. Und das mit den sieben Sternen ist der Bär.«

»Welcher?«

»Der mittlere«, sagte Darce nach einer Pause, die lang genug war, dass ich mit einem Lächeln kämpfte.

»Und das?« Ich deutete auf die Sternenformation nahe dem W.

»Das ist … ein Seepferdchen.«

Das war's.

Ich konnte das Lachen nicht länger in mir halten, es platzte so heftig aus mir heraus, dass Darce zusammenfuhr. »Du hast keine Ahnung von Sternenbildern.«

»Hab ich wohl«, gab er zurück. »Aber in der App sehen die alle anders aus und da gibt es viel weniger Sterne.«

»Das da ist kein Seepferdchen, das ist Perseus. Und das W dort ist Kassiopeia und über den kleinen Bären schweigen wir uns lieber aus.«

»Du weißt das alles?« Er stupste mich mit dem Ellbogen an. »Und du lässt mich so auflaufen?«

»Du warst unterhaltsam.«

»Erzähl das Bentley.« Darce grinste. »Woher weißt du so viel über Sterne?«

»Durch Logan. Er kennt sie alle und hat zu jedem die passenden Geschichten dazu im Kopf.«

»Okay.« Sein Lachen verblasste. »Jetzt komme ich mir albern vor mit diesem Versuch, dir zu imponieren.«

»Du brauchst keine Sternenbilder, um mir zu imponieren, Darce.« Ich drehte mich zu ihm, streckte den Hals und küsste ihn. Sofort lagen seine Hände an meinen Wangen und streichelten darüber.

»Du hast viel Zeit mit ihm verbracht?«, fragte er, kaum dass ich den Kopf zurück auf seiner Brust bettete.

»Ja, er ist mein bester Freund.« Und wieder waren die Worte aus mir heraus, bevor ich darüber nachgedacht hatte. Bevor ich begriffen hatte, dass sie ihn verletzen mussten. »Du warst nicht da«, flüsterte ich, weil sich nichts in mir fand, das ihre Wirkung abmildern konnte.

»Ich weiß.« Seine Stimme klang rauer als sonst, während er die Finger zwischen meine schob. »Es macht mir nur wieder deutlich, wie viel Zeit wir verpasst haben.«

»Vielleicht haben wir uns so auch eine schrecklich dramatische Teenagertrennung erspart.«

»Klar, weil ich ja bekannt für meine dramatischen Auftritte bin«, erwiderte Darce trocken, aber immerhin ging er dazu über, kleine Küsse auf meine Fingerspitzen zu hauchen, die alles erwartungsvoll in mir kribbeln ließen. »Worüber redet ihr so?«

»Ist das deine Art herauszubekommen, ob ich mit ihm über dich geredet habe?«

»Natürlich hast du ihm von mir erzählt. Was hast du gesagt?«

»Dass du ein selbstverliebter, arroganter Yuppie-Schönling bist?«

»Du bist so charmant.« Zur Strafe bekam der nächste Finger keinen Kuss, sondern einen winzigen Biss, der mich vor Überraschung auflachen ließ.

»Logan hat Grandpa oft geholfen. Wenn ich keine Zeit hatte, ist er mit ihm ins Gartencenter gefahren. Seine Mutter ist die Tagesmutter von Kitty und er kennt meine Mom ...« Ich schluckte schwer und versuchte, nicht an das Chaos zu denken, das mich erwarten würde, wenn ich morgen zurückkam. »Logan gehört irgendwie zur Familie.«

»Deine Mom ...« Offenbar hatte Darce die Pause wahrgenommen. »Lydia – sie ist *speziell.*« Er betonte das letzte Wort auf die Weise, die mir deutlich machte, dass er eigentlich einen anderen Begriff hatte nehmen wollen. Chaotisch? Selbstsüchtig? Egoistisch? Vergesslich? Es gab so viele, die wahr wären.

»Grandpa hat mir früher immer die Geschichte von Peter Pan vorgelesen und manchmal hat er gesagt, dass Mom wie er ist. Sie will nicht erwachsen werden. Früher, als Grandpa noch da war, hat er sich bemüht, vieles abzufangen. Er meinte, wo ein Peter Pan ist, braucht es immer auch eine Wendy.« Schmerz brannte in meiner Brust. Was hätte ich dafür gegeben, Grandpa wiederzusehen.

»Aber er wurde krank.« Darce' Stimme war so sanft wie ein Lufthauch und trotzdem schlug sie in mir ein. Wenn jemand starb, den wir liebten, hinterließ derjenige eine Lücke, die sich nie schließen würde.

»Ja«, stieß ich aus und versuchte, nicht daran zu denken, wie klein Grandpa im Krankenhausbett gewirkt hatte. Jedes Mal, wenn ich ihn besucht hatte, schien es, als wäre er ein Stück mehr geschrumpft. Als wäre ein weiteres Stück von ihm verschwunden.

»Seitdem musst du allein die Wendy spielen?«, fragte er und ich wusste, dass auch er daran dachte, wie Kitty und ich vor seiner Haustür gestanden hatten.

»Und ich habe es so satt.« Es war nur ein Flüstern, aber dennoch schockierten mich die Worte. Weil sie wie Moms klangen. So verdammt egoistisch.

»Trotzdem tust du es. Weshalb?«

»Wegen Kitty. Sie soll in keiner Welt aufwachen, in der sie gezwungen ist, von einer Gaststätte aus ihre Mom anzurufen, weil sie sie dort vergessen hat.«

»Ella … *scheiße*.«

Wir hatten nie über Mom geredet. Meine Auszeiten bei Bentley und James waren genau das gewesen: Auszeiten von zu Hause. Vielleicht hätten wir es dabei belassen sollen.

»Sie ist nicht immer so.« Ich bemühte mich, den Worten Schlagkraft zu nehmen. »Und es war nur einmal …«

»Warum lässt du dir nicht von mir helfen? Nur ein Wort und ich schreibe dir einen Sche–«

»Nein!« Ich fuhr hoch.

Es war schon ein Fehler gewesen, über Mom zu reden. Mir diesen winzigen Raum zu nehmen, wo ich mich nicht erklären musste.

»Ella.« Darce setzte sich ebenfalls auf. »Ich verstehe nicht, wieso du daraus so eine große Sache machst.«

»Das können nur Leute sagen, die es sich leisten können«, gab ich zurück. »Für mich ist es eine große Sache. So groß, dass sie jeden Schritt, jedes Wort überschatten würde.« Der Joghurt hatte sich schon mies angefühlt. Ich könnte nicht damit leben, Geld von Darce anzunehmen. Das wäre eine Schuld, die ich niemals würde tilgen können. »Ich könnte so nicht mehr mit dir zusammen sein.«

Nicht als Freunde.

Erst recht nicht als Paar.

Ich wusste, dass Darce zu gern protestiert hätte, aber ich liebte ihn dafür, dass er es nicht tat. Dass er akzeptierte, dass ich das Gefühl brauchte, dass wir einander ebenbürtig waren. Geld hätte all das unwiderruflich verschoben.

»Darf ich dann wenigstens noch ein Escort-Date bei dir buchen?«, fragte er und bemühte sich, wieder zu der Leichtigkeit von vorhin zurückzukehren. »Also, wenn es wirklich dringend ist?«

»Alles daran klingt abgrundtief falsch.«

»Wahrscheinlich.« Er legte die Arme um mich und zog mich wieder mit sich herunter. »Offenbar mögen wir es kompliziert.«

Juli

50

»Du siehst verkleidet aus.« Mit spitzen Lippen musterte Mom das dunkelgrüne Abendkleid. Darce war so klug gewesen, das Preisschild zu entfernen, doch auch so ahnte ich, dass ich niemals etwas so Teures getragen hatte. Ich hasste es jetzt schon. Nicht das Kleid selbst – das war ärgerlicherweise wunderschön. Das Oberteil besaß eine filigrane Blätterstickerei, die mich an den Kirschbaum erinnerte. Winzige Steine und Pailletten glänzten dort bei jeder meiner Bewegungen. Selbst das Rockteil war umwerfend. Der seidene Stoff ergoss sich fließend über mich und der Unterrock umschmeichelte meine Beine.

Nein, dieses Kleid konnte ich nicht hassen.

Es war ein Kunstwerk.

Was ich hasste, war, dass ich es tragen musste.

Weil ich es bestimmt zerstören werde.

Entweder ich blieb mit den hohen Absätzen im zarten Stoff hängen. Oder ich kippte versehentlich etwas darüber. Wie auch immer es endete, ich würde dieses unfassbar teure Kleid zerstören. Schon jetzt schwitzten meine Handinnenflächen bei der Vorstellung. Ich wollte sie unauffällig abwischen und stoppte mich im allerletzten Moment entsetzt.

Nicht am Kleid!

Es wäre so viel einfacher, könnte ich heute meine eigenen Sachen tragen.

Doch heute Nacht bin ich nicht ich.

Der Gedanke war jedes Mal wie ein Schnitt in meine Brust.

Ich war Sofia.

Und dieses zauberhafte Kleid nur der Auftakt zu einer anstrengenden Nacht.

Ich griff mir die Bürste, fuhr damit durch mein Haar. Eigentlich hatte ich vorgehabt, sie zu einem Zopf zu binden, doch beim Blick in den Spiegel fühlte es sich an, als würde mehr von mir erwartet werden als ein Haargummi. Ich konnte nur nichts anderes und so zog ich das Band um mein Haar. Der Zopf zu dem Kleid sah noch schlimmer aus als gedacht. *Verflucht.*

Die Feier hatte nicht einmal begonnen und ich hasste sie jetzt schon.

Grimmig packte Mom die Zettel, die Bentley mir ausgedruckt hatte, auf einen der Stühle. »Seit Tagen lässt du überall diesen Unsinn liegen.«

»Nun weißt du, wie es mir andauernd geht.« Heute war mir nicht nach Diplomatie, vor allem nicht Mom gegenüber.

Dieser Abend war ihre Schuld.

Genau wie das Kleid.

Die Zettel.

Und dass ich keine Ahnung hatte, was ich mit meinen Haaren anstellen musste, damit sie zum Kleid passten.

»Du solltest dich von ihm fernhalten.«

»Kann ich nicht. Es ist ein Job.« *Dank dir bin ich auf das Geld angewiesen.* Zumindest den letzten Satz behielt ich für mich. Noch mehr Drama ertrug ich nicht.

»Natürlich«, erwiderte Mom mit schmalen Lippen. »Also macht er es jetzt offiziell?« Ihr Blick huschte über das Kleid, musterte erneut den Stoff, als wollte sie herausfinden, was es gekostet hatte, um zu bemessen, wie viel ich Darce wert war.

Als wenn der Wert unserer Beziehung auf ein Preisschild passt.

»Nein«, stieß ich aus. »Es ist nur ein Job. Wie oft muss ich dir das noch sagen?«

»Bis *du* es verstehst«, sagte sie und zog mir das Gummiband wieder aus dem Haar. Ich war zu irritiert, um zu protestieren. »Du bist ein Job für ihn. Das heute ist ein Job. Er nimmt sich von dir, wonach ihm ist und dann lässt er dich stehen!« Grimmig griff sie nach der Bürste und begann, mein Haar zu kämmen. »Warum musst du meine Fehler wiederholen?«

»Weil es sich nicht danach anfühlt?«

»Tut es nie.« Sie zog Strähnen ab, legte sie mir über die Schultern. »Er wird dir das Herz brechen. Wieder und wieder.«

»Es ist mein Herz. Mit dem kann ich anstellen, was ich will!«

Im Spiegel sah ich Mom die Augen verdrehen. »Halt still!«, schimpfte sie und schob meinen Kopf in Position. »Wenn du schon unbedingt auf den Boden aufschlagen willst, dann wenigstens ordentlich frisiert. Ich lass nicht zu, dass jemand von ihnen über dich lacht.«

Einen Moment lang trafen sich unsere Blicke im Spiegel und in ihrem fand ich so viel Schmerz, dass er mir den Hals abschnürte. »Danke … Mom.« Das letzte Wort fühlte sich so fremd auf meiner Zunge an, dass ich ahnte, dass ich sie in den letzten Jahren nur selten so angesprochen hatte, ohne dass Bissigkeit darin gelegen hatte. Ihre Hand legte sich auf meine Schulter, strich kurz darüber, dann war sie fort, genau wie ihr Blick.

»Wir könnten hierbleiben. Das Auto ist riesig. Wir suchen uns einen netten Parkplatz unter einer der Laternen und bleiben dort. Dann sind wir streng genommen auf dem Grundstück und können behaupten, dass wir auf der Party waren.«

»Aber …«

»Nein. Bitte zwing mich nicht dazu. Ich werde mich komplett blamieren.«

»Wirst du nicht.«

»Doch.« Darce verknotete meine Hand mit seiner. »Überleg es dir, Ella. Es wird grausam langweilig und wir reißen den Altersdurchschnitt der Gäste gefährlich nach unten.«

Gegen das Zucken meiner Mundwinkel war ich machtlos. Er musste meine Nervosität gespürt haben und das hier war seine Ablenkung. Ich beugte mich vor, während wir darauf warteten, dass die Autos vor uns abgearbeitet wurden. »Sollte ich nicht diejenige sein, die dich anfleht zu flüchten?«

»Unbedingt«, raunte er mir zu, durchbrach den letzten Abstand zwischen uns und hauchte mir einen Kuss auf die Lippen. »Du wirst sonst Seiten an mir kennenlernen, die uns beide zutiefst schockieren.«

»Ich dachte, ich kenne all deine schockierenden Seiten. Welche hast du vor mir verborgen?«

»Die charmante«, erwiderte er mit so einer Leidensmiene, dass ich auflachte.

»Nichts an dir ist ansatzweise charmant, Darce.«

»Auf diesen Veranstaltungen bin ich das. Es ist widerlich, glaube mir. Wir wollen beide nicht, dass du das siehst.« Nun landeten die Küsse auf meinem Hals und beschleunigten meine Atmung um ein Vielfaches. »Die Idee war mies, lass uns flüchten«, flüsterte er mir ins Ohr, knabberte sanft an dieser Stelle dahinter, die Stromstöße überall in mich aussandte.

Ein Klopfen an der Scheibe riss uns auseinander. »Wir wären so weit. Sie könnten aussteigen«, sagte die Frau in dem weißen Jackett, das sie als Teil des Parkservice auswies. Ein Blick nach vorn zeigte, dass die anderen Autos tatsächlich verschwunden waren, ohne dass wir es mitbekommen hatten.

Darce seufzte theatralisch auf, da wurde auch schon von einem zweiten Mitarbeiter meine Tür geöffnet. Das fühlte sich sonderbar an, als wäre ich in einer freakigen Parallelwelt erwacht. Wenn überhaupt gehörte ich hier zu den Menschen mit den weißen Jacketts. Ich sollte Türen öffnen und nicht meine geöffnet bekommen.

»Du hast deine Chance vertan.« Darce trat zu mir. »Bereit, zum professionellen Teil zu wechseln?«

Nein.

Kein Stück.

Er schob seine Hand in meine, ging los und musste nach zwei Schritten stoppen, da ich zur Salzsäule erstarrt war.

»War das mit der Flucht ein Spaß oder willst du abbrechen? Weil du glaubst, dass ich dich blamieren werde?«

Danke, Mom, dafür, dass deine Worte sich in mir festgesetzt haben. Als wäre der Abend nicht schon schlimm genug.

»Und du traust dich nicht, mir das zu sagen, weil ich das Geld brauche?«, fuhr ich noch leiser fort.

Keinen Herzschlag später tauchte Darce vor mir auf, die Augen entgeistert geweitet. »Gott, Ella, nein!« Seine Stirn legte sich an meine. »Du bist der Grund, weshalb ich da reingehen kann. Ich brauche dich so viel mehr als du mich. Es ist Gregs erste Party seit …«

Er musste die Worte nicht aussprechen.

Seit dem Unfall.

Ich legte die Arme fest um ihn. Für den Moment war es mir gleichgültig, ob der Seidenstoff das mit Falten bezahlte. Oder ob das hier über das professionelle Verhalten hinausging, das wir verabredet hatten. Es war schon sonderbar genug, dass wir so taten, als wäre ich Darce' Ex-Freundin. Allein bei der Vorstellung verknotete sich mein Magen jedes Mal ein Stück mehr. »Wenn wir erst drin sind, wird es bestimmt nett.«

»Früher hast du besser gelogen.« Zumindest blitzte es nun wieder in seinen Augen. »Also los, beginnen wir damit, Greg zu präsentieren, was er sehen will.« Erneut zog er an mir, doch ich blieb weiter stehen.

»Darce?« Er sah zu mir.

»Nur fürs Protokoll: Ich hasse, was wir hier tun.« Einmal musste ich es aussprechen, damit es mich nicht von innen heraus auffraß, wenn mich jemand mit Sofias Namen ansprach.

»Das tue ich auch.« Er drückte zwar meine Hand, zog mich aber weiter zum Eingang.

Dabei hatte ein Teil von mir wirklich gehofft, dass Darce die Richtung änderte und mit mir von hier verschwand.

51

Ich hatte gewusst, dass Darce' Familie unverschämt reich war, aber das hier übertraf alles. Schon beim Parkservice hatte ich eine Ahnung bekommen, dass es schlimmer würde als gedacht. Die hatte sich bei der Einlasskontrolle vertieft, wo ein halbes Dutzend Securityleute bereitstanden, während Mitarbeiter Gästelisten studierten. Wir gingen an einer Garderobe vorbei, wo Taschen und Mäntel von weiteren weiß gekleideten Menschen in Empfang genommen wurden. Das Innere der Villa war ähnlich einschüchternd wie alles hier. Anders als das Haus von Darce und Bentley war dieses hier modern gebaut. Es besaß klare Linien, gigantische Fensterfronten, von denen einige den Blick auf den benachbarten Wald preisgaben und weitere auf einen beleuchteten Pool, der den von Darce und Bentley winzig erscheinen ließ.

Am schlimmsten aber waren die Menschen, die überall zusammenstanden. Sie bildeten eine stille Harmonie, ihre elegante Kleidung, der glänzende Schmuck, die perfekt sitzenden Frisuren und ihre entspannten Mienen – sie wirkten wie ein Schwarm. Jeder hier schien zu wissen, dass die anderen Teil davon waren. Alles an ihnen schrie geradezu, dass sie hierhergehörten.

Für mich galt das nicht.

Für Sofia schon.

Ich atmete durch und zog die Schultern hoch.

Es ist ein Job. Nur ein Job.

»Wie findest du es?« Darce strich mit dem Daumen über meine Handaußenseite.

»Unerwartet«, rang ich mir ab und starrte auf die Eisskulptur vor uns. Ich hatte Darce' Onkel noch nie gesehen, aber ich kannte genug Fotos von ihm, um zu wissen, wer genau sich dort in Lebensgröße ins Eis hatte schlagen lassen. »Ich ahne, woher Bentleys Liebe für extravagante Partys stammt.«

»Leider wurde mein Profil schlecht getroffen«, mischte sich eine Stimme hinter uns ein.

Greg.

Meine Handinnenflächen begannen zu schwitzen und alles, was mein schockgefrorenes Hirn denken konnte, war: *Nicht am Kleid abputzen!*

Ich drehte mich um, erinnerte mich erneut, dass ich nicht ich war und lächelte ihn an.

Er war kleiner als in meiner Vorstellung. Vielleicht lag es schlicht daran, weil ich wusste, dass er eine der führenden Persönlichkeiten der Region war. Seine Augen erinnerten mich an die von Darce' Mutter, nur waren die immer verkniffen gewesen, sobald sie mich angesehen hatte. Diese hier musterten mich interessiert. »Das Kinn ist miserabel geworden, oder? Was denkst du?« Er deutete auf die Eisskulptur und Darce' Griff wurde fester.

Das hier fühlte sich an wie ein Test.

Leider hatte ich keine Ahnung, was für einer.

Ich sah hinüber zur Skulptur und betrachtete den Kinnbereich. Fand nichts.

Oder?

Was würde Sofia wohl sagen?

»Für mich ist sie tadellos.« Ich musterte all das Eis. »Aber selbst wenn nicht, erledigt sich das Problem spätestens morgen.« Der Gedanke rutschte aus mir heraus, bevor ich ihn aufhalten konnte.

Das würde Sofia sicher nicht sagen!

Sie würde bestimmt nicht daran denken, wie viel Arbeit es kostet, morgen das Wasser zu entfernen.

Großartig.

Nicht.

Ich drehte mich um und bemerkte Gregs prüfenden Blick auf mir. Ein Lächeln legte sich auf seine Lippen und ließ ihn jünger wirken. »Stimmt. Warum mich über etwas ärgern, das morgen nur eine Pfütze ist?« Er hielt mir die Hand entgegen und ich konnte nicht anders, streifte meine heimlich am Kleid ab, nachdem ich sie aus Darce' löste. »Greg«, sagte er. »Eine eigene Meinung und Humor sind eine vielversprechende Mischung. Wir beide kommen sicher wunderbar miteinander aus.«

Offenbar hatte ich seinen Test bestanden.

Sofia, erinnerte ich mich noch, während ich ausatmete.

Sofia hat seinen Test überstanden.

Mein Gehirn verknotete sich direkt mehrfach, weil es so verdammt schwer war, eine Rolle zu spielen.

Ich war hierfür nicht gemacht.

Kann mir nicht jemand ein weißes Jackett reichen und mich Türen aufhalten lassen?

Greg hatte sich mittlerweile Darce zugewandt, umarmte ihn fest. »Dass du dich mir noch unter die Augen traust«, sagte er halb ernst, als er sich von ihm löste. Jemand rief nach Greg, der sich in die Richtung drehte und nicht registrierte, wie Darce unter seinen Worten erstarrte, als wäre er selbst zu einer Eisskulptur geworden. *Wusste Greg von der Uni? Oder den Anlagen?*

Sekunden vergingen und es fühlte sich an, als bekäme ich wegen des eng sitzenden Oberteils plötzlich nicht mehr genug Luft. Greg wandte sich wieder zu uns und Darce wich auch das letzte bisschen Farbe aus den Wangen.

Es war bestimmt nur ein Witz gewesen. Doch warum bohrte sich sein Blick wie ein eisiger Speer in Darce? »Das ist also deine Freundin?«

Verdammt.

Greg wusste es.

Er wusste, dass ich kein Teil des Schwarms war.

Keine fünf Minuten und ich bin aufgeflogen.

»Natürlich«, sagte Darce und jetzt klang er, als bereute er zutiefst, dass wir nicht doch geflüchtet waren.

Von Greg bekam er ein missbilligendes Kopfschütteln. Mein Herz trommelte so schnell, dass es sich anfühlte, als müsste das jeder durch den dünnen Stoff sehen. »Entschuldigt mich bitte, da drüben wird meine Aufmerksamkeit verlangt. Aber es freut mich außerordentlich, dich kennengelernt zu haben, Elizabeth.«

Elizabeth.

Nicht Sofia.

Woher kannte er meinen vollen Namen?

Niemand nannte mich so.

Er war fort, lange bevor sich meine Entgeisterung legte.

»Woher …?«

Darce antwortete nicht. Mit grimmiger Miene zog er sein Handy aus der Innentasche, tippte darauf und stöhnte nur einen Moment später auf. »Bentley.«

Er hielt es mir hin und ich starrte auf ein GIF mit einer sich selbst füllenden Champagnerpyramide, offenbar abgeschickt, als wir auf dem Weg zu Greg gewesen waren. Darunter fand sich eine Nachricht und diese war erst wenige Minuten alt.

> Euer Plan war mies, dankt mir später und zwar auf Knien! Das Telefonat mit Greg kostete mich eine Stunde Lebenszeit und ich muss nächste Woche die Firma besuchen. Ich!!! Wehe, ihr genießt den Abend nicht!

Bentley.

»Verfluchen wir ihn?«

»Ein wenig«, sagte Darce und wirkte gleichzeitig so erleichtert, als hätten sich unsichtbare Gewichte von seiner Brust gelöst. Selbst in mir regte sich Erleichterung.

Ich musste nicht so tun, als wäre ich jemand anders.

Wobei …

»Greg weiß nicht, wer ich bin, oder?« Sonst hätte Bentley mich nicht als Elizabeth vorgestellt.

»Nein!« So, wie Darce das Wort ausstieß, war überdeutlich, dass sein Onkel niemals erfahren durfte, wer ich war.

Greg musste meinen Rufnamen kennen.

Weil seine Schwester wegen mir verlassen worden war.

Dem untergeschobenen Kind.

Das jeden Sommer bei ihnen verbracht hatte.

»Das ist schon einmal ein Anfang«, sagte Darce und es klang, als hätte auch ihn überrascht, wie heftig er dieses Wort ausgestoßen hatte. »Offenbar mag er dich. Alles andere ergibt sich mit der Zeit.«

Ich wünschte, ich könnte ihm glauben.

Aber ich hörte die Lüge.

»Darce!«, rief ein Mann hinter ihm und er warf mir einen dieser Blicke zu, der mich still anflehte, ihn in irgendeine Kammer zu sperren und erst rauszuholen, wenn die Feier vorbei war.

»Das ist Paul Hempther aus dem Vorstand«, raunte ich ihm zu und Darce' Augen weiteten sich entgeistert. Er kam nicht mehr dazu, mich zu fragen, woher ich den Vorstand der Firma kannte. Eine von Pauls Händen landete bereits auf seiner Schulter.

»Ich dachte, wir bekommen dich den Sommer über viel häufiger zu Gesicht.«

»Entschuldige, Paul.« Ich hörte die Frage in dem ausgesprochenen Namen, doch Paul wohl nicht, denn seine Miene blieb gleich begeistert. »Es gibt einiges für die Uni zu tun. Ich hatte auch gehofft, wir könnten uns wieder für eine Runde auf dem Golfplatz treffen, aber daraus wird leider nichts. Spätestens im kommenden Sommer fordere ich Revanche für die letzte Niederlage ein. Die schmerzt immer noch.« Er lächelte breit.

Das ist dann offenbar die unbekannte charmante Seite.

Sie wirkte sonderbar an ihm, wie ein Anzug, der nicht für ihn gemacht war, weil das hier so überhaupt nicht Darce' Charakter entsprach. Er machte das gut – soweit ich das beurteilen konnte. Nur fühlte er sich nicht an wie er selbst.

Die nächsten Minuten lauschte ich den beiden Männern, wie sie über Golf fachsimpelten, dabei hatte Darce sich früher regelmäßig über diesen Pseudo-Sport amüsiert. Es blieb sonderbar, ihn so zu sehen, so professionell, erwachsen und … fremd.

Kaum war Paul fort, drehte sich Darce mir zu. »Woher kanntest du seinen Namen?«

»Bentley hat mir die Gästeliste besorgt und wir haben von fast allen Gästen Fotos gefunden. Ich habe sie auswendig gelernt.«

»Du hast *was* gemacht?«

»Ich bin heute Abend dein Gesichter-Gedächtnis, dann kannst du dich auf den Small Talk konzentrieren.«

Das begeisterte Lächeln, das aus ihm herausbrach, wärmte jeden Winkel in mir. »Das ist unglaublich. *Du* bist unglaublich.« Darce schlang seinen Arm um mich und zog mich an sich.

»Wendy Brushman peilt dich an. Bentley meint, sie sucht nach einem neuen Investment.«

»Ich liebe dich«, raunte er mir zu. »Ich liebeliebeliebe dich. Jetzt gerade mag ich sogar Bentley, nur sag ihm das nicht.« Ein Kuss landete auf meinem Ohrläppchen und dann wechselte er wieder in seine Rolle als zukünftiger Firmenchef.

52

Darce

Seit Wochen fühlte sich Gregs Party an wie ein Felsbrocken, der auf meinem Rücken abgeladen worden war. So sehr ich auch wollte, es hatte sich kein machbarer Weg gefunden, ihn loszuwerden. Die letzten Jahre hatte Greg darauf verzichtet, seinen Geburtstag zu feiern. Jetzt zum Fünfzigsten wünschte er sich diese Party.

Er hatte die Feier einige Tage nach dem eigentlichen Geburtstag angesetzt. Wohl, um sie von den Erinnerungen an den Unfall zu lösen, aber die waren wie Pfeile, die sich immer wieder in mich versenkten, wenn ich nicht damit rechnete. Wie bei der Fahrt hierher. Ich hatte nicht darüber nachgedacht und dann war sie angeflogen gekommen: die Erkenntnis, dass meine Eltern die Party vor vier Jahren nie erreicht hatten.

Ella hatte es wohl gespürt, denn plötzlich hatte ihre Hand auf meinem Bein gelegen. Sie hatte Musik angestellt und die Liedtexte so abstrus für mich umgetextet, bis der Pfeilhagel nachließ und mit ihm dieser eisige Griff, der sich um mich gekrallt hatte.

Vorhin hatte ich ihr gesagt, dass ich sie heute viel dringender brauchte als sie mich.

Jedes Wort davon hatte ich genauso gemeint.

Während die Dunkelheit auf der anderen Seite der Fenster langsam zunahm, lenkte Ella mich durch den Abend wie ein

Leuchtturm. Mit einer stillen und beruhigenden Stetigkeit. Zum ersten Mal musste ich nicht versuchen herauszufinden, wer mein Gegenüber war. Ich konnte mich auf die Gespräche konzentrieren, ohne verzweifelt nach Anhaltspunkten zu stochern, woher ich die Person kannte. Es fühlte sich an, als hätte Ella das Gewicht von meinem Rücken gezerrt und weggeworfen.

Es blieb Arbeit, aber mit ihr an meiner Seite, ihren geflüsterten Worten, ihrem Atem, der mir über den Hals strich, fühlte sie sich gut an.

Ich registrierte, dass sie ablehnte, was immer die Kellner uns auf ihren Tabletts präsentierten. Mittlerweile waren wir Stunden hier und es würden noch einige bleiben. Eine Kellnerin bot ihr gerade gebratene Jakobsmuscheln auf Mangold an, passend serviert in handgroßen Muschelschalen und wie die Male zuvor schüttelte Ella den Kopf.

»Ich fürchte, wir müssen das Gespräch verschieben«, sagte ich zu zwei von Gregs Freunden, mit denen ich die letzten Minuten geplaudert hatte. »Ich habe meiner Freundin eine Hausbesichtigung versprochen und wir wollen die Geburtstagsrede später nicht verpassen.« Ich vermied es, sie Elizabeth zu nennen. Ihr Geburtsname fühlte sich zweifellos besser an als der meiner Ex-Freundin, aber es war nicht Ellas.

Die Männer bestanden darauf, dass ich ihr unbedingt die Gartenanlage zeigen musste, wo einige Feuerkünstler die Gäste unterhielten. Ich nickte zwar, doch auch ohne Ellas Blick wusste ich, dass der Garten keine Option war. Dunkelheit und zu viele Menschen gleich zwei Punkte, die es zu meiden galt. Ich hatte meine Ängste, Ella ihre. Für die gab es kein Necken, keine Beschwichtigungen, wir akzeptierten sie und bemühten uns, dem anderen hindurchzuhelfen.

»Wohin gehen wir?«, fragte Ella, kaum dass wir den Saal verließen. Der Flur war beinahe leer und sie wirkte hier sofort entspannter.

Ich hätte ihr längst eine Pause verschaffen müssen.

»Picknicken.« Ich nutzte den Augenblick, um ihre Hand zu nehmen und sie mit meiner zu verschränken. Im Saal hatte ich es vermieden, nachdem die Gespräche begannen. Professionalität war alles, besonders wenn man Jahrzehnte jünger war als die meisten anderen. Die Position, auf die ich vorbereitet wurde, verdankte ich allein meinem Namen. Das wusste jeder. Umso wichtiger war es, mich souverän zu geben. Doch bis auf ein paar Kellner, die mit ihren Tabletts bewaffnet in den Saal oder Richtung Küche marschierten, war es hier wunderbar leer. Ich zog Ella zu mir und küsste sie ohne Vorwarnung. Einen Herzschlag lang spürte ich ihre Überraschung, dann ihre Lippen, die ein Lächeln formten, bevor sie sich für mich öffneten.

Ella zu küssen war wie fliegen. Wir ließen alles zurück und die Welt bestand nur aus uns beiden, schmeckte nach Sommer, Kirschen und …

Ein Räuspern riss uns auseinander wie Teenager, die bei etwas Verbotenem erwischt worden waren.

Manche Erinnerungen krallen sich für immer in einem fest.

Unbemerkt hatte sich Greg zu uns gestellt und Erheiterung flackerte in seinen Augen. »Ich habe euch die Täuschungssuite herrichten lassen.« Er verpasste mir einen Knuff. »Passend, oder?«

»Es tut mir leid.« Greg war die ganze Zeit so mit seinen Gästen beschäftigt gewesen, dass er nicht dazu gekommen war, mich zur Rede zu stellen.

»Ich schau mir die Gemälde an.« Ella verschwand mit einem aufmunternden Lächeln, dabei konnte sie expressionistischen Bildern ungefähr so viel abgewinnen wie ich Bentleys GIFs. Mühsam unterband ich den Drang, sie anzuflehen zurückzukommen. Doch das hätte bei Greg sicher für Irritation gesorgt. Ich flehte nie. Für gewöhnlich bat ich nicht einmal um etwas. Doch ohne Ella fühlte sich meine Seite unangenehm leer an.

»Bentley meint, du hast dich unter Druck gesetzt gefühlt wegen Sofia?«, begann Greg. »Deswegen hast du mir nicht gesagt, dass es längst jemand anderen gibt?«

Manchmal wollte ich meinen Bruder gleichzeitig schütteln und umarmen. Jetzt zum Beispiel.

»Ja.« Das war die Antwort, mit der Greg sowieso rechnete, und zumindest ein Teil der Wahrheit, den ich zugeben konnte. »Du warst begeistert von unserer Beziehung. Ich habe irgendwie verpasst, es dir rechtzeitig zu sagen, und dann wurde es immer unangenehmer.«

»Ich will dir nicht das Gefühl geben, dass du nicht mit mir reden kannst, Darce. Es ist dein Leben, aber halte mich zumindest so weit auf dem Laufenden, dass ich den Namen deiner Freundin kenne. Es wäre peinlich für uns alle gewesen, wenn ich sie mit einem falschen angesprochen hätte.« Er sah zu Ella, die ein Gemälde betrachtete, das aus allerlei abstrusen Formen und knalligen Farben bestand. Selbst von hier konnte ich sehen, wie sie die Stirn runzelte und in dem Chaos einen Sinn suchte. Den würde sie nicht finden. Mittlerweile glaubte ich, dass der Künstler sich nur einen Spaß daraus gemacht hatte, irgendwas zu malen, um uns alle bei der Interpretation verzweifeln zu lassen.

»Sie scheint dir gutzutun«, fuhr Greg fort. »So entspannt wie heute bist du sonst nie. Niemand hat dich bisher unnahbar oder arrogant genannt. Du warst offenbar unterhaltsam und charmant. Wendy und Cole haben beide Interesse signalisiert einzusteigen.« Er klopfte mir auf die Schulter. »Gut gemacht.« Lob von Greg war ähnlich selten wie eine Sonnenfinsternis. »Ich bestehe morgen auf ein gemeinsames Frühstück. Schließlich möchte ich deine Freundin kennenlernen.«

»Wir bleiben nicht über Nacht«, protestierte ich. Der Plan sah vor, das Auto holen zu lassen und Ella quasi vom Eingang abzuholen. Anschließend würde ich sie bis zu unserer Haustür fahren, dann musste sie nur einige Schritte auf der beleuchteten Treppe nehmen. Die würde sie schaffen. »Das habe ich dir doch gesagt.«

»Aber jetzt hab ich was gut bei dir«, gab er zurück.

»Wir fahren trotzdem.«

Er setzte sich in Bewegung. »Werden wir ja sehen.« Ein Lachen schloss sich an, während er wieder in Richtung Saal ging.

»Sie hassen uns«, raunte Ella und ich stimmte ihr heimlich zu. Die Blicke der Angestellten in der Küche sprachen für sich. Aber mich kannten genug, um mich nicht aus der Küche zu jagen, als ich nach zwei Tellern fragte, die ich vor ihren entgeisterten Augen zu füllen begann.

Wahrscheinlich war es unglaublich angesagt, Tausende von diesen Häppchen einzeln zu servieren, aber mich nervten diese Winzigkeiten. Ein Happs und sie waren weg. Wenn ich mehr davon wollte, hätte ich Kellnern hinterherrennen müssen und ich rannte niemandem hinterher. *Abgesehen von Ella.* Mein Blick blieb an ihr hängen – an dieser Ausnahme, die sich schon immer durch mein Leben gezogen hatte.

»Mehr?« Weil sie schwieg und offenbar darauf hoffte, sich in Luft aufzulösen, entschied ich und legte ein weiteres dieser Auberginen-was-auch-immer-Röllchen auf ihren Teller. Keine Ahnung, was das alles war, aber es sollte reichen. Ich bugsierte die beladenen Teller hinaus, während Ella sich in meinem Rücken überschwänglich bedankte.

»Du kannst dich nicht einfach in der Küche bedienen«, flüsterte sie, kaum dass sie neben mir auftauchte. Die Röte auf ihren Wangen verriet, dass ich gegen ein gutes Dutzend Anstandsregeln verstoßen hatte. Reue fand sich dennoch keine in mir.

»Die bekommen sich schon wieder ein. Na los, ich zeig dir das absolut Beste hier.«

»Noch eine Eisfigur von Greg?« Ein widerwilliges Lächeln zupfte an ihren Lippen.

»Besser.«

»*Zwei* Eisfiguren?«

Ich lachte so sehr, dass eine Muschelschale gefährlich nah an den Tellerrand rutschte, während ich die Tür am anderen Ende des Flurs anvisierte.

»Hier.« Ich schob Ella ihren Teller in die Hände, als wir den Raum erreichten, und öffnete die Tür. »Du wirst es lieben.«

»Dir ist klar, dass du die Messlatte extrem hoch setzt?«

»Besser. Ich erschaffe eine neue Messlatte«, sagte ich und deutete eine kleine Verbeugung an. Viel mehr ließ die rutschende Muschelschale nicht zu.

»Ist das …?« Trotz des Billardtischs vor uns fing sofort der Automat im hinteren Teil des Raumes ihren Blick ein.

Als Kinder hatten wir im Kirschbaum gesessen und uns vorgestellt, wie wir später wohnen würden. Irgendwann hatte Ella mich mit dieser Falte in der Stirn angesehen. »Wohnen wir zusammen, wenn wir erwachsen sind?«, hatte sie gefragt und die Beine hin und her schaukeln lassen.

»Natürlich«, hatte ich von meinem Platz auf der Astgabel erwidert. »Mit wem denn sonst?«

Kurz hatte Ella darüber nachgedacht und dann genickt. *Weil wir zusammengehören.* Wir hatten uns Papier geholt und eine Liste geschrieben. Ella hatte auf einen Hund bestanden, der kam ganz nach oben. Aber Platz zwei hatten wir gemeinsam ausgesucht und das war ein Getränkeautomat, genau wie dieser hier.

Ihrem Strahlen nach erinnerte sich auch Ella an diesen Nachmittag und an unsere Liste. »Du hast recht. Er ist fantastisch.« Sie umrundete den Billardtisch, ging an der Sitzecke mit den Ledersofas vorbei und strich ehrfürchtig über den Automaten.

Flaschen glänzten darin farbenfroh wie Diamanten um die Wette. Wir sparten alles an Alkohol aus und wählten dafür jede der Limonaden, um sie gemeinsam zu probieren.

»Uns wird gleich übel werden«, stellte Ella fest, nachdem sie die zweite Auberginen-was-weiß-ich-Rolle gegessen hatte und einen weiteren großen Schluck Kirschlimo nahm. Es war genau wie gedacht, hier hatte sie keine Probleme damit, zu essen und zu trinken.

»Absolut.« Ich stellte die Zitronenlimo wieder zurück auf den Boden. »Aber das wird es wert sein.« Ich beugte mich vor und küsste sie. Die Süße der Kirsche mischte sich mit der leichten Säure der Zitrone und erschuf eine betörende Harmonie. Das Problem daran, Ella zu küssen, blieb, dass ich schlecht darin war, damit aufzuhören. Dann löste sich die Zeit auf und nahm alles mit, was sich gerade noch wichtig angefühlt hatte. Nach einer kleinen Ewigkeit zog sich Ella zurück und diesmal war es keine Verlegenheit, die ihre Wangen rosa eingefärbt hatte. Auch mir wurde zunehmend warm in dem Smoking.

»Ich weiß, warum du das machst.« Sie deutete auf das improvisierte Picknick zwischen uns.

»Keine Ahnung, was du meinst.« Schwer atmend lehnte ich mich an den Getränkeautomaten hinter mir und schuf Abstand – weil ich sie sonst erneut küssen würde.

»Und ich weiß, wenn du lügst«, erinnerte sie mich. Wusste sie. Genau wie ich den Grund dafür kannte, dass sie hier weder offene Getränke noch Speisen anrührte.

Ich wünschte, ich könnte diese Nacht ungeschehen machen. Wie oft ich darüber nachdachte, ob es etwas geändert hätte, wenn wir zusammen gewesen wären.

Wäre ich dabei gewesen?

Dann wäre nichts geschehen.

Dieser Verbrecher hätte nie …

Ella strich mir über die Hand, verhinderte, dass ich mich in der Wut verlor. »Danke. Mit dir werden meine Nächte heller.«

Und weil es unmöglich war, es nicht zu tun, küssten wir uns doch wieder und verloren uns einmal mehr ineinander.

Absatzschuhe waren nicht zum Rennen gemacht und wenn ich Ella glaubte, nicht einmal zum Gehen. Schlecht für uns beide, dass die Zeit diese fiese Angewohnheit besaß zu verfliegen, wenn wir zusammen waren.

Wir mussten ans andere Ende der Villa gelangen und das schon vor fünf Minuten. Doch die roten Striemen an Ellas Füßen ließen mich ahnen, dass wir die Schallmauer heute nicht durchbrechen würden.

»Auf meinen Rücken. Ich trage dich.«

»Darce.« Fragend sah ich zu ihr und erntete einen verständnislosen Blick. »Ich habe ein Abendkleid an.«

»Passt gut zu meinem Smoking?«, gab ich provokant zurück und wir mussten beide lachen. Einer dieser Momente, die nur wir lustig fanden.

»Lauf vor. Ich komme hinterher.«

»Als ob ich dich zurücklasse. Hoch mit dir.« Ich drehte ihr den Rücken zu, ging ein wenig in die Knie, so wie ich es früher gemacht hatte, wenn ich sie huckepack genommen hatte.

»Und mein Kleid?«

»Steht dir wunderbar.« Wieder bekam ich von ihr dieses Lachen, das mir massig neue Luftlöcher bescherte.

»Du hast es so gewollt.« Sie umfasste meine Schultern und im nächsten Moment spürte ich ihren Körper auf meinem. Ihre Beine, die meine Hüften umklammerten, Stoff, der uns wie eine Wolke umhüllte. »Gott, wir werden das Kleid zerstören.«

»Du machst dir nichts aus Kleidern«, erinnerte ich sie. »Aber ich mir was aus deinen Füßen.« Ich setzte uns beide in Bewegung. Die ersten Schritte waren ungewohnt und schwankend, dann bekam ich den Dreh raus, brachte uns den Gang hinunter, zwar nicht in Lichtgeschwindigkeit, dafür immerhin unfallfrei.

Ellas Kopf lag auf meiner Schulter und ihre Wange an meiner. Das hier war kindisch und gleichzeitig so unfassbar gut, dass es mir schwerfiel zu stoppen.

»Darce«, raunte sie mir zu, als wir das Gemälde mit den sonderbaren Farben und Formen passierten. »Dir ist klar, dass ich einfach die Schuhe hätte ausziehen können?«

»Ja. Aber so macht es mehr Spaß.« Widerwillig blieb ich stehen und ließ sie langsam auf den Boden sinken.

Zeit, wieder erwachsen zu werden.

Seufzend griff ich nach Ellas Hand, wollte mit ihr zurück in den Saal.

»Warte.« Ich drehte mich zu ihr um, fand diesen Blick, der mich bleiben ließ, obwohl ich längst drinnen hätte sein müssen. »Ich liebe dich.« Geflüsterte Worte und gleichzeitig die besten überhaupt.

Zwei Schritte und ich war bei Ella. »Und ich liebe dich.« In dem Moosgrün ihrer Augen leuchtete es. Ich hatte gedacht, dass dieser Abend einer der schlimmsten werden würde.

Was für ein Irrtum.

»Du musst rein.« Sie schien zu ahnen, wie kurz ich davor stand, sie zu küssen. Wie unmöglich es war, dann wieder damit aufzuhören. Nun war es Ella, die mich in den Saal zog.

Arbeit sollte verboten sein, wenn einem gerade jemand seine Liebe gestanden hat.

Warum gab es dafür keine Party?

Das war ein viel besserer Anlass als ein Geburtstag.

Ich zwang mein Lächeln zurück, während Ella und ich in den Raum schlüpften, aus dem uns Gregs Stimme lautstark entgegenschallte.

Immerhin war die Rede noch nicht beendet. Das musste reichen. Doch Greg sah zu uns und schüttelte in einer winzig kleinen Bewegung den Kopf. *Erwischt.*

»Mit dreißig wurde ich gefragt, warum ich keine Kinder bekomme«, fuhr er fort. »Ich antwortete, dass die Firma mein Kind sei.« Lachen war die Antwort aus dem Publikum. »Mit vierzig kam die gleiche Frage, wenn auch verhaltener und jedes Mal lautete die Antwort: Die Firma ist mein Kind.«

Wieder Lachen.

»Jetzt mit fünfzig hat man mich wohl aufgegeben.« Er schmunzelte. »In einigen Jahren werde ich dieses Kind in die Hände des Mannes legen, der mir selbst ein Sohn geworden ist.«

Es brannte hinter meinen Augen.

Und in meinem Hals wuchs ein Kloß von der Größe eines Felsens. »Komm hoch, Darce«, rief Greg und winkte mir zu. Beifall erklang und ich machte zwei Schritte, nur um festzustellen, dass meine Hand noch Ellas umschlungen hielt. Ich musste mich regelrecht zwingen, sie loszulassen, und ging Richtung Bühne, wo mich Greg fest in seine Arme zog. »Du weißt, dass ich es ernst meine«, sagte er leise. »Ich bin stolz auf dich und das wären sie auch.« Er klopfte mir auf die Schulter. Die Worte, von denen ich so lange gedacht hatte, dass ich sie hören musste, dass sie helfen würden, diese Unruhe in mir endlich aufzulösen. Doch sie verstärkten den Sturm nur noch weiter und ich hatte keine Ahnung, weshalb. Ich war glücklich. Gerade vor der Tür war ich so glücklich gewesen wie seit Ewigkeiten nicht mehr und jetzt fühlte ich mich sonderbar leer.

Ich lächelte in Richtung Publikum und zwang mich, nicht zu Ella zu schauen.

Weil es sich anfühlte, als könnte ein Blick von ihr die Maske auflösen, die ich der Menge präsentierte.

Dieses Lächeln stoppen, während ich kurz davor stand, in Tränen auszubrechen.

53

Im Anschluss an die Rede begann das, was Greg den vergnüglichen Teil des Abends nannte. Ein halbes Dutzend Köche und Patissiers brachten eine fünfstöckige Eistorte mit Firmenlogo herein, dessen Stücke sie von Kellnern auf kleinen Tellern überall verteilen ließen. Trotz Ellas Protest sorgte ich für erneute Begeisterungsstürme bei den Angestellten, als ich darauf bestand, dass mir zwei Stücke direkt von der Torte abgeschnitten wurden. Den Blicken nach, mit denen mich die Küchen-Crew bedachte, würden sie im Anschluss mein Foto in einen der Schränke kleben, um es mit Dartpfeilen zu bewerfen.

Für sie war ich ein Schnösel mit Extrawünschen, für die ihnen die Zeit fehlte. Verständlich. Aber von dem, was wir für die Wahrheit hielten, sahen wir oft nur ein winziges Stück. Der Rest davon lag im Dunkeln.

Weil wir ihn nicht mit der Welt teilen wollen.

Ich bedankte mich knapp und brachte unsere Teller zu meiner Freundin. Denn die sollte nicht auf ihr Dessert verzichten, weil ein gewissenloses, kriminelles Arschloch diesen Schatten auf ihr Leben geworfen hatte.

Von Ella gab es dafür ein Kopfschütteln gepaart mit einem dieser Lächeln, die besser wärmten als jeder Sommertag es könnte. »Ist das die Professionalität, von der du gesprochen hast?«

Sie hatte recht, mein Vorpreschen war sicher nicht unbemerkt geblieben. Aber manche Dinge waren es wert, die Grenzen zu dehnen.

»So eine kleine Eigenart macht mich nur interessanter.« Ich stieß ein winziges Stöhnen aus, als ich ein Paar bemerkte, das auf mich zukam. Immer wenn es sich heute nicht nach Arbeit anfühlte, holte sie mich auch schon ein. »Rette mich«, flüsterte ich Ella zu, die sich gerade eine Gabel mit Eistorte in den Mund schieben wollte. »Mit wem werde ich mich diesmal unterhalten?«

Ein Gespräch führte zum nächsten. Und zum nächsten. Und zum nächsten – bis ich das Gefühl hatte, dass ich mit jedem in diesem Saal mindestens einmal gesprochen hatte. Mein Kopf pochte und das Eis auf meinem Teller war nur noch eine traurige milchige Soße.

Schade. Ich mochte Eis.

»Entschuldigung.« Bis jetzt hatte sich Ella zurückgehalten. Manchmal beugte sie sich vor, um mir die Namen der Neuzugänge zuzuflüstern. Hin und wieder hatte ich sie im Gespräch mit jemandem gefunden, doch sie blieb in meinem Windschatten, als wollte sie sich darin verstecken. Dass sie jetzt daraus ausbrach, überraschte mich. Sie lächelte die drei Vorstandsmitglieder an, die dabei waren, mir Ideen zu präsentieren, die wir ohnehin nächste Woche besprachen. »Ich muss Ihnen Darce leider entführen. Im Nebenraum läuft unser Lied und es ist meine einzige Möglichkeit, ihn heute noch zu überreden, mit mir zu tanzen.«

Sie bekam gleich drei verständnisvolle Blicke von den Vorstandsmitgliedern und einen entgeisterten von mir.

Ich wühlte in meinem Kopf nach dem Lied.

Wo war die Erinnerung dazu?

Sie nahm mir den Teller ab, reichte ihn dem nächsten Kellner und zog mich mit sich zu dem Raum, wo eine Band gerade einen Song spielte, den ich zwar kannte, nur fand sich keine Verbindung zu Ella darin.

»Und? Erkennst du es noch?« Es blitzte erwartungsvoll in ihren Augen. Sie wartete auf meine Antwort – aber die blieb aus. »Sag mir nicht, du hast unser Lied vergessen?« Das Blitzen erstarb augenblicklich und sie sah mich an wie damals, als ich mich geweigert hatte, einen Hund auf unsere Haus-Liste zu setzen. Ihre Unterlippe bebte.

Beängstigend viele Emotionen für ein paar Noten.

Ich suchte in meinem Kopf.

Schneller.

Riss all die Schubladen und Kisten darin auf, während Ella mir die kalte Schulter zeigte und geradewegs in den Raum ging, dessen Licht gedimmt war. Ich folgte ihr. Bunte Scheinwerfer und künstlicher Nebel fuhren über uns hinweg. Gestalten tanzten und das Wunderbare daran war, dass mich hier niemand mit Arbeit belästigen würde.

»Ich fass es nicht, dass du unser Lied vergessen hast!« Ella drehte sich zu mir um und offenbar hatte sie sich mit dem Scheinwerfer abgesprochen, denn der tauchte sie im gleichen Moment in blaues Licht und präsentierte mir ihre zutiefst vorwurfsvolle Miene.

»Natürlich nicht.« Ich bemühte mich, die Sängerin zu übertönen. »Kann ich auch nicht. Wir haben keins.« Ella fuhr zurück, aber nicht schnell genug, ich erwischte sie, zwickte leicht in die Stelle unter ihrer Rippe und sie lachte auf. »Gut gespielt, du hast mich erschreckt.«

Ihre Arme legten sich um mich. »Wir nehmen einfach das nächste«, beschloss Ella in ihrer eigenen bezaubernden Logik und ich liebte alles daran.

»Und wenn wir es hassen?« Die Musik pausierte und ich war zu laut, aber es machte mir nicht das Geringste aus. Mit Ella zusammen war die Welt so bunt und lebendig, dass es schwer war, mich nicht darauf einzulassen. Mich nicht in moosgrünen Augen zu verirren.

»Du hasst unser Lied?«, gab sie so betont bestürzt zurück, dass ich schon wieder grinsen musste.

Ich liebe sie.

Ich liebe uns zusammen.

Was auch immer jetzt kam, gleichgültig, ob wir es mochten – es würde unser Lied werden. »Tanz mit mir.«

Die ersten Takte setzten ein und die Sängerin sang davon, wie die Zeit verfliegt, wenn die Nacht beginnt. Ich nahm Ellas Hände, verknotete sie mit meinen und spürte ihr Zögern. Seit der Nacht damals hatte sie nicht mehr getanzt.

Lass uns irgendwohin flüchten, wo niemand unsere Namen kennt, sang die Sängerin. Konnte es ein perfekteres Lied für uns geben? Ein winziges Lächeln zupfte an Ellas Lippen, als ich die letzten Zeilen des Refrains für sie mitsang. *Bring mich fort, egal wohin – solange wir zusammenbleiben.*

Sie legte den Kopf schräg, warf mir einen dieser herausfordernden Blicke zu. »Ich dachte, nichts an mir könnte dich in Versuchung bringen, mit mir zu tanzen?«

Wie kann das erst ein paar Wochen her sein?

Es fühlt sich an, als wäre es ein Leben her.

Eines, in dem das Wichtigste gefehlt hat.

»Das war gelogen.« Ich schob mich enger an sie.

»Ich weiß.« Sie küsste mich und ich vergaß, wo wir waren. Alles, was ich wahrnahm, waren Ellas Lippen.

Viel zu schnell zog sie sich zurück, doch nun begann sie, sich rhythmisch zur Musik zu bewegen. Kleine vorsichtige Bewegungen, denen ich mich anpasste und die sich daraufhin langsam vergrößerten. Sie gab vor, ich zog nach. Ein Lächeln brach aus ihr heraus und es wirkte so warm wie ein Sonnenstrahl, der einen Regentag durchbrach. Irgendwo zwischen den Takten begannen wir zu tanzen, richtig zu tanzen.

Ich hatte vergessen, wie gut sich das anfühlte.

»Lass uns bleiben.« Ich strich über ihre Wangen, während der Wind, der durch das geöffnete Fenster drang, unsere aufgeheizten Gesichter kühlte.

»Warum sollten wir?«

»Greg will dich kennenlernen und auf Familientauglichkeit überprüfen.«

»Hol sofort das Auto!«

Ihr gespieltes Entsetzen ließ mich grinsen. »Es wäre eine gute Möglichkeit, euch kennenzulernen.«

»Warum?«

»Weil ihr zwei der drei wichtigsten Menschen in meinem Leben seid.«

»Darce …« Sie schnaubte. »Moralische Erpressung ist unfair.«

»Ich müsste heute nicht mehr zurückfahren«, gab ich zu. Die Hinfahrt hatte mir bereits zugesetzt. Die Rückfahrt fühlte sich an, als könnte sie noch härter werden, vor allem jetzt mit der Dunkelheit.

Für Mom und Dad hat es keine Rückfahrt gegeben.

Es war erstaunlich, wie leicht es mir fiel, vor Ella meine Schwächen offenzulegen, während ich sonst alles tat, um sie vor der Welt zu verbergen.

Ihre Hand legte sich an meine. Ella nickte langsam und ihrem Blick nach begann sie gedanklich, ihre Termine morgen früh zu verschieben, um Platz für mich zu machen – weil ich dringend welchen brauchte.

»Die Suite liegt am anderen Ende des Hauses«, fügte ich hinzu. »Dort sind wir die ganze Nacht ungestört.«

»Du hattest mich schon bei der Rückfahrt.«

»Ich weiß, aber ich dachte, das macht es erträglicher. Kein winziges Bett, kein Bentley, der uns morgens lautstark mit Taylor-Swift-Songs weckt und ich muss mich nicht vorm Morgengrauen rausschleichen.«

»Klingt verlockend.«

»Und wir könnten sofort hin.«

54

Ella

»Warum nennt Greg es die Täuschungssuite?« Mir fielen einige Bezeichnungen für diese luxuriöse Unterkunft ein. Wie im Rest des Hauses war auch die Suite modern gehalten. Ein heller Steinboden aus gigantischen Fliesen traf auf ein schnörkelloses Himmelbett. Es gab eine Sitzecke mit frischen Blumen, bereithängende Bademäntel, eine kleine Terrasse und sogar einen Whirlpool. Das alles war so traumhaft, dass ich mich kaum traute, etwas zu berühren, aus Angst, dass die Perfektion dann in sich zusammenfiel. Nur der Name passte nicht.

»Wegen dem hier.« Darce zeigte auf eines der Bilder, vielleicht mit Kohle gezeichnet. Mit Kunst kannte ich mich nicht aus. Entweder gefielen mir die Sachen, weil sie etwas in mir auslösten, oder sie taten es nicht. Das war alles, was ich zu dem Thema beitragen konnte. Doch jetzt kam ich näher und begutachtete das Bild, das zwischen den anderen fast unscheinbar wirkte.

»Es ist eine Fälschung«, fuhr Darce fort und legte sein Jackett auf den Stuhl, unter dem bereits die Folterinstrumente standen, die ich den ganzen Abend an meinen Füßen getragen hatte. »Der Fälscher hat verschiedenste Werke gemalt, angelehnt an die Stile bekannter Künstler und sie dann als Neuentdeckungen verkauft. Über Jahrzehnte kam er damit durch, bis er entdeckt wurde, weil er Materialien verwendete, die es in den jeweiligen Epochen noch nicht gab. Mittlerweile hat er seine Strafe abgesessen, aber er wurde dadurch so bekannt, dass seine eigenen Bilder nun selbst ein Vermögen wert sind. Wie dieses hier. Es ist wahrscheinlich teurer als alle anderen in diesem Zimmer zusammen. Eine seiner Fälschungen, Greg liebt sie. Deshalb die Täuschungssuite. Manchmal zahlen sich Täuschungen aus.«

»Passt tatsächlich zu uns.« Ich betrachtete die feinen Linien, doch dann spürte ich Darce' verständnislosen Blick auf mir. »Sofia? Elizabeth? Das sind alles Täuschungen, kein Mensch nennt mich Elizabeth.«

»Es ist ein schöner Name.«

»Es ist nicht mein Name.« Ich hatte mich immer gefragt, weshalb mir ausgerechnet Mom einen so hochtrabenden Namen gegeben hatte, den sie genauso wenig über die Lippen brachte wie ich. Nun ahnte ich es. *Weil Jacob ihn ausgewählt hat.* Darce öffnete den Mund, aber ich schüttelte den Kopf. »Mir ist gleichgültig, was in meiner Geburtsurkunde steht.«

»Eigentlich wollte ich sagen, dass ich in deinem Fall das Original vorziehe.« Er küsste diese Stelle hinter meinem Ohr, die mich einmal mehr alles um mich herum vergessen ließ, und löschte damit jeden Anflug von Verärgerung aus. »Brauchst du die noch?« Er zupfte an einer der Haarnadeln, die Mom mir ins Haar gesetzt hatte.

»Nein, bitte befrei mich davon.« Sie waren nur Teil dieser Täuschung. Ich wollte all das loswerden.

Sanft zog er eine nach der anderen heraus, bis mir das Haar wie gewohnt die Schultern bedeckte. Es fühlte sich so viel besser an.

»Weiter?« Darce strich über die Träger meines Kleides.

Erwartungsvoll zerrte es in meinem Bauch. Darce' Finger fuhr mir über die Schulter, eine Bewegung, die sich nach einer Frage anfühlte.

Will ich weitergehen?

»Ja.« Da fand sich erschreckend wenig Widerstand in mir.

Seine Lippen lösten seinen Finger ab und küssten mein Schlüsselbein. Langsam arbeiteten sie sich zu meinem Hals vor. Mein Herz flatterte wie wild und forderte gleichzeitig mehr ein.

Mehr von seinen Lippen.

Seinen Küssen.

Seinen Berührungen.

Doch alles davon stoppte abrupt.

Ich schnappte empört nach Luft, aber schon im nächsten Moment spürte ich seine Finger in meinem Rücken. Behutsam begann Darce, sich den Knöpfen des Kleides zu widmen.

Er öffnete den ersten und küsste die Haut darunter.

Den zweiten und mein Rücken bekam den nächsten Kuss.

Jeder Knopf brachte einen weiteren Kuss.

Seine Lippen bewegten sich tiefer.

Und tiefer.

Mit jedem davon ging meine Atmung gepresster.

Tiefer.

Und … Seine Hände kehrten zurück zu meinen Schultern, streiften die Träger des Kleides hinunter. Seidiger Stoff floss meinen Körper hinab wie ein Wasserfall und das Kleid landete auf dem Boden. Es brauchte nur ein kleines Zupfen von Darce und der Unterrock schloss sich an, umspielte nur Augenblicke später meine Füße wie eine Wolke.

Hinter mir hörte ich ihn aufatmen, spürte seinen warmen Atem auf der Schulter. »Du bist wunderschön«, flüsterte er mir zu und da lag so viel Ehrfurcht in seiner Stimme, dass sie jeden Winkel in mir ausfüllte.

Langsam drehte ich mich zu ihm um, fand diesen Blick voller Faszination, der das Zerren in meinem Bauch weiter anspornte. Doch ich wich seinen Händen aus, schüttelte den Kopf. »Ich bin dran.« Jetzt war es an mir, die Knöpfe an seinem Hemd zu öffnen. Nicht nur ich war heute Abend eine Fälschung gewesen – Darce ebenfalls. Zeit, das alles hinter uns zu lassen.

Ich begann mit dem obersten Knopf, hauchte einen Kuss auf die warme Haut darunter, spürte, wie er einatmete. Sah, wie er die Arme hob, um mich zu berühren und sie wieder zurück zwang.

Behutsam öffnete ich den nächsten Knopf und seine Brust bekam einen weiteren Kuss. Diesmal verweilten meine Lippen einen Hauch länger darauf, weil er sich zu perfekt anfühlte, um es nicht zu tun.

Je tiefer ich mich vorarbeitete, desto schwieriger war es, das Hemd nicht von ihm zu zerren. Doch nachdem wir so lange gebraucht hatten, um es zu diesem Punkt zu schaffen, wollte ich den Augenblick auskosten.

Darce atmete besonders tief aus, als meine Zunge nach dem vorletzten Knopf über ein winziges Stück seines Bauches fuhr. Ich öffnete den letzten, richtete mich auf und endlich konnte ich sein Hemd von seinen Schultern schieben. Er schien nur darauf gewartet zu haben, keinen Herzschlag später presste er mich an sich. Seine Brust lag an meiner und das hier musste das beste Gefühl überhaupt sein. Warme Lippen forderten meine ein und ich versank im Spiel unserer Zungen. Erst Darce' Hände, die sich zwischen uns schoben und begannen, meine Brüste zu umspielen, verlagerten meine Aufmerksamkeit. Jede Berührung entzündete eine neue Flamme in mir und ließ mich brennen.

Schließlich drängte ich ihn Richtung Bett und er lachte rau, als ich deutlich machte, dass wir dort weitermachen mussten.

Weil mich sonst die Flammen verschlingen würden.

»Hast du Kondome dabei?«

Wenn er verneint, werde ich vor Frust explodieren.

»Nachttischschublade«, raunte er mir zu.

»Will ich wissen, woher du das weißt?« Ich biss sanft in sein Ohrläppchen.

»Will ich wissen, ob du mit Logan geschlafen hast?«, kam es zurück und nun biss Darce ebenso sanft in diese Stelle hinter meinem Ohr, die mir jedes Mal den Verstand auflöste.

Nein.

Will er nicht.

Hier war kein Platz für die Geister unserer Vergangenheit.

Nur für uns.

Erst als ich das Bettgestell an meinen Beinen spürte, bemerkte ich, dass wir die Positionen verändert haben mussten, denn jetzt drängte Darce mich in Richtung Bett. Ich sank hinein und er öffnete die Schublade, nahm mit einem triumphierenden Lächeln ein Kondom heraus, das er neben mich legte. Dann streifte er seine Schuhe und Socken ab. Ich nutzte den Moment, löste seinen Gürtel, schob dann seine Hose hinunter und anschließend seine Shorts. Der Blick, mit dem er mich bedachte, ließ es ungeduldig in mir pochen. Darce sank zu mir ins Bett und zog mir betont langsam den Slip aus. Mein ganzer Körper schien nur noch aus Hitze zu bestehen, als seine Finger im Anschluss ihren Weg zwischen meine Beine suchten und über die perfekte Stelle strichen.

Wieder.

Und wieder.

Darce' Lippen pressten sich auf meine, inhalierten mein Stöhnen. Ich schlang die Arme um ihn, drängte mich seiner Härte entgegen, hoffte, er wäre endlich bereit weiterzugehen und bekam nur ein winziges Kopfschütteln. Bevor ich protestieren konnte, schob sich sein Finger in mich und alles an mir implodierte.

Sein zweiter schloss sich an.

Sie füllten mich aus.

Machten es unmöglich zu denken.

»Darce.« Sein Name war nicht mehr als ein frustriertes Knurren, das mir über die Lippen kam, weil seine Finger unverschämterweise einfach in mir pausierten.

Es blitzte in seinen Augen.

Langsam setzten sich Darce' Finger in Bewegung.

Und ich löste mich auf.

Wurde zur Fackel.

Mit jedem Stoß brannte ich heftiger.

Meine Zunge fuhr über seine Brust, während ich mich ihm entgegenbäumte. Bis es nicht mehr ausreichte und dieser Drang, ihn endlich in mir zu spüren, alles verschlang.

Ich schnappte mir das Kondom und in Darce' Augen funkelte es erwartungsvoll, als er mich betont freigab. Er wollte es übernehmen, aber diesmal schüttelte ich den Kopf.

»Du hattest deine Chance«, raunte ich ihm zu und riss die Verpackung auf.

Seine Atmung beschleunigte sich spürbar, als ich es ihm überzog. Darce stöhnte meinen Namen, während ich auf ihn sank. Und endlich war da nichts, das uns stoppte. Ich nahm mir einen Moment, um ihn zu spüren, dann hielt es dieser Drang in mir nicht mehr aus und ich begann, mich zu bewegen. Seine linke Hand klammerte sich um mein Becken, passte sich mir an. Die rechte schob sich zurück zu dieser Stelle, die mich beben ließ, bis ich mich mit Darce zusammen auflöste in einem Meer aus Farben.

»Ich liebe dich.« Darce fand seine Stimme vor mir wieder, wenn sie auch rau und keuchend klang.

Ich lag auf seiner Brust, spürte einen trommelnden Herzschlag und konnte nicht einmal sagen, ob es seiner war oder meiner.

Es war gleichgültig.

Weil sie zusammengehörten.

Genau wie wir.

55

»Ich war noch nie dermaßen overdressed bei einem Frühstück.«

Darce schob sich neben mich und betrachtete uns ebenfalls im Spiegel. Er hatte auf sein Jackett verzichtet, trug zur Smokinghose nur das Hemd, das seinen Oberkörper so gut betonte, dass ich ehrlich versucht war, ihn wieder Richtung Bett zu zerren.

Doch leider stand dieses Familienfrühstück an.

Mein Seufzen war so tief, dass er provokant die Augenbrauen hob. »Überlegst du gerade, mich zu verführen, um dem Frühstück zu entgehen?«

»Habe ich Chancen?«

»Definitiv«, gab er zurück. »Ich verlass mich also darauf, dass du die Vernünftige von uns beiden bist.« Seine Hände legten sich an meinen Rücken, begannen, die Knöpfe des Abendkleides zu schließen. Hier im Zimmer fand sich so ziemlich alles, was wir benötigten und noch mehr. Zahnbürsten, verschiedenste Seifen für Haar und Haut, Handtücher, sogar neue Schlafanzüge und Hausschuhe, nur leider keine Wechselkleidung. Also würden wir in unserer Abendkleidung frühstücken.

Nachdem viel zu schnell alle Knöpfe verschlossen waren, blieb mir nichts anderes übrig, als zurück in die Folterinstrumente – meine Schuhe – zu steigen.

Beim nächsten Mal würde ich meine Chucks für den Notfall in Darce' Auto lagern.

Falls es ein nächstes Mal gab.

»Bereit, ihn zu verzaubern?« Darce küsste meinen Hals, bescherte mir ein Kribbeln, das sich von dort hinunter bis in meine Füße zog.

»Oder – wir rennen zum Ausgang und fahren los. Das Haus ist riesig. Bis er merkt, dass wir weg sind, dauert es Monate.« Mein Plan war so viel besser als seiner.

»Du kannst in den Schuhen nicht rennen«, erinnerte er mich und schob mich sanft, aber bestimmt Richtung Tür.

»Endlich.« Greg saß bereits am Kopfende eines abstrus langen Tisches und um ihn herum befanden sich eine Vielzahl von Tellern und Schüsseln. Im Gegensatz zu uns hatte er sich umgezogen, trug ein weinfarbenes Hemd und dazu eine kastanienbraune Krawatte, in deren Streifenmuster sich die Farbe des Hemds perfekt wiederfand. Er ließ von seinem Handy ab, legte es aber griffbereit neben seinen Teller. »Ihr habt den halben Tag verschlafen.«

Haben wir das?

Mein Blick zuckte zur Wanduhr, aber die zeigte gerade einmal neun Uhr an. Offenbar hatte seine Party ihn nicht davon abgehalten, früh aufzustehen. Sein musternder Blick wirkte so viel wacher, als ich mich fühlte. Darce und ich hatten erst mit der Morgendämmerung Schlaf gefunden. Federn kitzelten mich beim Gedanken daran.

»Setzt euch.« Er deutete auf den Platz an seiner linken Seite. »Elizabeth? Wärst du so nett?«

Fort waren die Federn.

Jedes Mal, wenn jemand diesen Namen nannte, fühlte es sich an, als legte sich ein weiterer Stein in meinen Bauch.

Darce, der meine Hand in seiner hielt, peilte mit mir zusammen die linke Tischseite an, doch Greg stoppte ihn.

»Darce?« Er deutete auf seine rechte Seite, offenbar gab es eine Sitzordnung. Auch das noch. »Wenn ihr euch so lange voneinander trennen könnt«, fuhr er mit einem Lächeln fort, das so klein war, dass ich nicht einmal wusste, ob es zählte. »Ich möchte mit euch beiden vernünftig reden, ohne zu schreien.«

Es hätte mich beruhigt, Darce direkt neben mir zu wissen. Der aber strich noch einmal mit dem Daumen über meinen Handrücken und ging dann zu seinem Platz auf der anderen Seite des Tisches.

»Wunderbar«, kommentierte Greg, als ich auf den zugewiesenen Stuhl sank, und hob die silberne Kanne vor sich. »Kaffee?«

»Gib mir etwas von deiner tiefschwarzen Mischung«, kam es von der anderen Seite des Tischs. »Aber organisiere ihr bitte einen Espresso mit extra viel Milchschaum.« Darce beugte sich über die Tischplatte zu mir. »Trink Gregs Kaffee nur, wenn du die nächsten zwei Tage nicht schlafen möchtest.«

»So schlimm ist er auch wieder nicht«, protestierte Greg, war aber schon dabei, etwas in sein Handy zu tippen.

»Ist er wohl«, formte Darce lautlos und zwinkerte mir zu. Sein Onkel war noch abgelenkt und so legte ich meine Finger aneinander und schickte Darce ein Herz dafür, dass er mich vor schwarzem Kaffee bewahrte.

»Bedient euch.« Mit einem entschuldigenden Lächeln legte Greg sein Handy erneut weg. »Ich wusste nicht, was du isst«, wandte er sich mir zu. »Also hoffe ich, das trifft deinen Geschmack.«

»Die Auswahl ist erschlagend.« Ich biss mir auf die Unterlippe.

Ist erschlagend gut?

Oder schlecht?

Diese Art von Gesprächen war ich nicht gewohnt.

Gestern Abend hatte ich mich in der Menge verstecken können, aber jetzt blieb dafür kein Platz.

Nervosität zupfte an meinem Magen.

»Pancake?«, fragte Darce und ich nickte, weil es sich anfühlte, als wäre eine Entscheidung ohnehin unmöglich. Es war einfach zu viel. Bagels, Muffins, Cinnamon Rolls und Pancakes bildeten mit unzähligen Soßen und Variationen die eine Hälfte des Frühstücks. Auf der anderen standen diverse Eierspeisen, Müslis, Wurst und Käseteller, Speck und Bratkartoffeln bereit. Als wäre jemand ins *Junipers Diner* gekommen und hätte einmal die gesamte Karte hoch und runter bestellt und zur Sicherheit ein zweites Mal.

Wobei, selbst dann hätten wir nicht so viel Auswahl gehabt.

Das hier blieb erschlagend.

Ich wollte nicht wissen, was mit all den Lebensmitteln gemacht wurde, die wir nicht aßen.

Ob ich Kitty heimlich ein paar Donuts einstecken kann?

Darce beugte sich vor und stellte einen Teller vor mir ab. Darauf thronte ein dicker, fluffiger Pancake, der mich anlachte. Also, wirklich anlachte – weil Darce ihm einen Mund aus Sirup und zwei Augen aus Erdbeeren verpasst hatte.

»Es geht nichts über einen freundlichen Pancake zum Frühstück«, erklärte Darce und lehnte sich in seinem Stuhl zurück.

»Wo ist seine Nase?«

»Habe ich gegessen.« Jetzt lachten wir beide und die Anspannung in meiner Brust löste sich ein winziges Stück.

Ein Mann im weißen Sakko kam herein, stellte ein Glas Kaffee mit Unmengen Milchschaum vor mich und ich dankte ihm rasch. *Liegt es nur an mir oder ist es unangenehm, von anderen Menschen bedient zu werden?*

»Wie alt bist du?« Greg zog meine Aufmerksamkeit wieder auf sich.

»Ich bin gerade neunzehn geworden.«

»Du studierst?«

»Ab dem nächsten Sommer.«

»Hast du Geschwister?«

»Eine kleine Schwester.«

Offenbar befanden wir uns in einer Speedfragerunde.

»Gut.« Er lehnte sich in seinem Stuhl zurück. »Familie ist wichtig. In gewisser Weise ist die Firma ein Teil von unserer. Du bist bereit, Darce in seinen Plänen zu unterstützen?«

»Ja.« Was immer das hier war, es gefiel mir nicht.

»Unsere Kunden sind konservativ und das gilt auch für die Investoren. Gibt es bei dir irgendwelche düsteren Familiengeheimnisse oder Skandale, von denen ich wissen sollte?«

Jetzt begann ich zu verstehen. Es waren keine zufällig ausgesuchten Fragen gewesen, sie hatten allesamt genau hierhergeführt, zu den Dingen, die Greg wirklich über mich wissen wollte.

»Greg«, protestierte Darce. »Das ist nicht nötig.«

»Und ob es das ist. Ich will nicht von der Presse erfahren, dass sie mit Drogen experimentiert oder ihre Eltern Steuern hinterziehen.«

Plötzlich wirkte das Lächeln auf dem Pancake nicht mehr fröhlich, sondern wie eine Grimasse.

»Sie trinkt nicht einmal Alkohol, Greg.« Darüber hatten wir nie gesprochen, Darce hatte es registriert, weil er diese Kleinigkeiten wahrnahm.

»Keine Drogen«, antwortete ich tonlos und starrte den Pancake vor mir in Grund und Boden. »Keine Steuerhinterziehung oder Skandale.« *Bis auf den Umstand, dass Darce' Vater seine Familie wegen meiner Mom verlassen hat.*

»Das ist übrigens der Grund, weshalb ich dir nie eine Freundin vorgestellt habe.« Grimmig schob sich Darce ein Stück seines Pancakes in den Mund.

»Es ist wichtig, über diese Dinge zu reden, dann erlebt man weniger schlechte Überraschungen.« Greg sah wieder zu mir und seinem Blick nach war mein Verhör noch nicht beendet. »Womit verbringst du deine Freizeit?«

Freizeit?

Besitze ich welche?

Schlaf war wahrscheinlich keine adäquate Antwort.

Ich suchte in meinem Kopf nach einer anderen und fand keine. Darin herrschte dröhnende Leere.

»Elizabeth war ebenfalls auf der Benefizveranstaltung vor zwei Wochen«, sagte Darce. »Davor hat sie uns viel bei George geholfen, sie macht die Bilanzen für Bentley und klettert gern.«

Ich tue was?

Das einzige Mal, dass ich in den letzten Jahren geklettert war, war auf den Kirschbaum gewesen, doch dieses Detail verschwieg Darce genau wie all die anderen.

Dass sie mich angestellt hatten, um für George zu kochen.

Dass ich bei der Benefizveranstaltung gekellnert hatte.

Dass Bentley es bis heute nicht geschafft hatte, mir irgendwelche seiner Rechnungen zu präsentieren.

Und er nannte mich Elizabeth.

Ich stieß mein Messer mitten ins Grinsen des Pancakes. Meine Gabel folgte. Immerhin hatte sich Greg nun Darce zugewandt und fragte ihn, wie lange das zwischen uns schon ging. Unterdessen schnitt ich den dicken Teig vor mir in Stücke.

Irgendwann wird dieses Brennen hinter meiner Brust aufhören.

Elizabeth.

Das hier ist offenbar weiterhin ein Job.

Es ging nicht um mich, sondern um Elizabeth und darum, Gregs Ansprüchen zu genügen.

»Schon lang genug«, antwortete Darce.

Ein paar Tage.

»Bentley meint, es wäre euch ernst miteinander?«

»Ist es. Manchmal weiß man einfach, dass es passt.«

Tut man das?

Das hier fühlt sich gerade so überhaupt nicht passend an.

»Wunderbar. Es lässt dein Auftreten seriöser wirken, wenn du sesshaft wirst«, erklärte Greg. »Das macht sich gut bei den Investoren. Du musst ihnen Sicherheit vermitteln.«

»So wie du?«

»Ich habe mein Alter.« Greg lachte und goss sich mehr Kaffee ein. »Ich habe mich jahrzehntelang bewährt. Du nicht, also brauchst du andere Dinge zum Vorweisen. Eine Hochzeit wäre das Sinnvollste. Mit ein wenig Vorarbeit könnten wir genug Zustimmung bekommen, um vor dem Ende deines Studiums eine Doppelspitze zu bilden. Ich werde nicht jünger, Darce. Noch bin ich da, um dafür zu sorgen, dass die Nachfolge so abläuft, wie wir es uns wünschen. Wenn wir gezwungen sind, weitere Anteile abzugeben, könnte es schwierig werden, genug Zustimmung für dich zu bekommen.«

Mein Teller glich mittlerweile einem Schlachtfeld, doch das Brennen in der Brust blieb, wo es war.

»Hier.« Aus den Augenwinkeln sah ich, wie Greg etwas aus der Innentasche seiner Jacke zog.

»Greg!« Bis gerade hatte Darce wieder gelassen geklungen, nun schwang ein scharfer Ton mit, der mich aufschauen ließ.

»Ich weiß, in eurem Alter denkt man bei Hochzeiten noch an Romantik und Liebe bis zum Ende, aber in unserem längst nicht mehr. Wir wollen Sicherheiten. Es ist ganz einfach, Darce: Die meisten Investoren und Teilhaber sind genauso alt oder älter als ich. Beweis ihnen deine Beständigkeit, präsentiere ihnen eine Familie und sie werden glücklich sein. Wir bekommen die Doppelspitze und die Nachfolge ist geregelt. Es ist nur ein Ring, nimm ihn mit und denk darüber nach.« Er schob ein kleines, blaues Samtkästchen über die edle Leinendecke hin zu Darce, der keinerlei Anstalten machte, danach zu greifen.

»Wird meine Einwilligung nicht auch benötigt?« Ich bereute den bissigen Kommentar sofort, denn nun änderte das Kästchen die Richtung und wurde zu mir geschoben.

»Entschuldige, meine Liebe. Ihr solltet natürlich gemeinsam darüber reden. Es ist eine sinnvolle Option für Darce und wenn ihr beide sicher seid und du ihn unterstützt, warum noch Jahre warten?«

Er öffnete die Schachtel und ich erstarrte bei dem, was sich darin befand.

Ein goldener Ring mit einem dunkelblauen, ovalförmigen Diamanten, der mir so entsetzlich vertraut war.

Weil ich ihn jahrelang an dem Finger von Darce' Mutter gesehen habe.

Der Frau, die mich ihr Leben lang gehasst hatte.

Niemals hätte sie das hier zugelassen.

Mich zugelassen.

Der Ring fühlte sich an wie eine Ohrfeige.

»Willst du ihn anprobieren?«, fragte Greg und ich bekam keine Luft mehr.

»Nein.«

»Es geht nur darum herauszufinden, welche Änderungen vorgenommen werden müssten.«

»Nein!«, gab ich erneut zurück. Dieser unsichtbare Felsen auf meiner Brust drohte, mich zu zerquetschen.

»Elizabeth …«

»Entschuldigt mich!« Ich schaffte es nicht einmal, mir eine adäquate Erklärung abzuringen, weshalb ich vom Frühstück flüchtete, so schnell es diese verfluchten Absätze zuließen.

»Lass sie«, hörte ich Darce sagen, der offenbar seine Stimme wiedergefunden hatte.

Zu spät.

Viel zu spät.

56

»Es tut mir leid, Ella.«

Einen Großteil der Fahrt hatten wir schweigend zugebracht. Nach der zähen Stille fühlten sich Darce' Worte zu laut an. Ich sah nicht zu ihm, weil ich so eine Ahnung hatte, dass er auch nicht zu mir sah.

»Jeder von Gregs Gedanken dreht sich immer zuerst um die Firma. Er würde sich im Clownskostüm in die nächste Manege stellen, wenn ihm das positive Publicity einbrächte, und er wäre ein mieser Clown.«

Sein Versuch, mich zu necken, schlug fehl. Ich war noch dabei, all die Dinge einzuordnen, die ich gesehen und gehört hatte – und die, die ich nicht gehört hatte.

»Dann sollte ihm jemand klarmachen, dass es Grenzen gibt.«

»Greg ist nicht der Typ für Ratschläge«, kam es grimmiger vom Fahrersitz zurück.

»Also lässt du ihn lieber deine Hochzeit planen, statt ihm zu sagen, dass er aufhören soll, sich in dein Leben einzumischen?«

»Ich habe nicht vor zu heiraten, in Ordnung?« Den Ton kannte ich, so klang Darce, bevor seine Stimmung in Gereiztheit umschlug.

Das war mir gerade egal.

»Wie beruhigend, denn das hier war mein erster und letzter Escort-Auftrag. Ich kündige!«

»Du wusstest, dass es ein Job ist, stell mich jetzt nicht so hin, als hätte ich dir etwas vorgemacht.«

»War das Picknick Teil des Jobs? Oder das Tanzen? Oder letzte Nacht?«

»Das ist unfair, Ella.«

Vielleicht ist es das.

Aber unfair ist auch, dass es seit diesem katastrophalen Frühstück schmerzhaft hinter meiner Brust brennt.

»Was hätte ich machen sollen?«

»Ihm deutlich sagen, dass er mich nicht auf diese Weise auszufragen hat? Oder ihm nicht diese Lügen über mich erzählen, nur damit ich in seinen Augen bestehe? Und allen voran hättest du nie zulassen dürfen, dass dieser verdammte Ring auf meinem Platz landet!«

Das ganze Frühstück war eine fortlaufende Erinnerung daran gewesen, dass ich nicht gut genug für Darce war. Aber das Schlimmste war, dass er es nicht einzusehen schien, nicht einmal begriff, dass er mir selbst dieses Gefühl gegeben hatte.

Mein Handy vibrierte erneut und ich zog es aus der Tasche, fand wieder Logans Namen darauf. Kurz rang ich mit mir, ob ich diesmal rangehen sollte.

»Er gibt sich viel Mühe, dich zu erreichen.« Da schwang etwas mit, das sich nur vordergründig hinter Gelassenheit verbarg.

»Was meinst du damit?«

»Der wievielte Anruf ist das heute von ihm? Der zehnte?«

»Keine Ahnung, im Gegensatz zu dir habe ich nicht mitgezählt.« Neue Wut fachte die alte weiter an.

»Warum hast du mir nicht erzählt, dass du etwas mit ihm hattest?«

Das ist es also.

»Ich habe dir gesagt, dass ich nichts von ihm will. Wir sind Freunde.«

»Aber ich sehe, wie er dich anschaut, eure Vertrautheit, er ist ständig um dich herum. Da ist es ja wohl normal, dass ich verwundert bin, dass du mir nichts davon erzählt hast, obwohl ich gefragt habe.«

»Weil es dich nichts angeht. Oder machen wir jetzt Listen mit all den Menschen, mit denen wir in den letzten Jahren Sex hatten?«

Darce' Kopf zuckte zu mir und er starrte mich entgeistert an. »Rein interessehalber, wie lang wäre deine?«

Das kann er vergessen.

»Ella?«

Ich schwieg mich aus.

»Zweistellig?«

Er erntete Schweigen.

»Okay, verstanden, es geht mich nichts an. Ich wüsste nur gern, ob ich noch über weitere Ex-Freunde von dir stolpern werde. Im Gegenzug kann ich dir gern eine Liste schreiben.«

»Es gibt keine Ex-Freunde!« *Er begreift es einfach nicht.* »Es waren nur One-Night-Stands – soll ich dir das direkt schriftlich geben für deinen Onkel?«

Nun war es Darce, der schwieg, während ich nach draußen schaute. Schon jetzt brannte die Sonne. Es versprach einer dieser Tage zu werden, in denen es sogar im Schatten unerträglich heiß war. Ich konnte es nicht erwarten, aus diesem Abendkleid herauszukommen.

»Warum hattest du nie eine Beziehung?«, fragte Darce langsam und traf damit diesen einen entscheidenden Punkt.

Weil du mir das Herz gebrochen hast.

Weil ich mir danach geschworen habe, mich niemals mehr zu verlieben.

Weil ich mich jedes Mal zurückgezogen habe, wenn mir jemand zu nahe gekommen ist.

Und es bei dir doch nicht gekonnt habe.

Denn du bist dieser Ausreißer in meinem System.

Es gab Momente für große Worte und für schmerzhafte Eingeständnisse, aber das hier fühlte sich nicht wie einer an.

»Hat sich nie ergeben«, sagte ich daher und wusste, dass Darce sich den Rest der Fahrt fragen würde, warum ich ihn belog.

Die Schotterpiste, die sich Parkplatz nannte, war heute genauso hässlich wie sonst und dennoch freute ich mich sogar über den Anblick des Unkrauts.

Es mochte hässlich sein, aber hier hatte mich noch niemand gezwungen, dunkle Familiengeheimnisse preiszugeben.

Darce stoppte das Auto. Sein Sakko hatte er beim Einsteigen nur auf die Rückbank geworfen, weil wir beide nicht schnell genug von der Villa hatten wegkommen können. Mittlerweile hatte er sein Hemd hochgekrempelt, trug die oberen zwei Knöpfe offen und das brachte eine schmerzhafte Welle an Erinnerungen mit sich.

»Du wolltest im Park also nur einen One-Night-Stand?«

Warum musste Darce andauernd Fragen stellen, von denen er wusste, dass ihm die Antworten nicht gefallen würden?

»Ja.«

Weil ich dachte, danach wäre diese Anziehung zwischen uns fort.

Weil ich nicht vorhatte, mich noch einmal in dich zu verlieben.

Manchmal konnten Worte so viel verändern, wenn man sie aussprach. Doch mir war nicht nach reden und so ließ ich diese hier tief in mir.

Darce presste die Lippen aufeinander und nickte langsam. »Wie geht es weiter? Willst du mich anschreien? Wir können nach draußen gehen, da finden sich bestimmt noch ein paar Zuschauer, das wäre dramatischer. Ich winde mich auch im Schotter wie ein elender Wurm.«

Ich hasste es, dass es Darce immer wieder schaffte, meine Wut herunterzukochen. Das war früher nicht so gewesen. Gerade noch hatte ich vorgehabt, schweigend zu verschwinden, nun zuckten meine Mundwinkel bereits verräterisch. Darce schien es zu registrieren, er rutschte näher.

»Lass es uns hinter uns bringen, damit wir zum Teil mit der Versöhnung kommen. Bentley wird uns beiden sonst Hunderte von GIFs zusend–« Weiter kam er nicht mehr, mein Handy vibrierte erneut und kündigte einen neuen Anruf von Logan an.

Darce' Blick verhärtete sich. »Ist das zwischen euch normal?«

»Definiere normal.«

Seine Augen verkleinerten sich, während ich Logan wegdrückte.

»Elf Anrufe am Morgen von deinem One-Night-Stand finde ich bedenklich.«

»Deshalb habe ich es dir nicht erzählt. Weil ich wusste, dass du mir das vorhältst. Außerdem ist es Mittag und Logan mein bester Freund.«

»Wie beruhigend.« Er verdrehte die Augen. »Das Einzige, was ich dir hier vorhalte, ist, dass der Typ andauernd anruft. Sofia ruft mich nie an, nicht einmal, als ich sie darum gebeten habe. So sollte es *nach* Beziehungen jeglicher Art laufen.«

»Könnte auch mit dieser Sache im Park zwischen dir und mir zusammenhängen.«

»Warum … Ella!« Darce stieß meinen Namen wie einen Fluch aus, weil das Handy erneut anfing zu vibrieren. Wieder drückte ich Logan weg.

Der bewies hier gerade absolut schlechtes Timing.

»Können wir einfach aufhören? Ich weiß nicht einmal, weshalb wir streiten.«

»Weil dein Onkel sich wie ein Arsch aufgeführt hat und du ihn nicht daran gehindert hast.«

»Echt jetzt?«

Erneutes Vibrieren.

Wieder drückte ich Logan weg.

Was immer das hier ist, wir werden es nicht lösen können.

Nicht jetzt.

»Ich gehe und warte darauf, dass ich nicht mehr so wütend auf dich bin, bevor ich mich bei dir melde.« Diesmal öffnete ich die Tür. Vielleicht wäre noch eine Erwiderung von Darce gekommen, wenn nicht erneut das Vibrieren eingesetzt hätte. So stieß er nur einen Fluch aus und bekam im Gegenzug eine zugeschlagene Beifahrertür. Er setzte das Auto in Rekordgeschwindigkeit zurück und düste so schnell über den Schotter, dass die Räder Steinchen aufwirbelten.

Dann war er fort.

Das Vibrieren meines Handys blieb.

Ich drückte auf den Hörer. »Es ist der schlechteste Zeitpunkt aller Zeiten.«

»Ella, endlich.« Zwei Worte nur, die sich anfühlten wie ein Seil, das um meinen Hals gelegt und langsam zugezogen wurde.

Sie waren zu ernst für Logan.

»Was ist passiert?«

»Wo bist du?« Seine Stimme brach.

Logan weinte.

Das Seil zog sich enger.

»Auf dem Parkplatz.«

»Ich bin sofort bei dir.«

»Sag mir, was los ist!«

Mein Herz verpasste seinen nächsten Schlag.
Meine Beine zitterten.
Die Welt taumelte.
»Es geht um Kitty.«
Nein.
Nein!
Bitte nicht.

57

Um Moms Stuhl im Krankenhaus lagen neun benutzte Taschentücher. Sie waren das Erste, was ich registrierte, kaum dass ich in den Wartebereich stürzte. Vielleicht, weil mein Verstand sich an Kleinigkeiten festhielt, um nicht in Panik zu ertrinken.

Logan sammelte die Tücher ein und warf sie in den nächsten Mülleimer, während ich mich neben Mom setzte. Ich konnte ihm nicht einmal dafür danken, weil es in meinen Gedanken zu sehr stürmte.

Warum bin ich nicht zu Hause gewesen?

Die Frage hämmerte in meinem Kopf.

Dann hätte ich Kitty vielleicht helfen können, als dieser Anfall kam.

»Soll ich jemanden für dich anrufen?« Logans Art, mich zu fragen, ob er Darce benachrichtigen sollte.

»Später.« Ich würde ihn selbst anrufen, wenn Kitty ansprechbar war und dieser Albtraum endete. »Wie geht es ihr?«, fragte ich und drehte mich zu Mom.

Tränen liefen über ihre Wange. Ich war mir nicht einmal sicher, ob sie registrierte, dass ich da war. Ihr Blick ging geradeaus durch den Warteraum mit den Stuhlreihen und schien gleichzeitig woanders zu sein.

»Mom«, setzte ich erneut an.

Keine Reaktion.

»Was ist geschehen, bevor Kitty diesen Anfall bekam?«

Wieder nichts.

Sie schien unter Schock zu stehen.

»Alles wird gut.« Ich legte meine Hand auf Moms, konnte nicht einmal sagen, von welcher dieses Zittern stammte – wahrscheinlich von uns beiden.

58

Es gab nur zwei Dinge, die sich im Warteraum des Krankenhauses veränderten: die Leute um uns herum und die Anzeige der Uhr.

Stunden waren vergangen. Menschen wurden aufgerufen, gingen und neue kamen hinzu. Ich spürte die Blicke der Neuankömmlinge auf mir, aber es war mir nie gleichgültiger gewesen, was jemand über meine Kleidung dachte. Ich war damit ausgelastet, all die Dinge zu planen, die ich mit Kitty unternehmen würde, sobald es ihr wieder gut ging.

Jeden Tag würde ich ihr einen Sternendonut kaufen.

Für sie das Clownfisch-Shirt tragen.

Sie durfte sich so viele Bonbons aussuchen, wie sie wollte.

Ich würde mit ihr jedes ihrer Spiele spielen und dann von vorne beginnen.

Sie mit Pizza zum Frühstück wecken.

Und sie im Auto schlafen lassen, wann immer sie wollte.

Wenn es ihr nur wieder besser geht.

Logan schob mir einen der Pappbecher in die Hand, die er am Automaten um die Ecke besorgt hatte. Der Kaffee war schwarz wie immer, weil er ihn selbst so trank. Er hatte nie bemerkt, dass ich Milch darin brauchte.

Weil ich es mir nie hatte anmerken lassen.

Sein Arm legte sich tröstend um mich und kurz dachte ich darüber nach, wie es gewesen wäre, hätte ich ihn damals nicht weggestoßen. Wenn ich zugelassen hätte, dass nach dieser Nacht, nachdem er mich aus dem Eis gezogen hatte, mehr aus uns geworden wäre.

Aber da fanden sich keine Bilder.

Nicht das Gefühl, etwas verpasst zu haben.

Weil er nicht Darce ist.

»Willst du einen?« Logan hielt mir zwei Schokoriegel hin, aber ich schüttelte den Kopf. Ich würde nichts herunterbekommen, weder den Kaffee noch Schokolade. »Brauchst du sonst irgendwas?«

Darce.

Ich brauche Darce.

59

DARCE

Früher war Ellas Wut wie eine Gewitterfront gewesen. Sie verdunkelte den Himmel, machte Krach, es gab einschlagende Blitze und dann war es vorbei.

Mittlerweile war diese Wut anders – ich bekam die gleiche eisige Stille wie nach dem Tag, an dem sie mich aus dem Trailer geworfen hatte.

Mir war das Gewitter lieber.

Bei dem wusste ich, dass es enden würde.

Dabei war ich auch wütend, nur schien das für sie keine Rolle zu spielen.

Wie oft habe ich gefragt, ob etwas zwischen ihr und Logan gelaufen ist?

Andauernd?

Jedes Mal, wenn er auf der Bildfläche erschienen war?

Weil ich diese Vibes wahrgenommen hatte und sie beunruhigend fand.

Dieser Tag war ein wahres Sammelsurium an miesen Gefühlen und je weiter er sich zog, desto mehr kamen hinzu. Längst war Dunkelheit aufgezogen – ohne ein Wort von Ella. Es fühlte sich nicht an, als würde sie sich heute noch melden. Also hatte ich beschlossen zu schwimmen, bis meine Wut verschwand.

Ein Klingeln durchbrach das leise Plätschern des Wassers.

Ella.

Endlich.

Es brauchte nur ein paar Schwimmzüge und ich war am Beckenrand, hob mich raus. Wasser lief von mir herab, hinterließ einen dicken Tropfen auf dem Display, wo mir Ella entgegensah. Das Foto hatte ich am Morgen nach dem Kirschbaum in meinem Bett von ihr gemacht. Sie lächelte darauf und ihre Augen blitzten mich freudestrahlend an, ein krasser Gegensatz zu der Wut, mit der sie mich zuletzt überzogen hatte. Meine Finger waren so nass, dass es gleich zwei Anläufe brauchte, um den Anruf anzunehmen.

»Werde wieder zum Gewitter. Ich ertrag dein Schweigen nicht.«

Sekunden vergingen ohne eine Antwort.

Will Ella mich jetzt auch noch am Telefon anschweigen?

»Gut?«, antwortete eine verwirrte Männerstimme.

Logan.

Bester. Tag. Überhaupt.

Nicht!

Offenbar hatte ich ein Gespräch mit ihm gewonnen.

Übler Schachzug, Ella.

»Von mir aus – halten wir die Sache kurz. Du kannst dir deinen Vortrag schenken. Natürlich seid ihr nur beste Freunde. Du bist nicht an ihr interessiert und warst es auch nie. Jetzt gib ihr das Handy zurück.«

Damit ich ihr die Meinung sagen kann.

»Kann ich nicht.« Seine Stimme klang einige Grad kühler. »Aber ich soll dir von Ella ausrichten, dass sie dich braucht. Jetzt.«

Ich wusste nicht, wie ich es hierher geschafft hatte. Da waren nur noch Bruchstücke in meinem Kopf und dazu die knappen Sätze von Logan.

Wie ich mir die nächstbesten Klamotten übergezerrt hatte.

»Kitty hatte einen Anfall, ihre Mom fand sie krampfend auf dem Boden.«

Wie ich zu meinem Auto gehastet war.

»Lydia hat den Krankenwagen gerufen.«

Wie ich zum Eingang des Krankenhauses rannte.

»Ella wartet im Krankenhaus auf Neuigkeiten.«

Wie ich den Schildern Richtung Warteraum folgte.

»Sie will, dass du kommst.«

Ich fand den Raum mit den Glaswänden und den hässlichen grellorangefarbenen Plastikstuhlreihen. Auf einem der Sitze saß Ella noch in ihrem Abendkleid. Sie hatte sich nicht einmal die Mühe gemacht, die Schuhe auszuziehen. Logans Arm war um sie geschlungen und seine Stirn berührte beinahe ihre. Ein Anblick, der mir heute Morgen mehr als einen Stich verpasst hätte.

Doch das war vor dem Anruf gewesen.

Der hatte alles verändert.

»Hey.« Ich sank vor ihr auf die Knie.

Ihr Kopf fuhr zu mir und die Leere in ihrem Blick traf mich wie ein Faustschlag mitten in den Magen. Im nächsten Augenblick schlang sie die Arme um mich und es fühlte sich an, als würde ein Widerstand in ihr brechen. Ihr Kopf landete auf meiner Schulter. Ich spürte Ellas Tränen am Hals und das leise Schluchzen, das ihren Körper durchschüttelte.

Heute drohte Ella zu zersplittern.

Ich hielt sie fest.

Bei mir.

Minuten.

Stunden.

Ewigkeiten.

60

Logan hatte sich mit den Worten verabschiedet, später wiederzukommen, und so war ich irgendwann auf seinen Stuhl ausgewichen, ohne mich von Ella zu lösen.

Draußen war der neue Tag angebrochen. Die Schwüle hier drinnen war über die Nacht weniger geworden, nun gaben die hereinfallenden Sonnenstrahlen eine Ahnung davon, dass die Luft in den nächsten Stunden unerträglich werden würde. Entweder funktionierte die Klimaanlage nicht oder sie war ausgestellt.

Ich strich über Ellas Haar, Strähnen lagen feucht in ihrer Stirn und die Leere in ihrem Blick war genauso erschütternd wie letzte Nacht.

Wie konnte es sein, dass es immer noch keine Neuigkeiten gab?

Wieso kam nicht endlich jemand, um mit ihnen zu reden?

Lydia schien kaum realisiert zu haben, dass ich hier war. Sie hatte geweint, bis sie in ihrem Stuhl eingeschlafen war. Dort schrak sie regelmäßig hoch. Dann nahm Ella ihre Hand, raunte ihr zu, dass alles gut werden würde und sie sich ausruhen sollte, bis sie weiterschlief.

Mein Blick zuckte zu der Uhr und ich beschloss, dass das hier zu viel war. Mir reichte es.

»Ich hole uns etwas zu trinken, in Ordnung?«

Ella blinzelte. Sie musste ahnen, was ich vorhatte. Kurz dachte ich, sie würde verneinen, doch sie nickte zögerlich. Zwar hatte sie Angst vor Antworten, aber die Ungewissheit machte sie fertig.

»Bin gleich wieder da.« Mit diesem Versprechen ließ ich sie zurück, ging am Getränkeautomaten vorbei, geradewegs hin zum Tresen, wo die Neuaufnahmen aufgenommen wurden.

»Sie sind …?«, fragte eine Frau, durch deren goldene Brillengläser mich müde Augen ansahen.

»Irritiert«, erwiderte ich. »Seit gestern warten meine Freundin und ihre Mutter darauf zu erfahren, wie es Kitty geht – dem Mädchen mit dem Krampfanfall.«

Sie war gerade dabei gewesen, mir Papiere – wohl für meine Anmeldung – zuzuschieben. Nun zog sie die zurück und ihre Lippen verschmälerten sich merklich. »Zu gegebener Zeit bekommen sie die Einschätzung der behandelnden Ärzte. Der Nächste.«

Ein Mann stellte sich neben mir auf, aber ich weigerte mich, den Schalter zu verlassen, und drängte ihn ab. »Das ist inakzeptabel. Sie brauchen Antworten. Bringen Sie mir jemanden, der sie kennt.«

»Zu gegebener Zeit …«

»Nein! Jetzt!«

Sie starrte mich an.

Ich starrte zurück.

Wir waren wie zwei Hunde, die sich ineinander verbissen hatten. Dann eine Regung, sie hob den Hörer des Telefons, tippte drei Zahlen ein.

Endlich.

Ich atmete durch.

Betete, dass es Kitty gut ging.

»Ich habe hier ein Problem«, sagte sie in den Hörer. »Könnt ihr mir jemanden vom Sicherheitsdienst schicken?«

Ernsthaft?

Sie will Krieg?

Von mir aus.

»Falsche Nummer«, mischte ich mich ein und zwang mir ein Lächeln ab. »Rufen Sie Dr. Wellstone an und sagen Sie ihr, dass Darce hier ist.« Ihre Augen verkleinerten sich. Dass ich den Namen der stellvertretenden Leitung kannte, gefiel ihr nicht. Aber es würde kaum ausreichen, um sie tatsächlich die Nummer wählen zu lassen. »Und dass er gern wüsste, ob sich das Krankenhaus nächstes Jahr wieder über einen exorbitanten Scheck freuen würde.«

Sie blinzelte.

Starrte mich an.

Ich starrte zurück.

Gerade hatte ich die Spielregeln verändert.

»Darce.« Dr. Wellstone kam mir breit lächelnd entgegen. In den letzten Jahren hatten ihre Schritte an Schwung verloren, ihr gelocktes Haar an Farbe, aber die hellblauen Augen strahlten mich an und zur Sicherheit war da noch das Namensschild an ihrer Bluse.

Was würde ich dafür geben, wenn alle um mich herum Namensschilder tragen würden.

»Erst sehen wir uns Jahre nicht und dann gleich so oft innerhalb weniger Wochen.« Die Fältchen um ihre Augen wurden zahlreicher, als sie lächelte. »Was verschafft mir die Ehre?«

»Ehrlich gesagt brauche ich Hilfe. Die Schwester meiner Freundin wurde eingeliefert und wir bekommen keine Information darüber, wie es ihr geht.«

Eine zusätzliche Falte legte sich in ihre Stirn. »Warte kurz.« Sie wandte sich der Frau am Schalter zu. Ich hörte, wie sie ihr

Kittys Namen zuflüsterte, und registrierte das Stocken in ihrer Bewegung.

Mein Herz stoppte ebenfalls.

Irgendwas stimmte hier nicht.

Was war mit Kitty?

»Komm mit in mein Büro, Darce.«

Atmen.

Gehen.

Plötzlich waren diese Selbstverständlichkeiten unglaublich schwer.

Wir erreichten ihr Büro und ich konnte nicht mal genau sagen, wie. Ein überladener Schreibtisch teilte sich den wenigen Platz hier drinnen mit einem Dutzend Topfpflanzen. Ich sank auf den Besucherstuhl, noch bevor sie ihn mir anbot – weil ich nicht länger stehen konnte.

»Ist sie …«

Ich konnte es nicht aussprechen.

Nicht einmal denken.

»Nein«, erwiderte Dr. Wellstone. »Es geht ihr den Umständen entsprechend gut.«

Ich schnappte nach Luft, Erleichterung durchflutete mich und dann ganz plötzlich stoppte diese Welle.

Wenn es Kitty gut ging – warum wurde ihre Familie nicht darüber informiert?

»Was ist hier los?«

»Du bist mit ihrer Schwester zusammen? Die Kellnerin von der Benefiz-Gala, oder?« Auf mein Nicken hin sank sie schwer atmend in ihrem Schreibtischstuhl zurück. »Ich darf dir nichts sagen.«

»Niemand wird davon erfahren.«

Sie betrachtete mich, nickte langsam. »Du hast Ähnlichkeiten mit deinem Großvater. George war ein grimmiger Kauz, aber er trug das Herz am rechten Fleck.« Wieder atmete sie durch. »Du solltest von hier verschwinden, Darce. Wir warten schon seit Stunden darauf, dass die Polizei ein paar Leute schickt. Die Beamten sind wohl gerade ausgelastet …« Sie machte eine wegwerfende Handbewegung, während mir Eiswasser den Rücken entlangzulaufen schien.

»Warum?«

Weshalb hatte das Krankenhaus die Polizei verständigt?

»Es war kein einfacher Krampfanfall. In ihrem Blut wurden psychoaktive Substanzen nachgewiesen. Darce, die Kleine hatte Drogen in sich.«

61

Die Welt taumelte und ich mit ihr.

Ella hatte die Augen geschlossen und den Kopf an die Wand hinter sich gelegt, aber ich ahnte, dass sie nicht schlief. Weil sie nicht imstande war zu schlafen, bevor sie nicht wusste, wie es Kitty ging.

»Komm mit.« Irgendwie gelang es mir, Worte zu formen. Sie öffnete die Augen und die Hoffnung darin fühlte sich an wie ein Messerstich mitten in mein Herz. Ich griff nach ihrer Hand und Ella ließ sich mit mir ziehen.

Weil sie darauf baute, dass ich etwas in Erfahrung gebracht hatte.

»Wohin willst du?«, fragte sie, als wir den Warteraum verließen und ich den Ausgang anpeilte.

»Zu meinem Auto, da haben wir Ruhe.«

So würde Ella nicht mitbekommen, was hier gleich geschah.

»Nein.« Sie schüttelte den Kopf, lehnte sich gegen den Kaffeeautomaten. »Sag mir, was du erfahren hast!«

»Lass uns ein paar Schritte gehen.«

Das Kopfschütteln wurde heftiger. »Was ist mit Kitty?« Neue Tränen sammelten sich in ihren Augen.

Vom Anmeldetresen auf der rechten Seite erhob sich plötzlich ein beunruhigendes Stimmengemurmel. Links von uns erstreckte sich die lange Glasfront des Wartebereichs. Und dazwischen stand Ella.

Ich hatte nicht den Hauch einer Ahnung, was ich tun konnte.

Das hier war ein verdammter Albtraum.

Ella muss weg.

Wir müssen beide weg.

»Kitty geht es gut. Komm mit und ich erzähl dir alles.« Ich hoffte, dass diese Information Ella die Anspannung nahm und sie dazu brachte, mir hinauszufolgen, um sich den Rest anzuhören.

Ein Irrtum.

Ella war ein Kartenhaus und ich hatte eine der Karten gezogen, die sie aufrecht gehalten hatten. Ihre Erleichterung sorgte dafür, dass sie zusammensank. Schluchzend landete sie auf dem abgenutzten, schmutzigen Boden. Der Unterrock verrutschte und verdeckte dabei einen der hochhackigen Schuhe.

Ella hasst die Kleidung.

Ich habe nicht einmal daran gedacht, ihr etwas anderes mitzubringen. Der unnütze Gedanke gesellte sich zu der Ohnmacht in mir.

Wie gern hätte ich sie gepackt und hinausgetragen. Stattdessen ging ich in die Knie, legte die Hände an ihre nassen Wangen. »Wir müssen hier weg.«

Worte waren nie meine Stärke gewesen, doch Ella hatte mich so oft ohne sie verstanden.

Warum begriff sie nicht, wie wichtig es war, zu verschwinden?

»Ich geh nirgendwohin.« Sie sah mich an, als hätte ich den Verstand verloren, während hinter ihrem Rücken vier Cops den Wartesaal betraten.

Scheißescheißescheiße.

Ich konnte es nicht länger herauszögern.

Sie nicht besser darauf vorbereiten.

»Deine Mutter wird verhaftet.« Ella erstarrte unter meinen Fingerspitzen. »Kitty hatte Drogen im Blut.«

»Nein!« Wütend riss sie meine Hände von sich und ihre Stimme war scharf wie eine Klinge. »Es gibt keine Drogen bei uns!«

»Der Arztbericht sagt etwas anderes.«

»Dann lügt der!« Sie kämpfte sich hoch, schwankte auf den hohen Absätzen und ignorierte meine Hände, die ihr Hilfe anboten.

»Niemand lügt hier.«

»Das passt so gut zu euren Vorurteilen, oder? Wir sind arm, also müssen wir Drogen nehmen, um unseren erbärmlichen Leben zu entfliehen.«

»Ella …«

Sie wollte sich umdrehen, wohl in den Wartesaal zurück, aber ich war ebenfalls aufgesprungen und hielt sie fest. So war sie gezwungen, zu mir zu schauen.

Sollte sie mich doch hassen, wenn ich ihr dafür den Anblick ersparte, wie ihre Mutter abgeführt wurde.

»Manchmal erfüllen sich Vorurteile.«

Der Blick, den sie mir zuwarf, war so verletzt, dass ich nicht wusste, ob ich den nächsten Atemzug nehmen konnte.

Oder den darauf.

»Denkst du das?«, fragte sie und ihre Stimme bebte. »Findest du mein Leben erbärmlich?«

Eine Bewegung an der Tür des Warteraums ließ mich dorthin schauen und ich fand Lydia flankiert von den vier Cops. Einen Augenblick lang sahen wir einander an und diesmal hatte ich das Gefühl, dass sie ihre Umgebung wieder wahrnahm.

Mich.

Ella.

Plötzlich ging sie schneller. Es wirkte, als wollte sie ihrer Tochter diesen Anblick genauso wenig antun wie ich.

Es war eine Winzigkeit, aber ich nahm sie wahr.

Weil ich es gewohnt war, auf diese Kleinigkeiten zu achten.

»Darce?« Moosgrüne Augen weiteten sich entgeistert und es dauerte einen Augenblick, bis ich zu dem Gespräch zurückfand.

»Natürlich nicht.«

Sie wich mir aus, als ich Anstalten machte, die Arme um sie zu legen. Weitere Tränen schwammen in ihren Augen. »Ich erkenne, wenn du lügst!«

Normalerweise war Ella der Inbegriff des Sommers für mich, strahlend und warm. Doch nun erinnerte sie mich an den Raureif, der im Winter die Pflanzen bedeckte.

Winzige Eiskristalle.

Wunderschön und so zerbrechlich, dass eine falsche Bewegung sie bersten lassen konnte.

»Geh, Darce. Dein Onkel wird nicht begeistert sein, wenn du hiermit in Verbindung gebracht wirst.«

»Komm mit!« Ich legte meine Hände an ihre. »Wir fahren zu mir. Du kannst dich ausruhen und sobald jemand zu Kitty darf, bekomme ich Bescheid.«

Erneut wich sie mir aus. »Ohne sie geh ich nirgends hin.«

Ob sie darauf wartete, dass ich ihr anbot, zu bleiben?

Trotz Greg?

Trotz der Firma?

Wahrscheinlich.

Aber das war unmöglich.

»Meld dich, wenn du mich brauchst«, sagte ich leise und ihre Unterlippe bebte. Ich bildete mir ein, das Knacken von zerbrechendem Eis zu hören.

Vielleicht ist nicht Ella zum Winter geworden, sondern wir beide.

Sie erwiderte nichts, drehte sich um und ging zurück in den Wartesaal.

Was anderes hatte ich nicht verdient.

Alles an mir fühlte sich an wie betäubt, als ich mich zwang, zum Ausgang zu gehen.

Aus der Tür hinaus.

In mein Auto.

Manchmal war es besser, wenn die Menschen um uns herum nur einen Teil der Wahrheit sahen.

Allen voran die, die wir liebten.

Ich zog mein Handy und wählte.

»Darce?« Gregs vertraute Stimme drang durch die Lautsprecher und erfüllte das Auto. »Was gibt es?«

»Nichts.«

62

Ella

Mom war weg.

Die Erkenntnis traf mich wie ein Schlag mitten in meine Magengrube. Die Plätze, auf denen wir stundenlang auf Nachrichten von Kitty gewartet hatten, standen verwaist vor mir.

Ich war allein.

Nie hatte ich mich einsamer gefühlt.

Meine Beine zitterten, aber ich konnte mich nicht überwinden, zurück zu den Sitzen zu gehen. Ich spürte die Blicke der anderen Wartenden auf mir. Sie alle mussten mitbekommen haben, wie Mom abgeholt worden war.

Ich nicht.

Weil Darce mich abgelenkt hatte.

Weil in meinem Rücken ein Unwetter getobt hatte und Darce wusste, dass bei Sturm nur Ablenkung half.

Ich könnte ihm folgen.

Ihm hinterherschreien, dass ich ihn brauche.

Und darauf hoffen, dass er sich für mich entscheidet.

Einen Augenblick lang war der Gedanke wie ein Blitz, der alles ausleuchtete, aber nur einen Herzschlag später setzte die Dunkelheit wieder ein und erinnerte mich an all die guten Gründe, weshalb ich das nicht tun durfte.

Er hatte seine Entscheidung getroffen.

Ich wandte mich ab. Meine zitternden Beine schafften den Weg zur nächsten Sitzreihe. Nun saß ich zwar nicht mehr neben der Tür, aber dafür musste ich nicht auf den Platz schauen, an dem Mom gesessen hatte und wo noch ein einzelnes zusammengeknülltes Taschentuch lag.

Drogen.

Wie konnten es Drogen sein?

Mom verachtete sie aus tiefstem Herzen und seit letztem Jahr war es noch schlimmer geworden.

Keine Liebe. Keine Drogen.

Weil einen beides zerstört.

Die einzigen Regeln, die Mom besaß.

Nichts ergab Sinn und doch sahen alle um mich herum einen. Die Ärzte, die Polizei, Darce, selbst Mom – oder warum sonst hatte ich nicht gehört, wie sie sich weigerte mitzugehen?

Sonnenstrahlen schienen von draußen herein, beleuchteten den Fußboden und kündigten einen neuen heißen Sommertag an. Schon jetzt wurde es hier drinnen schwüler und der Mann zwei Sitze weiter fächerte sich mit einem der Prospekte Luft zu. Ich aber saß hier in der Schwüle und alles an mir brannte, nur ganz ohne Hitze. Bei Bränden dachte man an Glut und Feuer, doch diese brennende Kälte in mir fühlte sich schlimmer an. Mein Körper zitterte und jeder Atemzug war ein Kampf, der neues Eis mit sich brachte.

Als Logan wiederkam, brachte er Kittys geliebte Sternenspieluhr mit und hatte Kleidung für mich dabei. Erst ihr Anblick machte mir klar, wie dringend ich aus dieser hier raus musste.

Wie sehr ich sie hasste.

Auf der Besuchertoilette zog ich mich um, schlüpfte in Shorts, Shirt und meine Chucks und trat aus der Kabine. Mein Spiegelbild sah mir entgegen. Blass, verstrubbelt, verweint.

Aber immerhin war es meines.

Keine Fälschung.

Ich nahm das teure Abendkleid und die Schuhe und warf beides in den bereitstehenden Mülleimer. Ihren Anblick ertrug ich nicht länger und noch weniger die Erinnerungen, die an ihnen hafteten.

Dann ging ich zurück zu Logan, um weiter zu warten.

Es dauerte, bis sie mich endlich zu Kitty ließen. Sie lag in dem Bettchen und wirkte so winzig, dass ich Mühe hatte, nicht in Tränen auszubrechen.

Wenn ich sie nicht allein gelassen hätte, wäre nichts davon geschehen.

Sie lächelte übers ganze Gesicht, als ich mich zu ihr ans Bett setzte und ihr durchs Haar strich. Ich redete einfach drauflos, erzählte ihr Fantasiegeschichten wie früher, nur diesmal ohne Pause.

Damit keine von uns ihre Fragen stellen konnte.

Gleichzeitig kreisten meine wie ein Satellit immerzu um mich herum.

Was ist geschehen?

An was kannst du dich erinnern?

Doch man sollte keine Fragen stellen, wenn man die Antworten nicht ertrug. Diese hier fühlten sich an, als könnten sie mir den Boden unter den Füßen wegreißen.

Ich würde sie stellen müssen.

Später.

Wenn es sich nicht mehr anfühlt, als würde ich an den Antworten zerbrechen.

Stattdessen nahm ich ihre warme, kleine Hand und flüsterte ihr zu, dass ich bei ihr bleiben würde.

Auch nach dem Sommer.

Man sollte meinen, dass es laut wäre, wenn etwas so Großes wie Träume zerbrachen, aber das war es nicht.

Es geschah ohne einen Laut.

Ohne etwas, das einen warnte.

Plötzlich stand man inmitten von Trümmern und die Augen brannten von ihrem Staub.

So dringend hatte ich der Welt und mir selbst beweisen wollen, dass ich es schaffen konnte, wenn ich mich nur genug anstrengte. Aber mein Studium war gescheitert, noch bevor es begonnen hatte. Die Enttäuschung nagte an mir, doch ich schob sie immer wieder unwirsch fort. Weil es hier keinen Platz für sie gab. Träume waren etwas für Menschen, die sie sich leisten konnten, nicht für mich. Alles, was jetzt zählte, war, dass es Kitty gut ging. Wenn ich mir das oft genug sagte, würde dieses Brennen früher oder später vergehen. Vielleicht hatte ich bis dahin eine Ahnung, wie ich das Geld für die Krankenhausrechnung zusammenbekommen sollte.

Ja, es war albern gewesen zu träumen.

Ich wünschte nur, das hätte ich vorher gewusst.

»Wo ist Mom?« Kittys Frage stoppte abrupt dieses Gedankenchaos in mir.

Mom.

Ich konnte Kitty nicht anlügen.

Aber noch weniger konnte ich ihr die Wahrheit sagen.

Deshalb überging ich die Frage und erzählte ihr stattdessen vom Süßigkeitenautomaten unten beim Ausgang und dass sie sich alles, was sie wollte, aussuchen durfte, wenn wir das Krankenhaus verließen.

»Auch Kaugummis?« Ihre Augen vergrößerten sich und verhaltene Freude flackerte darin auf. Kaugummis gehörten zu den Dingen, die ich immerzu verbot. Doch für den Augenblick hatten wir größere Sorgen als einen verschluckten Kaugummi.

»Alles«, erwiderte ich und strich ihr übers Haar.

Es dauerte noch zwei lange Tage, bis wir dem Automaten den versprochenen Besuch abstatten konnten. Unsere Hände waren voller Schokoriegel, Kekspackungen und Getränkedosen, als wir endlich das Krankenhaus hinter uns ließen und in Logans Auto einstiegen. Während Kitty begeistert das Kaugummipaket aufriss, gaben Logan und ich uns Mühe, ihre Begeisterung zu teilen.

Ich spürte seinen Blick auf mir, als wir am Trailer ankamen. Die letzten Tage hatte ich im Krankenhaus bei Kitty verbracht. Zuletzt hatte ich ihn im Abendkleid verlassen auf dem Weg zu Darce, der auf dem Parkplatz auf mich gewartet hatte.

Ich hätte auf diese Stimme in mir hören sollen, die mir eindringlich zugeflüstert hatte, dass es zu perfekt lief.

Dass er mich verlassen würde.

Dann würde es sich nicht immer wieder anfühlen, als würde mein Herz zerschmettert werden, wenn ich an ihn dachte.

Nicht alle Geschichten bekommen ein Happy End.

»Irgendwann wird es besser«, sagte Logan und klang dabei, als wüsste er, wie ich mich fühlte. »Ich besorge dir heute Abend einen Riesenbecher Eis, aber vorher gibt es Torte.« Er drehte sich zu Kitty, deutete eine Verbeugung an und rang ihr damit ein begeistertes Lachen ab, bevor er die Tür aufzog.

Im Inneren wartete bereits Maria, die sie mit feucht schimmernden Augen fest in die Arme schloss. Doch Kitty hielt es nur wenige Sekunden in der Umarmung aus, schon drängte sie sich mit einem Schrei voller Entzücken heraus, um die Torte zu bewundern, die auf unserem kleinen Tisch darauf wartete, angeschnitten zu werden. Wobei *Torte* dermaßen untertrieben war für diesen Traum, den Logan für Kitty gezaubert hatte. Sie bestand aus zwei Etagen mit dunkelblauem Fondant, auf dem unzählige Sterne prangten, und auf der Spitze stand Kitty als Astronautin. Sie kreischte und mir fehlten die Worte. Ich hatte gewusst, dass Logan fantastische Torten machte, aber das hier war unglaublich. Ich wollte nicht wissen, wie viele Stunden er dafür in der Bäckerei gestanden hatte.

Maria hatte die Zeit, in der Logan uns abgeholt hatte, dazu genutzt, unseren Trailer passend zu dekorieren. Überall hingen blaue Luftballons mit Sternenmotiv. Goldene Luftschlangen schlängelten sich hindurch und auf dem Tisch stand ein Geschenk für Kitty bereit. Das hier war wohl Logans und Marias Versuch, die Erinnerungen an das Geschehene auszulöschen und davon abzulenken, dass Moms Platz heute leer bleiben würde. Manchmal fühlten sich Freunde mehr nach Familie an als die eigene. Ich schloss beide fest in die Arme, während Kitty jeden Ballon und jede Luftschlange begeistert kommentierte.

Wir aßen die Torte, spielten das neue Kartenspiel, das Maria für sie besorgt hatte, und lächelten die ganze Zeit, damit Kitty das hier für das beste Fest überhaupt hielt.

An diesem Abend schlief sie schnell ein. Ein Zeichen, wie dringend ihr Körper sich noch erholen musste. Es waren diese Momente, in denen das Brennen in mir unerträglich wurde.

Maria war gegangen, doch Logan saß auf seinem Stuhl und begann Karten zu mischen, als ich mich zu ihm setzte. »Du siehst müde aus, Ella. Vielleicht solltest du auch schlafen gehen.«

»Geht schon.«

Er hob die Augenbrauen und ließ mich wissen, dass ich ihn heute nicht täuschen konnte. Ich war tatsächlich unglaublich müde, aber wenn es still um mich war, kamen all die Gedanken angeschlichen. Dann dachte ich über Kitty nach, und Mom, über die Uni und über … *Darce.*

»Es gibt da etwas, dass ich dir sagen muss. Das Krankenhaus war nur nicht der richtige Ort …« Die Art wie Logan aufseufzte, machte überdeutlich, dass ihm die nächsten Worte nicht leichtfielen. »Dieser Typ, der dich vor ein paar Monaten im Diner angemacht hat, der Ex-Freund von deiner Mom?«

Meine Kehle fühlte sich augenblicklich an wie ausgetrocknet. »Rick?«

»Ja. In der Nacht, bevor Kitty den Anfall hatte, war ich unterwegs zu einem dieser Blind Dates, die Mom mir aufzwingt, und er kam mir auf dem Weg zum Parkplatz entgegen.« Damit schob Logan alle Steinchen auf ihren Platz und ließ mich das Muster erkennen, das sie bildeten.

Rick.

Die lose Pille in seiner Hosentasche.

Kitty, die eine davon für ein Bonbon gehalten haben musste.

Ich hätte Mom nicht mit ihr allein lassen dürfen.

Ich hätte Mom nicht vertrauen dürfen.

Wieder brannte es hinter meinen Augen und dennoch wusste ich, dass es die Tränen nicht weiter schaffen würden. In meinem Innersten schien sich diese Schicht aus Eis gebildet zu haben und an der schaffte es nichts vorbei. Der Einzige, der in der Lage gewesen wäre, sie zu durchbrechen, meldete sich nicht mehr.

Seit drei Tagen.

Kein Zeichen.

Keine Nachricht.

»Ich habe es der Polizei gesagt. Sie meinen, sie reden mit ihm.«

»Glaubst du, das bringt etwas?«

Logan zuckte mit den Schultern. »Vielleicht«, sagte er und wich gleichzeitig meinem Blick aus. Ungefähr die Antwort, mit der ich gerechnet hatte. Rick würde alles abstreiten. Seine Aussage würde gegen Moms und Logans stehen, aber wir waren es, die ihre Vorurteile abbekommen würden. Nicht Rick mit seiner Wohnung und dem regelmäßigen Gehalt.

»Wie willst du die Rechnung vom Krankenhaus bezahlen?« Die Karten in Logans Hand fuhren weiterhin übereinander. Ein gemächliches, vertrautes Rascheln, dennoch stolperte mein Herz.

Die Rechnung.

Allein der Gedanke daran schien mir den Magen in einen Stein zu verwandeln. Ich wusste nicht, was mich die Krankenhaustage kosten würden, nur dass es viel mehr war, als ich besaß.

»Sie bekommen meine Ersparnisse und ich versuche, eine Ratenzahlung auszuhandeln.«

Das Rascheln stoppte. »Das kannst du nicht machen, Ella. Das ist dein Uni-Geld. Wenn es jemand verdient hat, hier herauszukommen, dann du.«

»Tu das nicht.« Ich musste flüstern, weil ich wusste, dass meine Stimme verräterisch geschwankt hätte. »Tu nicht so, als bliebe mir eine Wahl. Mom ist verhaftet. Ohne Kitty kann ich nicht gehen und noch weniger kann ich mit ihr gehen. Um das Studium zu finanzieren, brauche ich einen Job und für beides bräuchte ich eine Kinderbetreuung. Das ist unbezahlbar. Du weißt, dass wir uns deine Mom nur leisten können, weil sie einen Bruchteil nimmt. Je mehr ich arbeite, desto mehr muss ich ranschaffen, um eine Betreuung für Kitty zu bezahlen. Es ist ein Teufelskreis.« Ich hatte gerechnet, überlegt, Pläne gemacht und jeden davon wieder verworfen. Das Thema war erledigt, stattdessen gab es jetzt drängendere, um die ich mich kümmern musste. Das Wichtigste war Kitty. Ich hatte keine Ahnung, was ich tun musste, damit sie bei mir bleiben konnte, wenn Mom verurteilt wurde.

»Und falls Lydia freigesprochen wird?«

»Dann ändert das nichts.«

Weil ich Kitty nicht hier im Trailer lassen konnte.

Bei *ihr*.

Logan atmete tief ein auf diese Art, die einen darauf vorbereitete, dass etwas Unangenehmes kommen würde. »Du könntest *ihn* um Hilfe bitten.«

Obwohl sich die Hitze hier drinnen nach dem Sommertag staute, kroch mir Kälte die Arme hinauf.

Darce.

Sein Name lag ungesagt zwischen uns.

»Das werde ich nicht.«

»Ella …«

»Niemals!«

»Es könnte eine Lösung sein? Für Kitty und dich.«

»Aber es würde sich nie wie eine anfühlen. Ich habe meine Zukunft verloren, ich gebe nicht noch meinen Stolz her. Der ist alles, was mir bleibt.«

»Er liebt dich.«

»Und ich liebe ihn. Selbst wenn ich anders wäre – diese Sache könnte Darce' Zukunft zerstören. Seit Jahren arbeitet er daran, die Firma zu übernehmen. Der Skandal würde alles überschatten. Ich kann das nicht, Logan. Können wir bitte über etwas anderes reden?«

»Gut.« Er schien zu ahnen, dass ich an meinem Limit angekommen war, denn er reichte mir die Karten. »Du bist dran mit Geben und nach der Runde besorge ich dir dein Eis.«

63

Kitty stieß einen spitzen Schrei aus und rannte an mir vorbei, so schnell, dass ich beinahe den Topf mit der Tomatensoße umkippte. Wobei rötlich gefärbtes Wasser es besser traf. Ernsthaft, ich würde diese Sache mit dem Kochen nie verstehen. Bei mir ließen sich die Zutaten nicht zu etwas Essbarem verbinden und wenn sie es doch einmal taten, musste man kämpfen, um sie wieder auseinanderzubekommen. Falls es ein Koch-Gen gab, war ich leer ausgegangen.

»Willst du mitessen?«, fragte ich Logan, ohne zu ihm zu sehen. In den ersten Tagen hatte es viel Besuch gegeben, quasi alle Nachbarn hatten sich ihren Klatsch persönlich abholen wollen. Einmal hatte sogar ein Reporter geklopft, den ich davongejagt hatte. Nur Logan und Maria waren geblieben. »Es wäre auf eigene Verantwortung«, setzte ich hinzu und hob den Topf mit den Spaghetti an, um sie abzugießen.

»Ella?«

Lautstark landete der Topf zurück auf dem Herd, so heftig, dass das Nudelwasser überschwappte.

Diese Stimme.

Das kann nicht sein.

Ich fuhr herum und mein Herz stockte.

Mom.

»Was tust du hier?«

»Kautionsbüro.« Sie blinzelte und wuschelte durch Kittys feines Haar, die sich wie eine Ertrinkende an Mom klammerte. »Die haben mir die Kaution gestellt.«

Noch mehr Schulden.

Mittlerweile konnte ich nicht einmal überblicken, wie hoch unsere Probleme waren.

Hierauf kam es wohl nicht mehr an.

»Du hast nicht angerufen.« Ich hatte mit Moms Anruf gerechnet, damit, dass sie nach Kitty fragte und mir sagte, wie leid ihr alles tat. Doch der war ausgeblieben.

»Sie haben uns nicht viel telefonieren lassen.« Mom drückte Kitty ein Dutzend Küsse auf den Kopf und heute beschwerte sie sich nicht darüber, sondern strahlte stattdessen selig.

»Ich habe jetzt einen Anwalt – der ist gut«, fuhr Mom fort. »Pflichtverteidiger. Rick streitet ab, hier gewesen zu sein … Es steht Aussage gegen Aussage. Aber der Anwalt ist gut«, wiederholte sie monoton und wich meinem Blick aus.

Da war ein Teil von mir, der sie anschreien wollte.

Wieder und wieder.

Weil sie mir nicht geglaubt hatte.

Weil sie Kitty nicht vor ihm geschützt hatte.

Es gab Zeiten für Wut und Vorwürfe, doch Kittys Arme, die sich begeistert um Mom klammerten, fühlten sich nicht an, als wäre gerade eine davon.

»Willst du mitessen?« Ich zwang mich, die Frage von vorhin zu wiederholen, aber sie schmeckte bitter. Kittys Freude darüber, sie zu sehen, war das Einzige, was mich abhielt, sie rauszuwerfen.

»Gern«, kam es ungewohnt leise von ihr.

Also setzten wir uns an den Tisch, aßen zu harte Nudeln mit zu dünn geratener Tomatensoße und taten, als wäre nichts gewesen.

»Ich gebe dir fünf Minuten, um mir alles zu erklären und dann entscheide ich, ob du hierbleiben kannst«, stieß ich aus, noch bevor Mom sich wieder an den Tisch setzte. Sie hatte sich auffällig viel Zeit dabei gelassen, Kitty ins Bett zu bringen, wohl weil sie geahnt hatte, was sie hier erwarten würde.

»Sie ist meine Tochter und das ist mein Trailer!«

Leider.

Es wäre so viel einfacher, wenn es nicht so wäre.

»Daran hättest du denken sollen, bevor du deinen drogennehmenden Freund hier reingelassen hast!«

»Er ist nicht mehr mein Freund. Rick ist ein Arsch und ich will nie wieder etwas mit ihm zu tun haben. Du hattest recht.«

Immerhin ein winziger Hoffnungsschimmer.

»Es tut mir leid, Ella, in Ordnung?« Die altbekannten Tränen schwammen in ihren Augen. »An dem Abend, als du mit Darce unterwegs warst, kam diese ganze Geschichte zwischen mir und Jacob hoch. Ich weiß, dass du mir nicht glaubst, aber ich habe ihn geliebt. Es war hier so still und ich konnte nicht weg, weil Kitty geschlafen hat, also habe ich Rick angerufen. Ich wusste nichts von den Drogen!«

»Ich habe dir gesagt, dass er welche nimmt!«

»Und ich hätte dir glauben sollen.« Die ersten Tränen rollten über ihre Wangen und es war erschreckend, wie wenig sie noch in mir auslösten. »Irgendwann gehen einem die Chancen auf ein Happy End aus und dann klammert man sich an eines«, wisperte sie.

Ihre Tränen rührten mich nicht, dafür schlugen ihre Worte mitten in meine Brust ein, dort, wo das, was einst mein Herz gewesen war, in Trümmern lag. *Weil ich mir für Darce und mich auch so dringend ein Happy End gewünscht habe.*

Sie griff in die Tasche, zerrte ein Taschentuch heraus und begann, die Tränen abzuwischen.

»Kitty hätte sterben können.« Meine Stimme schwankte. »Und mir hast du alles kaputtgemacht.«

»Es tut mir so leid, Schatz.«

Anscheinend nutzten sich Entschuldigungen ähnlich ab wie Tränen, denn auch die löste nichts in mir aus. Es fühlte sich an, als würde diese Leere in mir mich innerlich aushöhlen.

»Ich kann mich ändern.« Das hatte sie schon so oft versprochen und das Schlimme war, dass sie es in den Augenblicken selbst zu glauben schien. »Im Gefängnis gab es eine Therapeutin, mit der wir reden konnten.« Das war eine Wendung, die ich nicht hatte kommen sehen. »Die Gespräche haben geholfen. Ich habe mit ihr über Jacob gesprochen und einige andere Dinge. Sie gab mir die Nummer einer Kollegin. Das würde ich gern machen. Bei dir habe ich schon versagt, aber ich könnte für Kitty eine bessere Mom werden.«

Wie gern würde ich sie darin bestärken.

Ihr sagen, dass ich an sie glaubte.

Doch ich konnte nicht.

Dafür hatten es zu viele gebrochene Versprechen und Worte gegeben, die nicht zu Taten geworden waren.

Peter Pan kann ohne Wendy nicht existieren.

»Okay«, sagte ich deshalb nur und klang dabei so resigniert, wie ich mich fühlte. Keine Ahnung, wie wir das bezahlen sollten, aber darauf kam es bei dem Schuldenberg, der sich vor mir auftürmte, auch nicht mehr an.

»Wie war Jacob?« Die Frage stürzte aus mir heraus, ohne dass ich meinem Verstand die Erlaubnis gegeben hatte. Vielleicht, weil es sich so anfühlte, als würde Darce' Name unentwegt über die Bruchstücke meines Herzens hallen.

»Sanft«, sagte Mom und ihr Gesicht nahm einen Ausdruck an, der sie jünger wirken ließ. »Er hat gern über Dinge nachgedacht und wenn er sich für etwas begeistern konnte, hat er nicht lockergelassen, bis alles genauso war wie in seiner Vorstellung.«

»Wie bei der Firma?«

Sie nickte langsam. »Und er war ruhig, das habe ich geliebt. Er war der Ausgleich zu diesem Gefühlschaos in mir.«

»Ich habe ihn mir immer wie Darce vorgestellt. Aber er klingt anders.«

»War er auch. Sie sind sich nicht besonders ähnlich.«

Zumindest in einem Punkt sind sie gleich.

»Dennoch ist Darce nicht hier«, gab ich zurück und dieses verdammte Brennen hinter meinen Augen ging in die nächste Runde. *Es ist schwierig geworden und er ist gegangen – genau wie sein Vater.*

»Hast du ihm gesagt, dass du ihn brauchst?«

»Das weiß er.«

»Vielleicht. Aber es schadet nicht, wenn du es ihm sagst.«

»Kann ich nicht.« Die Kälte in mir weitete sich auf jeden Winkel aus. »Weil ihn das hier ruinieren würde. Ich zwinge ihn nicht dazu, sich zwischen mir und seiner Zukunft zu entscheiden!«

Mom presste die Lippen aufeinander und neue Tränen fluteten ihre Augen. »Vielleicht liebt er dich genug, um das Risiko einzugehen?«

»Ich hoffe nicht.« Es gab nichts, das ich Darce im Gegenzug bieten konnte.

Keine Möglichkeit, hier herauszukommen.

Meine Stellung irgendwann zu verbessern.

Nichts.

Ich stand auf.

Für den Moment ertrug ich Mom nicht länger.

Dunkelheit schlug mir entgegen, als ich die Tür öffnete. *Ob sie sich irgendwann nicht mehr anfühlen wird wie ein unsichtbarer Felsen, der sich mir auf die Brust legt?*

Ich ließ mein Handy leuchten, damit ich inmitten der Schwärze nicht vergaß, dass es Licht gab. Dass ich die Dunkelheit aushalten konnte. Daran hatte Darce mich erinnert. Er hatte das hier mit mir machen wollen. Aber Darce war fort und ich allein.

Ich nahm einen tiefen Atemzug und setzte den ersten Schritt hinaus. Ein weiterer folgte und noch einer und immer mehr.

Genau wie letzte Nacht.

Und die Nacht davor.

Und die davor.

Jede verdammte Nacht, seit ich erkannt hatte, dass ich mein Leben lang hier festhängen würde.

Damit sich zumindest etwas an mir vorwärts bewegt.

August

64

»Ella!« Mom schüttelte mich so heftig, dass mein Kopf gegen die Holzumrandung prallte.

Gefühlt war es erst fünf Minuten her, dass ich mich nach der Tagesschicht im Diner ins Bett hatte fallen lassen. Ich wollte nur eine Viertelstunde schlafen, bevor ich Kitty abholte.

Weil ich nachts zu wenig dazu kam.

In den Nächten gab es nichts, was mich davon abhielt, Darce zu vermissen.

Liebeskummer ist scheiße.

»Ella!«

»Was ist los?«

Bitte keine Hiobsbotschaften mehr.

Ich riss die Augen auf und sah Mom – freudestrahlend.

»Rick hat gestanden! Er hat zugegeben, dass er hier war und dass es seine Drogen waren. Mein Anwalt sagt, die Anklage gegen mich wird fallen gelassen!«

Zu viel.

Es hatte seit Wochen keine positiven Nachrichten gegeben und jetzt das?

»Warum?« Wieso sollte Rick auf einmal seine Aussage ändern? Er hatte sogar Zeugen benannt, die behaupteten, er wäre die Nacht über bei ihnen gewesen. *Nichts ergibt Sinn.*

»Das ist doch egal.« Sie zog wieder an mir. »Hör auf zu grübeln und feier lieber mit uns. Ich habe Kitty abgeholt und wir haben Pancakes gemacht.«

Ausgerechnet.

Augenblicklich erwachte in mir dieses Bild eines lachenden Pancakes.

Es war Wochen her, dass ich Darce gesehen hatte.

Er musste längst zurück an seiner Uni sein.

Mittlerweile wurde ich gut darin, das Brennen hinter den Augen zu ignorieren, anders als das in der Brust. Besonders schlimm war es, wenn sich die Erinnerungen anschlichen wie jetzt. Oder wenn die Leere in mir mich zu verschlingen drohte. Wenn ich mein Handy anstarrte, um Darce mit reiner Gedankenkraft dazu zu bringen, sich bei mir zu melden.

Wahrscheinlich gibt es keine guten Momente, wenn man im Liebeskummer versinkt.

»Selbst falls Rick das getan hat, dann ändert er die Aussage erneut.«

Hoffnung war nur eine wunderschöne Illusion. Machte man den Fehler und vertraute darauf, zersplitterte sie und ihre Scherben bohrten sich in einen.

Ich war durch mit der Hoffnung.

Und mit der Liebe.

Diesmal wirklich.

»Warum bist du ständig so eine Spielverderberin? Kannst du dich nicht einfach mit uns freuen?« Mom strahlte auf die Weise, von der ich wusste, dass kein noch so logisches Argument zu ihr durchdringen würde.

»Ich zieh mich nur um.«

Kitty rief schon zum dritten Mal nach mir und klang dabei wie ein verhungerndes Vogelkind, als ich aus meinem Bett stieg. Ich schlüpfte in die Shorts und entschied mich für das Shirt mit dem ausgestreckten Mittelfinger drauf. Es passte ähnlich perfekt zu meiner Laune wie zu meinem Leben. Ich band noch die Haare zum behelfsmäßigen Dutt, da tauchte Kitty neben mir auf und zog mich zum Tisch, in dessen Mitte ein Teller voller zu braun gebratener Pancakes darauf wartete, vertilgt zu werden. Mit der Makellosigkeit dieses einen in meinem Kopf hatten sie nicht viel gemeinsam – beruhigend. Lächelnd stellte Mom die Plastikflasche mit dem Sirup daneben, gerade als es an der Tür klopfte.

»Ich geh«, flötete sie glücksberauscht. Heute konnte ihrer guten Laune offenbar nichts und niemand etwas anhaben. Schwungvoll öffnete sie die Tür und stoppte abrupt.

»Was willst du hier?«, fragte sie und wer immer dort stand, ließ all das Glück in ihrer Stimme verpuffen.

»Lydia.«

Nein!

Das ist unmöglich.

Und doch ist es seine Stimme.

»Ist lange her«, fuhr er kühl fort. »Du hast dich offenbar nicht verändert. Ein Skandal jagt den nächsten.«

»Verschwinde! Du hast mein Leben oft genug zerstört.«

»Und immer noch so dramatisch. Reg dich ab, ich habe Wichtigeres zu tun, als mich an deinen Trümmern zu erfreuen.«

Meine Beine fühlten sich starr und fremd an, als ich auf die Tür zuging.

Ich betete, dass ich mich irrte und wusste es doch besser.

Da stand er.

Greg.

Er starrte mich so eisig an, als wäre er nun selbst zur Eisskulptur geworden.

»Elizabeth.« Bis gerade hatte ich nicht geahnt, wie viel Verachtung in einen Namen passte. »Wir beide sollten reden – *Ella.*«

65

Dicke Wolkenungetüme in dunklen Grautönen bauten sich in der Ferne auf. Heute Nacht würde sich die Schwüle der letzten Wochen endlich entladen und Regen mit sich bringen. Bald würde der Herbst den Sommer beenden.

Wie ich ihn früher dafür gehasst hatte, dass er Darce und mich trennte. Jetzt waren wir schon zum zweiten Mal ausgerechnet im Sommer gescheitert.

Greg starrte entgeistert einen Trailer an, dessen Scheiben mit Pappkartons verhängt worden waren, um die Hitze draußen zu halten. »Diese Gegend ist inakzeptabel.« Er beschleunigte seine Schritte, drückte gleichzeitig den eingehenden Anruf auf seinem Handy weg.

»Wir hätten hier ohnehin keinen Platz für dich«, gab ich trocken zurück und sein grimmiger Blick landete auf mir.

Als er gedacht hat, ich wäre Teil seines Schwarms, hat er mich amüsanter gefunden.

Wie ich mich an diesem Abend abgemüht hatte, um in Darce' Welt zu bestehen. Es hätte nur ein Job werden sollen und sich doch nicht danach angefühlt.

Weil es Darce wichtig gewesen war.

Aber jetzt musste ich mich nicht mehr hinter edler Seide verstecken. Der einzige Vorteil daran, dass Greg die Wahrheit herausgefunden hatte.

Ich konnte ich sein.

Keine Fälschung.

»Du hättest dir den Weg sparen können. Darce hat nichts mit der Sache zu tun und er hält sich seitdem brav von mir fern.«

Er stieß ein Lachen aus, das gleichzeitig nicht danach klang, dafür war es zu hart und grimmig. »Manche sagen mir nach, ich sei skrupellos, aber du bist …« Wieder dieses Nicht-Lachen. »Du behauptest also, du siehst ihn nicht mehr?«

»Ja.« Sollte Greg doch weiterhin versuchen, mich in Grund und Boden zu starren, ich hielt ihm und seinem Blick stand.

»Er hat die Kaution für deine Mutter gestellt.«

Ein Satz wie ein Erdbeben.

Der Boden schien zu vibrieren.

»Hat er nicht.«

Kann er …?

Nein!

Oder?

»Spielst du weiterhin die Unwissende? Von mir aus. Unter der Krankenhausrechnung deiner Schwester steht ebenfalls seine Unterschrift. Kannst du mir das erklären?«

Nein.

Kann ich nicht.

Jeden Tag versank ich in Panik, wenn ich die Post durchging, weil ich fürchtete, die Rechnung wäre dabei.

»Dann erklär mir, wieso mein Neffe einen Anwalt für *deine* Mutter beauftragt hat?«

Mom hatte behauptet, es wäre ein Pflichtverteidiger.

»Oder weshalb seine Nummer dutzendfach auf Lydias Anrufliste im Gefängnis steht? Wie du siehst, habe ich meine Hausaufgaben gemacht.«

Was zur Hölle?

»Ich hatte keine Ahnung.« Wir waren stehen geblieben, ich wusste nicht, wann. Weitergehen war unmöglich. Für den Augenblick fühlte ich mich damit ausgelastet zu existieren.

»Du wusstest es wirklich nicht?« Gregs Stimme veränderte sich. Was auch immer er in meinem Gesicht fand, schien ihn langsam davon zu überzeugen, dass ich keine Ahnung gehabt hatte. »Du passt nicht in seine Welt. Der Vorstand, die gesellschaftlichen Regeln, all die Empfänge.« Sein Blick blieb demonstrativ an meinem Shirt hängen, in dessen Mitte der ausgestreckte Mittelfinger prangte.

Nie war ich passender gekleidet gewesen.

»Du wärst nur ein Klotz an seinem Bein. Darce ist für Besseres bestimmt.«

Ich konnte ihn nicht ausstehen.

»So hast du auch mit Mom geredet, oder?«

Er blinzelte und tat, als hätte er mich nicht gehört, was meine Erkenntnis bestärkte. »Heute Morgen fand ich diesen reizenden Zeitungsartikel mit deinem Foto und habe seitdem ein wenig recherchiert. Koks? Das wirst du in Juniper Falls nicht mehr los. Deine erbärmliche Herkunft wird dir hier immer an den Fersen kleben.«

Vielleicht hasste ich ihn auch.

»Aber du scheinst klug genug zu sein, um diesen ganzen Trailerdreck hinter dir zu lassen und woanders neu anzufangen. In deiner Vernehmung stand, dass du dir die Studiengebühren nicht leisten kannst und deshalb hierbleibst?«

Die dunklen Wolken kamen näher und der Himmel verdunkelte sich zunehmend.

Nie war mir mehr nach einem Gewitter gewesen.

»Deshalb habe ich ein einmaliges Angebot für dich: Ich übernehme die Kosten.«

Das konnte nicht sein, ich musste mich verhört haben, weil nichts anderes Sinn ergab.

»Das Studium hat bereits begonnen.«

»Es gibt genug Universitäten fernab von hier, in denen ich dich sofort unterbringen könnte. Oder mach mit dem Geld etwas anderes, ist mir gleichgültig, solange es weit weg ist. Sag, was du willst, und du bekommst es.«

Was?

Ist das ein erbärmlicher Scherz?

Doch Greg sah mich an, als würde er nur darauf warten, dass ich ihm eine Summe nannte.

Damit wären all meine Probleme schlagartig gelöst.

Ich könnte Kitty mitnehmen.

Wir würden beide hier herauskommen.

Und wieder brannte die Kälte hinter meiner Brust, als wollte sie mich von innen heraus erfrieren.

»Nein«, sagte ich und formte in Gedanken eine Entschuldigung an Kitty.

Vielleicht wird sie es irgendwann verstehen.

»Wir wissen beide, dass du es nicht ablehnen kannst. Es ist deine einzige Chance, etwas im Leben zu erreichen.«

»Und im Gegenzug wirst du verlangen, dass ich mich von hier fernhalte und von Darce, wenn er in den Sommern wiederkehrt?«

»Es ist nur eine Formalie, mit deiner Mutter war es anstrengend genug. Diese kleine Geschichte zwischen euch ist ohnehin beendet. Sieh mein Angebot als Versicherung, dass sie sich nicht wiederholt.«

»Vergiss es!« Jetzt schlossen sich zwei weitere erhobene Mittelfinger dem auf meinem Shirt an.

Greg verdiente jeden davon.

Als ob ich Darce verkaufen würde.

Darce.

Moment …

»Warum bist du wirklich hier?«

Augenblicklich verhärtete sich Gregs Blick.

»Wenn Darce mich nicht mehr in seinem Leben möchte?«

Weil er weiterhin darauf hofft?

Weil es noch ein wir gibt?

Und da blitzte sie auf, die verdammte Hoffnung. Warm und hell ließ sie das Eis in mir schmelzen.

»Immerhin bist du nicht auf den Kopf gefallen.«

Falls das ein Kompliment sein sollte, war es grottig.

»Darce ist momentan beunruhigend unstet.« Greg strich sich durch das Haar und zum ersten Mal wirkte er sichtlich überfordert. »Er hat Anteile an der Firma verkauft und nach allem, was ich heute erfahren habe, nehme ich an zu wissen, was er mit dem Geld gemacht hat.«

Er hatte damit Moms Kaution gestellt. Kittys Krankenhausrechnung bezahlt. Den Anwalt …

»Darce will sein Studium abbrechen. Er wirft sein Leben weg und wenn ich versuche, mit ihm darüber zu reden, blockt er mich ab. Das ist deine Schuld.«

»*Vielleicht* ist es nur nicht das, was Darce will.«

»War es, bevor du aufgetaucht bist! Ich erkenne ihn nicht mehr wieder. Er hat den Ring mitgenommen und weigert sich, ihn mir zurückzugeben. Dabei wissen wir alle, dass Mabel nie zugelassen hätte, dass du ihn bekommst.«

Wow.

So viel Hass in so wenig Worten.

»Der Ring gehört Darce und falls es dich beruhigt – ich will ihn nicht.«

Das schien ihn einen Hauch milder zu stimmen, denn nun nickte er langsam. »Wenn er sich jetzt von dir fernhält, wird der Vorstand mit ein wenig Glück niemals von Darce' Verstrickungen erfahren. Noch kann er Jacob folgen.« Sein Blick wurde durchdringender. »Du behauptest, dass du ihn liebst? Dann beweise es, indem du ihn von dir fernhältst.«

»Ich behaupte es nicht nur.« Gregs Mundwinkel hoben sich ein winziges Stück. »Ich liebe Darce. Zu sehr, um ihn dir und der Firma zu überlassen!«

Damit wandte ich mich ab und ging.

66

DARCE

Der Himmel war pechschwarz und die Luft schmeckte nach Gewitter. Es waren keine zwanzig Meter vom Parkplatz bis zur Haustür, doch mit dem nahenden Unwetter fühlten sie sich nach mehr an.

Ich öffnete die salbeigrüne Tür und rettete mich ins Innere.

Ein Donnergrollen begleitete dramatisch das Zuschlagen der Haustür, aber außer mir war niemand hier, mit dem ich darüber scherzen konnte. Es waren vor allem diese Kleinigkeiten, in denen mir Ella mit einer Wucht fehlte, die mich fast niederstreckte.

Es war Wochen her, dass wir geredet hatten. Anstrengende Wochen, mit gefühlt Dutzenden von Entscheidungen.

»Hast du es endlich geschafft?« Bentley kam die Treppe herunter. »Kommt er hinter Schloss und Riegel?«

»Niemand sagt mehr Schloss und Riegel.«

»Dann führe ich es wieder ein.« In seinen Augen blitzte es begeistert. »Sag schon.«

»Ja, er hat sich seine Unterschrift teuer erkaufen lassen.«

»Ein Hoch auf den Rechtsstaat«, erwiderte Bentley trocken. »Das ruft nach Champagner.«

»Nein. Das Einzige, das ruft, ist mein Bett.«

»Vergiss es.« Er schob mich in Richtung Küche. »Endlich bist du mal kein öder Langweiler. Du bist wie Batman und kämpfst heimlich für die Gerechtigkeit.«

»Du bist zu alt für Comics.« Ich verdrehte die Augen, nahm aber an der Kücheninsel Platz. Von dort sah ich dabei zu, wie Bentley mit großer Geste eine Champagnerflasche aus dem Kühlschrank zog und ein Glas dazustellte. »James und ich haben sie schon geöffnet und bevor du dich aufregst, wir hatten einen winzigen Schluck.« Er goss die prickelnde Flüssigkeit hinein. »Nur zum Probieren.«

»Das passiert Batman auch immer.«

»Erschreck mich nicht so.« Bentley presste die Hand gegen den Brustkorb. »Ein Scherz! Von dir! Und ich habe ihn verstanden!«

Grinsend reichte er mir das Glas und da ich es schon einmal hielt, konnte ich den Inhalt genauso gut trinken.

»Darf ich jetzt wieder mit Ella sprechen?«

»Wenn du es schaffst, nicht ein Wort über die ganze Sache zu verlieren?«

»Ich dachte, der Unsinn wäre endlich vorbei, nachdem du alles geklärt hast.« Nun war es Bentley, der die Augen verdrehte. »Meinst du nicht, Ella wird misstrauisch, falls Lydias Therapeutin ihr nichts berechnet? Oder wenn die Krankenhausrechnung nicht auftaucht?«

»Dann ist Lydia ein Sonderspezialfall, der unheimlich selten ist und mit Freude gratis behandelt wird, und Kittys Rechnung ist versehentlich gelöscht worden.«

»Du weißt, dass du damit nicht für immer durchkommst?«

»Ich muss aber, weil sie mich sonst aus ihrem Leben wirft.« Ella zu verlieren – der Gedanke raubte mir jedes Mal die Luft. Sie fehlte mir jetzt schon so sehr, dass ich nicht begriff, wie ich vier Jahre ohne sie ausgehalten hatte. Ich hätte nichts unternehmen dürfen, das wusste ich. Ella war im Planetarium deutlich gewesen. Brachte ich Geld in welcher Form auch immer in ihr Leben, würde sie mich verlassen. Komplett.

Scheiße. Alles.

Wie oft ich mir wünschte, dass ich mich hätte zurückhalten können. Aber ich war gescheitert und nun steckte ich über beide Ohren drin.

»Vielleicht verzeiht sie dir?«

Ein Stöhnen entwich mir und für den Moment war ich restlos erschöpft. Schrecklich, schrecklich erschöpft. Die letzten Wochen hatte ich nichts anderes getan, als zu reden. Mit der Polizei, Lydias Anwalt, mit der Richterin, mit Therapeuten und tausendmal mit diesem Oberarschloch Rick. So viel wie in den letzten Wochen hatte ich die Jahre zuvor nicht gesprochen. »Wird sie nicht. Ella wird mich dafür hassen. Ihr war schon der Joghurt unangenehm. Ein verdammtes Joghurtglas.« Bentleys irritiertem Blick nach war das eines der Dinge, die ich bisher vor ihm geheim gehalten hatte. *Verflucht sei der Champagner.*

»Oder aber sie wird hingerissen sein und es wird megaromantisch«, gab Bentley trocken zurück. Unsere Blicke trafen sich und wir lachten bei der Vorstellung beide los. Er ehrlich amüsiert, ich verzweifelt.

»Gott, du kannst von mir haben, was immer du willst«, erklärte Bentley, »wenn ich dabei zuschauen darf, wie sie dich fertigmacht.«

»Ich brauche einen Plan, wie ich es ihr beibringe. Einen verdammt guten.«

Mein Handy klingelte. Ich zog es raus, hoffte, es wäre Ella und betete, dass sie es nicht war. Weil ich keine Ahnung hatte, wie ich ihr das alles verheimlichen sollte. *Ja, ich brauche so unfassbar dringend einen Plan.*

Statt Ellas Bild bekam ich Gregs und drückte ihn weg.

»Seit wann ghostest du ihn?«, kam es von Bentley.

»Ich ghoste ihn nicht, ich brauche nur ein wenig Freiraum, um Entscheidungen zu treffen, die sich nach meinen anfühlen.«

»Das sage ich ihm seit vier Jahren. Gib nicht auf, Batman. Irgendwann wird es besser.« Er nahm sein Handy und stöhnte auf. »Super. Jetzt versucht er es bei mir. Greg und ich, wir hatten so ein gutes Ding laufen. Ich melde mich nicht und er bekommt es nicht mit. Es war perfekt und euretwegen habe ich das aufgegeben. Letzte Woche wollte er, dass ich mit zu einem Vorstandstreffen gehe. Ich beim Vorstand. Das ist ein Albtraum! Rette mich, Batman, und rede mit ihm.«

»Nächste Woche.« Ich nahm einen weiteren tiefen Schluck, gerade als ein Blitz alles erhellte.

Offenbar hatte uns das Gewitter erreicht.

Super.

Nicht.

»Oder heute noch«, schob Bentley hinterher und nun klang er besorgniserregend ernst. »Hier.« Er reichte mir sein Handy und ich starrte auf das Bild, das Greg ihm gerade geschickt hatte. Ein Zeitungsartikel mit reißerischer Überschrift zu Kitty und darunter ein Foto von Ella an der Tür des Trailers.

Greg weiß also Bescheid.

Dieses Gespräch würde noch unangenehmer werden als das letzte über den Verkauf meiner Firmenanteile.

»Ich ruf ihn morgen zurück.«

»Er schreibt was«, sagte Bentley. »Wetten, dass darin mindestens dreimal das Wort Firma auftaucht?« Damit brachte er mich widerwillig zum Schmunzeln. »Uuuuunnnnddddd«, fuhr er fort. »Er schreibt …« Bentley stockte, riss den Kopf hoch und starrte mich an. »Die gute Nachricht ist, dass du dir keine Gedanken mehr darüber machen musst, ob und wie du Ella beibringst, was du die letzten Wochen getrieben hast.«

Wie kommt Bentley jetzt auf Ella … Moment.

Nein.

Neinneinneinneinnein!

»Er war bei ihr.«

Donnergrollen erklang und für den Augenblick war ich mir nicht sicher, ob es von draußen kam oder ob es hinter meiner Brust stürmte.

»Dann muss ich sofort zu ihr!«

67

Drei Schlucke Champagner waren schuld, dass ich mich feige an die Tür presste, während um mich herum die Welt unterging. Weil ich hier auf das Taxi wartete, das vor fünf Minuten hätte ankommen sollen.

Ohne den Alkohol wäre ich längst zu meinem Auto gerannt. Zwar nicht viel heroischer, aber ich würde mittlerweile einigermaßen geschützt darin fahren und nicht hier draußen stehen. Doch der Champagner war in mir und mochte es nur ein Hauch davon sein – ich würde niemals ein Auto steuern, wenn ich vorher Alkohol getrunken hatte.

Endlich brachen Scheinwerfer die Dunkelheit auf.

Also gut.

Losrennen.

In drei …

Zwei …

Eins …

Ein Knall ertönte über mir und ich presste mich enger an die Tür.

Null Komma fünf …

Null Komma vier …

Okay, das war lächerlich. Aber ernsthaft, wie konnten Menschen Unwetter romantisch finden? Es war ein Kampf der Naturgewalten und ich fühlte mich unbewaffnet.

Ich hastete los.

Rannte geradewegs auf die Scheinwerfer zu.

Noch zehn Meter.

Knapp fünf.

Und dann fuhr das Taxi rückwärts, fort von mir.

Einfach so.

Ich rannte hinterher, schrie dem Fahrer zu, er solle anhalten, aber er raste stoisch weiter, während der Regen so ziemlich alles an mir flutete.

»Darce?«

Entgeistert fuhr ich herum, sah im Licht der Laternen Ella vor mir stehen. Das Handy in ihrer Hand leuchtete wie eine Taschenlampe.

»Was machst du hier?« Sie stellte die Frage, die sich in meinem Kopf wie ein Echo dazu fand.

»Ich laufe dem Taxi hinterher?«

»Genau genommen läufst du Logan hinterher.«

Ich tue bitte was?

»Er lässt dich grüßen.«

Ein Donnergrollen fuhr über uns hinweg und ich hoffte, dass es mich einfach verschlang.

Das war peinlich. Extrem peinlich.

»Ich habe gehofft, dass du hier bist.« Ihre Stimme zitterte und erinnerte mich daran, dass es zu dunkel war.

»Sollen wir lieber reingehen?«

»Noch halte ich durch.« Das wenige, das ich von ihrem Gesicht sah, wirkte, als würde sie sich ein Lächeln abmühen. »Ich trainiere jede Nacht, langsam wird es leichter.«

»Warum?«

»Weil es sich anfühlt, als hätte ich die Kontrolle über alles Mögliche verloren. Da wollte ich mir zumindest dieses Stück zurückholen.«

»Klingt mutig und unerschrocken.« Ich hatte nicht einmal gemerkt, dass ich zu ihr hinübergegangen war, bis ich meine Hand an ihre legte. »Klingt nach dir.«

Jetzt lächelte sie tatsächlich. »Möchtest du rein?«

»Ich sollte wohl auch endlich trainieren«, sagte ich und fuhr zusammen, weil ein weiterer Blitz die Nacht erhellte.

»Wo wolltest du hin? Zu mir?«

»Natürlich«, erwiderte ich. Für niemand anderen würde ich bei dem Wetter auch nur vor die Tür gehen. Stille spannte sich zwischen uns.

Ella wartete, dass ich begann – verständlich. Da waren so viele Worte in mir und mindestens genauso viel Angst, dass ich es mit ihnen noch schlimmer machte.

»Es tut mir leid«, sagte ich schließlich und hielt ihre Hand fester. Es fühlte sich an, als würde sich ihre Wärme geradewegs auf mich übertragen. »Du hast mir klargemacht, dass mein Erbe deine Grenze ist und du nicht bereit bist, davon irgendetwas zuzulassen. Falls du mich deswegen nie wiedersehen willst, muss ich das akzeptieren. Aber ich konnte einfach nicht anders. Du bist der beste Mensch, den ich kenne, wenn es jemand verdient, seine Träume zu erfüllen, dann du.«

Meine Stirn fand Ellas und es war unmöglich zu sagen, wessen nasse Strähnen mir an der Wange lagen.

»Ich kann nicht zur Uni gehen.« Ihr Atem strich mir über die Wange. »Dort hätte ich keine ruhige Minute. Mom bemüht sich … *Noch*.«

»Aber du kannst nicht so weit von den beiden entfernt sein, weil deine Schwester dich braucht.« Alles an uns war so nass wie damals, als wir uns im Pool wiedergefunden hatten und doch glaubte ich zu spüren, dass Ella weinte.

»Es tut mir so leid«, sagte ich und fuhr zusammen, weil der verdammte Blitz mich zu Tode erschreckte. »Im Krankenhaus – da hat es mir das Herz gebrochen, dich zurückzulassen, aber ich wusste, dass du meine Pläne gnadenlos durchschaut hättest. Manchmal hasse ich es, wie gut du mich kennst.«

Ein Schluchzen brach aus ihr heraus.

Ich hatte mit Wut gerechnet, nicht mit Tränen.

Das war so viel schlimmer.

»Bitte«, flüsterte ich und das Wort verlor sich beinahe in dem Unwetter. »Lass es mich wiedergutmachen.« Seit Wochen hatte ich Angst vor diesem Gespräch, dem Augenblick, in dem Ella gehen könnte. Ich kannte ihren Stolz, ihre Werte und diesen unbedingten Willen, es allein zu schaffen.

Ausgerechnet meine Familie trug eine Mitschuld daran.

Es gab Momente, in denen ich selbst nicht fassen konnte, was ich getan hatte. Dass ich den einen Menschen, der mir alles bedeutete, so hintergangen hatte.

Und dann kam mir jedes Mal die Erkenntnis, dass ich es genau deswegen hatte tun müssen. Weil Ella alles für mich war. Und dass das Leben manchmal ein Arschloch sein konnte, ohne dass uns die Schuld daran traf.

Weder Ella.

Noch mich.

»Ich mach alles, was du forderst. Von mir aus schau ich mir bis ans Lebensende nur Austen-Verfilmungen an. Willst du, dass ich meine Erbanteile spende? Sag mir wohin und ich …«

Ihr Schluchzen brach mein Herz in winzig kleine Stücke.

Sie wird mich verlassen.

»Ich versteh das«, flüsterte ich, weil mir der Schock offenbar die Stimme geraubt hatte. Trotz allem hatte es diesen Teil in mir gegeben, der gedacht hatte, Ella könnte mir verzeihen.

»Das sind gute Tränen, Darce.« Sie schniefte. »In den letzten Wochen hat sich einiges angestaut. Weil du nicht da warst und ich anscheinend nur bei dir weinen kann.« Ein weiteres Schluchzen erklang über das Heulen des Windes hinweg und mein Herz machte einen vorsichtigen Satz. »Ich dachte, du hättest dich für die Firma entschieden.«

»Es gibt keine Entscheidung, wenn man nicht überlegen muss.« Ich konnte mich nicht daran erinnern, wann ich die Arme um Ella gelegt hatte, aber da sie schon einmal dort lagen, konnte ich den Rest von ihr auch noch enger zu mir ziehen.

Soll dieses Gewitter doch toben.

Alles, was zählt, ist, dass Ella mir verzeiht.

»Du bist die Antwort, Ella. Heute. Morgen. Immer.«

»Das machst du ständig. Sobald ich wütend auf dich sein will, lässt du meine Wut verpuffen.« Nun schwankte ihre Stimme in Richtung Lachen und Erleichterung füllte mich geradezu aus. Der Regen prasselte weiter auf uns nieder und Blitze erhellten die Nacht, doch sie unternahm keine Anstalten, sich von mir zu lösen.

Und ich blieb, wo Ella war.

Selbst wenn sie in einem Sturm stehen wollte.

»Ich kann Zahlen eh nicht leiden«, gab sie endlich zu, doch dann presste sie einen kurzen Augenblick die Lippen aufeinander und es schien, als müsste sie sich die nächsten Worte geradezu abzwingen. »Greg hat mir erzählt, dass du dein Studium abgebrochen hast. Ist das wirklich, was du willst? Es reicht, wenn einer von uns hier festsitzt. Du bist frei, Darce, du kannst machen, was immer du möchtest. Ich will dich nicht aufhalt–«

»Du hältst mich nicht auf.« Ella stoppte, als sich mein Finger an ihre Lippen legte. »Ich hasse das Studium«, raunte ich ihr zu. Das erste Mal, dass ich es aussprach, und es war unglaublich befreiend. »Mein Leben hat sich die letzten Jahre nicht mehr so angefühlt, als wäre es meines. Ich war so damit beschäftigt, Erwartungen zu erfüllen, dass ich nicht mehr wusste, was ich eigentlich will. Durch den Sommer hier mit dir und Bentley habe ich erst gemerkt, was ich alles verpasse und dass ich so nicht weitermachen kann. Deshalb bleibe ich und versuche herauszufinden, was ich vom Leben noch will außer …«

Uns.

Ich sprach es nicht mal aus und doch stürmte es in Ellas Blick, ähnlich wie um uns herum. Diese verfluchte Unsicherheit drohte, mich zu verschlucken. Mein Finger verließ ihre Lippen, obwohl ein feiger Teil von mir ihn dort liegen lassen wollte. Damit sie mir nicht sagen konnte, dass wir als Freunde weitermachen würden – weil ich ihre Grenze überschritten hatte.

»Die Leute denken, dass das Schlimmste am Armsein ist, dass man kein Geld hat«, begann sie und wieder schien es, als müsste sie jedes Wort aus sich herauszwingen. Weil Geld kein Thema war, über das Ella sprechen konnte. »Aber noch schlimmer ist, wie dich die anderen behandeln«, fuhr sie fort. »Die Art, wie sie auf dich herabsehen, dich bewerten – bemitleiden.« Mein Mund klappte auf, doch Ellas Kopfschütteln ließ meinen Protest in sich zusammenfallen. »Ich wusste, dass ich nicht damit leben kann, wenn du es tust.« Ein tiefer Riss ging geradewegs durch mein Herz. »Deswegen habe ich das hier nie gewollt. Weil Geld alles verändert – es verändert uns.«

Irgendwo schlug ein Blitz ein und zum ersten Mal in meinem Leben zuckte ich nicht zusammen. Für den Augenblick war alles an mir wie betäubt. Ella machte einen Schritt zurück und niemals war etwas so schwer, wie meine Arme von ihr zu lösen. Nasse Strähnen hingen in ihrer Stirn und darunter betrachteten mich moosgrüne Augen. »Deshalb hättest du das niemals tun dürfen. Doch das hast du.« Ella mühte sich ein Lächeln ab, das verunglückte.

Das hier war so viel schlimmer als das Joghurtglas.

Ich hatte alles zerstört.

»Aber du warst immer schon der Fehler in meinem System.« Ihre Hand fand meine und mein Herz, das gerade dabei gewesen war zu zerfallen, stockte verwirrt. »Also muss ich wohl damit leben – denn ich will nicht ohne dich leben.«

»Wirklich?« Ich stieß das Wort hervor und selbst die Sekunde, die sie brauchte, um zu antworten, fühlte sich ewig an.

»Ja.« Das Lächeln, was sich nun auf ihren Lippen abzeichnete, war so strahlend, dass es mich von innen heraus wärmte, trotz der Nässe, die an meiner Kleidung zog. »Aber mach das niemals wieder.«

»Niemals«, stieß ich aus und als ich sie wieder zu mir zog, gab sie augenblicklich nach. »Dann lass uns hierbleiben und herausfinden, was wir machen wollen. Und während du überlegst, kannst du mich als Babysitter einplanen.«

Ihr Lachen wehte über mich hinweg. »Hast du eine Ahnung, was da auf dich zukommt?«

»Nein, aber ich lerne schnell und ich steh bereit. Dann musst du nicht mehr allein die Wendy spielen.«

Sie küsste mich.

Einfach so.

Ich stieg ein, trotz des tobenden Unwetters.

Trotz der Blitze, die alles ausleuchteten.

Trotz des Donners, der klang, als würde die Welt einstürzen.

Weil nichts davon mehr eine Rolle spielte, wenn Ella mich küsste.

Oktober

68

Epilog

Das Glöckchen über der Tür kündigte uns an, bevor Kitty das übernahm.

Das lag wohl in erster Linie daran, dass sie im Auto eingeschlafen war. Ich hatte zehn Minuten gebraucht, um sie dazu zu bringen, aus dem Kindersitz zu steigen. Nur ein weiterer Beweis, dass ich ein mieser Anwalt geworden wäre. Ich konnte nicht einmal ein Kleinkind überzeugen, ohne es zu bestechen.

Glücklicherweise war ich in diesem Babysitter-Ding noch neu genug, dass Ella mir diese Kleinigkeiten durchgehen ließ.

Meist.

Bei der Regenjacke und den Gummistiefeln, die Kitty und ich gestern spontan gekauft hatten, hatte Ella kurz davorgestanden, mich zu ermahnen. Aber Kitty hatte mich gerettet und ihr die Sterne auf der Jacke, die im Dunkeln leuchteten, und die Raketen auf den Gummistiefeln gezeigt. Das Ganze mit einer Begeisterung, die selbst einen Eisberg wie mich zum Auftauen brachte.

Ernsthaft, wie soll ich Kitty etwas abschlagen?

Und überhaupt hätte es gestern regnen können und wenn, hätten wir keine Regenkleidung dabeigehabt.

Das ergab total viel Sinn.

Außerdem fand selbst ich nachtleuchtende Sterne jetzt super. Deswegen hatte ich gerade im Auto noch einige hundert Stück für Bentleys und meine große Überraschung nächste Woche bestellt. Dann würden wir das Gästezimmer, in dem Kitty längst regelmäßig schlief, in eine Galaxie verwandeln. Eventuell hatten wir uns zu viel vorgenommen, doch dafür waren wir hoch motiviert. Das Haus brauchte Farbe und Veränderung und Kittys Zimmer war der perfekte Beginn dafür.

»Ihr schon wieder?«, begrüßte uns Logan grinsend, kaum dass wir an unserem Stammplatz saßen. Ich liebte die Namensschilder hier. Konnte es die nicht einfach überall geben? »Ich nehme an, ihr habt mich zu sehr vermisst?«

»Wir wollen zu Ella.« Kitty kicherte und er seufzte theatralisch auf wie immer, wenn sie das sagte.

»Das Übliche?«

»Und Kakao.« Kitty lächelte breit, setzte diesen Blick auf, der es schwer machte, ihr etwas abzuschlagen.

»Keinen Kakao.« Diesen Fehler hatte ich einmal gemacht und die Sitzpolster meines Autos rochen noch immer seltsam.

Na gut, vielleicht würde ich das mit den Regeln doch irgendwann hinbekommen. Denn Kitty warf mir den gleichen grimmigen Blick zu, mit dem sie Ella bedachte, wenn sie etwas ungerecht fand, und es fühlte sich an wie ein Erfolg.

Logans Hand landete auf meiner Schulter. »Herzlichen Glückwunsch zum Geburtstag übrigens.«

»Verdammt.« Ich stöhnte auf. »Sie hat es dir erzählt?« Sein Grinsen nahm zu und ließ mich ahnen, dass mein Abend anders aussehen würde als gedacht. »Wie schlimm wird es?«

»Kommt drauf an – was genau hattest du für heute geplant?«

»Nichts?«

Er lachte. »Ich sag ihr, dass du hier bist. Sei tapfer.«

»Ich hasse dich«, rief ich ihm hinterher, musste aber widerwillig schmunzeln.

Ella ließ sich auffallend viel Zeit und obwohl ich immer wieder im Diner nach ihr suchte, fand ich sie nicht, dabei musste ihre Schicht beendet sein.

Plötzlich legten sich Hände an mein Gesicht und bedeckten meine Augen. Diese Berührung hätte ich immer und überall erkannt.

Luftlöcher überall.

Ella.

Meine Ella.

»Du dachtest, du kommst mit dem Geburtstagsfrühstück davon?«, raunte sie mir zu. »Niedlich und ein gigantischer Fehler.«

»Wenn hier gleich ein Flashmob losgeht, renn ich davon.«

»Wenn hier gleich ein Flashmob losgehen sollte, renn ich mit dir davon«, sagte sie und wir lachten beide.

»Hältst du mir den ganzen Abend die Augen zu?«

»Ich kann dich dabei auch noch ein wenig durchs Diner führen, aber ich dachte, so wäre es dir lieber.« Sie legte den Kopf auf meiner Schulter ab und verteilte ein paar Küsse auf meinem Hals.

»Definitiv.«

»Bereit?«, fragte sie und wieder wehte eines ihrer kleinen Lachen über mich hinweg, als ich den Kopf schüttelte.

Sie ließ los.

Und ich blinzelte.

Einmal.

Zweimal.

Vor mir auf dem Boden stand nun eine gigantische aufblasbare Insel.

»Überraschung!« Bentley und James tauchten hinter Kittys Sitzbank auf und jagten mir den Schreck meines Lebens ein.

Ella rutschte zu mir auf die Bank. »Keine Panik«, flüsterte sie mir zu. »Ich hab sie zurückgehalten.«

»Und, kommst du auf das Partythema?«, fragte Bentley und setzte sich mit James zu Kitty. Er deutete auf die überdimensionale Plastikinsel, dann auf sein Shirt, auf dem ein Kind ein Eis in die Kamera hielt und die Zunge rausstreckte.

Moment.

Das Bild kannte ich.

»Bin ich das etwa?« Mein entgeisterter Blick huschte von Bentleys Shirt zu dem identischen von James, zu Ellas, sogar Kitty trug plötzlich eines.

»Natürlich!« Bentley schüttelte den Kopf. »Ich habe es dir gesagt, Ella-Bella, wir hätten mehr machen müssen. Blumendeko, eine Eisbar, einen Cocktailmixer, eine Poolparty …«

Jetzt war es mein Mund, der sich an Ellas Ohr legte. »Ich liebeliebeliebe dich dafür, dass du das verhindert hast.«

Es blitzte im Moosgrün ihrer Augen. »Du bist so ein entzückender Griesgram.«

»Sommer!«, rief Bentley. »Das Thema ist Sommer!«

»Kreativ«, sagte ich. »Gefällt mir.« Ich suchte und fand Ellas Hand und ihr Daumen strich über meinen Handrücken.

»Greg hat es leider nicht geschafft«, fuhr Bentley fort. »Keine Ahnung, weshalb, ich habe ihm nicht zugehört. Irgendwas mit Computern oder Katzen oder Was-auch-immer.« Er machte eine wegwerfende Handbewegung. »Immerhin redet er noch mit dir, aber rechne lieber nicht mit einem Geburtstagsgeschenk. Er ist weiterhin wütend, dass du ›rumhängst‹, statt die Firma zu übernehmen. Seine Worte, nicht meine.«

So wie ich Greg kannte, würde er mir das auch die nächsten Jahre noch vorhalten. Aber bisher hatte ich meine Wahl keine Sekunde lang bereut.

»Greg ist und bleibt ein Herzchen.« Ella verdrehte die Augen. »Pech für ihn und mehr Torte für uns. Du kannst sie bringen.« Sie winkte Logan zu. »Keine Panik. Ich habe nichts damit zu tun. Die hat Logan gebacken.«

Beruhigend.

Ellas Backexperimente waren noch abenteuerlicher als ihre Kochversuche. Das sorgte dafür, dass ich mittlerweile das Kochen übernahm und es machte überraschend viel Spaß. Vielleicht war das etwas, was ich vertiefen wollte. Oder ich würde mich nächstes Jahr Ella anschließen und hier das College besuchen. Bis zum Sommer wollte ich mir Zeit nehmen, um herauszufinden, was ich machen wollte. Die wichtigste Entscheidung von allen saß längst neben mir.

»Lasst sie euch schmecken.« Logan stellte eine wunderschöne Torte vor uns ab, die über und über mit Fondantkirschen verziert war.

»Sommer?«, fragte ich grinsend.

»Sommer.« Er lächelte bestätigend und rutschte neben Ella auf die Sitzbank. Auch er trug nun mein übergroßes Kinderfoto auf seiner Brust.

Das alles hier war skurril.

James begann, eine Unmenge Kerzen in den Kuchen zu stecken, Bentley suchte ein Feuerzeug und Kitty machte Blasen in den Milchshake wie Bentley früher.

Irgendwie war es toll.

»Du musst dich noch umziehen«, erklärte Ella und tauchte unter die Bank ab, um nur einen Herzschlag später wieder aufzutauchen, diesmal mit einem Paket, das in meerblaues Geschenkpapier eingepackt war. Sie reichte es mir und ihr Lächeln überstrahlte mühelos alles. Jeder Tag mit ihr an meiner Seite fühlte sich an wie ein Sommertag.

Ich öffnete das Geschenk, erwartete, ein weiteres Shirt mit mir selbst darauf zu sehen und wurde angestarrt von zwei schwarzen, riesigen Augen. Ich faltete das Shirt auseinander und fand ein gigantisches Fischmaul mit nach unten gezogenen Mundwinkeln. Es sah so abgrundtief genervt aus, als würde es alle um sich herum fressen wollen, nur um seine Ruhe zu haben.

Bentley lachte so heftig, dass es zwischendurch klang, als hätte er Probleme, Luft zu holen.

»Kitty und ich haben es für dich ausgesucht. Das ist der grimmige Igelfisch, wir fanden, dass er eine gewisse Ähnlichkeit mit dir hat.«

Ich sah erneut auf das Shirt und es fühlte sich nicht an, als würde ich wieder aufhören können zu grinsen. »Das ist das beste Geschenk, das ich jemals bekommen habe.« Natürlich zog ich es mir über und Kitty quietschte vor Begeisterung.

»Aber über dieses Shirt können wir reden?«, fragte Bentley, der sich irgendwo in einer kurzen Atempause zwischen zwei Lachanfällen befand.

Ella sah mich an und ich sie. »Welches Shirt?«, fragten wir gleichzeitig. Ich legte den Arm um sie, zog sie näher.

Haselnussbraunes Haar, das ihr in Strähnen ums Gesicht fiel.

Moosgrüne Augen, die begeistert blitzten.

Und ein Lächeln, das diese verfluchten Luftlöcher in mir hervorrief.

Mein Sommer.

Meine beste Freundin.

Meine Liebe.

Ich strich über ihre Hand, dort, wo ich ihr seit Wochen regelmäßig neue Herzen hinmalte. Ja, das zwischen uns fühlte sich an wie eines dieser wahnsinnig kitschigen Für-Immer-und-Ewig-Dinger.

Und ich liebte alles daran.

Danke

Die Geschichte von Ella und Darce besitzt ihren ganz besonderen Platz in meinem Herzen. Mit ihr habe ich eine neue Facette von mir kennengelernt und gleichzeitig habe ich zum ersten Mal etwas Persönliches von mir mit eingebracht. Erinnert ihr euch an Darce' Unfähigkeit, Gesichter zu erkennen? Diese Unfähigkeit gibt es tatsächlich und sie besitzt natürlich auch einen komplizierten lateinischen Namen (ich habe hier Darce' Stimme im Ohr): Prosopagnosie. Davon bin ich ebenfalls betroffen. Es hat viele Manuskripte gebraucht, um ein so persönliches Thema in eine meiner Geschichten einzubauen, aber jetzt fühlt es sich genau richtig an.

Deshalb danke ich zum ersten Mal einer Geschichte selbst. In meinem Kopf klingt es unglaublich verdreht und ergibt gleichzeitig Sinn. <3

Aber natürlich gab es auch viele (real existierende) Menschen, die Ella, Darce und mich begleitet haben und deshalb gibt es an dieser Stelle noch ein gigantisches DANKE an jeden von euch.

Danke an meine Testleserinnen: Maja, Michelle, Vici, Celine, Rebecca und Danny. Ihr habt spontan alles stehen und liegen gelassen, seid mit Elan in die Geschichte gesprungen und begeistert wieder herausgekommen. Danke für eure wunderbare Unterstützung.

An Lisa: Für die von Anfang an klar war, dass mein erster Einzelband kein Einzelband werden durfte. Danke für die Geschichten, die du in Juniper Falls gesehen hast, noch bevor ich sie fand.

An Francis: Die mich auf den Weg des Lichts geführt hat, fernab von fiesen Cliffhangern und herzzerstörerischen Plottwists. Durch dich habe ich meine Schwäche für Wohlfühlgeschichten mit Zuckergusshaube und Kirschtopping entdeckt.

Danke an meine Lektorin Janina dafür, dass du die Geschichte auf so wundervolle Art zum Leuchten gebracht hast und für Kittys Spieluhr.

Danke an meine Fehlerfüchse Chiara, Stefania, Patrizia und Caro für eure Adleraugen und eure Instant-Liebe.

Danke an meinen Mann: Für all die Stunden, Tage, Wochen, die du mit mir zusammen »Pride and Prejudice« geschaut hast (in der einzig wahren Version ♥). Wenn ich so darüber nachdenke – es wird wieder Zeit für ein wenig Jane Austen. Sobald du das hier liest, hast du einen fünfstündigen Filmabend gewonnen (und nein, du darfst nicht fluchen).

Danke an meine Kinder: Denkt immer daran, ohne Dunkelheit könnten wir die Sterne nicht sehen.

Danke an Chantal und Flemming, dafür, dass ihr Ella und Darce eure Stimme geliehen habt und sie durch euch genauso klingen wie ihre Erzählstimmen in meinem Kopf.

An dich: Dafür, dass du mit Ella und Darce zusammen gelacht und geflucht hast. Ich habe die Geschichten aufgeschrieben, aber lebendig ist sie erst in deinem Kopf geworden. Danke <3 und ich hoffe, wir treffen uns bald erneut in Juniper Falls, denn dort warten noch mehr Geschichten darauf, von dir entdeckt zu werden.

TRIGGERWARNUNG
(Achtung: Spoiler!)

Dieses Buch enthält potenziell triggernde Inhalte.
Bitte entscheide selbst, ob du emotional mit folgenden Themen umgehen möchtest:

K.-o.-Tropfen, Drogen, Unfalltod, sexualisierte Gewalt

Solltest du dich mit diesen oder anderen Themen nicht gut fühlen, findest du unter der Nummer der Telefonseelsorge rund um die Uhr kostenlos und anonym Hilfe.

0800/11 10 111
0800/ 11 10 222
www.telefonseelsorge.de